MORGAN LARSSON
Acht Särge und ein Todesfall

AF203928

Autor

Morgan Larsson wurde 1970 in Trollhättan,
in Westschweden, geboren. An der Universität
Göteborg studierte er Journalismus sowie
Musikwissenschaft und lernte darüber den Musiker
und Moderator Christer Lundberg kennen,
mit dem er nach dem Studium mehrere Radio-
sendungen zusammen moderierte. Seinen
ersten Roman veröffentlichte Larsson in 2010,
»Acht Särge und ein Todesfall« ist sein erster
Roman, der ins Deutsche übersetzt wurde.
Der Autor lebt in Göteborg.

Morgan Larsson

Acht Särge und ein Todesfall

Deutsch von
Lotta Rüegger und Holger Wolandt

blanvalet

Die Originalausgabe erschien 2019 unter dem Titel
»Kistbyggarna« bei Piratförlaget, Stockholm, Schweden.

MIX
Papier | Fördert
gute Waldnutzung
FSC® C014496

Penguin Random House Verlagsgruppe FSC® N001967

1. Auflage 2024
Taschenbuchneuausgabe
Copyright der Originalausgabe © 2019 by Morgan Larsson
First Published in Sweden in 2019 by Piratförlaget.
Published by arrangement with Partners in Stories.
Copyright der deutschsprachigen Ausgabe © 2022 by Limes
in der Penguin Random House Verlagsgruppe GmbH,
Neumarkter Straße 28, 81673 München
Redaktion: Ingola Lammers
Umschlaggestaltung und -motiv: www.buerosued.de
LR · Herstellung: DiMo
Satz, Druck und Bindung: GGP Media GmbH, Pößneck
Printed in Germany
ISBN 978-3-7341-1343-7

www.blanvalet.de

Die Zeiger der alten Wanduhr standen auf zwanzig Minuten nach Mitternacht. Der Abend war wie im Flug vergangen. So viele Male hatte Samuel Miller seinen Großvater diese Uhr abends aufziehen sehen. Immer als Letztes vor dem Schlafengehen, in weißem Feinrippunterhemd, langen Unterhosen, ebenfalls weiß, und mit einer frisch gestopften Pfeife im Mundwinkel.

Jetzt war er selber so alt wie sein Großvater, als dieser gestorben war, 72. Trotzdem erinnerte er sich deutlich, mit welcher Sorgfalt sein Großvater diese Uhrenzeremonie immer ausgeführt hatte, als nähme die Zeit ein Ende, wenn er die Uhr nicht aufzog. Und die Zeit hatte ein Ende genommen. Jedenfalls für seinen Großvater. In einer kalten Novembernacht war er gestorben.

Beim Leichenschmaus erzählte seine Großmutter, sie hätte bereits am Vorabend gespürt, dass etwas nicht in Ordnung sei. Großvater war zu Bett gegangen, ohne die Uhr aufzuziehen. Das war ihres Wissens nie zuvor geschehen.

Jedenfalls war er am folgenden Morgen tot. Die Uhr war zweiundzwanzig Minuten nach vier stehen geblieben. Niemand konnte Großmutter ausreden, dass ihr Mann genau dann gestorben war.

Samuel schob die Briefe auf dem Eichentisch zusam-

men. Aus den etwa vierzig Anmeldungen zum Sargbaukurs (mehr als erhofft!) hatte er acht ausgewählt.
Eine zeitraubende Arbeit, aber jetzt war es erledigt!
Er schob den Stapel beiseite, um Platz für sein neues
schwarzes Notizbuch zu machen. Der Buchrücken
knackte, als er es aufschlug. Er machte sich kurze
Notizen zu den jeweiligen Teilnehmern.

Agnes und **Tom**, 71 und 74 plus Hund (Wuschel).
Seit zehn Jahren verheiratet. In Rente. Agnes war
in ihrer Jugend Hürdenläuferin gewesen. Während
ihres gesamten Berufslebens Besitzerin eines Blu-
menladens. Tom war Steuerbeamter. Sie freuen sich
darauf, neue Leute zu treffen und zu tischlern. Laut
Agnes (die die Anmeldung geschrieben hat) ist Tom
handwerklich geschickt. Beide kochen gerne.

Lisa und **Omar**, beide 37.
Seit der Schule ein Paar. Lisa ist Krankenschwester
in einem Hospiz, in dem sie täglich Menschen auf
der Schwelle zum Tod begegnet. Sie hofft, sich mit-
tels Sargtischlern der Patientenperspektive anzu-
nähern. Omar ist Fußballprofi im Ruhestand und
nimmt hauptsächlich seiner Frau wegen teil.

Charlie, 34, Finanzberaterin.
Nach fünfzehn Jahren in London will sie nun nach
Schweden zurückkehren. Sie hofft, dass ihr ein
zweiwöchiger Kurs mit einer Gruppe Durchschnitts-
schweden dabei hilft, die Erinnerung an die »schwe-

dischen sozialen Codes« zurückzubringen. Den Sargbau sieht sie als einen »bereichernden Bonus«.

Lars, 61.
Besitzer einer chemischen Reinigung, schreibt Thea-
terstücke und führt Regie. Sehr kulturinteressiert.
Sieht sich als Opfer der größten Volkskrankheit der
Gegenwart, die es gibt: *totale Verkopftheit*. Er will sich
der Wirklichkeit aussetzen und mit eigenen Händen
seinen Sarg gestalten, um sich das Unvermeidliche
zu vergegenwärtigen. »Erst in der Nähe des Todes
lebt man wirklich«, heißt es in seiner Anmeldung.

Victor, 22.
Studiert Kunst und Philosophie. Betrachtet den Kurs
als Mischung aus Ferien und Kunstprojekt. Er möchte
herausfinden, »was für Irre an so einem Kurs teilnehmen«.

Gottfrid, 35, Vertreter.
Bezeichnet sich als munteren Burschen, der »zwei
Fliegen mit einer Klappe schlagen will«. Er will sich
seiner Angst vor dem Tod stellen und dabei außerdem noch Tischlern lernen. Er träumt davon, ein
richtiger »Heimwerker« zu werden.

Er klappte das Notizbuch zu und lehnte sich zurück.
Morgen würde er den Auserwählten die Bestätigun-
gen und das Informationsmaterial zuschicken, was
Samuel Miller erleichterte, aber auch nervös machte.

Endlich hatten die langwierigen Vorbereitungen ein Ende. Es gab kein Zurück mehr!

Teil I

Lügen, Sehnsucht und Schluss

Gottfrid umklammerte das Lenkrad geradezu krampf-
haft, als er der kurvigen Landstraße Richtung Küste
folgte. Normalerweise hätte er sich an einem Freitag
wie diesem mit hellblauem Himmel und strahlendem Sonnenschein, der das Gefühl von großen Ferien
in ihm auslöste, gefühlt wie ein König.

»Dummkopf ...«, sagte er leise. »Idiot!«

Jetzt war er auch noch zu spät dran! Er durfte auf
keinen Fall die Fähre verpassen. Im Laufe weniger
Monate hatte sich eine Notlüge beinahe in eine richtige Lüge verwandelt, und um Schlimmstes zu verhindern, war eine weitere Lüge notwendig geworden. Er hatte sich aus einer Lüge herausgelogen.
Und ihm war klar, dass das nicht gut klang.

Langsam strich sich Gottfrid mit der Hand über
den Kopf. Das Gefühl der weichen Locken unter seinen Händen beruhigte ihn sonst immer. Aber angesichts des rapiden Haarverlusts der letzten Zeit
stresste es ihn jetzt eher. Hastig ließ er die Hand
wieder sinken.

»Spitzbergen«, hatte er gesagt. Er wusste kaum,
wo das lag, aber es klang fern von WLAN und wie
ein Ort, an den ein Chef seine Belegschaft zwecks
Notkonferenz zur Unternehmensrettung flog. So
hatte er es Simone jedenfalls dargelegt. Sie war, wie
erwartet, verzweifelt gewesen.

»Aber wir wollten doch das Sommerhaus renovieren. Das haben wir doch schon vor Monaten geplant!«

Das Sommerhaus hatte sie von ihrer Großmutter

geerbt. Simone träumte davon, die Häuslerkate so zu renovieren, dass sie aussah wie in ihrer Kindheit. Gottfrid erinnerte sich daran, wie glücklich sie ausgesehen hatte, als er ihr versprochen hatte mitzuhelfen. Für sie war es selbstverständlich, dass er so etwas konnte, und er hatte ihr nicht widersprochen. Im Gegenteil. Immer wenn Simone ein bisschen down war, konnte er sie mit ein paar Worten über ihre gemeinsame Arbeit an der Kate aufmuntern. »Mein Heimwerker«, sagte sie dann meistens und umarmte ihn.

Die Wahrheit war, dass Gottfrid in seinem ganzen Leben kaum einmal einen Nagel in die Wand geschlagen hatte. Das Einzige, womit er zur Not angeben konnte, war der Holzlöffel, den er in der achten Klasse geschnitzt hatte, und den seine Mutter für einen Schuhlöffel gehalten hatte.

Laut Baugutachten war die Kate feucht und von Schimmel befallen. Es bestand dringender Renovierungsbedarf; die Alternative war, das Haus abzureißen und das Grundstück zu verkaufen. Für Simone kam das nicht infrage. Am liebsten wäre sie im Frühjahr jedes Wochenende zum Renovieren aufs Land gefahren. Gottfrid hatte eingewandt, dass es vernünftiger sei, mit der Arbeit bis zum Sommer und ihren beiden gemeinsamen Ferienwochen zu warten.

»Es ist effizienter, mehrere Tage am Stück zu arbeiten als immer mal kurz am Wochenende«, hatte er erklärt, um sich nicht zu seiner Inkompetenz an der Heimwerkerfront bekennen zu müssen. »Wenn wir die wichtigsten Arbeiten dann im Sommer erledigt haben, können wir für den Rest die Wochenenden im Herbst nutzen.«

Seither waren die beiden gemeinsamen Ferienwochen im Spätsommer für Simone heilig. Endlich hatte sie einen Mann getroffen, dem auch *ihre* Träume wichtig waren, in dieser Hinsicht war sie wirklich nicht verwöhnt. Simones Vergangenheit in Sachen Männer war eher unschön. Bislang hatte jeder sie angelogen und ihr alles Mögliche von Spielsucht bis hin zur Geliebten verheimlicht. Daher hatte Simone eine Allergie gegen Lügen entwickelt, die Gottfrid zu äußerster Behutsamkeit veranlasste.

»Du hast gesagt, dass du auf dem Heimweg nur einen Kaffee trinken warst. Wieso stehen hier auf der Quittung auch noch zwei Zimtschnecken? Hast du mir sonst noch was verschwiegen? Hast du eine Frau kennengelernt? Gottfrid, raus mit der Sprache!« Dann eine Szene, Tränen und schließlich eine Entschuldigung.

Im Übrigen war sie ganz wunderbar. Gottfrid liebte seine Simone wirklich. Allein die Tatsache, dass *sie* sich für *ihn* entschieden hatte, grenzte seiner Meinung nach an ein Wunder. Sie war erwiesenermaßen hübsch, was nur wenige über Gottfrid sagen würden. Er war kleiner als sie, füllig, Brillenträger und litt zunehmend an Haarausfall.

»Das ist der letzte Sommer deines Haares«, hatte sein Friseur gesagt, »genieße ihn.«

Es kam vor, dass Freunde ihn Costanza nannten, nach dem (beinahe) glatzköpfigen George Costanza in der Kultserie »Seinfeld«. Zum Spaß natürlich, aber Gottfrid konnte das nie richtig lustig finden, weil es den Nagel allzu sehr auf den *Kopf* traf. Er fand seinen eigenen Namen ja auch nicht so toll, aber was sollte man groß machen, wenn man nach einem Großvater benannt war, den die ganze Familie verehrte? Dann musste man eben mit dem Namen leben.

Solche und ähnliche Gedanken schwirrten ihm durch den Kopf, als er durch die Landschaft raste und das Lenkrad umklammerte. Auf Simones Frage, wie lange er denn weg sei, hatte er »ungefähr eine Woche« geantwortet, obwohl er wusste, dass der Kurs doppelt so lang dauerte.

»Eine Woche?«

»Ja, vielleicht auch zwei.«

»Bist du vollkommen verrückt? Das ist dann ja unser ganzer gemeinsamer Urlaub!«

»Nein, nicht zwei. Eine. Es wird auf eine Woche hinauslaufen. Eine Woche, Liebling, bestimmt.«

Simone beruhigte sich ein wenig.

»Aber *wenn* es doch zwei werden sollten, dann glaube bitte nicht, dass ich tot bin. Dann hat uns der Chef einfach gekidnappt.«

Dieser Versuch, die Stimmung aufzulockern, war vollkommen misslungen. Sofort machte er einen Rückzieher.

»Entschuldige, Liebling, mit 99-prozentiger Wahrscheinlichkeit dauert es nur eine Woche.«

So viel Zeit blieb Gottfrid also, um seine Lüge in Wahrheit zu verwandeln und der zu werden, für den ihn seine Geliebte hielt: ein Heimwerker.

Auf derselben Landstraße, zwanzig Kilometer hinter ihm, saß Charlie in einem roten BMW Cabrio. Ihr schwarzes Haar flatterte im Wind, und ihre Sonnenbrille funkelte. Der Freund, der ihr den Wagen geliehen hatte, war mit Verspätung am Flugplatz erschienen. Ihr anfänglicher Ärger war verflogen, sobald sie das Gefährt erblickt hatte. Verlorene Zeit holt man vorzugsweise in einem roten Cabrio auf, dachte sie und startete mit quietschenden Reifen.

In ihrer Anmeldung hatte Charlie erklärt, sie wolle nach fünfzehn Jahren in London nach Schweden zurückkehren. Das mit London stimmte, aber eine Heimkehr war nicht Teil ihres Plans. Wozu auch? Ihre Adoptiveltern waren tot, und selbst wenn sie noch lebten, hätte das keine Rolle gespielt. Schließlich waren sie der Hauptgrund dafür gewesen, dass sie Schweden verlassen hatte.

Charlie war erstaunt, wie viel sie immer noch für diese Landschaft empfand, durch die sie gerade fuhr. Das sommergrüne Schweden versetzte sie in nostalgische Rauschzustände, mit denen sie nicht gerechnet hatte. Die Birken, die Weiden, die Wiesenblumen, die stoische Ruhe der Kühe. Sie ertappte sich dabei, wie sie über das ganze Gesicht grinste. Sie konnte sich gar nicht erinnern, wann ihr zuletzt danach zumute gewesen war.

Ein kurzes Surren ihres Handys holte sie in die Gegenwart zurück. Eine SMS auf Englisch. *Angekommen?* Sie fluchte leise. Sie hasste es, sich überwacht zu fühlen. Sie hasste Unterlegenheit. *Bald*, schrieb sie zurück und schmiss ihr Handy auf den Rücksitz. Jetzt wollte sie einfach nur die Fahrt genießen. Bald war es vorbei. Bald war sie frei. Es ging nur noch darum, die Karten ein letztes Mal richtig auszuspielen.

Mit einer Mischung aus Unruhe und Vorfreude wartete Samuel Miller in der Sonne auf dem Kai, um die Teilnehmer in Empfang zu nehmen. Vor ihm standen ein Eiskübel mit Champagner und ein Korb mit Gläsern. Er fühlte sich wie ein kleiner Junge am ersten Schultag, obwohl ihm ja die Rolle des Lehrers zufiel.

Die Teilnehmer hatte er sorgfältig, aber nicht zu sorgfältig ausgewählt. Das Leben hatte ihn gelehrt, dass totale Kontrolle eine Illusion darstellte, und dass man stets mit allem rechnen musste. Es war also klug, von vornherein ein Türchen offen zu lassen. Er hatte die acht Personen ausgewählt, die am interessantesten wirkten und die eine dem Zweck entsprechende dynamische Gruppe ergaben.

Zwei Personen näherten sich, als er versuchte, die erste Flasche zu öffnen. Sein Herz schlug schneller. Aus den Augenwinkeln sah er, dass sie grauhaarig waren und einen Hund hatten. Verdammt! Der Korken saß fest. Er zog noch fester. Mitten im Kampf spürte er eine Hand auf seiner Schulter:

»Samuel Miller?«, ließ sich eine muntere Frauenstimme vernehmen.

Er nickte und versuchte zu lächeln, während er sich weiterhin mit dem verflixten Korken abmühte. Wieso war er auf einmal so gestresst? Er, der sonst immer die Ruhe weghatte. Endlich war die Flasche auf. Gott sei Dank! Die Frau nahm ein Champagnerglas aus dem Korb, hielt es ihm hin, und er goss ein und hieß die beiden willkommen.

»Ist das denn die Möglichkeit?«, fragte Agnes, und in ihrem Blick lag etwas Übermütiges.

Samuel war zu gestresst zum Rätselraten. Was meinte sie?

»Ist *was* die Möglichkeit?«, erkundigte er sich vorsichtig.

Die Frau lächelte mit ihren rot geschminkten Lippen, legte den Kopf schief und antwortete: »Da reist man hierher, um einen absolut düsteren Sargbaukurs anzutreten, und was passiert, noch ehe man dem Lehrer die Hand geschüttelt hat? Man bekommt Champagner!«

Bei ihrem herzlichen Lachen entspannte sich Samuel und lächelte, als sie ihn einen Augenblick später umarmte.

»Ich vermute, dass man als Veranstalter ein bisschen Lampenfieber hat, wenn man so einen Kurs mit zwei Wochen Vollpension und allem anbietet«, meinte sie. »Aber eins kann ich schon jetzt sagen: Allein dieser Empfang genügt, damit wir mit dem Kurs zufrieden sind, nicht wahr, Tom?«

Munter hob ihr Mann sein Glas, und sogar der kleine Hund wedelte mit dem Schwanz.

»High five!«, sagte Agnes und hielt dem Lehrer die erhobene Rechte hin.

Es war Samuels erstes High five. Bislang hatte er so etwas nur im Fernsehen gesehen und wusste nicht so recht, wie er sich verhalten sollte.

»Schau auf den Ellbogen«, sagte sie. »Wenn du den Blick auf den Ellbogen richtest, dann siehst du, wie sich der Arm bewegt, und du triffst die andere Hand perfekt. Die Kinder, die manchmal unseren Hund hüten, haben mir das beigebracht.« Sie lachte.

Perfekt klatschten die Handflächen aufeinander. Erlösend. Samuels Nervosität war verschwunden.

Samuel versuchte, die Frau vor sich einzuordnen. Er wusste, dass Agnes bereits über siebzig war, aber es wirkte, als hätten ihr weder die Jahre noch die sozialen Konventionen etwas anhaben können. Sie hatte zwar Ahnung vom Zeitgeist und auch von anderem (davon war er überzeugt), schien sich dadurch aber nicht weiter beeinflussen zu lassen. Deswegen konnte sie eine Bekanntschaft auch mit einem High five einleiten. Im Bewusstsein, dass ihr freundlicher Blick dem Gegenüber Ruhe einflößte. Plötzlich vereinte sie etwas, das weiter reichte als ein normaler Handschlag.

Samuel mochte sie auf Anhieb. Den Hund auch. Er wirkte wohlwollend geistesabwesend wie ein Welpe, der etwas Onkelhaftes hatte. Tom, den Ehemann, konnte Samuel nicht so schnell einschätzen. Bescheiden stand er einen halben Schritt hinter seiner Frau, lächelte und pflichtete ihr in allem bei. Er schien sich im Hintergrund wohlzufühlen, wirkte aber trotzdem nicht wie ein Pantoffelheld. Vielleicht gefiel es ihm auch nur, seine extrovertierte Frau *in action* zu erleben. Das konnte ihm Samuel nicht vorwerfen. In ihrer farbenfrohen Kleidung, ihrem welligen Silberhaar und mit dem warmen Lächeln war sie überaus einnehmend.

Samuel hatte gar nicht bemerkt, wie der nächste Kursteilnehmer auf sie zukam, ein schwarz gekleideter Mann in engen Jeans, einem Slimfit-Hemd von Eton und einem Baumwolljackett.

»Lars Lood«, sagte er knapp mit tiefer Stimme und hielt Samuel die Hand hin.

Er war mager, und unter seinen prominenten Brauen funkelten ein Paar grüne Augen, denen nichts zu entgehen schien. Diese Augen entdeckten auch als Erste den jungen Mann, der gerade aus einem Taxi gestiegen war und auf sie zukam.

»Das muss Victor sein«, meinte Samuel, und Agnes pfiff leise.

»Sieht er nicht aus wie ein Filmstar von früher?«

Auch Samuel fühlte sich an den jungen Marlon Brando aus dem Film »Die Faust im Nacken« erinnert. Auf seltsame Art erinnerte ihn der junge Mann aber auch an Agnes. Sein Blick wirkte jung und erfahren zugleich, als hätte er die Lebensbahn rückwärts beschritten und sei als Fünfundachtzigjähriger zur Welt gekommen und immer jünger geworden.

Nachdem auch Victor sein Glas Champagner bekommen hatte, erschienen die Krankenschwester und der Fußballspieler, Lisa und Omar. Beide hatten einen kräftigen Händedruck. Samuel füllte ihre Gläser bis zum Rand. So allmählich entwickelte er ein richtig gutes Gefühl bei der Sache.

Gottfrid schaute rasch auf die Uhr und bog zum Kai ein. Jetzt musste er nur noch einen Parkplatz finden. Er seufzte erleichtert, als er einen Platz in der Nähe entdeckte, auf dem er unbegrenzt stehen konnte. Schön, dass er ausnahmsweise einmal Glück hatte.

Er stieg aus, hob den Rollkoffer aus dem Kofferraum und betrachtete die Gruppe von Menschen, die miteinander anstießen. Das müssen sie sein, dachte er. Was für Irre. Irgendwo hinzufahren, um den eigenen Sarg zu tischlern! Er holte tief Luft. Eine Woche würde er mit diesen Leuten verbringen. Mindestens. Bei dem Gedanken an seinen Sarg schauderte ihn. Der Tod war das Letzte, womit er sich befassen wollte, aber jetzt ließ es sich nicht mehr ändern.

Gottfrid hatte sich nur deswegen zum Sargtischlern angemeldet, weil der Kurs über Hausrenovierung, den er im Frühjahr hatte besuchen wollen, kurzfristig abgesagt worden war. Zufällig hatte er die Anzeige für den anderen Kurs entdeckt und sich auf gut Glück angemeldet. Ein wenig handwerkliches Geschick konnte er bestimmt auch dort lernen. Dann war die Zusage gekommen. Erst jetzt ging ihm auf, wie unheimlich ihm das Ganze war. Den eigenen Sarg zu tischlern klang nach einem Kurs für Vampire. Er beschloss, solche Gedanken auszublenden.

Stattdessen spiegelte er sich in der Seitenscheibe des Autos und versuchte, seine Haare so zu legen, dass sie fülliger wirkten. Er zog seinen Kragen gerade, sprühte ein wenig Dolce & Gabbana Pour Homme auf seine Handgelenke, fuhr sich mit der Fingerspitze über die Brauen und blinzelte sich zu. Jetzt musste er seine Unruhe bezwingen und sich dem Abenteuer stellen, wie es der Motivationscoach an seinem Arbeitsplatz formuliert hatte. Außerdem wurde hier Champagner serviert, noch dazu am Vormittag. Vielleicht würde es ja doch ganz nett werden. Er zog sein Handy aus der Tasche und schrieb eine SMS an Simone, während er seinen Rollkoffer mit der anderen Hand hinter sich her zog. Eine letzte Lüge vor dem Ablegen. *Die Maschine startet gleich, Liebling. Du fehlst mir schon jetzt. Dort oben ist kein Empfang. Mach dir keine Sorgen, wenn du eine Weile nichts von mir hörst. Wenn ich zurück bin, nehmen wir das Haus in Angriff. Ich liebe dich, Dein Gottfrid.*

Die Fähre nach Lövensö würde gleich einlaufen, und Samuel forderte alle, die noch etwas im Kiosk besorgen wollten, auf, es jetzt zu tun, denn auf der Insel gab es keinen Laden. Omar murmelte etwas von Snustabak und Lars von Zigaretten, dann eilten beide davon. Als sie im Laden waren, bog ein roter BMW um die Ecke und kam mit quietschenden Reifen zum Stehen. Die Aufmerksamkeit aller war auf Charlie gerichtet, als sie die Autotür aufriss: »Hallo allerseits! Entschuldigt die Verspätung. Aber ich bin froh, dass ich es noch geschafft habe!«

Eine Ablenkung. Darum hatte Yvonne die höheren Mächte gerade angefleht, als der rote Sportwagen auftauchte. Als sich alle Blicke darauf richteten, eilte sie zur Kaikante und sprang mit einem Satz in das Rettungsboot, das seitlich an der Fähre hing. Dort warf sie sich unter die Plane und blieb ganz still liegen. Unruhig wartete sie auf Rufe von Leuten, die sie möglicherweise gesehen hatten, aber alles blieb still. Offenbar hatte sie es geschafft. Aber gleich packte sie eine neue Unruhe. Hatte sie wirklich alles dabei? Sie warf einen Blick in ihren Rucksack und … ja, da lagen die Tablettenschachteln.

Auch die Taschenlampe aus Metall war da, mit der sie ihm eins übergezogen hatte, als er schlief. Ein einziger Schlag, und schon war der Schlafende bewusstlos gewesen. Die roten Blutstreifen, die über seine Stirn gelaufen waren, hatten sie an die Grenzen afrikanischer Länder in ihrem Schulatlas erinnert. Die Grenzen weißer Männer, die den Kontinent unter sich aufgeteilt hatten.

Anschließend hatte sie ihm die Hände auf dem Rücken gefesselt und die Füße mit Verlängerungskabeln zusammengebunden.

Er hatte sie von Anfang an im Griff gehabt. Erst, weil sie verliebt gewesen war, dann, weil sie um ihr Leben gefürchtet hatte. Die Schläge waren gar nicht mal das Schlimmste gewesen, sondern die ständige Drohung, dass alles noch viel übler werden würde. Aber jetzt war es einfach genug.

Einer seiner »Nebenjobs« in den letzten Jahren

war gewesen, Dinge für diverses lichtscheues Gesindel zu verwahren. Manchmal Schmuck, manchmal reines Gold. Dieses Mal hatte sie ganz hinten im großen Kleiderschrank einen Pappkarton entdeckt. Unter einer Decke versteckt lagen dort eine Maschinenpistole und Handgranaten.

Dass er ihr Leben zerstört hatte, war eine Sache, aber das? Ein Karton voller Waffen, die dazu dienten, Menschen zu verletzen und zu töten.

Beim Anblick des kalten Stahls hatte Yvonne erkannt, dass sie nicht mehr Teil seines Lebens sein konnte. Sie musste weg, egal, was sie erwartete.

Voller Angst, dass er aufwachen könnte, ließ sie das Bett, in dem er schlief, nicht aus den Augen, während sie zum Medizinkasten ging und ihre großen Hosentaschen füllte. Ohne Psychopharmaka würden sie die Entzugserscheinungen in den Wahnsinn treiben. Bald sah sie ein, dass ihre Hosentaschen nicht ausreichten, und sie holte ihren Fjällräven-Rucksack. Sie wollte so viel wie nur möglich mitnehmen. Als sie den Rucksack zumachen wollte, fiel ihr auf, dass sie nicht nur Medikamentenschachteln eingepackt hatte.

»Was ist das denn?«, murmelte sie erstaunt.

In dem Kasten hatten zwischen all den anderen Sachen auch noch ein halbes Dutzend durchsichtiger Tütchen mit weißem Pulver gelegen. Sie leerte den Inhalt des Rucksacks auf den Boden und schob die Tütchen beiseite, dann legte sie alles andere zurück.

Das werd' ich dir heimzahlen, dachte sie.

In der Spüle lagen ein paar gelbe Gummihandschuhe. Sie streifte sie über und wischte ihre Fingerabdrücke von den Pulvertütchen ab. Dann ging sie zu ihrem bewusstlosen Lebensgefährten und drückte die Tütchen auf seine Fingerspitzen. Anschließend legte sie sie in den Medizinkasten zurück.

Als sie fertig war, hielt sie einen Augenblick neben dem Bett inne und betrachtete seine geschlossenen Augen, während sie bei der Polizei anrief. Mit verstellter Stimme erklärte sie, was sich in der Wohnung befand. Dann raffte sie alles Bargeld zusammen, schnappte sich ihren Pass und suchte das Weite.

Gerade als Yvonne unter der Plane ein wenig zur Ruhe gekommen war, hörte sie die Sirenen der Polizeiwagen. Instinktiv duckte sie sich und spürte, wie sich ihr Puls beschleunigte.

Charlie ging davon aus, dass die Polizei hinter ihr her war. Sie hatte den Geschwindigkeitsbeschränkungen ebenso wenig Beachtung geschenkt wie einem Stinkefinger. Über den geliehenen BMW wusste sie nichts. War er gestohlen und zur Fahndung ausgeschrieben? Sie glaubte es nicht, aber bei diesen Leuten konnte man nie wissen. Die Anweisung lautete, den Wagen samt Schlüssel unter dem Sitz am Kaiparkplatz stehen zu lassen.

Ihre Sorge war unberechtigt. Die Polizei interessierte sich weder für das Auto noch dafür, wie sehr sie das Gaspedal durchgetreten hatte.

»Wir suchen eine blonde Frau Anfang dreißig, die

Richtung Hafen gelaufen sein soll. Vermutlich trug sie einen Rucksack. Hat jemand von Ihnen sie gesehen?«, fragte einer der Polizisten.

»Ist sie gefährlich?«, wollte Charlie wissen.

»Das wissen wir nicht, aber wir würden gerne mit ihr sprechen«, antwortete der Polizist, und sein Blick rutschte von ihren Augen auf ihren Busen. Mit Mühe hob er den Blick wieder. »Okay. Sollten Sie sie doch noch sehen, verständigen Sie bitte die Polizei«, schloss er und zwinkerte Charlie zu. Dann stieg er wieder in seinen Streifenwagen.

Lars, der zusammen mit Omar wieder zu den anderen gestoßen war, hatte alles zufällig durch das Fenster des Kiosks mitangesehen. Wie die junge Frau mit dem Rucksack in das Rettungsboot gesprungen war und sich unter der Plane versteckt hatte. Ihm war sogar aufgefallen, dass der Polizist Charlies Busen angestarrt und ihr zugezwinkert hatte.

Idiot, dachte er, und ein Bulle außerdem. Solche Typen bringen die Männer in Verruf. Die Frau im Rettungsboot hatte harmlos und sehr verängstigt gewirkt. Nie im Leben hätte er sie so einem Trottel ausgeliefert.

Die Gruppe half mit, Samuels Kisten mit Lebensmitteln und anderen Besorgungen an Bord zu bringen. An Deck befiel den Kursleiter wieder diese unbegreifliche Nervosität. Oder ganz so unbegreiflich war sie dann doch nicht, wenn man bedachte, was auf dem Spiel stand.

Agnes' Erscheinen hatte ihn bereits einmal beruhigt, also sah er zu ihr hinüber und erhielt einen freundlichen Blick als Antwort. Sogleich war ihm ein wenig wohler. Dann räusperte er sich und sagte: »Willkommen an Bord! Sucht euch einen Sitzplatz, und macht es euch bequem. In etwa zwei Stunden sind wir auf Lövensö!«

Yvonne wusste sehr wohl, dass sie sich auf einem Boot bewegte, aber es kam ihr vor wie ein schwebender Palast. Um ihre Nerven zu beruhigen, hatte sie mehr Tabletten denn je geschluckt, und ihr Zustand war schwindelerregend. Als würde sie in Zeitlupe Achterbahn fahren.

Sie dachte erneut an den Schlag mit der Taschenlampe und die Blutstreifen auf seiner Stirn. Geradezu peinlich einfach. Dabei hatte sie sich so lange in seiner Gewalt befunden. Das muss ich mir merken, dachte sie. Vieles, das einem unmöglich erscheint, ist eigentlich ganz einfach, wenn man nur aus dem Einerlei ausbricht und das Undenkbare tut. Ihm im Schlaf eins über den Schädel ziehen, dann die Polizei rufen und ihn wegen Verstoß gegen das Waffengesetz und Drogenbesitz einbuchten lassen. Provozierend einfach, wenn man darüber nachdachte. Allein für die Waffen würde er mit Sicherheit mindestens drei Jahre kriegen, von den Drogen ganz zu schweigen. Und wenn er die Leute verpfiff, für die er die Sachen verwahrte, dann würde es noch schlimmer kommen.

Yvonne lächelte. Endlich war sie frei.

»Ich habe das Ziel dieses Kurses anfänglich missverstanden«, sagte Agnes während des ersten auslotenden Gesprächs in der Gruppe. »Ich dachte erst, es handle sich um einen ganz gewöhnlichen Tischlerkurs, und war dann sehr erstaunt, dass da etwas von Särgen stand.« Sie hob ihren Hund auf den Schoß und lachte. »Ich war immer stolz auf meine guten Augen, aber jetzt muss ich mir wohl langsam eine Lesebrille kaufen.«

»Machst du Witze?«, entfuhr es Victor, aber Agnes schüttelte den Kopf.

»Nein, das ist wahr ...«

Ihr Mann Tom nickte zustimmend und meinte, sie hätten erst gezögert, seien aber zu dem Schluss gekommen, dass es keine Rolle spiele, was da eigentlich getischlert werde, und hätten sich dann doch angemeldet.

Victor sah Agnes an, als sei sie sein neues Idol.

»Erzähl uns von Lövensö, Samuel«, bat Charlie. Diesen Wunsch erfüllte ihr Samuel gerne.

Die Insel war grüner als die benachbarten Inseln, und die dichte Vegetation ließ sie größer erscheinen. Diese Üppigkeit, so hatte ihm einmal ein Geologe erklärt, hing mit der Strömung und der Temperatur zusammen.

»Wohnen noch andere Leute auf der Insel?«, wollte Gottfrid wissen, und strich den Kragen seines Jacketts glatt.

»Nein, nur wir.«

»Und was kann man außer Särge-Tischlern noch unternehmen?«

Natürlich konnte man baden. Im Wald spazieren gehen, saunen, schnorcheln, von Sprungbrettern ins Wasser springen und analog fotografieren, falls man Lust hatte, denn es gab eine Dunkelkammer.

»Hier ist einer, der ganz bestimmt Lust darauf hat«, sagte Lisa und stieß ihren Mann mit dem Ellbogen in die Seite. »Omar fotografiert wahnsinnig gern. Er ist auch richtig begabt!«

»Ach was, das ist nur ein Hobby«, wandte er verlegen ein.

»Hör schon auf! Du bist ein Profi!«

Omar schien dieses Lob etwas übertrieben zu finden.

»Fotoapparate und Filme gibt es«, meinte Samuel, »nichts Modernes, aber gute Sachen. Dann gibt es ein Webzimmer …«

»Webzimmer?« Agnes merkte auf. »Ich webe wahnsinnig gern! Ich will einen Teppich weben, mit dem ich den Sarg auslegen kann. Der Gedanke, in alle Ewigkeiten hart liegen zu müssen, ist unerträglich.«

Victor erkundigte sich, ob er ihre Webdienste gegen Entgelt in Anspruch nehmen dürfe. Agnes betrachtete ihn verschmitzt.

»Dienste in Anspruch nehmen? Hältst du mich etwa für ein Teppichluder?«

Victor schluckte und wurde einen Moment lang ganz blass. Dann warf er den anderen einen hilfesuchenden Blick zu. Was wollte sie damit sagen? Aber niemand half ihm aus der Bredouille, alle warteten nur schweigend ab.

»Nein, also, ich …«, begann er, aber da klopfte ihm Agnes lächelnd auf die Schulter.

»Entschuldige, ich wollte dich nicht erschrecken. Das war nur ein Scherz.«

»Na, da bin ich ja erleichtert«, erwiderte Victor.

»Aber eins ist mir wichtig«, sagte sie ernst. »Ich lasse mich nicht bezahlen. Entweder bekommst du den Teppich gratis oder gar nicht.«

Sie streckte ihm die Hand hin.

»Dann hätte ich gerne einen Teppich«, antwortete Victor, und sie schlugen ein.

Vorsichtig schob Yvonne die blaue Plane beiseite und spähte über das glitzernde Meer. Der Tablettenrausch und das Freiheitsgefühl verwandelten alle Wahrnehmungen in Musik. Es war, als würden der Wind, die Vögel und der Himmel ihre eigene Version von Lou Reeds »Perfect Day« darbieten. Jeder Ton war eine Liebkosung.

Als sie den Kopf wandte, sah sie, dass die Fähre im Hafen eingelaufen war und eine Gruppe von Bord ging. Über die Reling des Rettungsbootes hinweg konnte Yvonne die Gruppe ungesehen in Augenschein nehmen. Ein eleganter älterer Herr mit kurz geschnittenem grauweißem Haar und Seitenscheitel erläuterte gestikulierend, wohin Taschen und Kisten gestellt werden sollten. Vor ihren drogenbenebelten Augen wurde er zu einem Dirigenten, dessen Bewegungen perfekt mit der »Musik« harmonierten.

Langsam schob sie sich über die Kante des Rettungsbootes und streckte den Fuß ins Wasser. Sie zuckte zusammen, als ihre Zehen die kühle Oberfläche berührten. Sie ließ ihr Bein immer weiter abwärts gleiten, und schwupps war sie im Wasser.

Langsam sank sie tiefer. Durch das Wasser sah sie verschwommene Sonnenstrahlen, die weit über ihr wie auf der Filmleinwand eines Traums tanzten. Sie empfand keinerlei Angst. Eine Erinnerung weckte ihre Schwimmreflexe, und sie dachte an die Tausende von Metern, die sie kraulend im Pool ihres Vaters zurückgelegt hatte und an seine aufmunternden Worte vom Beckenrand. Ihr Körper schwamm wie von allein auf das Licht von oben zu. »Perfect Day« hörte sie noch immer, aber im Wasser klang es anders. Dumpf und gedämpft. Erst als sie die Oberfläche durchstieß, erwachten die Töne wieder mit all ihrem Reichtum, und der erste Atemzug schmeckte nach reiner Lebensfreude.

Yvonne genoss ein paar lange Schwimmzüge und tauchte dann wieder wie eine Meerjungfrau ab, die ein letztes Mal zum Abschied die Tiefe aufsucht, ehe sie sich an Land begibt, Beine und Füße bekommt und Mensch wird. Dass ihr Rucksack mit den Medikamenten noch unter der Plane des Rettungsbootes lag, beunruhigte sie ebenso wenig, wie es die Sonne beunruhigt, hinter einer Wolke zu verschwinden. In diesem Augenblick befand sich Yvonne in ihrem eigenen Paradies. Alles andere war belanglos. Sie war eins mit der Freiheit.

Leichtfüßig kletterte sie die Felsen hinauf, fand einen sonnigen Platz, streckte sich aus und ließ den lauen Wind Kleider und Glieder trocknen. Das ist das Leben, dachte sie, schloss die Augen und schlief ein.

Sie wuchteten das Gepäck und die Kisten auf die Ladeflächen zweier Lastenmopeds, die unter einem Wellblechdach an dem kleinen Kai standen. Samuel Miller setzte sich auf das eine und erkundigte sich, wer von den anderen mit ihm vorausfahren wollte. Keine zwei Sekunden verstrichen, da saß Charlie schon auf dem zweiten Moped.

»Bis zum Haupthaus braucht ihr eine Viertelstunde, einfach den Weg entlang«, sagte er, trat den Kickstarter des Mopeds an und brauste mit Charlie auf den Fersen davon.

Die anderen merkten rasch, dass Samuel hinsichtlich der Inselvegetation nicht übertrieben hatte. Sie mutete fast südeuropäisch an und säumte den sich dahinschlängelnden Sandweg, den sie entlangliefen. Victor war begeistert und sprach von einem grünen Dach.

»Und ich habe jeden Schulausflug geschwänzt, weil ich keine Wälder mochte«, sagte er und schaute sich um. »Langsam bereue ich das.«

Omar betrachtete den weißen wuscheligen Hund, der ohne Leine hinter der Gruppe herlief und freundlich-erstaunt in die Welt blickte.

Sein Äußeres ließ sich am besten als Mischung aus Welpe und Wollknäuel beschreiben. Omar ging in die Hocke, tätschelte dem Hund den Kopf, nahm einen Stock und warf ihn zum Apportieren.

Keine Reaktion. Der Hund betrachtete ihn mit einem fragenden Blick und begann, an einer Blume zu schnuppern.

»Mach dir nichts draus, dass er keine Stöckchen jagt«, meinte Agnes. »Ehrlich gesagt glaube ich nicht, dass Wuschel überhaupt weiß, dass er ein Hund ist. Wenn man ihn fragen könnte, würde er selbst wohl auf eine Kreuzung zwischen Lamm und Kopffüßler, wie sie Kinder malen, tippen.«

Als sie weitergehen wollten, jaulte Wuschel. Der vierbeinige Wattebausch schaute Agnes und Tom flehend an.

»Was will er?«, wollte Lisa wissen.

»Machst du das?«, sagte Agnes zu Tom, der sofort seinen Rucksack öffnete. »Manchmal will er an die Leine, wenn ihm alles zu fremd ist. Dann fühlt er sich sicherer.«

»Angeleint kann er loslassen«, meinte Tom augenzwinkernd.

Lisa sah Omar an und wusste nicht, was seltsamer war, dass der Hund keinerlei Jagdinstinkt besaß oder dass er gerne an die Leine wollte. Jedenfalls war er süß.

»What a place!«, rief Charlie beeindruckt, als das Moped zum Stillstand kam. »Ich hatte eher so was wie eine alte Jugendherberge erwartet.«

Samuel bezeichnete das gelbe Gebäude als Haupthaus, aber niemand hätte protestiert, wenn er stattdessen Herrenhaus gesagt hätte.

»Oh, was für schöne Blumen«, sagte sie, während sie den Blick über die bunten Beete vor dem Haus und an den Wegen schweifen ließ.

Charlie staunte selbst über ihren Kommentar. Sie hatte ihn zwar schon oft gehört, aber aus ihrem eigenen Mund noch nie. Ihre Lehrerin in der sechsten Klasse hatte sich immer so ausgedrückt, was in Charlies Ohren nach alter Dame geklungen hatte. *Oh, was für schöne Blumen.* Und jetzt hatte sie es selbst gesagt. Sie hatte es nicht nur geäußert, sondern auch wirklich *empfunden*. Genau wie ihre Lehrerin, vermutlich.

»Die Rosen stammen noch aus dem Garten meiner Eltern. Die haben also schon ein beträchtliches Alter«, sagte Samuel.

»Gehört das alles dir?«, fragte Charlie und machte eine ausladende Handbewegung. Samuel machte eine Bewegung, die sich nur als Nicken deuten ließ.

»Moment mal, die ganze Insel?«

Samuel fand es immer so vermessen, über sein Vermögen zu sprechen, aber antwortete dann doch mit einem knappen Ja. Charlie bemerkte seine Verlegenheit. Eine Kiste Champagner zwischen dem Gepäck bot einen willkommenen Themenwechsel.

»Ach! Es gibt noch mehr«, meinte sie. »Wie wär's mit einem weiteren Glas, mit einem Willkommens-Skål mit dem Team vor dem Haupthaus. Es ist ja Freitag und überhaupt.«

»Ausgezeichnete Idee«, fand Samuel und bat sie, alles vorzubereiten, während er die Kisten und Taschen ins Haus trug.

Charlie war nicht die Einzige, die beeindruckt war. Ein Raunen ging durch die Gruppe, als sich der Wald öffnete und das Gebäude vor ihnen aufragte.

»Das nenne ich aber ein Schulungsheim«, meinte Victor und stieß einen leisen Pfiff aus.

Lars fühlte sich an den Tatort einer alten Agatha-Christie-Verfilmungen versetzt. Vor dem gelben Haupthaus lag eine große Wiese mit Dutzenden gedrungener Apfel- und Birnbäume und zwei Mährobotern, die sich im Zickzack zwischen den Bäumen hin und her bewegten.

Neben dem Haupthaus lagen weitere Gebäude: Brennholzschuppen, Geräteschuppen, eine kleine Garage für Landmaschinen sowie eine Scheune, die seit ihrem Umbau als Werkstatt diente. Blumenbeete und eine dichte Hecke umgaben das Gelände und grenzten es zum Wald ab.

Samuel Miller hob sein Champagnerglas.

»Das Haupthaus wurde durch die Jahre für verschiedene Zwecke genutzt. Von einem Erholungsheim für Kommunalbeamte mit Burnout bis hin zu einer Tagungsstätte der deutschen Landwirtschaftsbehörde. Ein Kurs in Sargtischlerei findet hier jedenfalls garantiert zum ersten Mal statt.« Er verstummte, lächelte und fuhr dann fort: »Den eigenen Sarg zu tischlern mag einem sehr deprimierend erscheinen. Dabei ist das Gegenteil der Fall. Das Hämmern wird euch unweigerlich dazu inspirieren, das zu tun, was ihr im Grunde wirklich wollt, ehe es zu spät ist. Genießt, ehe alles zu Ende ist. Nur darum geht es bei der Sargtischlerei. Willkommen, Skål auf das Haupthaus, auf Lövensö und natürlich auch auf uns!«

Da es bedeutend mehr Zimmer als Kursteilnehmer gab, war die Unterbringung unkompliziert. Lars, Gottfrid, Charlie und Victor bezogen je ein Einzelzimmer, die Paare bekamen Doppelzimmer. Samuel veranstaltete vor dem Essen eine rasche Führung und zeigte den Teilnehmern Waschküche, Küche, Speisesaal, Salon und den Weg zum Badeplatz und zur Sauna. Einige Teilnehmer waren Vegetarier, daher wurde der Einfachheit halber fleischlos gekocht.

Niemand erhob Einwände, obwohl Gottfrid und Omar anzumerken war, dass Grünkohlsalat nicht auf Platz eins ihrer Gerichte-Top-Ten-Liste lag.

»Wenn man sich für einen ungewöhnlichen Kurs entscheidet, kann man sich nicht plötzlich über das Essen beklagen«, fand Omar.

Lars wirkte nicht sehr glücklich. Ihm ging es jedoch nicht um das vegetarische Essen. Er fürchtete, dass auf seine in der Anmeldung erwähnte Nussallergie nicht genug Rücksicht genommen würde.

Samuel versicherte, keine einzige Nuss gekauft zu haben. Lars könne also beruhigt sein.

»Leider nimmt meine Unruhe immer zu, wenn mir jemand sagt, ich könne beruhigt sein«, sagte Lars mit Nachdruck.

Samuel versprach, die anderen darauf aufmerksam zu machen, falls wider Erwarten in der Küche irgendeine Nuss auftauchen sollte.

Lisa hatte sich auf dem Bett ausgestreckt, und Omar hängte die Kleider in den Schrank.

»Was für ein Palast!«, sagte sie und räkelte sich. »Ganz unwirklich. Wie im Film.«

»Man weiß allerdings nicht, ob es auf Comedy oder Horror hinausläuft«, meinte er.

»Oder auf einen erotischen Thriller?« Sie schwenkte im Liegen die Hüften, was er aber nicht bemerkte oder geflissentlich ignorierte.

»Funktioniert dein Handy?«, fragte er. »Ich habe keinen Empfang.«

»Keine Ahnung. Ich habe noch nicht nachgeschaut. Ist doch großartig, kein Internet, keine Kinder, kein Handy! Jede Menge Zeit für Liebe …«

Gestresst sah er sie an.

»Liebling, wir sind doch eben erst angekommen und …«

»Und was?«, hakte sie nach. »Komm schon, Omar.«

»Was wär's mit einem Spaziergang«, schlug er vor. »Wir schauen uns etwas um.«

Sie seufzte.

»Manchmal wünschte ich mir, ich wäre dein Handy. Dann würdest du mich ständig begrabschen.«

Der Spaziergang durch das magische Grün entflammte Lisas Liebessehnsucht von Neuem, aber sie beschloss, Omar nicht weiter zu quälen. Ganz offensichtlich war er nicht in Stimmung, und wenn er nicht wollte, dann wollte er eben nicht. Stattdessen drückte sie seine Hand, küsste sie und bedankte sich, weil er sich auf dieses wilde Abenteuer eingelassen hatte.

»Ich glaube, neue Herausforderungen sind das Richtige für uns«, sagte sie. »Das sind wir doch gewohnt. Dann geht's uns gut.«

Fast zehn Jahre lang war Omar mit der Familie im Schlepptau als Abwehr-Profifußballer durch Europa getingelt, ehe er sich vor drei Jahren zur Ruhe gesetzt hatte. Unausweichlich wie Spam in der Mailbox hatte sich Rastlosigkeit in ihm ausgebreitet, sobald die Fußballschuhe im Schrank gelandet waren. Also hatte er sich auf andere Arten fit gehalten. Mit Joggen, Krafttraining, Schwimmen und dem einen oder anderen Triathlon. Im Unterschied zu vielen Kollegen hatte er nach Ende seiner Profikarriere nicht binnen Kurzem fünfunddreißig Kilo zugelegt.

Lisa hatte an Omars Aktivitäten einiges auszusetzen. Sie fand, dass er sich in sein Ablenkungstraining stürzte, statt etwas zu unternehmen, das ihn weiterbrachte und »innerlich erblühen ließ«. Omar wurde immer ganz müde, wenn sie mit diesem Gerede anfing. Entweder tat er so, als würde er zuhören, und nickte an den richtigen Stellen, oder er verzog sich auf eine seiner Joggingrunden.

»Schau, hier gibt es ein ganz besonderes Licht«, sagte er jetzt und hielt ihr sein Handy hin, mit dem er sie gerade fotografiert hatte.

»Wie machst du das nur?« Lisa betrachtete das Foto genauer. »Dank dir habe ich ein ganz verzerrtes Selbstbild. So hübsch bin ich gar nicht!« Sie gab ihm sein Handy zurück. »Genau das meinte ich ja … In dir schlummert ein Künstler, der nie zum Zuge kommt, weil du wie angestochen durch die Gegend rennst.«

Omar seufzte und steckte sein Handy wieder in die Hosentasche.

»Wie findest du die anderen?«, fragte sie, um das Thema zu wechseln.

»Die exzentrische ältere Dame ist sympathisch«, meinte Omar und trat einen Schritt vor, um zwei Gänseblümchen zu betrachten, die sehr schön von der Sonne beschienen wurden.

»Du meinst Agnes, die sich aus Versehen angemeldet hat?«

»Ja, und auch Charlie, die Frau aus London. Die wirkt lustig und gewitzt.«

»Hübsch ist sie auch«, erwiderte Lisa und beobachtete gespannt seine Reaktion.

Die blieb aus. Er war vollauf damit beschäftigt, den richtigen Winkel zu finden, um die Gänseblümchen zu fotografieren.

Gottfrid wollte die Sache schnellstmöglich mit Samuel besprechen. Vor dem Spiegel zupfte er den Kragen seines neuen Secondhand-Stenström-Hemds zurecht. Er hatte es nach dem Auspacken noch einmal gebügelt. Nicht, weil das nötig gewesen wäre, sondern weil ihm das ein besseres Gefühl gab. Manche hielten ihn in Kleiderdingen für einen Snob, aber Gottfrid kleidete sich gerne gepflegt. Das vermittelte ihm den Eindruck, ein Mann auf dem Weg nach oben zu sein. Dass er die Markenklamotten gebraucht kaufte, brauchte niemand zu wissen.

»Mein kleiner Ästhet«, sagte sie hin und wieder und knabberte an seinen Ohrläppchen. Gottfrid gefiel das »klein« nicht, aber er liebte das »Ästhet« und das Knabbern. Also protestierte er nicht.

Die Idee war ihm gekommen, als er vor dem Haupthaus stand. Wahrscheinlich musste es laufend instandgehalten werden. Da er bereits bei seiner Anmeldung seine Angst vor dem Tod erwähnt hatte, erschien ihm sein Plan nur natürlich. Er übte seine Sätze noch einmal vor dem Spiegel: »Also, Samuel. Es wäre vielleicht gut, wenn ich mich erst ein wenig an Hammer und Nägel gewöhne, bevor ich mich an so was, wie soll ich sagen, direkt auf den Tod Bezogenes wie einen Sarg mache. Eine einwöchige Eingewöhnungszeit, beispielsweise Renovierungsarbeiten am Haupthaus, das wäre perfekt. Damit könnte ich mich sozusagen für die Sargtischlerei in Stimmung bringen. Und dafür, mich meiner Angst vor dem Tod zu stellen. Was hältst du davon?«

Samuel könnte das kaum ablehnen. Nicht bei einem Mann, der Angst vor dem Tod hatte und der ihm anbot, ihm gratis beim Renovieren zu helfen. Mit entsprechender Anleitung würde Gottfrid in einer Woche genug lernen, um sich in der verbleibenden Woche in Simones Haus nützlich machen zu können. Wichtig war, gleich loszulegen und sich ans Handwerk zu gewöhnen. Zwei linke Hände waren schon schlimm genug, untätige waren noch schlimmer.

In Wirklichkeit hatte Gottfrid keinerlei Pläne, einen Sarg zu bauen. Sobald er das Nötigste gelernt hatte, würde er die Fähre nehmen und nach Hause fahren. In Anbetracht des abgesagten Renovierungskurses hatte er das Ganze doch recht clever eingefädelt. Wenn das Beste nicht zu haben war, musste man aus dem Gegebenen das Beste machen.

Als der Kragen perfekt saß und er sich mit befeuchteten Fingerspitzen über die Brauen gefahren war (das musste sein), verließ er sein Zimmer und ging aufrechten Schrittes durch den Korridor zu Samuels Tür und klopfte an. Dann trug er seine Bitte wie eingeübt vor und fand, dass es sogar besser lief als vor dem Spiegel. Samuels Reaktion hingegen war nicht ganz so erfreulich.

»Das ist kein Kurs in Denkmalpflege«, meinte er.

Gottfrid versicherte, dass er *selbstverständlich* auch noch seinen Sarg tischlern würde. Allemal. Unbedingt. Er brauchte nur etwas *Zeit*. Eine Woche un-

gefähr. Um warm zu werden. Und sich mit der Handarbeit anzufreunden. Samuel nickte, entgegnete
aber: »Ohne der edlen Kunst der Handarbeit nahe-
treten zu wollen, würde ich das hier doch eher
Handwerk nennen.«

Gottfrid spürte, wie sein Zeigefinger zum Wohl-
fühlpunkt auf seine Glatze angezogen wurde. Er
zwang seine Hand in die Hosentasche.

»Wir machen es so«, sagte Samuel, und Gottfrid
fand, dass er plötzlich eine ganz neue Stärke zeigte.
»Du nimmst an der allgemeinen Einführung in den
Sargbau teil und entscheidest dich für ein Modell.
Dann kannst du sofort loslegen, nachdem du dich
eine Woche lang mit Hammer und Nagel vertraut
gemacht hast.«

Gottfrid nickte eifrig.

»Super. Hervorragend. Perfekt. Danke!«

Samuel hatte die Tür bereits zugezogen, klemmte
aber Gottfrids gewienerte Schuhspitze in den Spalt.

»Aber du hilfst mir doch, nicht wahr? Ich kenne
mich mit dem Renovieren nicht so wahnsinnig gut
aus.«

»Natürlich. Ich will mir ja mein Haus nicht ruinie-
ren lassen.«

Lisa und Omar folgten einem recht steil ansteigenden Waldweg. Lisa dachte über ihr Leben nach, über ihre Familie, darüber, was sie hatte und was sie sich wünschte. Die Zwillingstöchter wurden in diesem Jahr fünfzehn. Es schien ihnen besser zu gehen als den meisten Teenagern, was vielleicht daran lag, dass sie einander hatten. Sie selbst war Spielerfrau und Bloggerin gewesen und hatte bis zum Gehtnichtmehr zwanghaft Selfies im Sonnenuntergang mit gesponserten Handtaschen gepostet. Dann hatte sie auf Krankenschwester umgesattelt. Omar war rücksichtsvoll und zuverlässig, und Geld gab es genug.

Und doch fehlte etwas.

Früher, als die Familie wegen des Fußballs von Stadt zu Stadt ziehen musste, hatte das Unerwartete zum Alltag gehört, auch die Bereitschaft, sich damit auseinanderzusetzen. Auf dem Fußballplatz und auch sonst. Jetzt war alles gut, aber ihr fehlte die Herausforderung. Alles befand sich im Stillstand, insbesondere ihr Ehemann. Plötzlich schoss ihr ein neuer Gedanke durch den Kopf. Vielleicht war sie es ja, die stillstand? Vielleicht musste sie ja weiterziehen? Vielleicht war ihr Omar nicht genug?

Nein! Sofort schob sie diesen idiotischen Gedanken von sich. So vorhersehbar. Immer liegt es am Partner, wenn man sich langweilt. Sie liebte ihren Omar und sehnte sich nicht nach einem anderen Mann. Aber einer kleinen Überraschung ab und zu wäre sie nicht abgeneigt.

Sie erreichten den Gipfel; weit unter ihnen schlugen die Wellen gegen die Felsen. Lisa legte ihrem Mann den Arm um die Schultern. Vor ihnen breitete sich das Meer wie eine riesige glitzernde Umarmung aus.

»Woran denkst du?«, fragte er.

Sie schüttelte den Kopf.

»An nichts. Ich bewundere nur die Aussicht!«

Als ob sie ihm etwas vormachen könnte. Sie waren seit der neunten Klasse ein Paar. Er konnte in ihr lesen wie in einem offenen Buch, und zwar eines mit Großbuchstaben für Kinder. Trotzdem war er einfühlsam genug, um nicht nachzuhaken, wenn er merkte, dass sie nicht antworten wollte. Das Summen von Omars Handy unterbrach die Stille. Eine SMS einer der beiden Töchter: *Wo sind die Badmintonschläger?* Er grinste. Kein Wort darüber, wie es zu Hause lief. Also war alles gut. Und selbst wenn nicht, dann war es zu den Großeltern nicht weit. Sie wohnten zwei Häuser weiter. Dort aßen und übernachteten die beiden jetzt auch.

Im weißen Schrank im Keller. Wir sind angekommen. Bei uns alles o.k. Mama lässt grüßen. Take care! Love u!, schrieb er.

»Weißt du, wen ich am interessantesten finde?«, fragte Lisa, ohne die Augen von den Wellen zu heben. »Victor«, sagte sie. »Er wirkt tiefgründig, aber ohne Schweres, wenn du verstehst, was ich meine.«

Er meinte, sie zu verstehen, und deutete auf den Abgrund einige Meter vor ihnen.

»Sollen wir mal schauen, wie tief es da ist?«

Vorsichtig und Hand in Hand gingen sie bis zur Kante vor und spürten die Höhenangst im Magen, als sie sich über den Abgrund beugten.

»Wer hier runterfällt, ist mausetot«, meinte Omar schaudernd und trat schnell zwei Schritte zurück.

»Ein Glück, dass wir einen Sargtischlerkurs besuchen«, sagte Lisa augenzwinkernd.

Samuel, Agnes und Tom bereiteten die erste Mahlzeit zu. Einen Wok mit Gemüse, Tofu und Nudeln. Dazu gab es einen Rotwein, den der Kursleiter aus einem geräumigen Erdkeller unweit des Haupthauses geholt hatte. Alle lobten die Köche, und die Stimmung war ausgelassen, als Samuel mit der Gabel an sein Glas schlug.

»Es ist wunderbar, euch hierzuhaben. Ich hoffe, ihr fühlt euch wie zu Hause und zögert nicht, zu mir zu kommen, wenn ihr Hilfe braucht oder Fragen habt.«

Er fasste noch einmal das Wichtigste zusammen: Zwischen neun und zwölf gemeinsames Sargtischlern einschließlich Pausen und einer Kaffeediskussion. Mittagessen um halb eins und danach Nachmittag zur freien Gestaltung. Ganz einfach also.

»Entschuldige«, Gottfrid hob die Hand. »Was habe ich mir unter einer Kaffeediskussion vorzustellen?«

»Ich dachte, es wäre ganz nett, einfach ein wenig zu reden«, antwortete Samuel. »Schließlich bauen alle ihren Sarg. Ein stärkeres Symbol für die kompromisslose Endlichkeit des Lebens kann man lange suchen.«

Die meisten am Tisch sahen Samuel zustimmend an, aber Gottfrid hatte nicht die geringste Lust, sich mit Leuten, die er nicht kannte, über Särge und Tod auszutauschen.

»Ist das Pflicht?«, wollte Gottfrid wissen und entfernte eine unsichtbare Fluse von seinem Revers. »Muss man da mitmachen? Ich beschäftige mich in der ersten Woche ja eigentlich nur mit dem Renovieren.«

»Ja, ich finde schon«, antwortete Samuel mit Nachdruck, »sonst bleibst du ja außen vor.«

Gottfrid sah ein, dass Nachgeben vielleicht das Klügste war. Er wollte nicht als Querulant dastehen. Er hatte schon genug Umstände verursacht.

»Okay«, erwiderte er kurz.

»Noch etwas«, sagte Samuel. »Ich weiß, dass das jetzt vielleicht noch nicht aktuell ist, aber ich bin ein großer Boule-Fan. Mir wäre es also recht, wenn wir den Aufenthalt hier auf der Insel mit einem Boule-Wettkampf beenden würden. Das wäre doch ein lustiger, unbeschwerter Abschluss.«

Die anderen hielten das für eine gute Idee.

»Wirst du auch deinen Sarg tischlern, oder hast du das schon getan?«, fragte Victor.

»Nein, ich tischlere auch«, antwortete Samuel. »Ich habe zwar schon einen Prototyp gefertigt, aber der zählt nicht, weil ich nicht vorhabe, die Ewigkeit darin zu verbringen. Einen Sarg tischlern ist eine Sache, den eigenen Sarg zu tischlern ist etwas ganz anderes.«

Charlie hatte eine Frage zum Handyempfang.

»Bei mir klappen weder Anrufe noch Nachrichten.«

Sie erfuhren, dass der Empfang sehr unzulänglich sei. Samuel empfahl, Himlastupet, den höchsten Punkt der Insel, zu erklimmen. Dort konnten Nachrichten empfangen und versendet werden, telefonieren hingegen war selbst dort oben problematisch.

Omar und Lisa tauschten einen Dort-waren-wir-schon-Blick aus! Samuel mahnte aber zur Vorsicht.

»Besonders im Dunkeln ist eine Taschenlampe ein Muss, weil der Abgrund ganz plötzlich kommt. Leider fehlt ein Zaun. Früher gab es mal einen, aber der war so wackelig und so niedrig, dass er eine trügerische Sicherheit vermittelte. Deswegen habe ich ihn abgerissen. Bisher habe ich es noch nicht geschafft, ihn zu erneuern. Tut mir leid.«

Dann griff Samuel Lars' Anliegen auf.

»Ich will noch einmal daran erinnern, dass Lars eine Nussallergie hat. Deswegen bitte ich euch, alle Nüsse sofort wegzuwerfen.«

Lars wirkte trotzdem nicht ganz zufrieden.

»Möchtest du noch was ergänzen?«, fragte Samuel.

Lars erhob sich.

»Zwei Dinge. Das eine betrifft meinen Vornamen. Mir ist aufgefallen, dass sich alle nur mit dem Vornamen anreden. Meine Mutter hat sich angestrengt, einen Namen zu finden, der gut zu dem Nachnamen Lood passt. Ihre Wahl fiel auf Lars. Vor dieser Entscheidung habe ich größten Respekt. Deswegen würde ich es zu schätzen wissen, wenn mich alle mit meinem kompletten Namen ansprechen würden.«

»Wirst du wütend, wenn du nur mit Lars angeredet wirst?«, wollte Agnes wissen.

Er schüttelt den Kopf.

»Nein, ich heiße ja Lars«, er machte eine Kunstpause. »Aber ich bin Lars Lood.«

Victor unterbrach die darauf folgende seltsame Stille mit einer Erinnerung.

»Du wolltest zwei Dinge besprechen.«

»Ja, richtig. Das hier ist ein altes Haus. Es können also irgendwo Nüsse herumliegen, die jemand vergessen hat. In der Anrichte, in Schubladen ... muss nicht sein, kann aber sein. Ich bitte euch alle, darauf zu achten.«

»Wie allergisch bist du denn?«, fragte Lisa.

»Ihr habt das vielleicht schon mal gehört. Gelegentlich heißt es im Flugzeug, dass niemand Nüsse essen darf, weil sich ein Allergiker an Bord befindet, der sterben könnte, wenn jemand eine Tüte Nüsse öffnen würde.« Voller Ernst blickte er in die Runde. »Diese Person bin ich.«

Charlie war früh zu Bett gegangen, um sich vor ihrem nächtlichen Telefonat noch ein paar Stunden auszuruhen. Das Einschlafen fiel ihr jedoch schwer. Jeden Tag ging sie entweder ins Fitnessstudio oder joggen, weil sie sich sonst abends nicht entspannen konnte. Seit drei Tagen hatte sie jetzt nicht mehr trainiert und spürte ihre Rastlosigkeit in den Beinen. Erst gegen Mitternacht fiel sie in einen leichteren Schlummer, und ausgerechnet, als sie richtig tief eingeschlafen war (um zwei Uhr), summte das Handy unter ihrer Decke. Typisch, dachte sie und zog im Dunkeln ein T-Shirt über. Die ganze Welt ist online, aber hier auf der Insel gibt es – wenn überhaupt – nur einen einzigen Ort, an dem man telefonieren kann. Und auch noch direkt an einem Abgrund.

Ihr Auftraggeber hatte sie gebeten, sich um halb drei schwedischer Zeit zu melden. Vielleicht um seine Macht zu demonstrieren, vielleicht auch, weil er fand, dass man dann ungestört kommunizieren konnte. Sie wusste es nicht. Draußen beschleunigte Charlie ihre Schritte, um nicht zu spät zu kommen, was in dieser Finsternis gar nicht so einfach war. Wolken verdeckten den Mond und die Sterne. Die Taschenlampe machte sie erst an, als sie sich außer Sichtweite des Hauses befand. Jetzt, wo sie etwas sehen konnte, kam sie schneller voran.

Es wäre keine Katastrophe gewesen, wenn sie jemand gesehen hätte. Schließlich riskierten die Leute heutzutage ihr Leben, um ein wenig im Internet zu surfen. Dass sie mitten in der Nacht telefonieren wollte, war also gar nicht mal so verwunderlich, aber sie wollte gerne unnötige Fragen vermeiden.

Trotz Samuels Warnung, dass sich der Abgrund überraschend auftat, entdeckte ihn Charlie erst, als sie nur noch einen Meter von ihm entfernt war. Sie spürte ein Kribbeln und brachte sich rasch in Sicherheit, ehe sie ihr Handy aus der Tasche zog.

»Hallo«, antwortete eine englische Männerstimme gedämpft, nachdem sie die Nummer getippt hatte.

»Vor Ort«, sagte sie erleichtert, weil die Verbindung klappte. Keine Antwort. Sie fuhr fort: »Charlie hier. Vor Ort, auf Lövensö.«

»Willst du auch noch deine Personenkennziffer runterleiern?«

Die Stimme klang verärgert. Sie hätte sich am liebsten die Zunge abgebissen. Regel Nummer eins, zwei und drei: keine Namen, keine Namen, keine Namen. Was hatte sie sich nur gedacht? Dass sie niemand hören konnte, weil sie sich auf einer Insel am Ende der Welt befand? Als hätte sie nicht schon genug Fehler gemacht.

»Kannst du mir die Annahme bestätigen?«, fragte ihr Auftraggeber.

»Er ist es definitiv.«

»Woher weißt du das?«

»Ich habe ihn anhand der Fotos erkannt, und er hat selbst gesagt, dass ihm die Insel gehört.«

»Hast du sein Vertrauen gewonnen?«

»Soweit das in ein paar Stunden möglich war.«

Sie hasste es, sich einem solchen Verhör zu unterziehen, aber was blieb ihr übrig? Diesen Preis musste sie eben zahlen. Ein paar Sekunden lang rauschte es. Dann war die Stimme wieder da.

»Melde dich, wenn es erledigt ist. Du entscheidest, wann. Und dieses Mal, verdammt noch mal, kein Fuck-up. Haben wir uns verstanden?«

»Ja«, antwortete sie.

Klick. Das Gespräch war beendet.

Charlie, 2003

Einerseits war es aus einer Laune heraus geschehen, andererseits aber auch wieder nicht. Eine Woche nach dem Abitur.

Verdammt, ich bin jetzt volljährig, dachte sie, als sie am Reisebüro vorbeiging.

Eine Sekunde später machte sie kehrt und buchte eine Reise nach London.

»Hin und zurück?«, fragte die Dame hinter dem Schalter.

Charlie überraschte sich selbst: »Nein, einfache Fahrt.«

Cash war ein Problem. Sie besaß nur viereinhalbtausend Kronen. Das würde zwar eine Weile reichen, wenn sie in billigen Jugendherbergen abstieg, aber nicht lange. Sobald sie in London war, brauchte sie einen Job.

Charlie wusste, dass sie jetzt alles einsetzen musste, was sie gelernt hatte. Sie war zwar nicht alt, hatte aber schon mehr erlebt als die meisten. Sie hatte als kleines Kind ihre Eltern verloren, dann hatte sich ihr Großvater um sie gekümmert, bis er ebenfalls gestorben war. Sie wusste nicht, ob die Erinnerungen an ihre Eltern echt waren oder nur Einbildung. Überwiegend waren es Stimmungen. Gute Stimmungen. Das galt auch für den Großvater.

Ihre Stiefeltern hingegen wussten nicht, was gute Stimmung war, sie setzten alles auf Kontrolle.

»Bist du nach der Schule sofort nach Hause gegangen? Lass mich mal riechen, ob du Süßigkeiten gegessen hast.«

Wenn einem niemand vertraut, dann ist einem zu guter Letzt nicht mehr zu trauen. So war es jedenfalls mit Charlie.

Tagsüber war sie ein braves Mädchen, nachts verwandelte sie sich in das Gegenteil. Mit zwölf rauchte sie zum ersten Mal, mit dreizehn fuhr sie Auto, und mit fünfzehn machte sie eine Kehrtwende und wurde zur Streberin. Nicht etwa, weil sie die Schule plötzlich geliebt hätte (sie verabscheute sie), sondern weil mit guten Noten alles viel einfacher war. Sie merkte, dass man dadurch eine Unauffälligkeit erzielte, von der die Rabauken der Schule nur träumen konnten.

Noch am gleichen Tag, an dem Charlie in Heathrow gelandet und in die Stadt gefahren war, klaute sie ein Fahrrad, mit dem sie die Straßen nach einem Job und einem Quartier abklapperte. Sie bekam in einem christlichen Café einen Teller Suppe und die Adresse einer nahe gelegenen Herberge. Für Frauen, die auf die schiefe Bahn geraten waren.

Als sie sich dort einfand, warf sie ihre Tränendrüsen an und erzählte, dass sie aus Schweden abgehauen und auf der Flucht vor ihrem gewalttätigen und pathologisch eifersüchtigen Freund war. Jetzt habe er sie bis nach London verfolgt, und sie müsste eine Weile irgendwo unterkriechen.

Im Frauenhaus wurde sie mit offenen Armen aufgenommen und bekam einen kostenlosen Schlafplatz in einer Ecke zugewiesen. Mit diesen Frauen abzuhängen erwies sich als Volltreffer. In vielerlei Hinsicht. Sie besuchte die Universität der Straße. Charlie lernte unter anderem, was man gut stehlen könnte, und zwar vorzugsweise die Hehlerware der Diebe, da diese nie zur Polizei gingen. Man durfte sich jedoch keinesfalls erwischen lassen, da die Strafen der Unterwelt strenger waren als die des Gesetzes.

Nach etwa einer Woche im Frauenhaus hörte Charlie, wie eine Frau im Raucherzimmer von ihren »restless legs« erzählte, die sie dazu zwangen, zu den unmöglichsten Zeiten Spaziergänge zu unternehmen. Dabei war ihr ein Haus in der Nachbarschaft aufgefallen, vor dem nachts unter viel Geflüster Waren ausgeladen wurden. Das Paar, das dort wohnte, trug Schmuck und Designerklamotten, wie man sie sonst nur bei Promis sah.

Charlie begann, das Haus zu beobachten und konnte bald feststellen, dass dort ausgesprochen seltsame Dinge vor sich gingen. Nächtliche, stressige Übergaben aus dunklen Lieferwagen, bei denen die Bewohner des Hauses die Fahrer schlecht behandelten. Äußerst unangenehme Leute.

Als Charlie auffiel, wie sehr sie der jungen Frau im Hause glich, kam ihr eine genial einfache Idee. Vermutlich wäre sie nicht darauf gekommen, wenn sie nicht so dringend Geld gebraucht hätte und wenn die beiden Hausbewohner nicht so unsympathisch gewesen wären. Charlie beschloss, dort einzubrechen, um nachzusehen, ob es etwas zu stehlen gab.

Sie durchsuchte die Müllsäcke hinter dem Haus und fand auf einer Rechnung den Namen der Frau. Daraufhin fertigte sie einen Mitgliedsausweis für ein Fitnessstudio mit den Angaben der Frau an und einem Passfoto von sich selbst. Ein primitiver gefälschter Ausweis.

Eines Vormittags, Punkt halb zehn, als Charlie wusste, dass das Paar nicht zu Hause war, zog sie Trainingskleider an, nahm ihren Rucksack und hielt ihre Haare unter den Wasserhahn, damit es so aussah, als käme sie geradewegs aus dem Fitnessstudio. Dann rief sie aus der Telefonzelle an der Ecke einen Schlüsseldienst und bat um sofortige Hilfe, weil sie sich ausgeschlossen habe.

Charlie erwartete den jungen Schlosser vor der Tür. Als er sich nach ihrem Ausweis erkundigte, fragte sie mit unschuldigem Augenaufschlag, ob auch der Mitgliedsausweis ihres Fitnessklubs genüge, weil sie ihren Führerschein nicht zum Training mitgenommen habe. Der Schlosser schöpfte keinerlei Verdacht, warf nur einen kurzen Blick auf das Kärtchen, zog gehorsam seinen Dietrich aus der Tasche, und schwupp war die Tür auf!

Die Rechnung unterschrieb Charlie fröhlich mit dem Namen der Hausbewohnerin. Das Opfer musste also selbst für die Kosten des »Einbruchs« aufkommen.

Charlie spürte den Adrenalinstoß, als sie eintrat.

Sie zog Handschuhe an und schaute auf die Uhr. Elf Minuten. So viel Zeit hatte sie sich gegeben.

Das Haus war ein Diebesnest, eine wahre Schatzkammer. Überall lagen Sachen herum. Nur das Wohnzimmer und die Küche waren nicht vollgestopft. Uhren, Schmuck, Elektronik, Kleider. Das meiste noch originalverpackt. In einer Schublade des Nachttisches fand Charlie ordentlich von Gummibändern zusammengehaltene Geldbündel. Sechstausend Pfund in bar. Sie traute ihren Augen kaum! Und die Schublade war nicht einmal abgeschlossen. Waren die Leute vollkommen verrückt?

Charlie nahm die Hälfte des Geldes, Uhren, Schmuck und ungetragene Designerkleider in ihrer Größe.

Zehn Minuten und dreißig Sekunden später verließ sie das Haus. Mit einem prallen Rucksack und pochendem Herzen ging sie die Straße entlang. Am selben Abend checkte sie aus dem Frauenhaus aus und mietete eine Einzimmerwohnung in Soho. Drei Monatsmieten bezahlte sie im Voraus. Bar auf die Hand.

Wenn sich ihr schlechtes Gewissen meldete, stellte sie sich eine einfache Frage: Was waren dreitausend Pfund von Idioten schon dagegen, ohne Eltern aufzuwachsen?

London hatte ihr eine Chance gegeben, und sie hatte sie genutzt. Charlie war noch keine zwanzig, und sie würde bleiben.

Die umgebaute Scheune, die Tischlerei, lag nur einen Steinwurf vom Haupthaus entfernt und bestand, von einer Toilette und einigen kleineren Lagerräumen abgesehen, aus einem einzigen großen Saal. Beim Eintreten fielen als Erstes der enorm hohe offene Dachstuhl und das schöne, durch die schmalen Fenster einfallende Licht auf. Am Samstagmorgen nach dem Frühstück versammelten sich die Teilnehmer zur ersten Unterrichtseinheit, der Auswahl des Sargmodells. Die einzelnen Modelle waren in einem Katalog mit Nummer und Namen verzeichnet. Das Modell der Wahl ließ sich an Samuels Computer aufrufen. Dieser warf dann die Länge und Breite der Bretter und die Montageanleitung aus. Alles, was eben nötig war, um genau diesen Sarg zu bauen.

Ein Sarg unterschied sich von einer gewöhnlichen Holzkiste vor allem darin, dass er dicht sein musste. »Ein toter Körper ist nass«, wie Samuel es ausdrückte.

Wenn erst mal gesägt, geschliffen, abgedichtet, grundiert und lackiert war, ließ sich der Sarg einfach wie ein IKEA-Möbel zusammensetzen. So die Anleitung. Ganz so unkompliziert sei es nun wohl auch wieder nicht, gab Samuel zu bedenken, aber immer noch bequemer, als alle Maße selbst austüfteln zu müssen.

Der Katalog enthielt etwa fünfzig Modelle, eine große Auswahl also, obwohl viele Särge recht ähnlich aussahen. Die Farben beschränkten sich auf: Schwarz, Braun, Elfenbein und Natur. Zu Inspirationszwecken hatte Samuel einen Prototyp im Tischlersaal aufgestellt. Einen einfachen naturholzfarbenen Sarg ohne Schnickschnack. Ein klassisches Modell, ganz schlicht.

Bald entstand eine lebhafte Diskussion über die Vor- und Nachteile der verschiedenen Modelle. Einige entschieden sich schnell. Lisa gefiel ein bibelinspirierter Sarg mit dem Namen *Abendmahl*, ein klassisches Modell in dunkler Eiche. Ihr Mann Omar wählte den robusteren *Back to nature*, während Gottfrid eine kürzere kastanienbraune Variante mit dem Namen *Forever Young* zusagte.

»Ist das nicht ein Kindersarg?«, fragte Lars Lood.

Leicht verärgert erkundigte sich Gottfrid, wie er denn darauf käme.

»Na, weil er *Forever Young* heißt und kürzer ist als die anderen«, erhielt Gottfrid zur Antwort.

»Aber Gottfrid ist doch klein«, meinte Lisa, um Gottfrid zu verteidigen.

Dieser schien sich über die Unterstützung nicht sonderlich zu freuen.

»Natürlich ist Gottfrid klein«, wandte Lars ein, »aber kinderklein ist er nicht.«

Was? Wollen die mich etwa veräppeln?, überlegte sich Gottfrid. *Kinderklein*, gibt es dieses Wort überhaupt? Samuel versuchte abzulenken, indem er die Sargmaße im Katalog nachschaute.

»Seltsam«, murmelte er, nachdem er ein wenig geblättert hatte, »ich finde diesen Sargnamen außerordentlich unpassend, denn offenbar stimmt es tatsächlich: *Forever Young* ist ein Sarg für Kinder und Jugendliche.«

»Na, was sagt ihr jetzt?«, meinte Lars Lood triumphierend.

Gottfrid zuckte mit den Achseln, ein (misslungener) Versuch, sich unberührt zu geben, und erklärte, dann wähle er eben einen anderen Sarg. Was soll's?

»Also ich wollte dich nicht davon abhalten!«, meinte Lars. »Such dir den Sarg aus, den du haben willst. Passt er, dann passt er.«

»Es gibt auch einen, der *Forever* heißt«, meinte Samuel und deutete in den Katalog. »Der sieht genauso aus wie *Forever Young*, ist aber länger. Willst du nicht den nehmen, Gottfrid?«

»Ja, ausgezeichnet«, antwortete dieser, ohne überhaupt hinzusehen. »Danke.«

Gottfrid hasste die Sargauswahl, und diesen Kultursnob Lars Lood ertrug er noch schlechter, als dieser Nüsse vertrug. Schön, dass er sich bald auf das Renovieren konzentrieren und die ganzen Schwachköpfe mitsamt ihren Särgen vergessen konnte.

Anderen fiel die Entscheidung schwerer. Agnes beispielsweise fand das »total unmöglich«. Ihre Tapeten hatte sie immer schon über, bevor der Kleister getrocknet war. Wie sollte sie da einen Sarg *für die Ewigkeit* wählen können?

»Tröstlich ist, dass du drinnen liegst, Agnes«, meinte Victor, »im Dunkeln. Du musst ihn also nicht anschauen.«

»Außerdem bist du dann tot«, meldete sich Lars zu Wort. »Ein nicht ganz unwichtiges Detail.«

Agnes fragte Victor, ob er ihr nicht einen Sarg aussuchen könne, egal welchen, damit ihr diese Qual erspart bliebe. Er erkundigte sich, ob ihr Mann das nicht besser könne, aber Tom schüttelte nur den Kopf.

»Dann schlage ich diesen hier vor«, sagte Victor, nachdem er ein paar Minuten überlegt hatte, und deutete auf ein elegantes Modell mit Namen *Homecoming Queen* in wohltuendem Weiß. »Ich finde, der passt zu einer schönen reifen Frau in ihren besten Jahren.«

»Schmeichler«, sagte Agnes. »Dann nehm' ich also den.«

Auch Charlie hatte Mühe sich zu entscheiden. Es fiel ihr generell schwer, sich zu konzentrieren, und das störte sie, obwohl sie einsah, dass es eigentlich wenig verwunderlich war. Sie hatte das betriebsame London mit seinem Gedränge, mit Staus und Asphalt gegen eine Insel im Nirgendwo eingetauscht. Bildschön, aber trotzdem. Und jetzt sollte sie auch noch ihren Sarg tischlern. Eigentlich vollkommen absurd. Allein schon der Umstand, dass alle ihre Muttersprache sprachen, war verstörend. Außerdem hatte sie bereits mehrere von ihnen ins Herz geschlossen, und darauf war sie nicht vorbereitet gewesen. Der Unterschied zwischen den Kursteilnehmern und den ständig auf ihr Aussehen bedachten Schwätzern, von denen es in der Metropole nur so wimmelte, war markant und befreiend. Agnes' Unberechenbarkeit fand Charlie charmant, und Samuel schien nur auf das Wohl der Gruppe bedacht zu sein. Gottfrids fast rührende Eitelkeit in Bezug auf seine Größe, ja sogar Lars Loods grenzenlose Wichtigtuerei fand sie erfrischend. Mehrmals hatte sie sich bei dem Wunsch ertappt, diese Leute ihre Freunde zu nennen. Und zwar aufrichtig. Dabei war das gar nicht ihre Art. Überhaupt nicht. Außerdem fand sie es erschreckend. Schließlich war sie hier, um einen Auftrag zu erledigen, und nicht, um sich bis über beide Ohren in einen Trupp Sargtischler zu verlieben.

Die Stühle waren im Halbkreis aufgestellt, und nachdem sich alle einen Kaffee und eine Zimtschnecke geholt hatten, versuchte Samuel, die Unterhaltung in Gang zu bringen, indem er sich erkundigte, ob jemand etwas auf dem Herzen habe. Egal was. Niemand biss an, also fragte er konkreter: »Vielleicht will ja jemand erzählen, warum sie oder er sich zu dem Kurs angemeldet hat? Wie wäre es mit dir, Tom?«

Tom verschluckte sich beinahe an seiner Zimtschnecke, als sich plötzlich alle Blicke auf ihn richteten.

»Ich habe mich gar nicht angemeldet, das ist Agnes' Verdienst«, antwortete er hustend. »Ich bin einfach nur mitgekommen. Ich bin halt froh, wenn Agnes froh ist.«

Er sah seine Frau voller Zuneigung an.

»Das wirkte jetzt aber nicht besonders selbstständig, Tom«, meinte Lars Lood amüsiert, fischte ein abgegriffenes Notizbuch aus seiner Hosentasche und kritzelte ein paar Zeilen hinein.

»Agnes wollte hierher, also wollte ich es auch«, meinte Tom schüchtern. »Ihr Glück ist mir wichtiger als meines.« Dann schob er den Rest seiner Zimtschnecke in den Mund, als wolle er deutlich machen, dass nun alles gesagt sei.

»Das klingt doch sehr nett«, meinte Victor.

Lars Lood schrieb noch ein paar Zeilen, steckte das Notizbuch weg und stellte dann erstaunt fest, dass die kritischen Blicke der anderen auf ihm ruhten.

»Was ist los? Ich bin Schriftsteller, ich mache mir Notizen. Glaubt ihr, dass ich mir alles aus den Fingern sauge?« Er breitete die Arme aus. »Wenn das, was man schreibt, überzeugen soll, dann muss man sich von der Wirklichkeit inspirieren lassen.«

Charlie fragte, ob er gerade an einem Stück arbeitete oder sich einfach nur Dialoge für spätere Verwendung notierte.

»Ich arbeite immer«, antwortete Lars knapp. »Da, wo die Bleistiftspitze das Papier berührt, ist mein Arbeitszimmer.«

Gottfrid musste lachen.

»Hoffentlich ist dein Büro gut versichert«, meinte er. »Ein Radiergummi genügt, und das Arbeitszimmer ist futsch.«

Lars Lood konnte mit diesem Scherz so gar nichts anfangen.

»Um meine Kunst zu verstehen, muss man das Symbolische und das Konkrete auseinanderhalten können. Bleistift und Papier waren symbolisch zu verstehen, aber manch einer hat das wohl nicht begriffen.«

»Okay, ich verstehe. Aber nur, damit wir alle Bescheid wissen«, sagte Gottfrid, »müssen wir damit rechnen, in Zukunft in einem von deinen Stücken zitiert zu werden?«

Lars Lood lehnte sich zurück, schlug die Beine übereinander und antwortete bedächtig: »Nur wenn ihr etwas Interessantes sagt. Ich würde mir an deiner Stelle also keine Gedanken machen, Gottfrid.«

Yvonne wachte mit Unruhe im Herzen auf. Sie hatte nicht die leiseste Ahnung, wo sie sich befand. Sie lag in einem schmalen Bett, und die Geräusche waren unbekannt. Sie wagte es nicht, die Augen zu öffnen. Bereits nach wenigen Sekunden krallten sich die Entzugserscheinungen in ihr fest und weckten Erinnerungen an den Vortag. Er war noch gemeiner gewesen als sonst, und dann hatte sie den Karton mit den Waffen gefunden. Das hatte das Fass zum Überlaufen gebracht.

Sobald er eingeschlafen war, hatte sie ihm eins übergezogen, die Polizei gerufen und war abgehauen. Anschließend war in ein Rettungsboot gestiegen, hatte eine Handvoll Tabletten eingeworfen, war geschwommen und auf einem Felsen in der Sonne eingeschlafen. Erst am Abend war sie von der schattigen Kälte aufgewacht, an einem anderen Ort als diesem hier. Mit weiterhin geschlossenen Augen erinnerte sie sich an Schock Nummer eins. Sie hatte ihren Rucksack im Rettungsboot vergessen. Schock Nummer zwei war die Erkenntnis gewesen, dass die nächste Fähre laut Fahrplan am Kai erst in einer Woche ging. Wenn ihr die Entzugserscheinungen bereits jetzt so zu schaffen machten, wie würde es dann erst in sieben Tagen sein? Schon beim Gedanken daran wollte sie sich übergeben.

Verwirrt und voller Angst war sie dem Fußweg gefolgt und beinahe mit einem fotografierenden Paar zusammengestoßen. Wären die beiden nicht so miteinander beschäftigt gewesen, hätten sie sie bestimmt entdeckt, aber so gelang es ihr gerade noch, sich im Dauerlauf in die Büsche zu schlagen. Laufen war schön. Yvonne lief einfach immer weiter, über Wurzeln, Felsen und Baumstümpfe. Weg von der Unruhe, den Menschen, allem.

Sie wusste nicht, wie lange sie gelaufen war, als etwas vor ihr auftauchte und sie sich fragte, ob sie irgendwo auf der Strecke durch das Fenster in eine andere Welt geschlüpft war.

Eingebettet zwischen hängende Äste entdeckte Yvonne ein … Hobbit-Haus. Ja, genau so sah es aus. Wenn sie nicht geradewegs darauf zugesprintet wäre, hätte sie dieses sonderbare kleine Haus mit gerundeten Ecken, Reetdach und tiefen Fensternischen niemals entdeckt. Sie schlich zu einem der Fenster und versuchte hineinzuschauen, aber drinnen war es zu dunkel, um etwas erkennen zu können. Sie probierte die Klinke aus, und die Tür öffnete sich, als hätte das kleine Haus auf sie gewartet. Vielleicht ist das ja so auf den Inseln, dachte sie. Niemand schließt ab. Am allerwenigsten Häuser, die unsichtbar waren und in die deshalb niemand einbrach.

Zu ihrem Erstaunen hing der Schlüssel hinter der Tür an einem Haken. Sie steckte ihn ein. Vielleicht konnte sie ihn ja noch gebrauchen.

Das Haus war moderner und geräumiger, als es von außen den Anschein gehabt hatte. In der Ecke standen ein Kühlschrank, ein kleiner Herd und ein Spülbecken. Es gab nur kaltes Wasser, aber immerhin. Der Kühlschrank war ausgeschaltet und die Tür angelehnt, aber er war nicht leer. Er enthielt zwei Dinge: Dosen (Makrele in Tomatensauce) und Bier. Offenbar die Lieblingsspeise des Hobbits, dachte sie und schaltete den Kühlschrank ein. Sie öffnete eine Dose Makrelen und ein lauwarmes Bier und legte sich in das kleine Bett. Die Makrelen verschlang sie im Nu, aber vom Bier konnte sie gerade mal drei Schlucke trinken, da breitete sich auch schon der Schlaf wie eine weiche Decke über sie.

Das Bett, das ihr beim Einschlafen eine solche Geborgenheit vermittelt hatte, löste jetzt fast ein Gefühl von Klaustrophobie in ihr aus. Wo sie lag, war es kühl und dunkel, aber der grelle Sonnenschein, der durch die tiefen Fensternischen fiel, verriet, dass draußen helllichter Tag war. Vögelchen flogen Loopings, begleitet vom Summen der Insekten.

Unter Aufbietung aller Kräfte stand sie auf, reckte sich und erinnerte sich an den Fährfahrplan: *Sieben ganze Tage*, bis die Fähre kam, und kein Rucksack. Panisch begann sie, in Schubläden, Schränken und Regalen nach Schmerztabletten oder irgendeinem Ersatz zu suchen, fand aber nichts.

Was ist das nur für ein verrückter Hobbit, dachte sie frustriert. Bier und Makrelen im Überfluss, aber nicht ein einziges Aspirin.

Yvonne trank das schale Bier vom Vortag, ließ sich auf die Koje sinken und versuchte, ihre Tränen zurückzuhalten. Sie kamen trotzdem. Nicht wegen ihrer momentanen Lage, nicht wegen der zunehmenden Entzugserscheinungen, sondern wegen ihres Lebens. Sie hatte davon geträumt, die Welt zu sehen, Sprachen zu lernen, vielleicht Musiklehrerin zu werden. Zehn Jahre lang hatte sie mit *ihm* verbracht. Seine ständige Überwachung und Eifersucht hatten dazu geführt, dass sie sich von Freunden und der Familie zurückgezogen hatte. Yvonne wusste nicht mehr, wer sie war. Sie war nur noch ein Schatten ihrer selbst. Sie brauchte Tabletten, um zu funktionieren. Das hatten die Ärzte gesagt. »Ihre Panik und Ihre Depressionen lassen sich nur mit Medikamenten lindern. Bei manchen Leuten ist das so.« Sie hatte ihnen geglaubt und die Tabletten genommen, die jetzt seit acht diffusen Jahren Teil ihres Lebens waren. Valium, Xanor, Flunitrazepam, Stilnoct, Imovane und so weiter. Sie hatte versucht aufzuhören und sich sogar zur Entwöhnung einer Gruppe angeschlossen, aber da war ihre Panik siebzigmal schlimmer geworden. Eine Frau aus ihrer Gruppe, die Fixerin gewesen war, hatte erklärt, es sei leichter, auf Heroin zu verzichten als auf Xanor und Flunitrazepam. Es war ihr nicht gelungen, mit den Tabletten aufzuhören, also hatte sie stattdessen mit der Gruppe aufgehört.

Nur wenige Dinge hatte ihr ihr Lebensgefährte gestattet. Die Tabletten hatten dazugehört.

Damit hatte sie sich ihre eigene private Welt erschaffen. Arbeiten war nur phasenweise möglich gewesen und immer nur halbtags. Oft war ihr Lebensgefährte auf Arbeitskollegen eifersüchtig gewesen. Dann musste sie kündigen.

Sie hatte mit Psychologen und Therapeuten gesprochen, aber nie die Wahrheit preisgegeben, weil sie wusste, was sie ihr geraten hätten: Du musst ihn verlassen. Aber das traute sie sich nicht. »Mein Mann ist wunderbar«, hatte sie gesagt. »Mein Fels in der Brandung.« Sie hatte nicht gelogen, um ihn zu schützen, sondern um sich vor ihm zu schützen.

Meine Güte, bin ich blöd!, dachte sie plötzlich. Ich habe ja zuerst meine Hosentaschen mit den Sachen aus dem Medizinkasten vollgestopft und dann erst den Rucksack geholt.

Manche Frauen trugen Handtaschen, Yvonne hatte ihre riesigen Hosentaschen. Ihr Lebensgefährte hatte behauptet, in ihren Hosentaschen ließe sich ein Schraubenschlüssel versenken, ohne dass sie es merken würde bei dem vielen Zeug, das sie dort aufbewahrte. Wahrscheinlich eine Übertreibung, aber keine besonders große.

Yvonne zog ihre Hose aus und leerte die tiefen Taschen auf dem Bett aus. Es sah aus, als hätte sie einen Papierkorb ausgekippt. Bonbonpapier, Quittungen, Haarspangen, Münzen, Pflaster, Allergietabletten, Nikotinkaugummi, Tampons … alles ein einziges Durcheinander, aber keine Psychopharmaka.

Yvonne fuhr mit den Fingern wie mit einer Harke durch den Unrat, und als sie zu guter Letzt nicht nur eine, sondern drei Blister Benzos fand, schrie sie vor Freude auf. Ihr Lebensgefährte hatte sie von einer

Reise nach Amsterdam mitgebracht, etwas ganz Besonderes, extra für sie. Damals war sie enttäuscht gewesen, weil sie auf Schmuck gehofft hatte, aber jetzt erschienen sie ihr wie ein Sechser im Lotto. Die Verpackung sah allerdings ziemlich suspekt aus, und sie fragte sich, was da eigentlich drin war, vielleicht nicht nur Benzos. Vielleicht ein Cocktail aus Diversem, aber momentan konnte sie nicht wählerisch sein.

Sie entdeckte, dass auch ein Tütchen weißes Pulver mitgerutscht war, und schob es in die Hosentasche, um es später zu beseitigen.

Zitternd schluckte sie eine Tablette und wurde sogleich von einer wohlig-weichen Ruhe umschlossen. Es war, als ließe sie sich langsam rückwärts auf eine spezialangefertigte Matratze sinken. Sie umschloss die Blister mit ihrer Hand und lächelte.

Makrele in Tomatensauce, kaltes Bier, ein Hobbit-Haus und Tabletten, die bis zur nächsten Fähre reichen würden. Was mehr konnte sich der Mensch wünschen? Nichts, dachte sie.

Gar nichts.

Mit einem erfreulich vollen Teller Joghurt und zwei Croissants setzte sich Gottfrid zu Agnes und Tom an den Frühstückstisch. Insgeheim nannte er sie die Hippierentnerin und den Superwaschlappen. Es gab nicht viele Gemeinsamkeiten, aber solange ihm ein Platz neben dem Kulturschwätzer Lars Lood erspart blieb, war er zufrieden.

»Schöner Tag!«, sagte er, und die beiden stimmten ihm zu. Sie hatten bereits ihr Sonntagsbad absolviert.

»Komm doch morgen einfach mit«, schlug Agnes vor. »Wir schwimmen jeden Tag.«

Gottfrid betrachtete sie skeptisch.

»Schwimmen ist nicht mein Ding. Außerdem habe ich gar keine Badehose dabei.«

»Mach's wie wir. Au naturel!«

Gottfrid schauderte es, als er sich die beiden faltig und nackt vorstellte.

»Lass das Meer deine Badehose sein«, schlug Tom vor. »Das sagte Agnes damals, als ich gezögert hab. Wenn ich jetzt mit Badehose bade, kommt es mir so vor, als hätte ich zwei Unterhosen unter der Hose an. Total überflüssig.«

Gottfrid überlegte im Stillen, wer von den beiden wohl verrückter war. Der Gefolgsmann Tom oder seine Führungsfrau Agnes. Möglicherweise der Hund. Der war zwar recht goldig und wirkte ungefährlich, aber offenbar aß er lieber Popcorn als Fleischbällchen, vermutlich weil er Angst vor Bällen hatte. Ein Hund mit Angst vor Bällen? Aber bei solchen »Herrchen« war das vielleicht unvermeidlich.

Ein schriller Schrei riss Gottfrid aus seinen Überlegungen. Alle erstarrten. Die Atmosphäre im Raum gefror zu Eis. Einen Augenblick später kam Lisa nur in T-Shirt und Slip die Treppe heruntergerannt und sauste an den erstaunten Frühstücksgästen vorbei in die Küche, aus der der Schrei gekommen war.

Lisa hatte den Schrei gehört, als sie sich gerade unter die Dusche stellen wollte, und augenblicklich war die Krankenschwester in ihr erwacht. Ohne zu zögern war sie aus dem Badezimmer hinaus- und die Treppe hinuntergerast. Sie wusste nur zu gut, dass manchmal Sekunden den Unterschied zwischen Leben und Tod ausmachten, und der Schrei hatte totale Panik ausgedrückt.

Trotz größerer Entfernung war sie als Erste an Ort und Stelle und entdeckte die auf dem Boden sitzende Charlie.

Charlie hatte jedoch nicht ihretwegen geschrien, sondern wegen der Person, deren Kopf sie verzweifelt festhielt, damit er nicht wieder auf dem Boden aufschlug. Vor seinen Lippen stand Schaum, nur das Weiß seiner Augen war zu sehen, und Stromstöße schienen durch seinen Körper zu jagen. Auf Charlies Schoß lag Victor, nicht ansprechbar. Rasch sprang Lisa ein, kontrollierte Victors Atmung und schob ihm ein zusammengeknülltes Küchenhandtuch unter den Kopf, um die Schläge auf den Boden zu dämpfen.

Nach und nach versammelten sich die entsetzten

Kursteilnehmer in der Küche. Da sie nur im Weg herumstanden, forderte Lisa sie auf, den Raum zu verlassen. Sie habe die Lage relativ gut im Griff, bald würde der Anfall abklingen, und es wäre für Victor nicht sonderlich erfreulich, von vielen neugierigen Augen beobachtet zu werden.

Sie behielt recht. Einige Minuten später ließen die Krämpfe nach, und schließlich lag Victor still in ihrem Schoß. Der Anfall war in eine Mischung aus Bewusstlosigkeit und Schlaf übergegangen. Der Unterschied zwischen dem intensiven Kampf, den er gerade ausgefochten hatte, und dem friedlichen Gesicht, das Lisa vor sich sah, war erstaunlich. Kaum zu glauben, dass es sich um dieselbe Person handelte.

»Wie geht's, Victor?«, fragte Lisa leise, als er langsam die Augen öffnete.

»Hatte ich einen Anfall?«

Sie nickte und sah ihn zärtlich an. Victor betrachtete sie wortlos, aber bald konnte sie ein Lächeln ahnen.

»Einen Moment dachte ich, ich wäre tot und sähe einen Engel vor mir«, sagte er.

»Das sagst du nach einem Anfall sicher zu allen«, antwortete sie und lächelte.

Mit gespielter Verlegenheit sah ihr Victor in die Augen.

»Bin ich so leicht zu durchschauen?«

Lisa lachte.

»Ja, vielleicht.«

Die Erleichterung war groß, als die Kursteilnehmer erfuhren, dass sich Victor wieder erholt hatte. Spontan brandete Applaus auf, als er eine gute Stunde später zum Kaffee erschien. Frisch geduscht, ordentlich gekämmt, etwas bleich, aber mit dem vertrauten Lächeln.

»Epilepsie?«, fragte Lars Lood knapp und goss Victor ein Glas Wasser ein. Dieser trank dankbar ein paar Schlucke.

»Ja und nein«, antwortete er gedämpft.

Nicht zum ersten Mal und hoffentlich nicht zum letzten Mal musste Victor zu der notwendigen Erklärung ansetzen, die ihm doch recht unangenehm war. Nicht, weil es ihm schwerfiel, über seinen Zustand zu sprechen, sondern weil die Reaktion fast immer dieselbe war. Die Leute waren entsetzt, weinten, waren entrüstet, und plötzlich musste *er* sie trösten. Victor verabscheute das. Er wollte weder trösten noch getröstet werden. Er wollte einfach ein scheißnormales Leben leben, dessen Wert niemand zu begreifen schien. Sie lebten vor sich hin und klagten darüber, wie grau, vorhersehbar und einförmig der Alltag sei. Sie freuten sich nicht darüber, dass es ihnen gut ging, sondern beklagten sich, weil es ihnen nicht besser ging.

Victor hätte alles für so ein scheißnormales Leben gegeben.

Genauso gut konnte er gleich zur Sache kommen, dachte er.

»Ich habe einen Gehirntumor. Er ist zwar gutartig,

aber er wächst, und manchmal reizt er die umgebenden Regionen, was dann zu solchen Anfällen führt. Es kommt gewissermaßen zu einem Kurzschluss.«

Victor trank noch einen Schluck und erklärte, der Tumor ließe sich aufgrund seiner Lage nicht entfernen, da ihn eine Operation das Leben kosten würde. Er betrachtete seine Zuhörer, während diese die Information verarbeiteten. Gegen seinen Willen empfand er eine gewisse Verantwortung, weil er wusste, wie erschütternd seine folgenden Worte waren.

»Der Tumor ist zwar nicht bösartig, aber er wächst. Die Ärzte sagen, dass er so groß ist, dass er mich im Prinzip jederzeit töten kann. Seit meinem achtzehnten Lebensjahr muss ich mir anhören, dass mir nur noch ein halbes Jahr bleibt. Jetzt bin ich zweiundzwanzig.« Er leerte sein Glas, stellte es ab und fuhr mit ruhiger Stimme fort. »Da ich so lange überlebt habe, weiß ich nicht, ob sich die Ärzte irren und ich mir keine Sorgen mehr machen muss, oder ob ich wirklich anfangen sollte, mich auf das Ende vorzubereiten. Es ist ein ständiges Dilemma.«

Er zuckte mit den Achseln. Den Kursteilnehmern fehlten die Worte. Victor bat sie, Fragen zu stellen. Oft ließen sich die Dinge dann leichter erklären.

»Wie schaffst du es nur ... so zu leben?«, fragte Agnes. In ihren Augen standen Tränen.

Victor antwortete, das erste Jahr sei die Hölle gewesen. Jeder Tag sei »die brennende Zündschnur auf dem Weg zur Bombe gewesen«. Jede Sekunde lauerte der Tod, und er wagte es nicht einmal, sich eine neue Fernsehserie anzuschauen, weil er nicht wusste, ob er das Ende noch erleben würde. Inzwischen sah er die Dinge anders.

»Man kann auf Dauer nicht so leben, als wäre jede Sekunde die letzte. Man muss sich auf ein *Morgen* einlassen können. Oder zumindest auf ein Morgen hoffen dürfen. Bei mir ist das zumindest jetzt so.«

Charlie fiel es schwer, ihre Tränen zurückzuhalten. Vor dem Anfall hatten sie sich über London unterhalten. Victor hatte sie um Tipps gebeten, weil er noch nie dort gewesen war, und sie hatte ihm ein paar nette Flohmärkte empfohlen. Sie hatte ihn sogar eingeladen und ihm eine Sightseeingtour in Aussicht gestellt. Einem Schweden hatte sie das noch nie angeboten. Erst hatte sie geglaubt, dass er aus Jux umgekippt war, aber sehr bald hatte sie erkannt, dass es ernst war. Tödlicher Ernst.

Dann war der Schrei gekommen. Charlie hatte ihre eigene Stimme kaum erkannt, sie war wild und unkontrolliert. Anschließend hatte sie das Gefühl, sich entblößt zu haben, als hätten die anderen bis in ihre Seele sehen können. Sie schämte sich. Weil sie die Kontrolle verloren hatte, aber auch, weil es ihr nicht gleichgültig war, was die anderen von ihr dachten. Wenn sich jemand eine Blöße gegeben hatte, dann doch wohl Victor und nicht sie. Charlie wischte die Tränen mit einer Serviette weg. Morgen, dachte sie. Morgen habe ich mich wieder im Griff. Heute mache ich eine Pause.

»Na, hört mal!« Victor erhob sich und betrachtete die traurige Schar. »Genau das ist der Grund, warum ich niemandem davon erzählen wollte. Ihr seht aus wie russische Klageweiber auf meiner Beerdigung. Noch bin ich nicht tot. Ich lebe und will Spaß haben, weil alles jederzeit zu Ende sein kann. Versteht ihr?«

Die traurigen Mienen verwandelten sich unverzüglich in gezwungen grinsende Gesichter. Victor schüttelte den Kopf.

»Was seid ihr? Marionetten?«

»Entschuldige«, antwortete Samuel beschämt. »Wir sind wohl alle etwas überwältigt …«

Victor seufzte und goss sich Wasser nach. Agnes hob die Hand und ergriff dann das Wort.

»Können wir nicht ein Fest veranstalten? Für Victor? Wenn die Zeit knapp wird, dann ist Warten eine große Sünde. Warum also nicht gleich heute Abend?«

Agnes schien allgemeine Begeisterung zu erwarten, aber Irrtum! Mit Ausnahme ihres Mannes, der ihr voll und ganz beizupflichten schien, wirkten alle verunsichert. Ein Fest?

Gottfrid schloss die Augen und fasste sich an die Stirn. Erst erlitt ein Kursteilnehmer einen lebensbedrohenden epileptischen Anfall und enthüllte, dass er jederzeit tot umfallen konnte. Daraufhin schlug jemand ein *Fest* vor. Aber was war schon von Teilnehmern eines solchen Kurses zu erwarten?

»Meinst du mit Fest eine Totenfeier? Dieses Mal

allerdings vor Eintritt des Todes?«, fragte Lars Lood eher amüsiert als skeptisch.

»Nein, ganz und gar nicht«, antwortete Agnes, die die sich von der mäßigen Begeisterung nicht weiter beeindrucken ließ. »Ich dachte an ein ganz normales Fest. Denkt doch mal daran, wie schmeichelhaft es ist, dass Victor seine kostbare Zeit ausgerechnet mit uns verbringen will! Das allein ist schon ein Grund zum Feiern, finde ich. Jetzt ist ja wohl kaum der richtige Zeitpunkt zum Sargtischlern. Wir könnten ein herrliches Gelage für den Abend vorzubereiten!«

Wieder richteten sich alle Blicke auf Victor, der aber mit keiner Miene verriet, was er dachte. Dabei ging allerhand in ihm vor. Nachdem er sein düsteres Geheimnis gelüftet hatte, war er auf alles Mögliche gefasst gewesen, aber *nicht* auf das hier. Er hatte geradezu Mühe, diesen Vorschlag zu verarbeiten. Ein Fest? Sein erster Impuls war, freundlich, aber nachdrücklich abzulehnen. *Interessanter Gedanke, liebe Agnes. Ich weiß den Vorschlag zu schätzen, wirklich, aber es käme mir ... irgendwie komisch vor.*

Aber dann dachte er noch einmal nach. Und noch einmal. Warum eigentlich nicht? Ein Fest würde den einfühlsamen Trost der anderen, der ihm normalerweise so auf die Nerven ging, etwas entkrampfen.

Und schließlich kam er zu dem Schluss, dass der Vorschlag geradezu genial war. Was macht man, wenn der Tod auf der Lauer liegt: Sich zu Tode langweilen oder noch mal richtig auf den Putz hauen? Eine einfachere Entscheidung gab es kaum.

Victor hob sein Glas, grinste über das ganze Gesicht und rief: »Na klar! Wir feiern!«

Der Dachboden, den Samuel als Partyraum vorgeschlagen hatte, war schon mehrmals zu ähnlichen Zwecken verwendet worden, und das meiste an Ausstattung war schon vorhanden. Eine Musik- und Karaokeanlage (von Deutschen zurückgelassen, die das Haupthaus gemietet hatten), eine Nebelmaschine, Scheinwerfer, Lampions, eine Diskokugel und sogar eine Popkornmaschine entdeckten sie.

Da es ein Fest für Victor war, wurde vereinbart, dass alle anderen »etwas Unterhaltendes« beitragen sollten. Victor durfte entscheiden, was, Karaoke singen, einen Witz erzählen, solo zu *Wuthering Heights* tanzen oder Ähnliches. Alle waren einverstanden, außer Lars Lood, der »nie im Leben« sagte.

»Ich bin Regisseur, kein Clown«, polterte er. »Wenn Victor nur noch so wenig Zeit hat, dann soll er sie jedenfalls nicht damit verschwenden, mir zuzuschauen, wie ich mich lächerlich mache.«

»Ist es wirklich nötig, so zu übertreiben?«, wandte Samuel ein. »Es geht doch nur darum, sich ein wenig einzubringen.«

»Ich bin Dramatiker, also bin ich dramatisch. Was erwartest du?«, entgegnete Lars. »Und was ich keinesfalls einbringe, das ist mich selbst. Ich bin hier, um meinen Sarg zu tischlern. Basta.«

Agnes wollte wissen, ob er dann auch dem Fest fernbleiben wolle, aber das war nicht der Fall. Lars kam gerne, solange er nicht den dummen August spielen musste.

Agnes betrachtete ihn nachdenklich und erkundigte sich dann, ob er sich eigentlich immer so kleide.

»Wie?«, fragte Lars Lood misstrauisch.

»Ganz in Schwarz. Das muss doch warm sein, besonders im Sommer, außerdem ist es recht vorhersehbar. Wenn ich das Outfit eines kulturfanatischen Dramatikers beschreiben müsste, dann sähe es genauso aus wie deines. Nichts für ungut.«

Lars Lood wollte schon aus tiefster Seele protestieren, da fuhr Agnes bereits fort: »Du solltest mal aus deiner Komfortzone ausbrechen. Überrasche dich selbst, dann überraschst du auch andere!«

»Wovon redest du eigentlich?«, fragte er. »Kaum ein Dramatiker verhält sich zum klassischen Drama so unorthodox wie ich. Auf meinem Gebiet gelte ich als Revolutionär. In den kulturellen Salons bin ich ein Anarchist!«

Offenbar war das sein wunder Punkt, aber Agnes ließ nicht locker.

»Tom hat ein Hawaiihemd. Das kannst du dir ausleihen. Und Khakishorts.«

»Du machst dich über mich lustig«, murmelte Lars.

»Nein, gar nicht«, erwiderte sie freundlich. »Wir haben auch Flipflops, die wunderbar dazu passen. Perfekt, wenn man sich ein wenig entspannen will, am Strand den Sand zwischen den Zehen fühlen und so.«

Lars Lood schnaubte verächtlich.

»Offenbar betrachtet ihr es als ein Sozialverbrechen, wenn man an eurem Ringelpiez nicht teilnehmen will. Selbst der letzte Wunsch eines Menschen muss abgelehnt werden dürfen!«

»Natürlich. Bitte keine Sonderbehandlung, bloß weil ich zufälligerweise krank bin«, meinte Victor, worauf Lars Lood zustimmend lächelte und Agnes triumphierend ansah. »Auf meinem Fest tun alle, wozu sie Lust haben. Lasse hat ganz recht.«

»Lasse?« Lars Lood hustete und sah aus, als hätte er sich an einem Pfefferkorn verschluckt.

»Stimmt doch, oder?«, fragte Victor.

Lars wurde rot wie eine Tomate und suchte nach einer passenden Antwort. Schließlich wandte er sich an Gottfrid, der zufällig neben ihm stand.

»Das wäre ja so, als würden wir Gottfrid auf einmal … Gotte nennen.«

»Und was habe ich jetzt plötzlich damit zu tun?«, protestierte Gottfrid.

Agnes lachte.

»Ich glaube, Lars Lood ist viel mehr Lasse, als er zugeben will.«

Aus Charlie, die in Clubs in Soho gejobbt hatte, wurde Barkeeper-Charlie, und aus Omar DJ-Omar. Er eröffnete die Party und sprach ins Mikro: »This one is for you, Victor.« *Stayin Alive* von den Bee Gees dröhnte aus den Boxen.

Kaum hatte Victor zur genialen Songwahl applaudiert, da forderte ihn auch schon Agnes mit gekräuseltem Silberhaar und rot geschminkten Lippen zum Tanz auf und schwenkte ihn im Takt. Kurz darauf war die Tanzfläche voll bewegungsfreudiger Füße.

Mit Ausnahme von Lars Lood natürlich. Bequem saß er in einem Ledersessel und blätterte im Feuilleton einer vergilbten Zeitung von 1978, die er in einem Regal gefunden hatte. Ab und zu nippte er an seinem Gin Tonic und aß eine Handvoll Chips. Er war so sehr in seine Lektüre vertieft, dass er kaum wahrnahm, was um ihn herum vorging. Charlie und Agnes veranstalteten eine Crazy-Moves-Competition auf der Tanzfläche, Tom und Samuel unterhielten sich über die Jahresringe der Bäume und den Umstand, dass auch die Kiemen der Fische Jahresringe aufwiesen. Er hörte nicht, wie sich Lisa und Victor, Cava nippend, über Sterbebegleitung unterhielten, und auch nicht Gottfrid, der sich von Fitness-Fanatiker Omar Diättipps erhoffte.

»Ich muss meinen Rettungsring loswerden«, murmelte Gottfrid Omar ins Ohr, als handele es sich um ein Staatsgeheimnis. »Seit einem Monat mache ich jeden Abend fünfundzwanzig Sit-ups, finde aber, dass ich davon eher noch dicker werde. Was mache ich bloß falsch?«

»Sit-ups machen nicht schlank«, erklärte Omar und genehmigte sich eine Portion Snustabak. »Im Gegenteil stärkt man damit die Bauchmuskeln unter dem Fett, und dann sieht ein runder Bauch eben noch runder aus.« Er deutete auf Gottfrids Nabel. »Du musst anfangen, Fett zu verbrennen, Mann.«

»Das will ich ja auch«, erwiderte Gottfrid, »aber wie zum Teufel soll ich das anstellen?«

»Ganz einfach. Kondition statt Konditorei, und hilf dem Herzen auf die Sprünge. Intervalltraining.«

»Kannst du mir helfen?«

»Natürlich!«

Darauf stießen Omar und Gottfrid an und verabredeten sich für den nächsten Morgen zum Workout.

Victor stellte die Musik ab, nahm das Mikro und rief Charlie, Samuel und Lisa auf die kleine Bühne bei der Musikanlage. Lars Lood erfuhr, dass er ebenfalls auf der Bühne willkommen war, winkte aber ab, ohne den Blick von seiner Zeitung zu heben. Daraufhin bat Victor stattdessen Gottfrid auf die Bühne.

»Wir werden jetzt eine klassische gruppendynamische Vertrauensübung mitansehen«, erklärte er. »Einer nach dem anderen wird sich rückwärts in die Arme der anderen fallen lassen. Ich führe es euch vor.«

Victor stieg auf einen Hocker und wandte den vier

anderen auf der Bühne den Rücken zu. Wie ein umgesägter Baum ließ er sich in ihre Arme fallen. Beifall. Der Nächste war Gottfrid, der tief einatmete und dann nach hinten kippte. Erneuter Beifall. Charlie lächelte, als freue sie sich, bald an der Reihe zu sein, aber im Stillen nahm ihr Entsetzen mit jeder Sekunde zu. Sie wusste, dass dieses Entsetzen unbegründet war, aber eine Stimme in ihrem Kopf flüsterte: Das Einzige, worauf du dich verlassen kannst, ist, dass du dich auf niemanden verlassen kannst. Das hatte ihr das Leben unendlich viele Male bewiesen. Ihre Kindheit und Jugend war eine einzige lange Vertrauensübung gewesen, und niemand hatte sie jemals aufgefangen.

Mit keiner Miene verriet Charlie ihre Angst. Schließlich ging es nicht darum, dass die anderen etwas über sie erfahren sollten, sondern umgekehrt. Und wenn sie eine Fähigkeit besaß, dann die, sich nichts anmerken zu lassen. Während eines Aushilfsjobs als Model in einem Londoner Shoppingcenter hatte sie einmal eine Panikattacke auf dem Catwalk erlitten. Alles wirbelte wie in einem Wäschetrockner durcheinander, und die Angst bohrte sich wie ein Messer in ihren Solarplexus. Sie hatte das Gefühl, vor den Augen des gesamten Publikums sterben zu müssen. Anschließend war sie sofort in eine Toilette gewankt und hatte eine Stunde lang gekotzt.

Eine Woche später erfuhr sie von einem Freund, dass die Modenschau im Internet zu sehen sei. Im Video war nicht die geringste Panik zu entdecken.

Sie strahlte mehr Freude, Kraft und Sorglosigkeit als die meisten anderen Models aus.

Die Londonjahre hatten sie in eine Verstellungskünstlerin verwandelt. Trotzdem, sie war schockiert, Samuels Hand auf ihrem Arm zu spüren.

»Ich merke, dass du Mühe hast. Wenn es dir zu viel wird, zwingt dich natürlich keiner. Nur dass du das weißt ...«

Die meisten Menschen hätte diese Fürsorglichkeit beruhigt und mit Dankbarkeit erfüllt, Charlie jedoch nicht. Sie erstarrte. Was ist nur los?, dachte sie. Kann er meine Gedanken lesen? Wortlos entzog sie ihm ihren Arm, stieg auf den Hocker, schloss die Augen und ließ sich nach hinten fallen. Die anderen fingen sie auf und stellten sie auf die Füße. Ihr war schwindlig. Aber nicht der Fall hatte den Schwindel ausgelöst, sondern der Umstand, dass jemand, der ihre Angst gespürt hatte, ihr beistehen wollte.

Nach all den Jahren unter dem Motto »Pass auf dich auf, scheiß auf die anderen« hatte sie dieses Gefühl vergessen. Jetzt erwachte plötzlich die Erinnerung an Großvaters Knie, auf denen sie stundenlang gesessen hatte, während er geduldig alle möglichen und unmöglichen Fragen beantwortete, angefangen damit, warum die Sonne nachts nicht schien, bis hin zu, warum die Eltern nie wieder zurückkehren würden.

Wie geborgen sie sich doch bei ihrem Großvater gefühlt hatte! Er hatte sie beschützt. Samuels Hand auf ihrem Arm hatte sie in diese Zeit zurückkatapultiert und so verwirrt, dass sie auf den Stuhl geflüchtet war und sich fallen lassen hatte. Oder hatte ihr seine Hand diese Sicherheit gegeben? Hatte sie sich *deswegen* fallen lassen können?

Wie auch immer, ihre Gedanken überschlugen sich, und alle Warnlampen blinkten: Lass dich nie von Fürsorglichkeit einlullen, finde den Hintergedanken heraus, und zwar schnell, und lass dir vor allem nichts anmerken! Ausgerechnet jene Person, die sie manipulieren wollte, hatte sie durchschaut!

Victor unterbrach ihre Überlegungen.

»Wunderbar, Charlie!«, sagte er zufrieden. »Sinn und Zweck dieser Übung ist es, einander näherzukommen und Vertrauen zu gewinnen. Ich glaube, das ist uns gelungen.«

Na sauber!, dachte sie und goss sich ein Glas Gin Tonic bis zum Rand voll.

Die nächste Aufgabe ging an Agnes. Sie sollte den Carola-Hit *Tommy mag mich* singen, den Text allerdings in *Tom, der mag mich* ändern und sich dabei an ihren Mann wenden. Tom baute sich errötend neben ihr auf und wusste nicht so recht, wohin mit sich. Gottfrid, der das Paar ablöste und den Song *Diggiloo Diggiley* der Brüder Herrey vortrug und dazu tanzte, hatte da weniger Probleme. Drei Drinks hatten erfolgreich sämtliche Hemmungen ausgelöscht. Als wäre sich George Costanza aus »Seinfeld« plötzlich wie Freddie Mercury vorgekommen. Mit aufgeknöpftem Hemd, behaarter Brust und fuchtelnden Armen setzte er das Karaokemikro wie eine Champagnerflasche zum Trunk an. Der Abend verging wie im Flug, und es war nur noch eine halbe Stunde bis Mitternacht, dem magischen Zeitpunkt, an dem das Fest verabredungsgemäß zu Ende war. Schließlich sei ja, wie Victor mit seinem schwärzesten Humor erläuterte, morgen hoffentlich auch noch ein Tag.

Um das Fest mit einem Höhepunkt zu beenden, bat Victor Lisa mit der besten Stimme in der Runde auf die Bühne, während Omar die Karaokemaschine auf den Achtzigerjahreblues *Up where we belong* einstellte.

»Mein letzter Wunsch an diesem Abend ist es, zu einem meiner absoluten Lieblingsblues zu tanzen. Ich lasse das Schicksal entscheiden, mit wem.«

Victor leerte eine Flasche Bier in einem Zug, bat alle, einen Schritt zurückzutreten, und setzte die Flasche wie einen Kreisel in Bewegung.

»Die Person, auf die der Flaschenhals zeigt, ist mein Tanzpartner!«, erklärte er feierlich.

Da sie sich mit gewaltigem Tempo drehte, verging bis zur letzten Umdrehung eine geraume Weile. Dann kam die Flasche zum Stillstand und zeigte auf … Omar.

Lisa streckte die Arme in die Luft, als hätte sie den entscheidenden Elfmeter einer Fußballweltmeisterschaft geschossen.

»Jaaa!«

Die anderen wunderten sich ein wenig über diese Euphorie, vergaßen sie aber rasch, als sich ihre Blicke auf Omar richteten. Der sonst so gelassene Ex-fußballer wirkte verlegen. Er hatte an diesem Abend kein einziges Mal getanzt, sondern sich bequem hinter dem DJ-Mischpult verschanzt. Dass er jetzt vor allen anderen einen Klammerblues und noch dazu mit einem Mann tanzen sollte – auch nach ein paar Gläsern Cuba Libre keine Kleinigkeit.

»Mach dir keine Sorgen, Omar«, sagte Victor und verbeugte sich chevaleresk. »Ich führe. Du kannst dich in meinen Armen geborgen fühlen.«

Lisa genoss den Anblick. Endlich musste Omar seine Komfortzone verlassen. Genau das brauchte er. Selbst auf dem Fußballplatz hatte er sich maximal abgesichert. Der Verteidiger, der nur ungern seine Spielfeldhälfte verließ. Jetzt aber stand er da, direkt im gegnerischen Strafraum. Und tanzte Klammerblues. Die Schweißtropfen glänzten wie Perlen auf seiner Stirn, und das weiße Hemd klebte an seinem durchtrainierten Oberkörper. Lisa wusste, wie sehr Omar solche Situationen verabscheute, und mit welchem Geschick er sie normalerweise vermied. Aber dieses Mal gab es kein Entkommen. Wer konnte schon einem Todkranken seinen möglicherweise letzten Wunsch abschlagen? So etwas brachte nur Lars Lood übers Herz.

Vielleicht beginnt jetzt die große Veränderung, dachte sie. Würden ihr Geliebter und sie sich endlich neuen Herausforderungen stellen und es wagen, ins Unbekannte hinauszutanzen? Sie hoffte es inständig. Stehendes Gewässer wurde giftig, Bewegung war Leben. Und siehe da, schien es ihm nicht sogar ein wenig zu gefallen? Als er sich mehr auf Victor einließ, klappte es mit dem Tanzen richtig gut. Sie waren ein ungleiches, aber elegantes Paar. Victor in einem hellblauen Sommeranzug und Omar in weißem Hemd mit hochgekrempelten Ärmeln.

Love lifts us up where we belong, lautete der Refrain, und Lisa umklammerte das Mikro mit einer Sehnsucht, die sie seit ihrer Jugend nur noch selten empfunden hatte. Mit Lust. Heute Nacht wollte sie ihn haben. Seinen schweißnassen muskulösen Körper auf sich spüren, in sich, überall. Sie konnte es kaum erwarten.

»Da wäre noch etwas, ehe wir auseinandergehen!«, sagte Lars Lood, nachdem sich das Paar unter Jubel und Beifall verbeugt hatte. »Ich habe ja heute Abend alle Aufgaben nachdrücklich abgelehnt, würde aber gerne selbst eine Aufgabe vergeben. Was meint ihr? Es dauert nur ein paar Minuten.«

Niemand hatte Einwände.

»Dann möchte ich Tom auf diese provisorische Bühne bitten«, sagte er.

Erstaunt kam Tom dieser Bitte nach.

Dann standen sie da vor den anderen. Seite an Seite, zwei Männer, die bislang keine drei Worte miteinander gewechselt hatten. Gottfrid witterte sofort Übles. Was hat dieser Schwachkopf jetzt schon wieder vor?, überlegte er.

»Folgendes«, sprach Lars Lood ins Mikro, obwohl man ihn auch ohne verstanden hätte. »Heute Abend haben wir gehört, wie Agnes die Liebe zu ihrem Mann mit dem Lied *Tom, der mag mich* besungen hat. Ihre Nummer hat sie mit einem ergreifenden *Ich liebe dich* beendet. Kein Zweifel: Agnes und Tom lieben sich. Da kann ein alter ergrauter Single wie ich geradezu ein wenig Neid empfinden. Das ist das eine.«

Jetzt kommt es, dachte Gottfrid beklommen, was auch immer es sein mag.

»Aber ich vermisse auch etwas, Tom. Es fehlen Worte. *Deine* Worte. Warum bist du denn so schweigsam?«

Tom sah ihn fragend an. Im Saal hätte eine fallende Stecknadel Tinnitus ausgelöst. Unbekümmert fuhr

Lars fort: »Warum behältst du deine Gefühle für diese bezaubernde Frau für dich?«

Tom sah sich mit fahrigem Blick um. An seinem Hals zeichneten sich rote Flecken ab. Verunsichert wandte er sich seiner Frau zu.

»Aha, du willst, dass deine Frau dir aus der Bredouille hilft«, meinte Lars, »vielleicht mit einer entwaffnenden Bemerkung? Wir wissen ja, wie gut sie das kann. Aber jetzt geht es um dich, Tom, und um die Millionen anderer Männer, die ihre Frauen lieben, das aber nur äußerst selten in Worte fassen. Jetzt bietet sich eine Gelegenheit. Zeige uns, dass du die Liebe und den Respekt dieses außergewöhnlichen Menschen verdient hast. Sage uns, was du für deine Agnes empfindest!«

Agnes verschlug es nur selten die Sprache, aber jetzt war sie überrumpelt. Sie wusste nur zu gut, dass Tom nicht vor Publikum sprechen konnte. Er hatte an seinem letzten Arbeitstag vor der Rente Betablocker und Beruhigungsmittel geschluckt, um ein paar Worte beim Ausstand sagen zu können. Trotzdem hatte er die Sätze stammelnd und kaum verständlich von einem Zettel abgelesen.

Eigentlich hätte sie nichts lieber getan, als auf die Bühne zu stürzen und ihn zu retten, genau wie er es von ihr erhoffte. Andererseits hatte dieser selbstverliebte Kulturmann nicht ganz unrecht. Natürlich, Tom liebte sie, aber wie oft hatte er ihr das auch gesagt? Hatte er je *Ich liebe dich* gesagt? Oder immer nur *Ich dich auch?* Das war schließlich nicht dasselbe. Diese Gedanken hielten Agnes davon ab, ihrem Mann aus der Patsche zu helfen.

»Bitte«, sagte Lars Lood und drückte Tom das Mikro in die Hand. »Hier hast du deine Chance.«

Seine Zunge war trocken wie Sandpapier, die Augen der Zuschauer blendeten ihn, und seine Knie wurden weich. Warum kam sie denn nicht? Sie wusste doch, dass er Lampenfieber hatte. Tom versuchte, tief Luft zu holen, verschluckte sich aber und musste husten.

»Könnten wir ein Glas Wasser bekommen«, sagte Lars.

Tom machte eine abwehrende Handbewegung, hustete und hielt dann zögernd das Mikro vor den Mund.

»Entschuldigt, es fällt mir schwer, vor so vielen Leuten zu reden«, sagte er leise.

Im Saal herrschte vollkommene Stille. Toms zittriger Blick schweifte über die Zuschauer hinweg und blieb bei Agnes hängen.

»Du willst mich jetzt retten, Agnes, das weiß ich«, sagte er mit unsicherer Stimme. »Das tust du immer. Du rettest mich.« Tränen traten in seine Augen. »Du bist meine Rettung, Agnes, und ich schäme mich, dass ich das nicht öfter sage. Lars Lood hat recht, aber ich weiß nicht, warum das so ist. Irgendwie gehe ich davon aus, dass du, weil du so klug bist, meine Gefühle irgendwie telepathisch registrierst. Aber das kannst du natürlich nicht.«

Er schluckte und fuhr fort: »Du glaubst ja immer, dass ich scherze, wenn ich sage, dass ich ganz leer war, bevor ich dir begegnet bin. Dass aus mir erst ein ganzer Tom wurde, als wir uns kennenlernten. Ich meine es aber vollkommen ernst. Denn das war meine Art *Ich liebe dich* zu sagen. Tausend Jahre lang könnte ich hier stehen und diese drei Worte wiederholen, ohne dass sie nur ein Promille dessen ausdrücken würden, was ich für dich empfinde, Agnes. Ich liebe dich mehr als meine Lunge den Sauerstoff, ich liebe dich mehr als das Leben selbst.«

Ohne sie aus den Augen zu lassen, legte Tom das Mikro beiseite, verließ die Bühne und umarmte seine Geliebte.

Das Fest war zu Ende.

Agnes, Stockholm, April 1974

Die Tür war weiß und hatte eine Milchglasscheibe. Sie klingelte und hörte Schritte. Eine Krankenschwester öffnete.

»Hallo. Ich möchte meine Mutter besuchen.«

Die Schwester, die laut Namenschild Valborg hieß, erkannte sie sofort.

»Ihre Mutter war letzte Nacht sehr unruhig. Aber schön, dass Sie da sind, das beruhigt sie immer. Jedenfalls solange Sie hier sind.«

Agnes folgte Valborg durch den Korridor.

Es war so schnell gegangen. Vorletzte Weihnacht war ihre Mutter noch ganz die Alte gewesen, ein Jahr später konnte sie kaum mehr Kaffee kochen, ohne das ganze Haus anzuzünden. Zu Anfang hatten sie nicht verstanden, was los war. Hatte sie eine Depression, eine Psychose, oder war es ein Hilferuf nach der Scheidung? Sie war ja noch so jung!

Agnes konnte nur mit Mühe die Tränen zurückhalten, als sie sich dem Krankenzimmer näherten, in dem ihre Mutter lag. Sie wusste, was sie erwartete. Nicht die muntere, geistig rege und schlagfertige Frau, in deren Obhut sie aufgewachsen war. Die wie keine andere zuhören konnte und die wusste, wie sie mit Agnes' Gefühlen umgehen musste, wenn das Leben wieder einmal Kopf stand.

Jetzt stand das Leben ihrer Mutter Kopf.

»Hallo, Britta, wo warst du denn? Du musst mir helfen, ich muss hier raus. Sie haben mich eingesperrt!«

»Mama, ich bin nicht Tante Britta. Ich bin Agnes. Das siehst du doch«, sagte sie mit ihrer mildesten Stimme.

»Ja, ich weiß, Agnes, aber du musst mir helfen. Die da ...« Sie zeigte auf Valborg. »Die und die anderen Wärterinnen haben mich eingesperrt.«

Ohne Vorwarnung nahm ihre Mutter eine Kaffeetasse vom Nachttisch und warf sie Valborg mit voller Wucht an den Kopf.

»Mama, was machst du da!«

»Diese verdammte Schlampe hat es nicht besser verdient!«

Valborg schwankte und musste sich an einem Bett festhalten. Agnes drückte den Alarmknopf. Sie war hin- und hergerissen, ob sie ihre Mutter zur Beruhigung umarmen oder Valborg beistehen sollte. Sie entschied sich, ihre Mutter zu umarmen.

»Ich bin's doch, deine Agnes. Deine kleine Agnes. Du brauchst keine Angst zu haben, Mama.«

Wenig später stürzte eine kleine Armee von Krankenpflegern ins Zimmer, und Agnes war froh, dass ihre Anwesenheit ihrer verwirrten Mutter die Zwangsjacke und eine Spritze ersparte.

Valborg wurde auf einen Kollegen gestützt aus dem Zimmer geleitet. Ein Arzt und die Stationsschwester traten auf das Bett zu. Agnes hielt ihre verzweifelte Mutter im Arm.

»Entschuldigung. Sie weiß nicht, was sie tut«, sagte Agnes.

»Wir können sie hier nicht länger betreuen. Sie sehen ja selbst. Sie stellt ein Sicherheitsrisiko dar«, sagte die Stationsschwester. »Sie ist nicht zum ersten Mal tätlich geworden. Wir können die Sicherheit des Personals und der anderen Patienten nicht mehr gewährleisten.«

Beim nächsten Besuch befand sich ihre Mutter in einem Pflegeheim. Medikamentös ruhiggestellt lag sie in einem Krankenhausbett und starrte an die Decke.

»Erkennst du mich, Mama? Ich bin's, Agnes.« Sie nahm die Hand ihrer Mutter. Ohne den Kopf zu bewegen, richtete ihre Mutter ihren Blick auf sie. »Ich bin's, Agnes. Ich habe Pralinen mitgebracht, deine Lieblingspralinen!«

Die Miene ihrer Mutter erhellte sich. Sie setzten sich an den Tisch am Fenster, tranken Kaffee und aßen Pralinen. Die ältere Frau bewegte sich langsam wie ein Roboter. Sie schien in ihrer eigenen Welt gefangen zu sein und kehrte nur für kurze Augenblicke zu ihrem alten Selbst zurück.

»Agnes, entschuldige, dass ich frage, aber weißt du, wo die Toilette ist? Inzwischen vergesse ich wirklich alles.«

Agnes begleitete ihre Mutter auf eine der Stationstoiletten.

»Ich bin so froh, dass ich dich habe, sonst wäre ich

ganz allein auf der Welt«, sagte ihre Mutter und umarmte sie.

Agnes war gerührt. Sie sehnte sich nach Augen-
blicken wie diesem, in denen sie sich nahe waren.

Als ihre Mutter sich anschließend die Hände wa-
schen wollte, wirkte sie plötzlich so entsetzt, als sei
ihr der Teufel persönlich begegnet.

»Was ist, Mama?«

Agnes kontrollierte die Wassertemperatur, aber es
war weder zu heiß noch zu kalt.

»Wer ist das?«, schrie ihre Mutter und deutete auf
ihr Spiegelbild. »Weg! Schafft sie weg!«

»Mama, Liebes, das ist doch nur ein Spiegel.«

»Spiegel?«, keuchte ihre Mutter und betastete ihr
runzliges Gesicht. Dann begann sie panisch zu
schreien. Die Tür ging auf, und zwei Pflegerinnen erschienen und führten ihre Mutter zu ihrem Bett.

Anschließend sprach Agnes mit einer Schwester.

»Sie konnten das ja nicht wissen, aber wir hängen
immer was vor den Spiegel, wenn sie auf Toilette
geht. Sonst verliert sie vollkommen die Nerven. Ihrer
Meinung nach ist sie sechzehn oder siebzehn Jahre
alt, und man kann sich leicht vorstellen, wie man
sich gefühlt hätte, wenn man auf einen Schlag eine
alte Frau geworden worden wäre.«

Agnes konnte ihre Tränen nicht länger zurückhalten. Sie ließ alles raus und nahm die Papiertaschentücher, die ihr die Schwester reichte, dankbar entgegen.

Als sie das Pflegeheim verließ, hatte sie das Gefühl, eine lebende Tote besucht zu haben. Das Denkmal eines großen Verlusts, ein Mensch, der existierte und auch wieder nicht. An einem Grab gab es einen Abschluss, aber hier war die Trauerarbeit zu einem Lebewohl erstarrt, das die Seele unentwegt belastete. Es war furchtbar, ihre Mutter so zu sehen, eingeschlossen in eine chaotische und von Albträumen geprägte Welt. Aber sie konnte nichts machen. Sie konnte ihr die Hand halten und sie trösten, wenn sie zu Besuch kam, aber sie konnte sie nicht befreien.

Zufrieden mit dem Sonntagabend schlief Gottfrid ein, sobald sein Kopf das Kissen berührte. Wenig später träumte er, dass sich die kleine Karaokebühne zu einer großen Konzerthallenbühne ausgewachsen hatte, auf der er vor einem verzückten Publikum *Canelloni Macaroni* sang. Simone und seine Eltern, alle waren da und ließen sich von seiner Stimme in Ekstase versetzen. Gerade wollte er die letzten Töne singen, da ertönte ein Alarm, die Notbeleuchtung blinkte, und eine ferne monotone Computerstimme war aus den knisternden Lautsprechern zu hören: *Simone, aufgepasst! Gottfrid ist ein Lügner, er ist nicht der, für den du ihn hältst. Er ist verlogen, durch und durch verlogen.*

Schweißgebadet setzte er sich im Bett auf. Der Traum war verflogen, aber Simones entsetzter Gesichtsausdruck hatte sich auf seiner Netzhaut eingebrannt, und der Alarm schrillte immer noch.

»Was ist da los, verdammt?«, brummte er, dann begriff er, dass sein Wecker klingelte. Er schlug mit der rechten Hand auf den Aus-Knopf, und es wurde still.

Gottfrid legte sich wieder ins Bett und hatte gerade die Decke über den Kopf gezogen, als es ihm siedend heiß einfiel: Omar! Sie hatten sich zum Workout verabredet. Er sah vor seinem inneren Auge, wie sich der persische Gott vor dem Haus aufwärmte. Gottfrid schauderte es, er verkroch sich unter der Decke und spürte, wie sich sein Rettungsring vervierfachte. Mit einem Seufzer gab er sich geschlagen und stand auf.

Fünf Minuten später fand er sich (immer noch schlaftrunken) vor dem Haus ein und erblickte ganz richtig Omar, der Aufwärmübungen durchführte, falls sich Liegestütze mit In-die-Hände-Klatschen als solche bezeichnen ließen.

»Guten Morgen!«, sagte Omar munter und ging zu Luftsprüngen über. »Mühe mit dem Aufstehen?«

»Es ist mir gestern bedeutend leichter gefallen einzuschlafen, als heute aufzuwachen«, meinte Gottfrid mit belegter Stimme.

Planlos vollführte er ein paar dilettantische Stretchübungen, um nicht tatenlos herumzustehen, während Omar mit Luftsprüngen beschäftigt war. Stretching war wirklich nicht Gottfrids Ding, und ein Außenstehender hätte vermutlich geglaubt, dass er etwas suchte.

»Ich dachte, wir könnten den Wald als Fitnessstudio nutzen«, meinte Omar.

Gottfrid begriff überhaupt nicht, wovon Omar sprach, tat aber so, als könne er folgen.

»Bereit?«

»Na klar«, sagte Gottfrid, und dann joggten sie Richtung »Fitnessstudio«.

Victor und Samuel sahen die beiden gerade zwischen den Bäumen verschwinden, als sie die Tür öffneten, um im Garten zu frühstücken.

»Was für eine Energie!«, meinte Samuel und nahm auf einem der Gartensessel Platz.

»Ich vermute, dass nur einer der beiden morgen

einen Muskelkater hat«, meinte Victor augenzwinkernd, und Samuel nickte.

In diesem Augenblick gesellten sich Charlie und Lars Lood zu ihnen. Sie blieben beim Thema Fitnesstraining.

»Ich habe mal gelesen, dass der Astronaut Neil Armstrong glaubte, dass jeder Mensch nur eine bestimmte, im Voraus festgelegte Anzahl Herzschläge habe«, sagte Lars. »Und um diese nicht zu verschwenden, mied er jede Art von körperlichem Training.«

»Interessant ist allerdings, dass es ihm nichts ausmachte, in eine winzige Rakete zu steigen, durch den sauerstofffreien Weltraum zu einem Mond ohne Leben zu fliegen, dort herumzustiefeln und dann nach Hause zurückzukehren, aber ein wenig Fitnesstraining riskierte er also nicht«, meinte Charlie.

Victor erzählte von einem russischen Kosmonauten, der einen Weltraumspaziergang unternahm, um einen Satelliten zu reparieren, dabei den Halt verlor und in den Weltraum geschleudert wurde. Das lag etwa vierzig Jahre zurück, und seither bewegte er sich durch den Kosmos.

»Man könnte also sagen, dass der Kosmonaut im Weltall statt in der Erde begraben wurde, und die Milchstraße ist sein Friedhof und der Raumanzug sein Sarg«, meinte Lars Lood mit poetischem Tremolo.

»Wirklich ein heiteres Bild, das du da entwirfst, Lars«, meinte Charlie.

»Wie lange noch?«, wollte Gottfrid wissen. Sie hatten kaum einen Kilometer zurückgelegt, aber sein T-Shirt war bereits schweißnass.

»Du meinst, bis wir richtig loslegen?«, wollte Omar wissen. »Das ist noch die Aufwärmphase.«

»Aufwärmphase? Dann schlage ich vor, dass wir unseren Workout beginnen, bevor ich gleich schlappmache.«

Omar trainierte seit seiner Jugend im Wald. Ein Baum, ein Baumstumpf, eine Steigung, alles ließ sich in Fitnessgeräte verwandeln. Die starken Äste der Eiche eigneten sich perfekt für Klimmzüge, über einen Bach konnte man aus dem Stand hinüberspringen, Felsbrocken dienten zum Gewichtheben, und umgestürzte Baumstämme ließen sich durch die Gegend schleifen.

Omar sah ein, dass Gottfrid weder den Willen noch die Voraussetzung für härteres Training mitbrachte, aber der Vorteil des Waldstudios bestand darin, dass man es leicht an sein eigenes Niveau anpassen konnte. Als Omar Kniebeugen mit einem Baumstamm auf den Schultern unternahm, folgte Gottfrid seinem Beispiel, aber ohne Gewicht. Und als Omar eine halbe Tanne einen Hang hochschleifte, keuchte Gottfrid hinter ihm her – ohne Tanne. Oder er dehnte die Waden an einer Birke wie jetzt gerade.

»Was hältst du eigentlich von diesem Lars Lood?«, fragte Gottfrid und ließ sich an seiner Birke in die Hocke sinken. »Selbstverliebter geht's nicht, oder?«

Omar tratschte nur ungern über andere Leute, aber er sah durchaus ein, dass Lars Lood provozierend wirken konnte. Zweifellos hätte er einen eigenen Stil, meinte er dann.

»Na, du bist ja ganz schön diplomatisch«, rief Gottfrid. »Du klingst fast wie ein Politiker.«

Omar stemmte einen schweren Felsbrocken aus dem Moos in die Höhe.

»Das habe ich mir beim Fußball angewöhnt. Die Journalisten wollten uns immer dazu verleiten, etwas Negatives über Gegner, Mannschaftskollegen, Trainer oder Schiedsrichter zu sagen. Alles, was sich für eine Schlagzeile verwerten ließ.«

Gottfrid sah ihn vielsagend an.

»Du kannst ihn also auch nicht leiden?«

Omar warf den schweren Stein, so weit er konnte.

»Wenn ich anstrengende Leute treffe, dann trainiere ich so lange, dass das Training doppelt so anstrengend ist wie die Leute, an denen ich mich störe. Dann erleichtert es mich regelrecht, diesen Leuten wieder zu begegnen.«

»Okay, verstehe«, meinte Gottfrid. »Du willst, dass ich trainiere und mich nicht über irgendwelche Leute auslasse.«

Omar lächelte. Gottfrid erhob sich mit Mühe, und sie joggten weiter.

Nachdem Tom von Lars dazu genötigt worden war, Agnes seine Liebe zu erklären, fiel ihr eine Veränderung an ihm auf. Ihr Mann war auf einmal gesprächig. Und zwar sehr. Den ganzen Morgen hatte er über Gott und die Welt geredet. Als hätte sich bei der Feuertaufe am Vortag eine Schleuse zwischen seinem Inneren und seiner Umwelt geöffnet.

Agnes' erster Impuls war gewesen, diesem Lars Lood den Hals umzudrehen, aber jetzt empfand sie stattdessen eine seltsame Dankbarkeit. Irgendwie hatte der Vorfall bei ihrem Mann einen Hebel umgelegt, einen Plauderhebel.

»Schau dir Wuschel an«, sagte Tom und deutete auf den Hund, der auf die beiden Mähroboter, die langsam den Rasen zwischen den Obstbäumen schnitten, zuraste, um sie zu begrüßen. »Er spielt mit ihnen, als wären es seine Geschwister aus einem früheren Leben.«

Agnes überlegte, warum sich ihr Hund ausgerechnet für Mähroboter begeisterte. Vielleicht weil sie sich so bewegten wie er, langsam und scheinbar ziellos. Tom sagte manchmal, Wuschel hätte einen umgekehrten Jagdinstinkt. Sah er jemanden wegrennen, dann setzte er sich rasch hin, wie um der Versuchung zu widerstehen hinterherzuwetzen. Jetzt, nachdem er seine Kumpel begrüßt hatte, kam er zufrieden wieder angeschlendert.

»Habe ich dir mal erzählt, dass ich mal Knoten-Junior-Meister war?«, fragte Tom, als sie weitergingen.

»Knoten? Du meinst, wie in Knoten, mit denen man was zusammenbindet?«

»Genau, wie Blutknoten, Affenkopf, Schnürknoten, Bandschlingenknoten, Zimmermannsknoten, Webeleinstek und natürlich unser eigener Knoten, deiner und meiner ...«

»Haben wir einen eigenen Knoten?«

»Ja, den Liebesknoten«, sagte Tom und zwinkerte ihr zu.

Der Liebesknoten bestand aus zwei einfachen Überhandknoten. Früher hatten verliebte Seeleute ein Seil mit diesem, allerdings nur lose gebundenen Knoten an die Türklinke ihrer Angebeteten gehängt. Wenn der Knoten bei ihrer Rückkehr festgezogen war, durften sie eintreten. War der Knoten jedoch unberührt, war die Angebetete nicht interessiert.

Agnes war fast beleidigt, weil ihr Tom nie davon erzählt hatte. Knoten-Junior-Meister? Schließlich waren sie schon über zehn Jahre zusammen.

»Kannst du nicht so weitermachen, Tom?«, bat sie.

»Wie?«

»Einfach zu erzählen, was dir gerade in den Sinn kommt. Nicht nur mir, sondern allen. Das würde dich anderen Menschen näherbringen.«

»Glaubst du?«

»Ich weiß es sogar.«

Auf einmal brach Agnes in Tränen aus. Tom wusste nicht, wie er darauf reagieren sollte, Wuschel zögerte keine Sekunde und kam sofort angerannt. Agnes nahm ihn auf den Arm.

»Entschuldige, aber habe ich etwas Falsches gesagt?«, wollte Tom wissen.

Sie schüttelte, immer noch schluchzend, den Kopf

und bedeutete ihm, ins Haus zurückgehen zu wollen.

»Willst du mir nicht erzählen, was los ist?«, fragte er.

Agnes blieb stehen, setzte den Hund wieder ab und nahm seine Hände.

»Mir fiel nur gerade auf, wie sehr mir tatsächlich ab und zu ein *Ich liebe dich* gefehlt hat.«

Tom legte die Hände auf ihre Schultern und sah sie an.

»Ich liebe dich so sehr, Agnes, dass ich gar nicht erst versucht habe, es dir zu erklären. Aber da Worte doch so viel bedeuten, verspreche ich dir, sie in Zukunft öfter zu verwenden. Viel öfter.«

Er küsste sie und nahm dabei etwas aus den Augenwinkeln wahr. Einige Sekunden später war er mit einem Stängel hellroten Klatschmohns zurück und überreichte ihn Agnes mit einer Verbeugung und den Worten: »Für meine Liebste.«

Wie in einem alten Schwarz-Weiß-Film nahm ihn Agnes mit einem Knicks in Empfang, und dann gingen sie Hand in Hand auf das Haus zu. Wuschel spazierte fröhlich vor ihnen her.

Als die Pillen aus Amsterdam die Entzugserscheinungen und die Angst vertrieben und sie in eine viel sorglosere Stimmung versetzt hatten, regte sich in Yvonne der Wunsch, die Insel zu erforschen. Bereits am Vortag hatte sie zum Zeitvertreib die »Fährleute«, wie sie die Bewohner des riesigen gelben Hauses nannte, beobachtet. Warum waren sie auf der Insel? Was taten sie? Am Vorabend hatte sie sich sogar in die große Scheune geschlichen, in der die Fährleute die Vormittage verbrachten.

Was habe ich eigentlich erwartet? Staffeleien mit Skizzen von obszönen Nackten? Einen Altar mit blutigen Opfergaben? Keine Ahnung, aber sie war sehr enttäuscht, in einer ganz gewöhnlichen Tischlerwerkstatt zu stehen. Niedergeschlagen betrachtete sie die Bretter auf einer Werkbank. Sie wollte die Werkstatt gerade verlassen, als sie eine Broschüre entdeckte: *Wie man seinen Sarg baut.*

Diese Leute waren offenbar verrückter, als sie gedacht hatte.

Eine Selbstmordsekte? Planten sie, in auf dem Hof aufgereihten Särgen Abschied zu nehmen? Es gab viele Fragen, und die Fantasie ging mit ihr durch, als sie durch den Wald zurückschlich. Sie beschloss, die Fährleute im Auge zu behalten, aber noch vorsichtiger zu sein. Sonst landete sie womöglich noch selbst in einem Sarg! Solche Leute waren sicher zu allem fähig!

Yvonne kauerte im Wald hinter einer Birke und beobachtete zwei Fährmänner. Der eine, ein Selbstquäler, hatte nur das eine Ziel, physisch an seine Grenzen zu stoßen. Der andere, ein gelichteter Schöntuer, versuchte, sich so wenig wie möglich anzustrengen.

Am Unterhaltungswert war wirklich nichts auszusetzen. Wie ein Film mit Charlie Chaplin, allerdings in Farbe und in einem schwedischen Wald. Purzelbaum bergauf, Gewichtheben mit Baumstämmen und Herumwuchten von Felsbrocken.

Jetzt lehnten sie erschöpft an einem Baum auf einer waldigen Anhöhe. Offenbar war das Training vorüber. Der Kleine wollte zurückspazieren, der Lange wollte joggen. Nach einer kurzen Diskussion erhoben sie sich und joggten in gemächlichem Tempo den Hang hinunter auf den Baum zu, hinter dem Yvonne sich versteckt hatte.

Der Lange lief in nur wenigen Metern Entfernung an ihr vorbei, und als der Kleine angekeucht kam, konnte sich Yvonne nicht beherrschen. Sie musste einfach. Rasch schob sie ihren Fuß vor und stellte ihm ein Bein.

Er stolperte, verlor das Gleichgewicht und rollte wie ein Gummiball den Hang hinunter. Sie musste sich die Hand vor den Mund halten, um nicht laut zu lachen.

»Meine Güte! Bist du okay, Gottfrid?«, rief der Lange, als der Kleine endlich zum Stillstand gekommen war.

Yvonne spähte zu ihm hinunter und sah, dass er mit dem Kopf in einem Busch lag, Erde und Zweige überall, wobei er brüllte, irgendjemand habe ihm ein Bein gestellt. Der Lange schaute sich um, aber Yvonne war bereits in Deckung gegangen.

»Das kann nicht sein«, sagte der Lange. »Da ist niemand.«

»Da war jemand, der mich zu Fall gebracht hat!«, beharrte der Kleine, was aber wie eine verzweifelte Ausrede klang.

Yvonne hätte gerne einen schallenden High five mit sich selbst gemacht. So ein wunderbarer Morgen! Sie hatte den Eindruck, dass die Dosierung der Amsterdampillen recht hoch sein musste, denn sie fühlte sich *untouchable*, ein ihr unbekanntes Gefühl.

Während sich die beiden Männer im Wald entfernten, schaute sie in die Laubkronen hinauf und drückte ihre Wange an die kühle weiche Birkenrinde. Sie hatte gehört, dass die Wurzeln mindestens genauso ausgedehnt waren wie die Zweige, und stellte sich vor, wie die Bäume des Waldes unterirdisch miteinander verbunden waren und sich an ihren Wurzelhänden hielten. Sie umarmte die Birke und fühlte sich als Teil dieser organischen Gemeinschaft. In diesem Augenblick wollte sie an keinem anderen Ort auf der Welt sein.

Gottfrid stand immer noch ziemlich geknickt an seiner Werkbank. Es ärgerte ihn, dass ihm Omar nicht glaubte. Er war zwar kein durchtrainierter Adonis, aber auch kein Lügner.

Naja, letztens vielleicht schon. Er hatte Simone belogen und sich unter Vorspiegelung falscher Tatsachen zu dem Kurs angemeldet, aber was seinen Sturz betraf, log er nicht. Ein kleiner Fuß hatte ihn zu Fall gebracht.

Als die Sache beim Frühstück zur Sprache kam, entging ihm die Skepsis der anderen nicht, und einige kicherten, als sich Lars Lood erkundigte, ob er nicht etwa ein Füßchen mit einem Würzelchen verwechselt habe.

Außerdem hatte ihm Samuel einen Haufen Bretter ausgehändigt, das Material für sein Sargmodell *Forever*, dazu die Maße und eine Säge. Samuel wollte, dass er vor dem Renovieren erst einmal die Bretter »zurechtsägte«, damit er anschließend sofort »loslegen« konnte.

So wie Samuel es formulierte, klang es einfach. Gottfrid erschien es so schwierig wie die Lösung eines Zauberwürfels. Er konnte sich nicht einmal mehr daran erinnern, wann er zuletzt eine Säge in der Hand gehalten hatte, wahrscheinlich in der sechsten Klasse. Erst zog man einen Strich mit dem Bleistift und dann sägte man eine vorbereitende Kerbe. Eine Säge hatte er, aber gab es einen Bleistift?

Während er danach suchte, fiel sein Blick auf den Sargkatalog. Ihn schauderte. Einfach verrückt! Sein ganzes Leben hatte er konsequent jeden Gedanken an das Ende der Zeit verdrängt, was ihm ausgezeichnet gelungen war. Warum sich den Kopf über etwas Unausweichliches zerbrechen?

Schließlich entdeckte er auf Toms Werkbank einen Bleistift. Er zog einen krummen Strich und setzte dann die Säge an, um eine Kerbe zu machen. Natürlich ohne Erfolg. Erst hüpfte die Säge vom Brett, dann sägte er sich fast den Finger ab.

Dann aber kam sie. Die Wende. Drei kleine Worte von Tom, der plötzlich hinter ihm stand.

»Brauchst du Hilfe?«

Tom erwies sich als erstklassiger Pädagoge. Bereits nach zwei Stunden waren sämtliche Bretter zurechtgesägt, und Samuel erlaubte Gottfrid jetzt, sich den Renovierungsarbeiten zuzuwenden. Im Haupthaus gab es viele Aufgaben, einen Schrank anstreichen, ein Zimmer tapezieren, einen Linoleumboden rausreißen oder losen Lack von Fensterrahmen entfernen. Gottfrid entschied sich für die Fenster, weil das am unkompliziertesten wirkte, aber auch, weil er wusste, dass die Fenster von Simones Kate renoviert werden mussten. Eigentlich hätte ihn Samuel einweisen sollen, aber da Tom sein Geschick bewiesen hatte, fiel ihm diese Aufgabe zu.

»Du ahnst gar nicht, wie viele Fenster ich in meinem Leben renoviert habe«, sagte Tom. »Mein Vater war Tischler und hat immer den Nachbarn geholfen, um sich was dazuzuverdienen. Nach der Schule musste ich ihm immer helfen. Schrecklich langweilig, aber lehrreich.«

»Wieso bist du nicht wie dein Vater Tischler geworden? Die Ausbildung hattest du ja sozusagen gratis.«

»Ich wollte aus dem Dorf weg. Ich hatte das Gefühl, dass die Welt auf mich wartet.«

»Und da bist du in die Stadt gezogen und bist Buchhalter geworden?«, fragte Gottfrid.

Tom grinste. »Steuerbeamter.«

Tom erklärte ihm, wie man Rostschäden und undichte und morsche Stellen fand und erkannte, wo rissiger Lack abblätterte. Gottfrid filmte alles mit seinem Handy. Er lernte auch, wie man mit einem Schaber und einer Heißluftpistole alte Farbe entfernte. Mit Toms Hilfe und den pädagogischen Videos kam Gottfrid rasch in Gang. Sobald der alte Lack entfernt war, würde ihm Tom das Lackieren erklären.

»Die meisten Dinge sind einfach, wenn man nur weiß, wie es geht«, meinte Tom mit seiner ruhigen Stimme, »und solange man sich nicht stresst.«

Gottfrid merkte, dass ihn ein lange vermisstes Gefühl erfüllte. Optimismus. Es war erst Montag, und er hatte bereits gelernt, wie man alten Lack von Fensterrahmen entfernte.

Anlässlich des Gesäges und Gehämmers fühlte sich Charlie auf einen anderen Planeten versetzt. Und nicht nur ihr schien es so zu ergehen. Gottfrid hatte wie ein gekidnappter Alien ausgesehen, bis ihn Tom rettete. Ihr steckte noch Victors Zusammenbruch in den Knochen. Sie, die sonst nie die Kontrolle verlor, war in Panik geraten. Bei dem Gedanken an ihren Schrei schauderte sie. Sie hatte nicht geahnt, dass so ein Laut in ihr steckte.

Auch Victor wirkte ziemlich mitgenommen. Seit dem Anfall hatten sie noch nicht miteinander gesprochen. Spontan ging sie auf ihn zu.

»Und, wie geht's?«

Ganz okay, aber er wusste nicht, an welchem Bretterende er sägen sollte. Falls das überhaupt eine Rolle spielte. Victor hielt ihr ein Brett hin, um seine Ratlosigkeit zu demonstrieren.

»Ich wollte nur mal hören«, meinte Charlie. »Wegen gestern. Vielleicht eine crazy Frage, aber war es nicht komisch, neben mir zusammenzubrechen und dann in Lisas Anwesenheit wieder zu dir zu kommen?«

Er erklärte, nur so habe er überhaupt realisiert, dass er einen Anfall gehabt hätte. Die Wirklichkeit habe auf einmal eine Lücke aufgewiesen.

Da er ihre etwas seltsame Frage offenbar zu schätzen wusste, stellte Charlie eine weitere: »Ist das hier wirklich okay für dich?«

»Was?«

Sie machte eine ausholende Handbewegung.

»Die Sargtischlerei.«

Victor schien sie nicht zu verstehen. Charlie hatte gehofft, nicht deutlicher werden zu müssen, sah jetzt aber keinen anderen Ausweg.

»Willst du nicht etwas anderes machen, wo dir vielleicht nicht mehr ... so viel Zeit bleibt?« Sie räusperte sich vorsichtig. »Hast du keine *Bucket List* oder so?«

Victor verzog den Mund.

»Die sind für Menschen, die finden, das Leben sei etwas, was man abhakt. Menschen, die den Leistungsdruck in die Ferien mitnehmen.« Er lehnte sich an die Werkbank und verschränkte die Arme. »*Bucket List*-Menschen sind meist kerngesunde Fünfundzwanzigjährige, die mit Elefanten baden, den schärfsten Chili der Welt probieren oder nackt auf der Trolltunga stehen wollen, ehe es zu spät ist, wie sie sagen.« Victor schnaubte. »Zu spät? Obwohl sie das ganze Leben noch vor sich haben?« Er lächelte ironisch. »Ich will nicht zu negativ klingen, Charlie, aber meine letzte kostbare Zeit auf Bungeejumping in Papua Neuguinea zu verschwenden, bloß weil irgendein Möchtegernabenteurer das im Lonely Planet zum Kult erklärt hat, ist nichts für mich. Also: *Bucket List* – nein danke!«

Obwohl Charlie ein heikles Thema aufgegriffen hatte, merkte sie, dass sich Victors Ärger nicht gegen sie richtete, sondern gegen das Phänomen *Bucket List*.

»Warum bist du eigentlich hier?«, fragte sie. »Du

wirkst nicht wie jemand, der sich aufs Geratewohl zu einem Sargtischlerkurs anmeldet.«

»Ich glaube, die meisten von uns sind hier, weil das Sargtischlern eine Mahnung darstellt«, meinte er. »Du weißt schon, *carpe diem* und so. Ihr werdet wachgerüttelt, weil euch das Sargtischlern daran erinnert, dass ihr eines Tages sterben müsst, und mich erinnert es daran, dass ich noch am Leben bin.«

Charlie wollte noch etwas wissen.

»Was sagt eigentlich deine Familie dazu, dass du allein hierherfährst? Wollen sie nicht jede Sekunde mit dir verbringen?«

»Zu Anfang, nach der ersten Diagnose, war es schon so, aber in letzter Zeit haben sie eingesehen, wie wichtig es für mich ist, mein eigenes Leben zu leben. Besonders, weil ich nicht weiß, wie viel Zeit mir noch bleibt.«

Agnes, die aus einiger Entfernung zugehört hatte, gesellte sich zu ihnen.

»Ich wollte dich auch schon fragen, warum du hier bist, Victor. Jetzt verstehe ich es besser.«

»Und du, Agnes?«, nutzte Charlie die Gelegenheit. »Seid ihr wirklich nur aus Zufall hierhergeraten?«

Agnes lächelte und legte ihre Säge beiseite.

»Nicht nur. Tom tischlert wahnsinnig gerne, und mich faszinieren Dinge, die aus dem Rahmen fallen. Der Sargtischlerkurs ist die perfekte Kombination.«

»Ihr wirkt so glücklich«, meinte Victor. »Tom und du.«

Agnes sah ihn mit einem erstaunten Lächeln an.

»Das sind wir auch.«

»Man erlebt nur selten Paare, die so zwanglos miteinander umgehen«, sagte er und fuhr dann mit leiserer Stimme fort. »Nicht dass ich an Lisas und Omars Beziehung zweifeln würde. Sie wirken auch harmonisch, aber es besteht doch ein deutlicher Unterschied.«

Charlie war froh, als das Gespräch eine andere Wendung nahm, denn sie wollte keine Fragen über ihr Leben beantworten. Genauer gesagt wollte sie nicht lügen. Charlie fühlte sich schmutzig. In ihrer Anmeldung hatte sie erklärt, dass sie als Finanzberaterin bei einer Bank arbeitete, aber auch als Rechtsberaterin tätig gewesen sei. Das stimmte zwar (sie hatte in London an der Uni BWL und Jura studiert), war aber bei Weitem nicht alles.

Nach ihrem gelungenen Debüt auf der schiefen Bahn als Neunzehnjährige in der Weltmetropole London war sie auf den Geschmack gekommen. Recht schnell lernte sie, wie sie mit einfachen Tricks und ihrem unschuldigen Gesicht ihren Lebensunterhalt außerhalb der Legalität verdienen konnte. Es dauerte nicht lange, da lernte sie Gleichgesinnte kennen und saugte deren Kenntnisse wie ein Schwamm auf. Meistens war die einfachste Methode die beste.

Einer ihrer Lieblingstricks der frühen Jahre war es gewesen, Pubs aufzusuchen, wenn die Eigentümer nicht anwesend waren, was sich durch einen Anruf feststellen ließ. Sie erklärte dann, ein Kellner habe ihr ein paar Tage zuvor Wein über die Bluse gekippt und wies dabei eine fleckige Bluse vor. Man habe ihr sieben Pfund für die chemische Reinigung versprochen, falls es ihr nicht gelänge, den Fleck selber zu entfernen. Dann forderte sie den versprochenen Scheck ein. In der Hälfte der Fälle erhielt sie ihn mühelos.

Vor etwa zwanzig Jahren waren Schecks in London noch recht üblich gewesen. Mit etwas Geschick ließen sich sieben Pfund in siebenundsiebzig verwandeln. Das war zwar keine große Summe, aber an guten Tagen kam sie auf fünf Schecks. In einer Woche ergab das über dreißigtausend Kronen. Nicht schlecht für einen Weinfleck.

Nachdem sich der Weinflecktrick in den Pubs herumgesprochen hatte, dachte sie sich andere Tricks und neue Zielgruppen aus. Die meisten Opfer waren reiche Touristen. In der Regel Männer, die ihrem Charme und ihrer Schönheit nicht widerstehen konnten. Dabei hatte sie nie ein sonderlich schlechtes Gewissen, sondern fand eher, dass sie ihnen einen Gefallen tat. Sie lenkte ihre Aufmerksamkeit mit einem Lächeln ab, das ihr Herz schneller schlagen ließ, und erleichterte ihre Kreditkarte um eine Summe, die ihnen ihre Versicherung anstandslos ersetzte, noch ehe vierundzwanzig Stunden um waren. Die Opfer verloren also kein Geld und konnten außerdem bei ihren Freunden mit einem Reiseabenteuer angeben.

Da fand sie ihre Tätigkeit als Bankberaterin schon bedenklicher. Sie hatte gutgläubige Anleger mit wertlosen Investitionstipps um Unsummen erleichtert.

Charlie hing ihren Gedanken nach, während sich Victor und Agnes weiter unterhielten. Sie horchte erst wieder auf, als Victor meinte, *Bucket Lists* und die Angst, etwas zu verpassen seien nur der Ersatz für etwas, was Agnes längst besitze.

»Du hast einen Menschen, der dich liebt und den du auch liebst. Was sind dagegen schon ein paar Schwimmzüge mit Delfinen?«

Victor bringt es wirklich auf den Punkt, dachte Charlie. Vielleicht ist das ja besonders wichtig, wenn die Zeit so knapp bemessen ist.

»Ich bin mir nicht sicher, ob Liebe wirklich alles ist«, entgegnete Agnes, »aber das ist ein gutes Argument.«

Charlie kehrte an ihre Werkbank zurück. Sehr wahrscheinlich würde sich die allgemeine Aufmerksamkeit gleich wieder ihr zuwenden, und sie hatte momentan nicht die Kraft, sich neue Lügen auszudenken. Nicht für diese Leute. Nicht jetzt.

Victor legte ein Brett schräg auf die Werkbank, um es mit dem Zollstock abzumessen. Jetzt waren sie nur noch zu zweit, und Agnes nutzte die Gelegenheit für eine Frage.

»Und du?«, fragte sie. »Gibt es eine Liebe in deinem Leben?«

Manchmal erübrigte sich die Antwort, manchmal erzählte ein Schweigen mehr als dicke Bücher. Agnes verstand. Und Victor spürte, dass Agnes seine große Sorge (einmal ganz abgesehen von dem Damoklesschwert über seinem Kopf) erkannt hatte: Dass er es vielleicht nie erleben würde, jemanden zu lieben und selbst vorbehaltlos geliebt zu werden.

Statt Worten, die doch nicht genügt hätten, legte ihm Agnes ihre Hand auf die Schulter und schenkte ihm einen Ich-bin-hier-wenn-du-mich-brauchst-Blick. Dann kehrte sie an ihre Werkbank zurück. Wenn man einem Menschen in so kurzer Zeit so nahekommt, dann darf man ihn nicht bedrängen, dachte sie, und Victor wusste das zu schätzen. Agnes erriet nicht nur seine Gefühle, sondern wusste auch, wann es angezeigt war, ihn in Ruhe zu lassen.

Kaum stand Agnes an ihrer Werkbank, da legte sich eine Hand auf ihre Schulter.

»Schau mal, hab' ich von Samuel. Für die Webstube!«, sagte Tom und hielt ihr einen Schlüssel hin.

Agnes nahm ihn entgegen, als wäre er aus kostbarem Gold.

»Wer will einen Teppich für seinen Sarg?«, rief sie.

Alle wollten einen. Sie wandte sich an Samuel.

»Ist es okay, wenn mir Tom bei meinem Sarg hilft? Ich bin zwar schnell und habe in meiner Jugend dank meiner flinken Webfinger mehrere Webwettbewerbe gewonnen, aber neun Teppiche nehmen ganz schön viel Zeit in Anspruch.«

Samuel runzelte die Stirn.

»Ich weiß nicht recht … schließlich handelt es sich um einen Sargtischlerkurs, und ich finde es wichtig, dass wir zusammenarbeiten. Das ist dann ja nicht der Fall, wenn du die ganze Zeit in der Webstube sitzt.«

Dazu würde es nicht kommen, schließlich war sie viel zu gesellig. Außerdem gab es noch ein Argument: »Wir absolvieren zwar einen Sargtischlerkurs, aber der Teppich ist doch wohl Teil des Sargs? So wie Möbel Teil eines Hauses sind.«

Samuel wandte sich an die anderen. Die Antwort war einhellig. Klar sollte sie weben!

Samuel Miller, Stockholm, 1974

Der junge Samuel wusste genau, wonach er auf der Suche war, und in dieser Galerie gab es keinen Künstler mit dem gewünschten Potenzial. Mit dem gewünschten *Ertragspotenzial.* Alles andere war uninteressant. Von Kindheit an hatte er gelernt, Kunst als Investition zu betrachten, und bereits als Fünfundzwanzigjähriger war er im Besitz einer Sammlung von beachtlichem Wert gewesen. Schon früh hatte er sich ein Netzwerk an den Kunsthochschulen aufgebaut und die Kunst junger, vielversprechender (und vorzugsweise dekadenter) Künstler zu günstigen Preisen erstanden. Nach ihrem Durchbruch stieg natürlich ihr Wert.

Den größten Wertzuwachs hatte er jedoch (un-) glücklichen Umständen zu verdanken. Die zwei erfolgreichsten und angesagtesten Künstler seiner Sammlung waren in relativ jungen Jahren gestorben, der eine durch Selbstmord, der andere an einer Überdosis.

Seinem Vater, einem Kunsthändler, imponierte der Geschäftssinn seines Sohnes, aber er ermahnte ihn auch, Kunst sei zwar Geld, aber eben nicht nur Geld. Man dürfe nie vergessen, dass sich die Künstler mit Leib und Seele ihrer Kunst hingäben. Diesen Worten maß der junge Samuel nicht viel Bedeutung bei, oder nur dann, wenn es darum ging, den Preis eines Werkes, das er veräußern wollte, in die Höhe zu treiben.

»Man sieht deutlich, wie viel Seele der Künstler in dieses zeitlose und zeitgenössische Werk gesteckt hat«, sagte Samuel dann immer.

Als er die Galerie verlassen wollte, entdeckte er ein paar Gemälde in einem Saal, in dem gewöhnlich nur Installationen ausgestellt wurden. Also kehrte er um. Diese Entscheidung veränderte Samuel Millers Leben. Fünfzehn Minuten später war er nicht mehr derselbe Mensch.

Zwölf Gemälde an vier Wänden fanden ihren Weg geradewegs in seine Seele und packten ihn, als hätten sie nur auf ihn und auf diesen Augenblick gewartet. Unter Umgehung der Dollarzeichen in seinen Augen und der Gewinnkalkulation in seinem Gehirn gelangten sie direkt ins Herz. So etwas hatte der junge Kunsthändler noch nie erlebt. Benommen stand er mitten im Saal und wusste nicht, wo die Kunst anfing und wo er selbst aufhörte. Er hatte das Gefühl, zum allerersten Mal in einen Spiegel zu schauen, ohne sein eigenes Bild zu erblicken, sondern etwas anderes, etwas, das in seiner Brust wohnte und das er bislang immer von sich geschoben hatte. Eine Sehnsucht?

Das diskrete Räuspern des Galeristen riss ihn aus seiner Verwirrung.

»Spannend, nicht wahr?«

Spannend. Das klang wie der blanke Hohn. Samuel fühlte sich fast provoziert.

»Wer?«, fragte er.

»Weiß ich nicht.«

»Machen Sie Witze? Wissen Sie nicht, wer die Bilder gemalt hat?«

»Nein, keine Ahnung. Die Gemälde sind nur mit einem V signiert. Ich finde, dass sie dadurch nur noch interessanter werden.«

Samuel fiel es schwer, vollständig zu erfassen, was er da eigentlich vor sich sah. »Verzerrte Fotos« kamen einer Beschreibung vermutlich am nächsten. Wald, Menschen, Bäume und Laub in eigenwilligen Mustern. Diffuse, traurige und hoffnungsspendende Gesichter. Jeder Punkt rief eine seltsame Ambivalenz hervor. Alles wirkte seltsam bekannt, als hätte jemand versucht, die Stimmung seiner eigenen nächtlichen Träume einzufangen.

Er musste die Bilder haben. Nicht etwa, weil die Gemälde möglicherweise wertvoll waren, und auch nicht, weil sie in seine Wohnung gepasst hätten, sondern weil sie überwältigende Gefühle in ihm auslösten.

»Ich kaufe sie alle«, sagte er zu dem Galeristen, »aber nur unter einer Bedingung. Ich muss den Künstler kennenlernen.«

Omar musste am Morgen lange an Gottfrids Tür klopfen, bis dieser sich regte.

»Muskelkaaater!«, vernahm er eine laute Stimme.

Also blieb ihm nichts anderes übrig, als sich allein auf der Wiese aufzuwärmen. Ganz allein war er allerdings nicht. Auf dem Rasen lag Wuschel und ruhte sich aus. Wenn Omar ihn nicht schon früher so gesehen hätte, hätte er vermutlich geglaubt, der Hund sei tot. Er lag, alle viere von sich gestreckt, auf dem Bauch, als hätte ihn jemand aus großer Höhe fallen lassen und er wäre mit einem Plumps gelandet. Eigentlich erschien Omar diese Position anatomisch unmöglich. Im Vorbeigehen kraulte er dem Hund den Nacken, als plötzlich eine Stimme aus dem zweiten Stock des Haupthauses zu vernehmen war.

»Warte!«

Charlie winkte aus ihrem Fenster und wollte ihn begleiten. Omar hob den Daumen, und absolvierte einige Sit-ups, während er wartete.

»Als ich dich beim Aufwärmen gesehen habe, hatte ich auf einmal wahnsinnige Lust auf Workout«, rief sie und joggte auf ihn zu.

Charlie lachte, als sie an Wuschel vorbeiliefen, der sie, ohne eine Pfote zu rühren, aus den Augenwinkeln beobachtete.

»Agnes hat erzählt, dass sie bei der Zubereitung von Popcorn den Deckel vergessen hat und dann die Küche verließ. Als sie wieder zurückkehrte, stand Wuschel vor dem Herd und versuchte voller Begeisterung, das hüpfende Popcorn in der Luft aufzufangen«, sagte sie.

Wuschels Ohren zuckten, als er das Wort Popcorn hörte.

»Er liebt Popcorn«, flüsterte Charlie.

»Und Bier«, meinte Omar. »Tom hat ihm gestern den letzten Schluck aus seinem Glas gegeben. Noch nie habe ich einen Hund so freudig wedeln sehen.«

»Vielleicht ist er deswegen so erschöpft.« Charlie lachte.

Bereits nach einer Minute Joggen stellte Omar fest, dass es sich mit Charlie ganz anders trainieren ließ als mit Gottfrid. Mühelos hielt sie Schritt, zog sich an Ästen hoch und stemmte Felsbrocken, als hätte sie nie was anderes getan.

»Du bist ja ganz schön fit«, meinte Omar.

Sie nickte, während sie in drei Meter Höhe an einem starken Ast hing.

»Ich trainiere drei- bis viermal wöchentlich. Sonst drehe ich durch.«

»Welche Art von Übungen?«

»So wie die hier. Aber im Studio. Ich hebe, hänge und ziehe. Versuche, das Tier in mir zu ermüden.«

Das konnte Omar gut nachvollziehen, denn das war auch seine Hauptbeschäftigung.

Gegenseitig spornten sie sich an, alles zu geben, Sprünge, Purzelbäume, Liegestütze. Beide waren dermaßen konzentriert bei der Sache, dass ihnen gar nicht auffiel, wie sich der anfänglich strahlend blaue Himmel dunkelgrau verfärbte. Erst als der Sturzregen losprasselte, sahen sie erstaunt nach oben.

»Wo kommt der Regen auf einmal her?«, rief Omar, als weintraubengroße Regentropfen auf seine Schultern prasselten.

Das regennasse T-Shirt brachte seinen muskulösen Oberkörper zur Geltung. Charlie gelang es nicht, ihre Begeisterung zu verbergen, was Omar in Verlegenheit brachte.

»Wir sollten uns auf den Heimweg machen«, sagte er und versuchte, ihren Blick zu ignorieren.

»Nach dir«, erwiderte Charlie und freute sich auf die neue Perspektive.

Einen Augenblick später spaltete ein greller Blitz den Himmel. Der Regen stand förmlich senkrecht in der Luft. In Höchstgeschwindigkeit liefen die beiden durch den Wald, und als sie sich dem Haupthaus näherten, wurden sie von den anderen bereits auf der Glasveranda erwartet. Lisa hielt ein Handtuch in der Hand und reichte es ihrem tropfnassen Mann.

»Wer hätte so starken Regen für möglich gehalten!«, rief Omar, streifte das tropfnasse T-Shirt über den Kopf und wickelte sich in das Handtuch.

»Wolltest du nicht mit Gottfrid trainieren?«, fragte seine Frau erstaunt. Es war ihr deutlich anzumerken, dass sie für Omars Workout-Partnerin nicht viel übrig hatte.

»Doch, aber Gottfrid war zu müde und ...«, begann Omar, wurde aber von Charlie unterbrochen.

»Und ich habe gefragt, ob ich mitkommen darf. Ich hatte einen so wahnsinnigen Bewegungsdrang.«

Lisa betrachtete Charlie, die mit unschuldigen Augen und in einem nassen T-Shirt, das mehr enthüllte als verbarg, vor ihr stand, mit skeptischem Blick. *Bewegungsdrang.* Wenn ich das schon höre! Lisa wusste, was die Muskeln ihres Mannes bewirken konnten. Sogar Männer wollten hin und wieder seine Oberarme fühlen.

Omar entschärfte die Situation, indem er erklärte, ihm sei kalt und er müsse jetzt duschen. Er bedeutete seiner Frau mitzukommen.

»Meine Güte, du glaubst doch nicht etwa, dass ich etwas mit Charlie habe?«, erkundigte er sich schon auf der Treppe.

Lisa seufzte.

»Ihr seid wie ein Pärchen aus einer 8oer-Jahre Shampooreklame über die Wiese gesprintet. Da lag der Gedanke nicht fern. Noch dazu in vollkommen durchsichtigen Klamotten.«

»Bin ich jetzt auch noch am Regen schuld?«

»Nein, natürlich nicht, aber ...«

Omar schüttete den Kopf, öffnete verärgert die Tür und verschwand sofort in der Dusche.

Das Gewitter hielt den ganzen Dienstag an. Der Regen prasselte unablässig an die Fenster, und die dunklen Wolken schlugen sich auf die Stimmung in der Tischlerei nieder. Wie eine leichte Komödie, die sich plötzlich in ein dystopisches Drama verwandelt, erschien die Insel nach dem Wetterumschlag wie ein ganz neuer Ort. Das wirkte sich auf die Kursteilnehmer aus, die weniger gesprächig, dafür aber wesentlich produktiver waren. Es herrschte richtiges Sargtischlerwetter, meinte Lars Lood. Sein eigenes Modell, mit dem naheliegenden Namen *Black*, war überaus solide, fast doppelt so schwer wie die Särge der anderen und kohlrabenschwarz. Lars arbeitete sorgfältig und methodisch, und dem aufmerksamen Beobachter wäre aufgefallen, dass er hin und wieder das Holz streichelte.

Victor war momentan nicht ganz so leidenschaftlich bei der Sache. Eine der wenigen Maximen, nach denen er lebte, war, sich nie zu langweilen. Dafür hatte ein junger Mann mit seiner Prognose einfach keine Zeit. Als sich außerdem seine neue Freundin Agnes nirgends blicken ließ, hatte er das Gefühl, etwas unternehmen zu müssen.

Er legte das Schmirgelpapier beiseite und rannte mit gesenktem Kopf durch den Regen zum Haupthaus, griff sich eine Flasche gekühlten Weißwein und zwei Gläser und lief die Treppe zur Webstube hinauf.

»Mir ist langweilig«, sagte er und hielt Agnes, die am Webstuhl saß, die Flasche hin. Wuschel döste zu ihren Füßen.

»Und da willst du dich von mir unterhalten lassen«, erwiderte sie fidel. »Soll ich dir das Weben beibringen, oder ist es dafür zu spät?«

Sie betrachtete ihn, unsicher, wie er ihre unbedachten Worte aufnehmen würde. Victor lachte und schenkte ein.

»Dafür ist es wohl etwas zu spät.«

»Ich kann dir, wenn du willst, mein Gedicht vortragen«, sagte sie und leerte rasch ihr Glas. »Dafür müsste die Zeit reichen.«

»Dein Gedicht? Hast du ein Gedicht geschrieben?«

»Nein, viele, und dieses hier ist eigentlich gar nicht repräsentativ für meine Poesie, aber es ist kurz und einfach«, sagte sie. »Es ist ein typisches *carpe diem*-Gedicht.«

»Da bin ich ja gespannt«, meinte Victor erwartungsvoll.

Agnes räusperte sich.

Unser Verstand
ist nicht für die Unendlichkeit gemacht
unsere Augen
nicht geschaffen für die Ewigkeit
wir haben nur den Augenblick
und der ist weg
wie ein Keks
kaum dass wir ihn gekostet haben

Mit lautem Klirren stieß Victor mit Agnes an.

»Kennst du ein Gedicht?«, fragte sie.

»Ich kenne eines über die Liebe, aber das ist auf Englisch, und ich habe es auch nicht selbst geschrieben.«

»Lass hören.«

Love is like a fart
If it has to be forced
It's probably shit

Agnes lachte. Zufrieden schenkte Victor nach.

»Weißt du, was mir gefällt?«, fragte sie.

»Außer Gedichten, Blumen und Tom, lass mich nachdenken … weben?«, riet er.

»Zeitlupe«, antwortete sie. »Ich bin regelrecht verliebt in Zeitlupe. Egal, in welchem Zusammenhang. Tom hat unseren Fernseher so eingestellt, dass ich Programme aufnehmen und dann in Zeitlupe abspielen kann. Das ist wie Meditation. Ich schaue mir alles auf diese Weise an, von Skilanglauf bis hin zu Talkshows. Es fallen einem so viele Dinge auf, die einem sonst entgangen wären. Tausend kleine Fenster öffnen sich, es ist wunderschön. Fast wie tanzen.«

Agnes merkte, dass ihr junger Freund das Beisammensein genoss, aber je mehr Zeit sie miteinander verbrachten, desto deutlicher spürte sie seine Trauer. Nicht nur der drohende Tod bedrückte ihn, sondern auch seine noch unerfüllte Sehnsucht nach Liebe. Spontan strich ihm Agnes tröstend mit dem Handrücken über die Wange. Victor hielt ihre Hand fest.

So saßen sie da, bis er fragte: »Warum fühle ich mich eigentlich in deiner Gesellschaft so wohl?«

»Ich weiß nicht«, antwortete sie leise. »Vielleicht, weil ich dich so akzeptiere, wie du bist. Alles ist okay. Selbst Eigenschaften, die du an dir selbst kritisierst.«

Sie schien auf der richtigen Spur zu sein.

»Ich habe nämlich genau dasselbe Gefühl«, meinte sie.

Unvermittelt mussten beide an ihre Eltern denken. Victor dachte daran, dass sie immer für ihn da gewesen waren, obwohl er ihnen so gar nicht ähnelte. Mit seinem Interesse für Philosophie und Kunst konnten sie überhaupt nichts anfangen, und obwohl er manchmal nicht mit ihnen reden konnte, so spürte er doch ihre unerschütterliche Loyalität. Das Einzige, was ihm in seiner Kindheit und Jugend gefehlt hatte, waren eine Schwester oder ein Bruder gewesen, mit denen er sich hätte austauschen können. Eine Schwester wie Agnes hätte er wirklich zu schätzen gewusst!

Agnes dachte an ihre Mutter. Sie gehörte zu den wenigen Menschen, bei denen sie sich ebenso unbeschwert gefühlt hatte wie mit Victor. Weil sie unvoreingenommen gewesen war. Agnes hatte den Impuls, Victor von ihr zu erzählen, aber sie beschloss, damit zu warten.

»Man merkt, dass Tom dich wirklich liebt«, sagte Victor. »Schön, was er da auf dem Fest gesagt hat und dass er damit diesem Lood das Maul gestopft hat.«

Agnes erzählte, dass dieses Ereignis tatsächlich etwas bewirkt hatte. Auf Lövensö sei Tom geselliger als je zuvor. Sonst schweige er nur und nicke in Gesellschaft anderer. Aber jetzt sei aus ihm der »gesprächige Tischler« geworden, der mit allen aus der Gruppe redete.

»Heute hat er sogar einen Witz gemacht«, meinte Victor. »Er wollte von mir wissen, welches Gespräch unter Sargtischlern üblich sei. Ich hatte natürlich keine Ahnung. Das ersterbende Gespräch, sagte er. Ein merkwürdiger Scherz.«

Agnes schüttelte entsetzt den Kopf.

»Und das sagt er zu *mir*.« Victor lachte. »Andere Leute wagen in meiner Anwesenheit ja kaum an das Sterben zu denken.«

Stimmungsvoll prasselte der Regen auf das Dach des winzigen Hobbit-Hauses. Nachdem sie die Pillen mit Leitungswasser runtergespült hatte, bildete Yvonne sich auf einmal ein, die Regentropfen wollten sie mit ihrem beharrlichen Klopfen aus dem Haus locken. Sie ließ sich nicht zweimal bitten. Nackt und mit einem Stück Seife in der Hand trat sie ins Freie. Es war wie unter der Dusche, und sie genoss das angenehme Gefühl, wieder sauber zu sein. Jetzt hatte sie Lust auf einen Spaziergang und fand zu ihrem Glück einen Regenmantel und Gummistiefel in einem Schrank. Die Kleider waren etwas groß, aber es ging trotzdem.

Während sie durch die Landschaft marschierte, hatte sie fast den Eindruck, sich in einen Naturfilm verirrt zu haben. Recht bald merkte Yvonne, dass ihre Schritte sie auf das gelb verblichene Haupthaus zuführten. Im Schutz der Hecke begab sie sich zur Rückseite der Tischlerei, wo sie die arbeitenden Fährleute durch die großen Fenster beobachten konnte.

Nach einer Weile wirkte es vollkommen natürlich, dass sich Menschen damit beschäftigten, Särge zu tischlern. Ein Teil des Lebens! Man lernte gehen, wurde eingeschult, zog von zu Hause aus, begann zu arbeiten und tischlerte abschließend seinen Sarg. Der Lauf des Lebens. Yvonne hätte beinahe selbst gerne teilgenommen.

Nachdem sie eine halbe Stunde zugeschaut hatte, wurde ihr langweilig. Also machte sie sich auf den Weg zum Haupthaus und sah dort jemanden auf der

Veranda, der ihre Neugierde weckte. Jemanden, den sie gerne begrüßen und vielleicht sogar in ihr Hobbit-Haus einladen wollte.

Gesagt, getan. Yvonne ließ jede Vorsicht fahren, trat aus dem Gebüsch hervor und ging lächelnd auf die Tür zu.

»Pst ... ich bin das nur, Yvonne.«

Mit Hunden kannte sie sich aus. In ihrer Kindheit hatte es viele dieser vierbeinigen Rabauken gegeben, und der kleine Wattebausch auf der Außentreppe schien sich ebenso über Gesellschaft zu freuen wie sie. Die Tür war nur angelehnt, der Hund drückte sie mit der Schnauze auf und sprang an der Leine hoch, die in der Diele hing.

»Jaja, du darfst ja mitkommen, aber zuerst braucht Frauchen etwas zu essen.«

Yvonne ging in die Küche und warf Wuschel einen Keks zu, den er in der Luft auffing. Anschließend füllte sie eine Plastiktüte mit allen möglichen Lebensmitteln aus dem randvollen Kühlschrank. Aus reiner Gewohnheit hielt sie auch nach Medikamenten Ausschau und – Bingo! Im Schrank über dem Herd fand sie nicht nur einen, sondern *zwei* Medizinkästen. Der größere, der am vielversprechendsten wirkte, war abgeschlossen, aber auch in dem kleineren gab es viele schöne Sachen wie Pflaster, Jod und Schmerztabletten. Normalerweise hätte sie beide Kästen geklaut, aber da sie über genug Tabletten verfügte, hielt sie sich diesmal zurück. Sie hatte schon genug zu schleppen.

»Braver Wauwau, jetzt darfst du Tante Yvonne nach Hause begleiten«, sagte sie und gab ihm noch einen Keks.

Wuschel verschlang den Leckerbissen, wedelte mit dem Schwanz und lief wieder zu dem Haken mit der Leine. Wenig später schlenderten die beiden durch den Nieselregen. Yvonne war so fröhlich, dass sie erst einmal die Tüte abstellte und ein Rad schlug. Das hatte sie seit ihrer Kindheit nicht mehr getan.

Samuel führte Gottfrid in ein Zimmer, in dem er gerade den Linoleumfußboden entfernt und den Dielenboden freigelegt hatte. Er erklärte, wie man Böden herausriss, dann erläuterte Tom, wie man Dielen abzog. Samuel lächelte. Er hatte noch nie jemanden gesehen, der mit größerer Hingabe einen Boden abschliff.

Dank Toms Hilfsbereitschaft hatte er jetzt mehr Freizeit, ein willkommener Bonus, der es ihm ermöglichte, sich ab und zu wie jetzt auf sein Zimmer zurückzuziehen. Er setzte sich auf die Bettkante. Vielleicht war es ja langsam an der Zeit, ihnen reinen Wein einzuschenken. Was brachte es abzuwarten? Nichts, das wusste er, aber trotzdem …

Hinter einem Werk über die Geschichte des Inlandeises lag der Schlüssel. Er schloss die oberste Schreibtischschublade auf. Da lag es, rot und von den Jahren verblichen. Das Buch, das er nie geöffnet hatte. Veronicas Tagebuch.

Samuel erinnerte sich, wie Veronica am Fenster gesessen und hineingeschrieben hatte. Langsam, sorgfältig. Es schien ein ganzes Menschenleben zurückzuliegen. Was auch fast zutraf. Er wog das Buch in der Hand. Nein, das konnte noch ein wenig warten. Wahrscheinlich würde er sich nie wirklich bereit dafür fühlen, aber vielleicht doch etwas mehr als heute. Spätestens Freitag, gelobte er sich, da musste es geschehen.

Er legte das Tagebuch wieder weg, sperrte die Schublade ab, setzte sich aufs Bett, lehnte sich zurück und schloss die Augen. Wie so oft tauchte Veronicas lächelndes Gesicht vor seinem inneren Auge auf, aber da war auch noch etwas anderes. Verschleiertes. Er wusste nicht recht, was, und das beunruhigte ihn.

Erst spät am Dienstagnachmittag fiel jemandem auf, dass Wuschel weg war. Agnes machte sich kaum Sorgen, aber Tom fand seine Abwesenheit seltsam. Besonders deswegen, weil auch die Leine verschwunden war.

»Ach was, die hab' ich verlegt. Du weißt doch, wie zerstreut ich sein kann«, meinte Agnes.

Das wusste er. Einmal hatte er die Leine im Wäschetrockner gefunden, aufgerollt und neben einem ordentlich zusammengefalteten Hundekotbeutel.

Sie befragten alle, aber niemand hatte den Hund gesehen, seit er bei Agnes in der Webstube gewesen war.

»Omar und ich wollten ohnehin spazieren gehen. Wir suchen Wuschel gerne«, schlug Lisa beim Abendessen vor, aber Agnes wehrte ab.

»Nicht bei diesem schrecklichen Wetter. Nicht wegen Wuschel. Im Sommer kommt und geht er immer, wie es ihm gefällt. Er unternimmt sicher nur einen Spaziergang.«

Lisa bestand jedoch darauf, und auch Victor wollte sich an der Expedition beteiligen. Wenig später hatten sie sich alle Regenmäntel übergezogen, der Sand knirschte unter ihren Gummistiefeln, und sie gingen in den Wald.

Der Hund, den sie suchten, war weder nass noch im Freien. Wuschel lebte wie ein König. Zusammengerollt, gekrault und satt lag er im warmen Bett. Ein kurzer bittender Blick, und schon gab ihm das neue Frauchen einen Leckerbissen. Kein Popcorn, aber immerhin. Der Donner hatte ihn weder auf dem Weg zum Hobbit-Haus gekümmert noch jetzt. Das neue Frauchen war überaus kurzweilig. Auf dem Weg durch den Wald hatte sie Räder geschlagen und war auf einem Bein gehopst, anschließend hatte sie einen Ast wie ein Mikro vor den Mund gehalten und gesungen, um zu guter Letzt mit einer Birke Klammerblues zu tanzen.

Im Haus machten sie es sich dann supergemütlich. Nachdem das neue Frauchen Wuschel mit einem weichen Frotteehandtuch abgetrocknet hatte, stand sein Pelz in alle Richtungen ab. Sie nannte ihn »mein kleiner Prinz Wolkenflocke«. Jetzt kraulte sie ihm die Stirn, genau so, wie er es liebte. Vielleicht würde sie ihm sogar den letzten Schluck von ihrem Bier geben. Wuschel wusste gar nicht, wann es ihm je so gut gegangen war.

»Weiß jemand, wo wir überhaupt sind?«, fragte Victor, nachdem sie fast eine Stunde lang durch das Unwetter gestiefelt waren.

»Was meinst du, Omar?«, fragte Lisa. »Du warst ja im Wald trainieren.«

Omar hatte keine Ahnung, denn er war in misstrauische Gedanken versunken gewesen. Es konnte natürlich kein Zufall sein, dass Lisa ausgerechnet Victor gefragt hatte, ob er mitkommen wollte. Sie hatte es sich in den Kopf gesetzt, dass Victor Omar helfen könne, in sein Innerstes vorzudringen. Aber daran war Omar wirklich nicht interessiert. Niemand wusste, was ihn dort erwartete, am allerwenigsten er selbst. Von Kindheit an hatte er es mit hartem Training und strenger Disziplin in Schach gehalten. Das Übel, wie er es immer nannte. Seit Lisa in seinem Leben aufgetaucht und seine Freundin geworden war, ihm einen Kontext, Familie und Identität gegeben hatte, konnte er das Übel unterdrücken.

Aber dann war etwas mit Lisa geschehen. Sie hatte ihrem oberflächlichen Bloggerinnendasein den Rücken gekehrt, war Krankenschwester geworden und hatte an sich selbst gearbeitet. Später dann auch an ihm. Das Problem war nur, dass das Potenzial, das sie für sich erschlossen hatte, sie selbst in einen harmonischeren Menschen verwandelte. Er hingegen würde ein *anderer* Mensch werden. Das wusste er. In seinem Fall würde ein Vulkan entfesselt werden, dessen Lavastrom alles, was ihm in die Quere kam, zu zerstören drohte.

Eine Folge von Blitzen erhellte den Wald. Mitten in das Flimmern hinein rief Omar plötzlich Victor zu: »Bleib stehen! Beweg dich nicht.« Dann schoss er einige Fotos mit seinem Handy.

Anschließend entschuldigte Omar sich mit Victors perfekter Fotopose und zeigte ihm ein Bild.

»Unglaublich«, riefen die beiden anderen im Chor. »Ein tolles Bild!«

Victor erkannte sich kaum wieder. Er sah aus wie

eine Mischung aus einem Supermodel von 1995 und dem Erzengel Gabriel vor der Kulisse eines von Blitzen in Brand gesetzten Waldes.

»Schön, dass es euch gefällt«, meinte Omar zufrieden und sah sich das Foto nochmals an.

Aber was war da eigentlich im Hintergrund über Victors Kopf? Omar vergrößerte das Bild und sah etwas Weißes durch das regennasse Laub schimmern. Er kehrte zu der Stelle zurück, wo er das Foto aufgenommen hatte. War da nicht ein weißes Haus zwischen den Bäumen zu erkennen?

»Kommt!«, sagte er und eilte dorthin.

Als sich das kleine Haus in seiner winzigen Pracht vor ihnen auftat, reagierten die drei ähnlich wie Yvonne, als sie die Kate einige Tage zuvor entdeckt hatte.

»Sieht aus wie Frodos Sommerhaus«, rief Victor.

Wuschel spitzte die Ohren und sprang mit einem Satz aus dem Bett.

»Verdammt«, murmelte Yvonne. »Sind da etwa Leute?«

Sie duckte sich vors Fenster. Drei Personen näherten sich. In Windeseile schloss sie die Tür ab und strich die Bettdecke glatt. Ein Glück, dass sie das Essen bereits weggeräumt hatte.

Yvonne sah den Hund an. Jetzt musste ihr schnell etwas einfallen, sonst würde sie sein Bellen verraten.

»Hierher!«, flüsterte sie streng, während sie ein winziges Stück von einer Amsterdampille abbiss und ein Weingummi aus der Hosentasche zog. Wuschel protestierte nicht, als sie ihm Pillenbrösel und Weingummi ins Maul stopfte.

Dann hielt sie ihm die Schnauze zu und flüsterte beruhigend auf ihn ein.

Wuschel wäre am liebsten zur Tür gerannt, aber der Blick und die Stimme seines neuen Frauchens hielten ihn in ihren Armen zurück. Sie war lieb und bedrohlich in einem.

Wenig später drückte jemand die Klinke hinunter und versuchte, durchs Fenster zu spähen. Yvonne und Wuschel saßen in einer Ecke, in der sie von draußen nicht zu sehen waren. Wuschel verhielt sich mucksmäuschenstill.

»Hast du unter der Fußmatte nachgeschaut, Victor?«, fragte Lisa.

»Ja, kein Schlüssel.«

»Schade. Ein richtiges Märchenhäuschen.«

Omar knipste die gerundeten Wände und die tiefen Fensternischen, während der Regen weiter schonungslos niederprasselte.

»Wir müssen auf besseres Wetter warten, sonst werden wir noch weggespült«, sagte er. »Miller hat sicher irgendwo einen Schlüssel.«

»Ja. Wir müssen uns anschauen, wie es da drinnen aussieht«, meinte Lisa begeistert.

Als sich ihre Stimmen entfernten, atmete Yvonne auf. Prinz Wolkenflocke lag reglos in ihren Armen. Er schlief tief und fest.

Es war zwölf Uhr. Tom putzte seine Zähne und ging dabei unruhig auf und ab. Agnes lag bereits im Bett. Klar, der Hund war auch früher schon über Nacht weggeblieben, aber nur an Orten, an denen er sich auskannte, und bei gutem Wetter. Wuschel wurde bei Regen nass wie Watte. Agnes meinte, der Hund sei bequem und feige, die besten Eigenschaften, die ein verirrter Hund haben könne. Mit allergrößter Sicherheit war Wuschel zu Hause, sobald die Sonne wieder schien. Wahrscheinlich hatte er vor dem Regen unter einer Tanne Schutz gesucht.

Tom gurgelte, stellte die Zahnbürste weg, kroch ins Bett und nahm Agnes in die Arme.

Agnes behauptete, sie mache sich um den Hund keine Sorgen, und er glaubte ihr. Trotzdem sah er Sorgenfalten auf ihrer Stirn.

»Was ist, Liebes? Ich habe den Eindruck, dass es dir hier gefällt, aber dein Blick verrät auch Unruhe. Was bedrückt dich?«

Agnes umarmte ihn. Natürlich hatte er recht. Vieles ging ihr durch den Kopf. Allerdings nichts, worüber sie sprechen wollte.

»Ich denke an meine Mutter«, sagte sie ausweichend, »und daran, wie es war …«

Das stimmte, sie hatte an ihre Mutter gedacht, aber ihre Besorgnis hatte andere Gründe, die sie selbst und ihre Zukunft betrafen.

Agnes, März 2017

Sie hatten sich mit dem Wartezimmer Mühe gegeben. Das Sofa war nicht nur teuer, sondern auch
bequem. Und jemand mit Geschmack hatte die Bilder ausgewählt. Aus den Lautsprechern ertönte Ade-
les *Hello*, und auf den niedrigen Tischen lagen die
neuesten Illustrierten. Zweifellos eine Privatklinik.

Agnes blätterte in einer Zeitschrift über die Geschichte der Welt und blieb an einem Artikel über
den Selbstmord hängen, der in England verboten
gewesen und skurrilerweise mit dem Tod bestraft
worden war. Sie überlegte, was da eigentlich bestraft
worden war: Dass jemand versucht hatte, sich das
Leben zu nehmen, oder dass es ihm nicht gelungen
war? Jedenfalls konnte sie sich nicht vorstellen, dass
die Todesstrafe in diesem Fall zur Abschreckung
diente, sondern eher eine Ermunterung darstellte.
Sie konnte sich den passenden Werbetext vorstellen: *Ist das Leben schwer? Siehst du keinen Ausweg mehr?
Dann wähle den Freitod! Sollte er dir wider Erwarten
nicht gelingen, dann erledigen wir das für dich. Mit besten
Grüßen: Dein Staat.*

Agnes wurde aus ihren Gedanken gerissen, als sie
ein weiß gekleideter Mann Anfang vierzig aufrief.
Der Arzt. Sie legte die Zeitschrift beiseite, erhob
sich, nahm ihren Mantel und folgte ihm. Weniges

fand sie so unheilschwanger wie das Geräusch von Absätzen auf Krankenhauskorridoren. Es erinnerte sie an das Ticken einer Uhr, die bald erfahren würde, wie oft sie noch ticken durfte, bevor sie stehen blieb.

Für immer.

Die Sohlen des Arztes bewegten sich lautlos, aber nur ihre eigenen Schritte waren zu hören. Er öffnete die Tür zu einem Büro- und Untersuchungszimmer, und Agnes hängte ihren Mantel auf. Er forderte sie auf, Platz zu nehmen.

»Ich habe mir Ihren Befund angeschaut«, sagte er und legte eine Plastikmappe auf den Schreibtisch.

»Und?«, fragte Agnes ungeduldig.

Ihre Stimme klang energisch, aber in ihr zitterte das Laub Tausender Espen. Sie erinnerte sich an ihre Mutter. Die Beerdigung. Die Trauer, aber auch die Erleichterung. Die vielen Jahre, die dieser liebenswerte Mensch in den verzerrten Schatten seines bisherigen Lebens zugebracht hatte. Mit Sorge, Schrecken und Verwirrtheit als die einzigen Fixpunkte in seinem Dasein. Oft hatte sie Leute sagen hören: *Manchmal ist der Tod eine Erlösung.* Sie hatte das immer für eine nachträgliche Beschönigung gehalten. Den Versuch, Trauer und Schuldgefühle abzuschwächen. Aber im Falle ihrer Mutter war es tatsächlich so gewesen. Jedes Mal, wenn Agnes ihr Grab besuchte, empfand sie einen Frieden, der am Krankenbett ihrer Mutter gefehlt hatte. Jetzt musst du nicht mehr leiden, Mama.

Der Arzt fingerte an der Mappe herum und sah Agnes an.

»Es tut mir leid«, sagte er. »Aber ich befürchte, dass Ihr Verdacht berechtigt ist.«

Seine Stimme war voller Mitgefühl, aber die Worte trafen sie so hart, dass ihr schwarz vor Augen wurde.

»Und was heißt das?«, brachte sie schließlich mit Mühe über die Lippen.

»Dass erste Anzeichen vorliegen und dass ich gerne so bald wie möglich Medikamente einsetzen würde.«

Sie saß wie gelähmt da, aber in ihrem Inneren herrschte ein großes Durcheinander.

»Hemmende Medikamente?«, fragte sie.

Er zögerte.

»So würde ich es nicht ausdrücken, weil keine Mittel den Krankheitsverlauf beeinflussen können. Es gibt jedoch Mittel, die die Demenzsymptome lindern können.«

Sie schluckte. Dieses Wort. Kein Wort erfüllte sie mit größerem Schrecken. Sie schloss die Augen. Ganz fest.

»Wie geht es Ihnen?«, fragte er. »Möchten Sie ein Glas Wasser?«

Sie nickte. Er schenkte ein.

»Sie sind allein hier. Soll ich jemanden anrufen? Ihre Kinder oder Ihren Mann?«

Sie schüttelte den Kopf.

»Ich habe keine Kinder, und mein Mann soll es nicht erfahren, jedenfalls noch nicht.«

Der Arzt legte ihr behutsam ans Herz, in so einer Angelegenheit doch jemanden ins Vertrauen zu ziehen, aber Agnes war unbeirrbar. Sie nahm noch einen Schluck, dann stellte sie das Glas beiseite.

»Hemmende Medikamente gibt es also nicht? Ich dachte, davon gehört zu haben.«

Der Arzt holte tief Luft.

»Leider trifft das nicht zu. Zumindest nicht bei dieser Form von Demenz.«

Agnes hatte das Gefühl, ihr eigenes Todesurteil empfangen zu haben. Vor dem Tod würde sie dieselbe Hölle durchleben wie ihre Mutter. Sie hatte es zwar geahnt, gefürchtet, aber trotzdem. Jetzt hatte sie Gewissheit!

»Was passiert jetzt?«, fragte sie.

»Natürlich kann der Verlauf sehr unterschiedlich sein, aber Ihr Kurzzeitgedächtnis wird nachlassen. Erst nur ein wenig, dann immer mehr. Erst verschwinden einzelne Worte, oder Sie vergessen, was Sie als Nächstes tun wollten. Es kann auch zu einer Depression oder einem Verwirrtsein kommen. Vielleicht auch zu Halluzinationen. Deswegen ist es wichtig, dass Sie sich jemandem anvertrauen.«

»Ich werde es mir überlegen«, log sie.

Agnes erfuhr, dass sie sich im Frühstadium befand, aber Anzeichen für einen schnellen Verlauf vorlagen. Der Arzt erhob sich, umrundete den Schreibtisch und ging neben ihrem Stuhl in die Hocke.

»Vielleicht sehen Sie ja Ihre Mutter vor sich«, sagte

er. »Sie haben mir ja erzählt, dass sie bereits in jungen Jahren erkrankte und eine extrem schwierige Zeit durchgemacht hat. Ich möchte jedoch darauf hinweisen, dass der Pflegesektor heutzutage viel besser vorbereitet ist. Wir wissen jetzt viel mehr über die Behandlung von Demenzkranken.«

Agnes dankte ihm für seine Fürsorge, erhob sich und zog ihren Mantel an.

»Ich muss das jetzt erst einmal verarbeiten«, sagte sie leise.

»Kommen Sie zurecht? Soll ich Ihnen vielleicht ein Taxi rufen?«, fragte er.

Sie schüttelte den Kopf.

»Nein danke. Ich nehme den Bus. Wer weiß, wie lange ich das noch kann.«

Der kleine weiße Hund ließ sich sein Frühstück schmecken: Makrele in Tomatensauce mit Hundekeksen dekoriert. Sein neues Frauchen war glänzender Laune, und er hatte die ganze Nacht wie ein Engel geschlafen. Im Traum hatte er Laute verstanden, die Menschen von sich gaben, wenn sie einander begegneten. Als er aufwachte, erinnerte er sich leider nur an die Worte, die er ohnehin schon kannte: komm, Platz, Fressen, Lecker und Popcorn. Den ganzen Morgen schnatterte das neue Frauchen unentwegt, und er hörte zu, obwohl er nichts verstand. Einige Sätze hallten jedoch in ihm wider. *Entschuldige, Prinz Wolkenflocke, dass ich dich betäubt habe. Ich wusste nicht, dass du so tief schlafen würdest. Wie wunderbar, dass du aufgewacht bist. Du bist so süß, dass man dich immer nur drücken will. Mein kleiner Wattebausch.*

Unbekümmert fraß Wuschel weiter, während Yvonne auf ihn einredete. So unschuldig, der kleine Racker. Ihr Entschluss war ausgesprochen bedauerlich, aber es musste sein! Es ließ sich nicht ändern! Sie konnte den kleinen Hund nicht länger bei sich haben. Die Gefahr, entdeckt zu werden, war einfach zu groß. Yvonne streichelte sein weißes Fell, und er sah sie erwartungsvoll an. Er spürte, dass sich etwas anbahnte. Mehr Hundekuchen vielleicht? Oder gar Popcorn?

Als Yvonne aufstand und zur Tür ging, folgte ihr Wuschel schwanzwedelnd. Draußen nahm Yvonne die Leine, wickelte sie dem Hund einige Male um den Hals und verknotete sie so, dass sie aussah wie ein Lederschal. Wuschel gefiel das. Er liebte dieses Gefühl von Sicherheit, dass ihm die Leine gab. Anschließend gingen sie den Pfad entlang zu einer Eiche, deren grüne Äste das Dach einer Laubhütte bildeten. Yvonne hockte sich hin und flüsterte in das flauschige, gespitzte Ohr: »Lebewohl, mein kleiner süßer Freund.«

Gottfrid hätte beinahe auf der Treppe kehrtgemacht, als er Lars Lood mit seinem Teller Dickmilch am Frühstückstisch erblickte, aber er war zu hungrig. Grußlos ging er in die Küche, um sich ein paar Brote zu schmieren.

Die Arbeit der letzten Tage war wie am Schnürchen gelaufen. Er hatte die alte Farbe von den Fenstern entfernt und diese dann frisch lackiert und die Teilschritte auf seinem Handy dokumentiert. Regelrechte Unterrichtsvideos für zukünftige Renovierungsprojekte. Heute stand Tapezieren auf dem Stundenplan. Gottfrid und Tom wollten ein Zimmer eierschalenweiß einkleiden. Bei diesem Tempo konnte er genügend Kenntnisse erwerben, um sich zusammen mit Simone den Rest des Sommers bei der Renovierung ihrer Kate nützlich machen zu können. Tom war unschlagbar. Nicht nur als Pädagoge, sondern auch als Inspirationsquelle. Seine Anweisungen waren außerdem immer mit aufmunternden Zurufen gespickt: *Das schaffst du schon, Gottfrid! Kein Problem für dich. Nicht aufgeben, das wird super!*

Gottfrid hatte einen Plan. Die Fähre kam Freitagvormittag. Bereits morgen Abend wollte er packen und sein Gepäck im Wald beim Haupthaus verstecken. Am Freitagmorgen würde er das Haus unter dem Vorwand eines Morgenspaziergangs verlassen, seinen Koffer holen und mit der Fähre verschwinden. Natürlich würde er sich schriftlich bei dem sicherlich enttäuschten Samuel Miller entschuldigen. Aber die Liebe und der Krieg kannten keine

Regeln. Gottfrid war ein Soldat, der um Simones Respekt kämpfte.

Ein ekelhaft schlürfendes Geräusch riss ihn aus seinen Überlegungen. Lars Lood schlabberte seine Dickmilch. Gottfrid fühlte sich an den Speichelabsauger seines Zahnarztes erinnert. Und wen wunderte es? Nichts an diesem Mann war angenehm! Gottfrid seufzte innerlich, legte die Brote auf einen Teller und nahm wortlos Platz.

Lars sah ihn von der Seite an.

»Mit Verlaub, Gottfrid, aber du wirkst saurer als meine Dickmilch. Und sie ist weder gezuckert noch mit Marmelade gesüßt.«

»Mit Verlaub, Lars«, erwiderte Gottfrid, »du bist auch ein sonderlich Süßer.«

Lars Lood blieb keine Zeit, etwas Unpassendes zu antworten, weil es an der Tür kratzte. Sie sahen sich an. War das möglich?

Gottfrid sprang auf und öffnete.

»Schau einer an, Wurstel!«, rief er erfreut und streichelte den Hund.

Lars schnaubte verächtlich.

»Wuschel.«

»Oh. Was habe ich gesagt?«, wollte Gottfrid wissen.

»Wurstel«, antwortete Lars Lood. »Klang nach etwas Essbarem.«

Die Heimkehr des Hundes erleichterte alle außer Agnes, die sein Erscheinen mit ebenso großem Gleichmut hinnahm wie sein Verschwinden. Mit Wuschel auf dem Schoß saß sie auf der Hollywood-schaukel vor dem Haupthaus und kraulte ihm zerstreut die Ohren. Charlie nahm neben ihr Platz.

»Du warst doch Floristin?«, fragte sie und streichelte den flauschigen unwiderstehlichen Vierbeiner.

»Stimmt. Das ist der einzige Beruf, den ich erlernt habe, aber auch ein Beruf, den ich sehr gut beherrsche. Das und Gartenarbeit.«

»Als ich mit Omar im Wald war«, meinte Charlie, »und wir Baumstämme hoben und uns an Ästen hochzogen und vieles andere, da hatte ich plötzlich wahnsinnige Lust, irgendwas mit Erde und Pflanzen zu machen.«

Agnes lächelte verständnisvoll.

»Ich habe in meiner Jugend Leichtathletik trainiert. Sonst hat mich nichts interessiert. Eines Tages habe ich am Sportplatz eine schöne Azalee gesehen. Damit hat es angefangen. Ich habe einfach mit dem Hürdenlauf aufgehört und einen Gartenkurs belegt. Von Hürden zu Hecken gewissermaßen.«

Charlie lachte.

»Und wie gut warst du im Hürdenlauf?«

»Ziemlich weit vorne. Vielleicht hätte ich ja irgendwann eine Medaille gewonnen, wenn ich mich nicht so sehr für Pflanzen erwärmt hätte. So allmählich bin ich dann Floristin geworden.«

»Ich bin jetzt schon so lange in der Stadt, dass ich

mich gar nicht mehr daran erinnern kann, wann ich zuletzt ein Beet gegossen habe«, meinte Charlie seufzend. »In der Stadt ist alles symbolisch. Und die Symbole symbolisieren andere Symbole. Nichts ist echt.«

»Symbole für Symbole?« Agnes konnte nicht folgen.

»Geld ist das deutlichste Beispiel dafür. Das vorgebliche Blut der Gesellschaft. Der Geldschein ist das Symbol für eine Währung und diese das Symbol für einen Wert. Alles sind nur Ideen und Vereinbarungen, und diese nennt man Gesetze, damit es zuverlässig klingt. Eine Blume hingegen ist wirklich eine Blume. Einen Samen in die Erde stecken, etwas Sonne und Wasser, dann wächst die Blume.«

»Eine Blume lügt nicht«, meinte Agnes.

Jetzt konnte Charlie ihrerseits nicht folgen. Agnes erklärte es ihr.

»Wenn eine Pflanze nicht bekommt, was sie braucht, lässt sie die Blätter hängen. Nichts auf der Welt bringt eine durstige Blume dazu, so zu tun, als sei alles gut. Was ich an den Blumen liebe, ist nicht etwa, dass sie bunt sind und duften, sondern ihre Ehrlichkeit. Sie sind immer wahrhaftig.«

»Hallo!«, sagte Samuel und nahm mit einer Tasse Kaffee neben ihnen Platz.

Agnes referierte ihre Unterhaltung über Blumen und erkundigte sich, wo er die Zeit hernahm, den großen Garten in Schuss zu halten. Samuel antwortete, im Sommer kümmere sich ein Angestellter um den Garten.

»Vermutlich bekommt er einiges zu tun, nachdem wir hier waren«, meinte Samuel. »Ein Glück, dass es Mähroboter gibt, sonst müsste er den Rasen mit der Sense mähen.«

Wuschels Ohren zuckten, als er das Wort Mähroboter hörte.

»Wir wissen, dass das deine Freunde sind«, meinte Agnes und strich dem Hund über die Schnauze. »Übrigens, Samuel. Hier sitzt eine junge Dame, die gerne mit den Händen in der Erde wühlen würde.« Sie zwinkerte Charlie zu. »Brauchst du noch jemanden für den Garten? Sie arbeitet gratis und gerne.«

»Anstelle der Sargtischlerei, denkst du, oder beides?«, fragte Samuel ein wenig skeptisch.

»Ich habe mir gar nichts gedacht«, meinte Charlie. »Das ist Agnes' Idee …«

»Tagsüber Sargtischlerei, morgens und abends Garten«, unterbrach sie Agnes. »Okay, Samuel?«

»Sehr gerne«, willigte er munter ein. »Und falls du dir unsicher sein solltest, gibt es hier unzählige Gartenbücher.«

»Von der fidelen Floristin, die dir zu Diensten steht, ganz zu schweigen«, meinte Agnes und verbeugte sich im Sitzen.

Charlie war vollkommen überrumpelt. Aber auch froh. Wie war das passiert? Gartenarbeit! Das hätte niemand von ihr erwartet, am allerwenigsten sie selbst. Eimer, Harke, Spaten, Hacke. Sie wollte sofort loslegen und ewig weitermachen. In diesem Augenblick hatte sie das Gefühl, nie mehr in die Londoner Pseudowelt zurückkehren zu wollen. Sie war zwar nur sehr widerwillig auf die Insel gekommen, um einen Auftrag auszuführen, aber jetzt wünschte sie sich nichts sehnlicher, als hierzubleiben. Und den Auftrag wollte sie am liebsten vergessen.

Samuel Miller, 1974

Er folgte der Wegbeschreibung des Galeristen und bog von der Landstraße auf einen schmalen Weg ein. Die Landschaft war atemberaubend schön, der Himmel bis auf wenige Wolken blau, und das Herbstlaub der Eichen und Buchen funkelte in der Sonne. Der Sommer war die Jahreszeit, nach der er sich am meisten sehnte, aber der Herbst überraschte ihn immer aufs Neue mit seiner Farbenpracht.

Nachdem ihn die zwölf in der Galerie ausgestellten Gemälde zutiefst beeindruckt hatten, veränderte sich Samuels Art zu sehen, als hätte ihm die Kunst zu einem neuen Blick auf sein tägliches Leben verholfen. Vor einem Jahr hätte ihm die Landschaft sicher auch gefallen, aber ihn keinesfalls so berührt wie jetzt.

Bereits am nächsten Tag fuhr er wieder zu der Galerie, um die Kunstwerke nochmals zu bestaunen, ebenso am darauffolgenden Tag. Anschließend gab er ein Gebot für das ganze Dutzend ab. Fünfundzwanzig Prozent über dem angegebenen Preis, allerdings mit der Auflage, den Namen des Künstlers zu erfahren.

Es kam anders.

Der Galerist teilte ihm mit, die Werke seien nicht

mehr verkäuflich. Nach beendeter Ausstellung würden sie an den Besitzer zurückgehen. Samuel war außer sich. War das erlaubt? Was war das für ein Künstler, der seine Bilder nicht verkaufen wollte? Der reine Wahnsinn! Er hatte den Galeristen mehrfach gebeten, beim Agenten des Künstlers nachzufragen, aber ohne Ergebnis. Die Gemälde waren und blieben unverkäuflich. Auch dann noch, als Samuel das Doppelte bot. So etwas hatte er noch nie erlebt im Laufe seines Berufslebens.

Seine Beharrlichkeit schien aber letztendlich doch Wirkung zu haben. Eines Tages rief ihn der Galerist an und teilte ihm mit, man habe sich bereit erklärt, Samuel zu treffen, um ihn für seine Enttäuschung zu entschädigen.

Sein Herz klopfte schneller, als er vor dem Haus vorfuhr. Vermutlich eine alte Schule, die jetzt als Wohnhaus diente. Etwas heruntergekommen, aber solide. Hier wohnte jemand, der Platz brauchte, die Natur liebte und gerne allein war. In einem Meer aus gelb und rot leuchtendem Laub standen Bäume wie majestätische Wächter um das Haus herum. Samuel folgte dem Kiesweg, stieg die drei Treppenstufen hinauf zur Haustür und klingelte. Wenige Sekunden später öffnete eine junge Frau. Sie betrachteten einander neugierig und schienen beide darauf zu warten, dass der andere etwas sagte.

»Ich heiße Samuel Miller«, sagte er schließlich und reichte ihr die Hand. »Ich bin Kunsthändler.«

»Willkommen«, erwiderte sie. »Sie wollen zu meinem Vater. Treten Sie ein!«

Sie nahm seinen Mantel und hängte ihn auf einen Bügel. Dann führte sie ihn in ein Klassenzimmer. Ein riesiger Eichentisch in der Mitte wies es als Esszimmer aus.

»Tee?«, fragte sie. Er nahm ihr Angebot sofort an, obwohl er heiße Getränke verabscheute.

»Gehen Sie einfach weiter, Vater ist im Atelier«, sagte sie und deutete einen Gang entlang. »Ich bringe den Tee dann gleich.«

Samuel ging ohne Begleitung durch das geräumige Haus und fühlte sich dabei schutzlos und ein wenig nervös. Endlich würde er ihn treffen. Den Künstler. Er wusste nicht, was ihn erwartete. Die Tür des Ateliers war nur angelehnt. Nervös klopfte Samuel dreimal, ehe er eintrat. Der Mann, der ihn erwartete, war groß, hatte breite Schultern und einen grau melierten Bart. Er trug einen weinroten Hausmantel und Holzschuhe mit Farbklecksen. Die Augen blickten ebenso neugierig wie die der jungen Frau, die aber zurückhaltender gewirkt hatte. Der Mann bot Samuel einen Platz auf einem grünen Plüschsofa am Fenster an. Samuel versank so tief darin, dass er fast das Gefühl hatte, auf dem Boden zu sitzen, als er zu seinem Gastgeber, der vor ihm stand, aufblickte.

»Ich heiße Vidar«, sagte der Mann und gab Samuel die Hand. »Eine schöne Jahreszeit, nicht wahr?« Er sah aus dem Fenster. »Ich wünschte mir, die Menschen wären in Sachen Herbst mehr wie die Natur. Statt zu ergrauen sollten wir farbenfroher werden. Die Welt in einer Farbexplosion verlassen!«

Samuel wusste nicht recht, was er darauf entgegnen sollte, verstand ihn aber und nickte daher.

Die Tochter erschien mit einem Teetablett, und Samuel hoffte insgeheim, dass sie sich zu ihnen gesellen würde. Sie wirkte zwar zurückhaltend, aber auch irgendwie herzlich. Nachdem sie eingeschenkt hatte, setzte sie sich mit einer großen Teetasse auf einen Stuhl neben dem Sofa.

»Ich hoffe, Sie sind nicht allzu enttäuscht«, meinte Vidar. »Sie dürfen nicht glauben, dass man Ihr Angebot nicht zu schätzen weiß, aber ich besitze Wald, und der wirft einiges ab.«

Samuel nippte an seinem Tee und fragte, warum die Bilder nicht mehr verkäuflich seien. Selbst wenn man Geld habe, könne man doch vielleicht mehr Geld gebrauchen.

Vidar entgegnete, es gehe eher darum, Publizität zu vermeiden.

»Ob positiv oder negativ, Kritik beeinflusst immer den Künstler und somit seine Kunst.«

Die Tochter stellte die Tasse beiseite und meinte: »Als würde man das Spiel eines Kindes mit Noten bewerten. Das erzeugt Leistungsdruck und erstickt letzten Endes die Kreativität. Kritik tötet Kunst. Jedenfalls geht es mir so.«

Plötzlich fühlte sich Samuel verunsichert. Hatte

die Tochter die Bilder gemalt? Sie schien von sich zu sprechen.

»Aber Bestätigung?«, fragte er, an beide gewandt. »Sehnt man sich nicht danach?«

»Nicht, wenn man nur um des Malens willen malt«, meinte sie. »Dann stört es einen nur, wenn jemand das Bild schön … oder hässlich findet.«

Es bestand kein Zweifel mehr. Samuel war sich jetzt ganz sicher. Sie war die Künstlerin. Ihr Vater war nur zur Unterstützung anwesend.

»Warum haben Sie die Bilder in der Galerie ausgestellt und wollten sie anfänglich verkaufen?«, fragte er.

»Alle Künstler stellen aus«, erwiderte sie. »Ich wollte wissen, ob ich nur dumm und stur wie ein Esel bin, oder ob es mir wirklich schlecht geht, wenn meine Werke von allen betrachten werden können.«

»Und? Ging es Ihnen schlecht?«

»Sehr sogar.«

»Und dann haben wir alles wieder abgehängt«, warf ihr Vater ein. »Ich will, dass es meinem Mädchen gut geht.«

»Mussten Sie denn nicht den Galeristen entschädigen? Er hat doch seine Provision verloren«, erkundigte sich Samuel.

»Doch. Aber das habe ich gerne getan. Das Wichtigste ist, dass es Veronica gut geht.«

Sie erklärte, dass sie nicht male, um etwas zu hinterlassen. Ihr Künstlerinnendasein sei eine Lebensweise. Ein steter Strom. Sie male, um ihr Inneres zu spiegeln. Ein Bild hänge einige Wochen, bis es ihr nicht mehr wichtig sei. Dann hing sie es ab, verbrannte es und malte ein neues.

»Sie verbrennen Ihre Bilder? Entschuldigen Sie, aber das klingt ... einfach verrückt!«

Samuel befürchtete, zu weit gegangen zu sein, aber Veronica konnte seine Sichtweise nachvollziehen.

»Es ist mir sehr schwergefallen, zwölf Gemälde aufzuheben und nicht zu zerstören. Dass sie dann von allen angeschaut werden konnten, war einfach zu viel.«

»Existieren sie noch?«

»Was glauben Sie?«, erwiderte Veronica. »Natürlich nicht.«

Der Gedanke, dass die Gemälde, die ihn so tief berührt hatten, für immer verloren waren, bereitete ihm geradezu körperliche Schmerzen.

»Denken Sie doch nur, wie viele Leute Freude an ihnen hätten haben können«, sagte er und versuchte, ihr ein schlechtes Gewissen zu machen.

»Kunstwerke aufheben bremst meinen Fluss. Hätte ich sie aufgehoben, hätte ich kein neues Bild malen können. Dann wäre alles zur Leistung verkommen, und meine Inspiration wäre auf der Strecke geblieben. Ich male, damit es mir gut geht. So wie ich koche und esse, um mich wohlzufühlen. Gemälde aufheben ist wie Essen aufheben. Frisch gekocht ist es lecker, aber aufgewärmt schmeckt es scheußlich.«

Wie in Trance ging Samuel zu seinem Auto. So etwas hatte er noch nie erlebt. Mit solch einer Sichtweise war er noch nie konfrontiert worden. Noch dazu von einer Künstlerin, deren Werke ihm zum ersten Mal wirklich nahegegangen waren. Und damit nicht genug. Er war drauf und dran, sich in die Künstlerin zu verlieben. Ihr Blick, ihre Selbstverständlichkeit und der Umstand, dass sie so vollkommen anders war als er. *Ich muss sie wiedersehen*, war der Gedanke, der Samuel vollkommen beherrschte, als er sich ans Steuer setzte, den Zündschlüssel drehte und wegfuhr, ohne den Blick vom Rückspiegel lösen zu können.

Am Mittwoch, nachdem sie den Hund freigelassen hatte, nahm Yvonne ein Stück Seife mit und begab sich ans Meer. Sie badete ausgiebig, dann schüttelte sie die Teppiche aus und scheuerte die Böden. Dank der Amsterdampillen war ihr nichts zu viel. Wenn die Fährleute das Haus besuchten, durften sie nicht die geringste Spur von ihr finden. Sie schob die Hand in die Hosentasche, um den letzten Blister, der bis zur Freitagsfähre reichen würde, herauszuziehen. Sie wollte keine Tabletten nehmen, sondern einfach nur den Blister in der Hand halten, aber er war unauffindbar. Seltsam. Gestern war er doch noch da gewesen! Sie suchte in der anderen Tasche. Ebenfalls Fehlanzeige.

Yvonne stand auf, entledigte sich resolut ihrer Hose und drehte sie um. Der Inhalt – ein USB-Stick, ein Labello, Schlüssel, Hundekekse und Tampons – fiel auf den Boden, aber kein Blister und nicht das Tütchen mit dem weißen Pulver, das sie zufällig eingesteckt hatte. Bedeutend weniger Dinge als beim ersten Taschenausleeren. Sie schluckte. Obwohl sie gerade eine Amsterdampille eingeworfen hatte, begann die Angst vor den Entzugserscheinungen in ihrem Inneren zu rumoren.

»Immer mit der Ruhe, Yvonne. Tief durchatmen«, flüsterte sie.

Früher, in Phasen schweren Entzugs, war sie davon überzeugt gewesen, sterben zu müssen. Hin und wieder hatte sie sogar gebetet, sterben zu dürfen. Einige Male war ihr Arzt krank gewesen, und seine Vertretung hatte sich geweigert, eine ausreichend große Dosis zu verschreiben.

Yvonne überlegte, ob ihr der Blister aus der Tasche gefallen war. Dann fiel es ihr siedend heiß ein. Unbeschwert wie ein Kind war sie Rad schlagend mit dem Hund durch den Wald geturnt, und hätte dabei beinahe die Tüte mit den Lebensmitteln vergessen, die sie von den Fährleuten »geliehen« hatte. Mehrmals hatte sie sich wegen ihrer Turnerei verlaufen und nur durch einen glücklichen Zufall zum Haus zurückgefunden. Der Blister konnte überall liegen. Es war unmöglich, ihn zu finden.

Sie seufzte. Freitagvormittag kam die Fähre. Noch zwei Tage. Der Abend würde ein Albtraum werden, die Nacht die Hölle, und an den Donnerstag wagte sie erst gar nicht zu denken. Sie überlegte, ob es eine Alternative gab. Eigentlich nur, sich ins Haupthaus zu schleichen und dort alles, was es an Medikamenten gab, zu klauen. Beruhigungs- und Schmerzmittel, was auch immer. Rasch zog sie ihre Hose wieder an. Sie musste dorthin. Sofort.

Um die Rückkehr des schönen Wetters zu feiern, beschlossen die Kursteilnehmer ein Abendessen im Garten. Tischtücher, Besteck, Teller und Gerichte wurden ins Freie getragen, und wenig später saßen alle bei Tisch. Lisa erkundigte sich nach dem Märchenhaus, wie Samuel es nannte. Er erzählte, dass er manchmal bei voller Belegung im Haupthaus dort übernachte.

»Es ist perfekt, um die Welt eine Weile zu vergessen«, sagte er und versprach ihnen eine Besichtigung für denselben Abend.

Dann erkundigte sich Charlie bei Lars Lood, ob er hauptberuflich Dramatiker sei oder noch einer anderen Beschäftigung nachging.

»Welche Antwort ziehst du vor, die kurze oder die lange?«

»Bloß nicht die lange«, entfuhr es Gottfrid. »Da geht ja die Welt vorher unter.«

»Immer mit der Ruhe«, meinte Lars, den Gottfrids Kommentar nicht weiter zu stören schien. »Ich nehme die kurze.«

Und dann erzählte er von seiner Mutter, die zwei Dinge im Leben geliebt habe. Ihren Sohn und gute Literatur. Was er von Dramatik verstehe, habe er ihr zu verdanken. Seinem Vater, einem französisch-marokkanischen Dichter, sei er nie begegnet. Lars' Vater war doppelt so alt wie seine Mutter, als sie sich zufällig in einem Pariser Café kennenlernten, das nur einen Steinwurf von Sacré-Coeur de Montmartre entfernt lag.

Sie war dreiundzwanzig Jahre alt und wollte ihr Französisch verbessern.

»Meine Mutter erlag sogleich dem eloquenten Charme dieses erfahrenen Mannes. Einige leidenschaftliche Monate später stellte sie fest, dass sie nicht die einzige Frau im Leben dieses ergrauten Dichters war. Voller Verzweiflung schickte sie ihn zum Teufel und hatte gerade ihre letzte Französischklausur absolviert, als sie feststellte, dass sie schwanger war.« Lars Lood deutete auf sich. »Eine Abtreibung kam für sie nicht infrage. Meine Mutter kehrte nach Schweden zurück, brachte mich zur Welt und eröffnete mit Unterstützung ihrer Eltern eine Wäscherei. Die, die ich jetzt betreibe, plus Filialen in mehreren benachbarten Städten.« Er wandte sich an Charlie. »Um also deine Frage zu beantworten. Ich bin hauptberuflich Regisseur und Dramatiker, leite aber außerdem noch ein Dutzend chemische Reinigungen. Die Reinigungen kosten mich etwa eine Stunde am Tag, den Rest erledigen meine Angestellten.«

Anschließend durfte die Tischrunde an einer Reise durch sein Leben teilnehmen, seiner Sturm-und-Drang-Periode, wie er sich an den Alternativtheatern des Landes einen Namen gemacht hatte und wie er eine Zeit lang seines Lebens sehr überdrüssig gewesen war.

»Mit meiner Mutter starb auch meine Kreativität. Einige Zeit war ich so deprimiert, dass ich heute nicht hier säße, wenn die schwedischen Waffengesetze den Erwerb einer Pistole gestattet hätten, das kann ich euch sagen. Sie war mein Ein und Alles, und umgekehrt.«

Yvonne sah die Hausbewohner im Garten sitzen und dankte der Vorsehung. Sie musste sich also nur auf der Rückseite in die Küche stehlen und dann auf demselben Weg wieder mit den Medizinkästen verschwinden. Wunderbar war auch, dass der Schwarzgekleidete schwadronierte und die anderen andächtig lauschten. Sie hörte, dass er bereits in der zehnten Klasse sein erstes Stück geschrieben hatte und in der zwölften mehr Literaturnobelpreisträger aufzählen konnte als seine Lehrer. Für seine Aufsätze hatte er immer nur Bestnoten erhalten. Er bezeichnete sie tatsächlich als »Werke«.

Auf der Rückseite des Hauses waren zwei Fenster zum Lüften geöffnet. Yvonne drehte einen Eimer um, stellte sich darauf und schob ihren schlanken Körper durch die Öffnung. Schneller als erwartet war sie drin und hätte dabei beinahe einen großen Blumentopf mitgerissen. Sie stand auf, schlich in die Küche und öffnete den Schrank mit den Medizinkästen. Sie fluchte, weil sie nur noch den kleineren vorfand. Typisch. Als sei das nicht genug, tapste Wuschel jetzt auch noch herein und begann Wasser aus seinem Napf zu trinken. Yvonne hielt den Atem an. Vielleicht würde man sie trotzdem nicht entdecken. Da hob der Hund abrupt den Kopf und schnupperte.

Eine Sekunde später stand er schwanzwedelnd vor ihr und bellte fröhlich, als wolle er der ganzen Welt kundtun: *Schaut! Die lustige Frau, bei der ich übernachtet habe, ist hier!*

Durchs Fenster sah Yvonne, dass sich jemand dem

Haus näherte. Der Dicke, der so lustig den Abhang heruntergekullert war, nachdem sie ihm ein Bein gestellt hatte. Sie riss den Deckel des Medizinkastens auf und stopfte alle Pillengläser und Blister, die sie finden konnte, in ihre Taschen. Dann stellte sie den Kasten schnell zurück. Der Fluchtweg durch das Fenster war abgeschnitten, außerdem würde sich der Hund wahrscheinlich an ihre Fersen heften, bellen und sie so an den Dicken verraten. Sie warf einen raschen Blick auf die Kellertreppe, packte Wuschel und verschwand nach unten. Yvonne konnte gerade noch die Tür am Treppenende öffnen, als Gottfrid in die Küche kam. Als sie die Tür hinter sich zuziehen wollte, begann der Hund zu jaulen und zu zappeln. Sie reagierte instinktiv, ging in die Hocke, riss den Mund auf, packte den Hund an den Ohren und schob seine Schnauze in ihren Mund. Sie drückte sie gegen den Gaumen und stieß gleichzeitig das bedrohlichste Knurren aus, zu dem sie nur fähig war.

»Rrrrr ...«

Der kleine Wuschel verstummte vor Schreck. Als er die Augen schloss, um ihrem Blick zu entgehen, meinte er von einem feuchtwarmen Abgrund verschluckt zu werden.

Was mache ich da eigentlich?, fragte sich Yvonne und zog die Hundeschnauze aus dem Mund. Sie lächelte Wuschel versöhnlich an und streichelte seinen Kopf, aber er kniff seine Augen nur noch mehr zusammen.

Stocksteif und mit geschlossenen Augen stand er

da, als sich Yvonne erhob. Gottfrid rief den anderen aus der Küche zu, dass er im Obergeschoss nach dem Hund suchen würde. Yvonne nutzte die Gelegenheit, warf Wuschel einen Handkuss zu und schloss die Kellertür hinter sich. Dann schlich sie die Treppe hinauf und sprang aus dem Fenster, durch das sie eingestiegen war, hinaus auf die Wiese.

Erst eine Stunde später, nach beendetem Abendessen, kam Wuschel abermals zur Sprache.

»Er kann doch nicht schon wieder verschwunden sein?«, meinte Tom.

»Schon wieder?«, fragte Agnes.

»Was meinst du?«, wollte Tom wissen.

»Du hast gesagt, der Hund sei *schon wieder* verschwunden.«

Tom verstand nicht, worauf sie hinauswollte, konnte aber nicht nachhaken, da Lars Lood in diesem Augenblick verkündete, dass er etwas zu sagen habe, und zwar allen.

»Ich weiß, dass ich eure Aufmerksamkeit beim Essen bereits überstrapaziert habe, aber jetzt geht es nicht um mich.«

Irgendwie hatte es Gottfrid im Gefühl, dass es um ihn gehen würde. Und damit hatte er recht.

»Mir ist aufgefallen, dass du im Bad in der Diele die Klobrille nicht runterklappst, Gottfrid.« Lars legte eine kleine Pause ein, um seinem Anliegen Nachdruck zu verleihen. »Ich finde, wir sollten uns darauf einigen, in Zukunft darauf zu achten. Was haltet ihr davon?«

Gottfrid kam allen zuvor. Er gelobte, von jetzt an immer an die Klobrille zu denken. Er wollte sich keinesfalls auf einen Streit mit Lars Lood einlassen. Nicht jetzt. Bald war er ohnehin weg und musste diesem Mann nie wieder begegnen.

»Wäre ich eine Frau, würde mich das wahnsinnig stören«, fuhr Lars Lood fort.

Gottfrid schluckte. Ganz ruhig bleiben. Nicht auf-brausen. Ruhig bleiben. Gute Miene machen.

»Schließlich ist das hier kein Jagdausflug«, fuhr Lars fort, um Gottfrid zu einer Reaktion zu zwingen, und Gottfrid setzte gerade an, um ihn anzufauchen, als Lisas Stimme aus dem Keller zu vernehmen war: »Aber Süßer, wie hat es dich denn hierherverschlagen?« Sie war hinuntergegangen, um Spülmittel zu holen, und war dabei auf Wuschel gestoßen, der wie zur Salzsäule erstarrt im Keller saß. Lisa nahm ihn in die Arme und setzte sich mit ihm aufs Sofa. Nachdem sie ihn eine Weile gekrault hatte, flüsterte sie: »Ich habe Lust auf Popcorn. Was meinst du?«

Langsam öffnete Wuschel ein Auge und leckte seiner Retterin die Nase. Popcorn! Genau das, wonach er sich jetzt sehnte!

Der Fußmarsch zu dem Märchenhaus in dem überwachsenen Garten dauerte zwanzig Minuten.

»Das ist so süß, dass ich gleich einziehen möchte«, sagte Agnes. Samuel schloss auf.

Yvonne, die mit ihrem Kommen gerechnet hatte, saß in einigen Metern Entfernung auf einem Baum. Einige der erbeuteten Pillen hatte sie bereits geschluckt. Die Kommentare der Besucher begleitete sie mit Grimassen. *Wie süß, das reinste Wichtelhaus! Da sollte man im Sommer wohnen.*

Als sie im Haus verschwanden, überlegte Yvonne, welche Pillenkombination sie abends einwerfen sollte. Sie reihte die verbliebenen Tabletten auf einem dicken Ast auf. Drei Citodon, vier Schlaftabletten, ein Döschen Einschlaftabletten und eine halbe Schachtel Vitamin C. Die Vitamine warf sie auf den Boden und entschied sich für zwei Schlaf- und zwei Einschlaftabletten. Hoffentlich würden die sie dermaßen betäuben, dass sie die Schmerztabletten erst am folgenden Tag benötigte.

Die Tabletten ohne Wasser zu schlucken fiel ihr schwer, Spucke reichte nicht aus. Sie versuchte es mit Kauen. Die Tabletten schmeckten widerlich, und sie musste einen Hustenreflex unterdrücken. Dabei geriet der Ast in Bewegung, und alle Tabletten fielen ins hohe Gras.

»Verdammt, verdammt, verdammt!«, zischte sie.

Die Tür des Häuschens ging auf, und die muntere Schar wandte sich der Außenseite zu. Yvonne versuchte, die Stelle im Blick zu behalten, wo die Pillen hingefallen waren, während Samuel einen kleinen Vortrag über die Büsche und Blumen hielt, die den Garten zierten. Obwohl Yvonne, was den Medikamentenkonsum betraf, ziemlich abgebrüht war, wurde ihr Kopf immer schwerer, und sie musste sich mit aller Kraft festklammern, um nicht vom Baum zu fallen.

Als die Gesellschaft dem Haus schließlich den Rücken kehrte, war sie mit ihren Kräften am Ende. Mit Augäpfeln groß wie Golfbälle und tablettenkrümelverschmierten Lippen ließ sie sich den Stamm heruntergleiten und fiel das letzte Stück geradewegs ins Gebüsch.

Das Aufstehen war die Hölle, und noch schwerer fiel ihr die Suche nach den verlorenen Pillen. Wie ein verwirrtes Wildschwein wühlte sie herum, bis sie aufgab und sich mit letzten Kräften ins Haus schleppte. Dann verlor sie das Bewusstsein.

Gottfrid hatte nur einen Gedanken, als er frühmorgens am Donnerstag aufwachte: Morgen sehe ich Simone wieder! Mit neuen Kenntnissen, die er ihr bislang nur vorgeschwindelt hatte, würde er seine Geliebte wiedersehen. Im Laufe einer Woche hatte er Lüge in Wahrheit verwandelt. Jedenfalls in genügend Wahrheit, um ihre Kate mithilfe von Toms im Handy gespeicherten Tipps ein wenig aufmöbeln zu können.

Mit hinter dem Kopf verschränkten Armen starrte er an die Decke und legte sich einen Plan zurecht. Erst in Wohnzimmer und Diele den Linoleumboden rausreißen, dann die Dielen abschleifen und das Holz versiegeln. Währenddessen konnte Simone den alten Lack von den Fenstern kratzen (nachdem er ihr gezeigt hatte, wie). Der Rest würde sich irgendwie von selbst ergeben. Tapezieren, Holzwände streichen, Dachpfannen ersetzen und so weiter. Später würden sie dann eine Terrasse bauen. Aus Komposit (laut Tom ein umweltfreundliches und nachhaltiges Material). Die Großmutter hatte immer von einer Holzterrasse geträumt. Jetzt konnte er diesen Traum Wirklichkeit werden lassen. Und Simone würde ihm dankbar sein!

Gewohnheitsmäßig bügelte Gottfrid Hemd und Hose, ehe er sich ankleidete. Als er sich im Spiegel betrachtete, erblickte er zu seiner Freude das Bild eines erfolgreichen Mannes. Vielleicht nicht gerade einer der stattlichsten und mit dem Anflug eines Bäuchleins, aber wen kümmerten schon solche Bagatellen? Ihm gefiel es, sich zum Frühstück und Abendessen in Schale zu werfen, das gab seinem Tag eine ganz andere Würze, als wenn er einfach nur in Arbeitskleidung herumgestiefelt wäre. Gottfrid schenkte sich ein Lächeln. Der Bursche im Spiegel war ein geborener Sieger. Einer, der Unglück in Glück verwandelte, und das würde auch so bleiben.

Nur sein ansatzweise schlechtes Gewissen Samuel und Tom gegenüber trübte die Stimmung. Aber schließlich ging es hier um die Liebe! Was blieb ihm also anderes übrig? In einer vergleichbaren Situation hätten die beiden mit größter Wahrscheinlichkeit genauso gehandelt.

Plötzlich klopfte es. Gottfrid öffnete. Mit ernster Miene stand Samuel Miller vor seiner Tür.

»Ich wollte etwas mit dir besprechen«, sagte der Ältere.

»Hab' ich was ausgefressen?«, fragte Gottfrid besorgt, aber Samuel beschwichtigte ihn.

»Ganz und gar nicht. Ich wollte dich um einen Gefallen bitten.«

»Um was geht's?«

Samuel erzählte, die anderen Teilnehmer hätten sich über ein Gefühl unterhalten, das die Sargtischler zeitweilig befiel. Sie nannten es die *Sargpanik*. Sie stellte sich oft ohne Vorwarnung während des Tischlerns ein. Die plötzliche und schwindelnde Erkenntnis, dass man selbst eines Tages tot in dem Sarg, den man gerade herstellte, liegen würde. Sargpanik war eine Variante des unheimlichen Gefühls, das einen befiel, wenn man den Sternenhimmel anschaute und sich mit der Unendlichkeit des Universums auseinandersetzte.

»Es ist schwindelerregend, aber nicht auf eine prickelnde Art, sondern eher auf eine albtraumhafte. Als wäre einem der Tod auf den Fersen. Ich vermute, es wird dir ähnlich ergehen, wenn du deinen Sarg tischlerst, Gottfrid«, meinte Samuel. »Deswegen wäre es sicherlich nützlich, wenn du uns anderen ein wenig von deiner Todesangst erzählen könntest. Wie du mit ihr umgehst und wo du den Mut hergenommen hast, dich ihr hier auf Augenhöhe zu stellen.«

Gottfrid dankte seinem Glücksstern, dass er am nächsten Morgen die Biege machte.

»Das tue ich gerne«, antwortete er. »Aber ich würde mich gerne gründlich darauf vorbereiten. Passt es übermorgen?«

»Ich dachte eher heute Abend.«

»Ach … nein, das geht nicht. Leider. Ich brauche mehr Vorbereitungszeit.«

»Gottfrid, ich will gar nicht, dass du dich vorbereitest. Frisch von der Leber weg. Es geht um dich. Du bist deine eigene Schlussfolgerung.«

Fieberhaft suchte Gottfrid nach einer Ausrede, aber ihm fiel keine ein.

»Gut, dann ist das also abgemacht«, meinte Samuel munter. »Ich informiere die anderen, dann sehen wir uns um acht in der Tischlerei. Perfekt.«

Gottfrid blieb mit Schweißperlen auf der Stirn zurück. Wie war das nur geschehen? Warum hatte er sich nicht einfach geweigert?

Er kannte die Antwort auf diese Frage: Schuldgefühle. Sein nagendes schlechtes Gewissen, weil er Samuel und Tom belogen hatte.

Er begann, seinen Koffer zu packen, um sich abzulenken, obwohl die Fähre erst in vierundzwanzig Stunden auslief.

Agnes lag mit Wuschel, der alle viere von sich gestreckt hatte, im Bett. Nach ihrer morgendlichen Schwimmtour war sie ins Bett zurückgekehrt. Tom war unterwegs.

Agnes dachte an ihr Geheimnis. Leider war es in letzter Zeit immer augenfälliger geworden. Worte verschwanden, und ganze Augenblicke verschwanden in schwarzen Löchern. Plötzlich ertappte sie sich dabei, dass sie mit einem Paar Socken in der Hand in den Kühlschrank starrte, oder sie stand, die Haare voller Zahnpasta, unter der Dusche. Agnes war immer etwas zerstreut gewesen, das sei Teil ihres Charmes, fand Tom, und daher fiel ihr seltsames Verhalten nicht sonderlich auf. Aber es gab Grenzen. An diesem Morgen war ihr das Wort »Meer« nicht mehr eingefallen. Wäre es Tom aufgefallen, hätte er sich sicher Gedanken gemacht. Rasch war sie auf das Wort »Wasser« ausgewichen, und er hatte nichts bemerkt. Jedenfalls nicht dieses Mal.

Es schien drei Zustände zu geben. Im ersten funktionierte ihr Gedächtnis wie immer, im zweiten ertappte sie sich dabei, etwas vergessen zu haben (sie wurde sich ihres Nicht-mehr-Wissens bewusst), was der schlimmste Zustand war. Und schließlich gab es noch den dritten Zustand. Dann war sie vollkommen verwirrt und wusste überhaupt nichts mehr.

Nach Zustand zwei fühlte sich Agnes immer sehr allein. Wenn sie einen Schuh in ihrer Handtasche fand und ihr klar war, dass sie ihn selbst da hineingelegt haben musste. Ihr »schlafender« Teil hatte das getan, der Teil, der nie mehr erwachen würde und dessen Schlaf sich langsam immer mehr ausbreitete. Während sie dem Hund den Rücken kraulte, erwog sie, vielleicht doch mit Victor zu sprechen. Sie wollte sich jemandem anvertrauen, aber nicht Tom. Er würde in Verzweiflung versinken. Diese Kraft besaß sie nicht. Victor war stark und würde es gelassener aufnehmen. Vielleicht würde er sie sogar verstehen.

Ihre einsame, eisige Angst.

Ihre Blase war groß wie ein Medizinball und kurz davor zu platzen, als Yvonne am Donnerstagnachmittag aufwachte. Sie wankte aus dem Haus, hockte sich in den Garten und spürte, wie die Entzugserscheinungen sie wie einen Spüllappen auszuwringen drohten. Sie suchte nach den Pillen, die am Vorabend aus dem Baum gefallen waren. Viele hatten sich im taufeuchten hohen Gras in weißen Kleister verwandelt (falls es sich dabei nicht um Vogelschiss handelte, ihr fehlte die Kraft, das genauer zu untersuchen). Mit Pillen und diesem Kleister in der Hand schwankte sie ins Haus zurück, nahm sich ein Bier aus dem Kühlschrank und spülte damit alles runter. Anschließend ließ sie sich aufs Bett fallen. Sie fühlte sich wie aufgezogen, und gleichzeitig war ihr Kopf bleischwer.

Irgendwo im Haus gab es noch einen Medizinkasten. Der große hatte neben dem kleinen, den sie geplündert hatte, gelegen. Sie spürte förmlich, dass tolles Zeug in diesem Kasten lag. Er hatte ja sogar ein Schloss gehabt.

Das war ihr letzter Gedanke, ehe ihr die Schlaftabletten die Dunkelheit in den Schädel hämmerten und die Welt verschwand.

Gottfrid wankte mit der vierten Tasse Kaffee innerhalb einer halben Stunde in der Tischlerei auf und ab. Nervös erwartete er die anderen Teilnehmer, die sich gleich seinen Vortrag über Todesangst und Sargbau anhören wollten. Er wiederholte halblaut, was er sich auf einem Zettel notiert hatte.

»Genau wie ihr bin ich hier, um meinen Sarg zu bauen. Jeder von uns hat seine persönlichen Gründe. Ich für meinen Teil wünsche mir, meine Angst vor dem Tod in den Griff zu bekommen.«

Bei so geringem Wahrheitsgehalt bezweifelte er, dass seine Worte überhaupt zu hören sein würden, wenn sie über seine Lippen kamen. Gottfrid fragte sich auch, wie er fortfahren sollte, wenn das, was er sich notiert hatte, gesagt war. Zwei Sätze reichten nicht weit. Dann muss ich eben improvisieren, dachte er. Und morgen bin ich ohnehin weg.

Dann kamen sie, einer nach dem anderen. Lächelnd, interessiert, erwartungsvoll. Die Kursteilnehmer nahmen auf den bereitgestellten Stühlen Platz, und Samuel begann: »Beim Sargbau werden nicht nur ein paar Bretter zusammengenagelt. Die Tätigkeit erinnert auch daran, wohin die Reise geht. Jeder Hammerschlag ist ein *knockin' on heaven's door*. Was geht dabei in uns vor? Vielleicht mehr, als wir denken. Über die Sargpanik, die uns hin und wieder bei der Arbeit befällt, haben wir bereits gesprochen, jene konzentrierten, qualvollen Augenblicke der Ungewissheit in Bezug auf den Tod. Kurze Momente der Sargpanik sind eine Sache, ihr jedoch Stunde um Stunde, Tag um Tag trotzen zu müssen, bis der Sarg fertig ist, ist etwas ganz anderes. Ein Mann, der diesen Mut aufbringt, ist unser Gottfrid, der sich bereiterklärt hat, uns davon zu erzählen. Einen Applaus bitte!«

Gottfrid ließ seinen Blick über die Gruppe gleiten. Sein Kopf war vollkommen leer. Er hatte keine Ahnung, was er sagen sollte. Dankbar für die Zeilen, die er vorbereitet hatte, begann er, von seinem Zettel abzulesen.

»Genau wie ihr bin ich hier, um meinen Sarg zu bauen. Jeder von uns hat seine persönlichen Gründe. Ich für meinen Teil wünsche mir, meine Angst vor dem Tod in den Griff zu bekommen.«

Verzweifelt suchte er nach weiteren Worten, aber in seinem Kopf hatte es einen Kurzschluss gegeben, und er blieb trotz größter Mühe stumm. Agnes unterbrach die Stille mit einer Frage.

»Wovor hast du am meisten Angst?«

Diese Frage genügte, und die Erde bebte. Schweißtropfen perlten auf seiner Stirn, sein Herz klopfte, und seine Handflächen wurden kalt und feucht. Gottfrid wollte keinesfalls aus der Seele plaudern, aber als Gedanken und Ängste durch seinen Kopf wirbelten und er die Blicke aller auf sich spürte, fiel ihm nichts anderes ein – als zu reden. Genauer gesagt kamen die Worte, wie von einem seltsamen Magnet angezogen, aus ihm heraus. Zum ersten Mal in seinem erwachsenen Leben beschrieb Gottfrid ohne Umschweife, was er bei dem Gedanken an den Tod empfand.

»Wovor ich am meisten Angst habe, ist, dass es mich nicht mehr gibt. Seltsam eigentlich, weil nichts ja nichts ist, wovor man Angst haben müsste, wie man so schön sagt. Aber wenn ich an den Tod denke, packt mich die Panik. Das Leben ist schon ohne dieses fürchterliche Nichtsmonster, das uns wie Unkraut aus der Welt rupft, schwierig genug.«

Ein ähnliches Unbehagen erfüllte Gottfrid, wenn er daran dachte, wie lange die Erde und die Menschheit bereits existierten. Im Vergleich dazu war sein eigenes Leben ein mikroskopisches Nichts.

»Verglichen mit dem Universum bedeutet mein Leben nichts. Und doch finde ich, dass es ein abscheuliches Verbrechen darstellt, dass ich sterben muss. Vielleicht bin ich ja ein wenig korpulent, habe nur schütteres Haar und bin klein, aber ich bin alles, was ich habe.«

Er verstummte, geradezu erstaunt über seine Worte. Auch die anderen schwiegen. Gottfrid betrachtete sie. Als sein Blick auf Victor fiel, durchzuckte ihn das schlechte Gewissen. Während seiner gefühlvollen Brandrede über seine Liebe zum Leben hatte er diesen Burschen vollkommen vergessen.

»Meine Güte, Victor, entschuldige. Ich habe ganz …«

Victor nickte Gottfrid zu. Schon okay. Wer, wenn nicht er, konnte nachvollziehen, dass man nicht sterben wollte.

»Können wir dir irgendwie beistehen?«, fragte Samuel.

Gottfrid schüttelte den Kopf und vergrub sein Gesicht in den Händen. Nicht etwa, weil er mit einer inneren Todesangst zu kämpfen hatte, sondern weil er sich schämte. Er hatte seine Geliebte mit einer Lüge verlassen, und bald würde er Lövensö mit einer Lüge verlassen. Das war überhaupt kein gutes Gefühl.

»Ich will nur sagen, dass mich das mächtig beeindruckt«, sagte Lisa. »Etwas schwierig zu finden ist eine Sache, etwas dagegen zu unternehmen, eine ganz andere.«

»Vermutlich haben wir alle Gottfrid immer unterschätzt«, meinte Lars Lood. »Nicht zuletzt ich. Das nenne ich emotionalen Mut.«

Gottfrid hielt immer noch das Gesicht in den Händen vergraben. Samuel sprach das Schlusswort: »Ich glaube, dass ich allen aus der Seele spreche, wenn ich sage, dass du ein echtes Vorbild bist, Gottfrid. Auch schwierigste Situationen lassen sich meistern, wenn man sich seiner Angst stellt. Danke für deine inspirierenden Worte!«

Dann erklang tosender Beifall.

Ihr Gehirn war ein dicker Brei, und der Entzug nagte an ihren Nervenenden wie manische Mäuse. Yvonne schaute auf die Uhr. Sie hatte die Nacht überstanden, aber bis zum Auslaufen der Fähre dauerte es noch Stunden. Unendliche Sekunden und Minuten zunehmender Entzugserscheinungen und zunehmender Panik. Durstig öffnete sie ein Bier, aber der Geruch ekelte sie, und sie trank stattdessen Wasser aus dem Wasserhahn. Jetzt hatte sie nur noch die drei starken Citodon-Schmerztabletten. Sie schluckte alle auf einmal, nahm die alte Zahnpasta, die im Haus gelegen hatte, und verteilte eine dicke Schicht auf ihrer Zunge, um den Geschmack eingeschlafener Füße zu vertreiben.

Die drei Pillen halfen ihr ungefähr so sehr wie drei Reiskörner einem hungrigen Sumo-Ringer. Würde sie durchhalten, bis die Fähre einlief? Und was war, wenn der Rucksack nicht mehr im Rettungsboot lag? Allein schon der Gedanke löste Panik aus. So ging das nicht. Sie musste etwas schlucken, und zwar sofort. Sie schlüpfte in ihre Schuhe, riss die Haustür auf und rannte los. Egal, wenn jemand sie sah, bald war sie ohnehin weg. Sie musste den zweiten Medizinkasten unbedingt finden!

Nach dem Frühstück fiel Samuel auf, dass Charlie sehr früh aufgestanden war und die Hecke um das Haupthaus geschnitten hatte. Agnes hatte ihr gezeigt, wie es gemacht wurde. Dass sie ein Gefühl dafür besaß, war offensichtlich. Jetzt kniete Charlie im Rosenbeet und jätete Unkraut, als handele es sich um eine feindliche Armee, die in ihr eigenes kleines Kaiserreich eingedrungen war.

»Es scheint dir Spaß zu machen«, sagte er dankbar. »Ich meine die Gartenarbeit.«

»Da hast du recht! Ein großartiges Hobby. Meditativ, aggressiv, beruhigend … was will man mehr?«

Samuel erkundigte sich, ob sie eine Pause einlegen und ihn zum Kai begleiten könne. Um zehn kam die Fähre, und er brauchte Hilfe beim Abholen der bestellten Waren. Charlie willigte gerne ein.

Also setzten sie sich auf je ein Lastenmoped und kamen eine halbe Stunde vor Eintreffen der Fähre am Kai an. Sie machten es sich auf ein paar Felsen bequem und warteten.

»Vielleicht klingt das ja komisch, aber als wir uns vor genau einer Woche zum ersten Mal begegneten, kam es mir fast so vor, als wären wir uns schon einmal begegnet«, meinte Charlie unvermittelt.

Samuel überlegte kurz und gelangte zu dem Schluss, dass es ihm etwa ebenso ergangen war. Erst hatte er gedacht, dass sie ihn vielleicht an Veronica erinnerte, bezweifelte es dann aber, weil er das immer dachte, wenn er das Gefühl hatte, jemandem schon einmal begegnet zu sein.

Über Charlie wusste er nicht allzu viel. Ihre Eltern waren bei einem Autounfall ums Leben gekommen, als sie klein war, und sie hatte bei ihrem Großvater gelebt, bis dieser ebenfalls unter tragischen Umständen gestorben war. Dann war sie zu Pflegeeltern gekommen, die sie nicht mochte, und war schließlich nach London gezogen. Dort hatte sie Jura und BWL studiert und bei einer Bank gearbeitet, keine Überschneidungen mit seinem Leben, jedenfalls nicht auf den ersten Blick.

»Ich habe eine Theorie, warum du mir so bekannt vorkommst«, sagte sie. »Ich glaube, ich erkenne in dir etwas von mir selbst wieder.« Samuel wurde neugierig, hatte aber keine Gelegenheit nachzuhaken, denn Charlie fuhr bereits fort: »So sind wir beide unverheiratet und kinderlos. Warst du mal verheiratet?«

»Ich bin verwitwet.«

»Mein Beileid.«

»Das ist lange her. Wir waren sehr unterschiedlich, passten aber gut zusammen. Vielleicht gerade deshalb.«

Normalerweise behielt Samuel diese Informationen für sich, aber Charlie schien interessiert zu sein, also warum nicht?

»Wir heirateten recht bald, nachdem wir uns kennengelernt hatten. Anfänglich haben wir uns vor allem über Kunst unterhalten, später dann aber auch über andere Themen, Lebensfragen, Politik und Philosophie. Veronicas seltsame Perspektive lenkte unsere Gespräche in unerwartete Richtungen. Sie liebte es, gegen meine kategorische Art anzureden. Wir haben einander beeinflusst und gemeinsam weiterentwickelt. Sie verkörperte das Kreative, ich das Konkrete.«

Samuel lehnte sich auf dem Felsabsatz zurück und erzählte, dass in Bezug auf die Kunst nur er sich verändert habe, nicht jedoch Veronica.

»Kunst bedeutete damals für mich nur Geld, für sie ging es um Leben und Tod. Wenn sie eine Zeit lang nicht zum Malen kam, drohte sie überzukochen wie ein Vulkan.«

Dann beschrieb er, wie Veronica alle Gemälde nach Fertigstellung verbrannte, weil Lob und Kritik »eine Verunreinigung ihres *inner flow*« darstellten. Anfänglich hatte er diesem Akt immer beigewohnt, was ihm aber auf Dauer zusetzte. Zuzuschauen, wie seine Lieblingskünstlerin, die gleichzeitig seine Geliebte war, Werke von für ihn unschätzbarem Wert verbrannte, schmerzte ihn zu sehr.

Das einzig Gute daran war jedoch die Erkenntnis, dass Kunst so viel mehr war als Geld, nämlich Gefühl.

»Was hielt deine Frau denn davon, dass du Kunsthändler warst?«, wollte Charlie wissen.

»Dazu hatte sie keine Meinung. Menschen seien verschieden und jeder Mensch müsse seinen eigenen Weg gehen, fand Veronica. Einige kaufen Kunst, andere verkaufen sie. Sie wollte ihre Kunst erschaffen und dann verbrennen. So war das einfach.«

Die Geschäfte waren gut gelaufen, sehr gut sogar. Samuel hatte seinen Umsatz gesteigert und war bald jeden Monat auf Geschäftsreise im Ausland. Manchmal war er wochenlang unterwegs. Anfänglich begleitete ihn Veronica, aber bald wurden ihr die Großstädte zu anstrengend, und sie wollte ihre Zeit lieber zu Hause an der Staffelei verbringen.

Samuel entwickelte sich zum *Workaholic*. Er wusste, dass Veronica ihr Leben manchmal einsam fand, aber er motivierte seine viele Arbeit damit, dass er sie beide versorgen musste. Ohne sein beträchtliches Einkommen hätte sie nicht so viel malen können.

Samuel fand es befreiend, in der Sonne zu sitzen und Charlie von seinem Leben zu erzählen. Aufmerksam hörte sie ihm zu, stellte die richtigen Fragen und half ihm so, seine eigene Geschichte in einem neuen Licht zu sehen. Plötzlich wirkte vieles, das ihn belastet hatte und was er verdrängen wollte, spannend und interessant, sogar das Tagebuch.

Eigentlich hatte er dieses erst im Plenum erwähnen wollen. Aber jetzt verspürte er das Bedürfnis, Charlie davon zu erzählen, um zu sehen, wie sie reagierte. Er war gespannt auf ihre Fragen.

»Eines Tages, als ich nach Hause kam, stand Veronica nicht wie sonst an der Staffelei. Sie saß in einer Fensternische und schrieb in ihr Tagebuch. Das hatte sie vorher nie getan. Ein Experiment, sagte sie, bei dem sie Worte statt Farben verwendete, um die Innenseite auf die Außenseite zu bringen. Ich bat sie, das Tagebuch lesen zu dürfen, aber das lehnte sie ab. Vielleicht später einmal, nach ihrem Tod, sagte sie.«

Samuel fand das seltsam. Ihre Gemälde durfte er anschauen, aber nicht ihre Texte lesen? Aber ein Tagebuch war natürlich etwas sehr Privates.

Charlie stimmte ihm zu.

Einige Sekunden sammelte er seine Gedanken, dann fuhr er fort.

»Ein halbes Jahr später starb Veronica. Ich hatte in Paris und London Ausstellungen besucht, und sie und mein bester Freund Leonard wollten mich mit seinem Lieferwagen, in dem Platz für meine erstandenen Kunstwerke war, vom Flughafen abholen. Auf halber Strecke passierte der Unfall. Die Ursache wurde nie geklärt. Vielleicht wollten sie einem Reh ausweichen. Jedenfalls gab es lange Bremsspuren. Der Lieferwagen war gegen eine Eiche geprallt, und sie hatten keine Chance.«

Es folgten die schlimmsten Jahre seines Lebens. Er fühlte sich mehr tot als lebendig, und ihm fehlte die Kraft zum Arbeiten.

Nach einem Jahr vollkommener Lähmung fasste er einen Entschluss. Er musste nach vorne schauen, denn sonst ging er unter. Er verkaufte das Haus, um sich von den Erinnerungen zu befreien. Beim Ausräumen entdeckte er das Tagebuch. Obwohl ihm Veronica erlaubt hatte, es nach ihrem Tod zu lesen, wäre ihm nicht wohl dabei gewesen.

Danach stürzte sich Samuel in seine Arbeit. Seine bislang nicht unbeträchtliche Arbeitssucht verzehnfachte sich und ging mit einer gleichzeitigen emotionalen Distanzierung von anderen Menschen Hand in Hand.

»Das ist leichter, als man denkt, selbst wenn man im Job viele Menschen trifft«, meinte er. »Sobald sich ein Gefühl regt, schiebt man es einfach weg. Egal, ob es um Freundschaft, Liebe oder ganz gewöhnliche Sympathie geht.«

Im Lauf der Jahre entwickelte sich das ungelesene Tagebuch zu einem Symbol seiner eigenen Verschlossenheit. Er befürchtete, der Text könnte eine Verbindung zwischen seinem Leben vor dem Unfall und seinem jetzigen Leben herstellen, was er auf jeden Preis vermeiden wollte.

»Hast du denn nicht einmal einen kurzen Blick in das Tagebuch geworfen?«, wollte Charlie wissen.

»Nein. Das habe ich nie gewagt, obwohl es mir wahrscheinlich guttäte. Ich glaube, ich habe mich dafür zu einsam gefühlt.« Dann meinte er: »Aber ich habe das Buch nach Lövensö mitgenommen.«

»Das Tagebuch?«

»Ja.«

Er warf ihr einen raschen Blick zu, und plötzlich drängte sich ihr ein Gedanke auf. Hatte er etwa vor, es im Zuge des Kurses zu lesen?

»Ist das etwa der Grund für diesen Kurs?«, fragte sie beherzt.

»Wie meinst du das?«, erwiderte Samuel gespielt verständnislos.

»Du hattest nicht den Mut, das Tagebuch alleine

zu lesen, aber umgeben von Menschen traust du dich vielleicht. Ist das deine insgeheime Hoffnung?«

Samuels Herzschlag verdoppelte sich.

»Nein, natürlich nicht«, antwortete er und errötete verlegen. »Oder, ja … vielleicht.«

»Dann finde ich, dass du jetzt gleich mit dem Lesen anfangen solltest. Du willst es doch! Wer erst auf seinen Mut wartet, wartet vergeblich. Besser ist es, zu handeln und sich anschließend mutig zu fühlen.«

Gottfrid ging es recht gut, als er am Frühstückstisch Platz nahm. Die Schuldgefühle vom Vortag waren von dem Gedanken, dass er bald bei Simone in ihrer Kate sein würde, zerstreut worden. Er wollte ihr zeigen, was er konnte. Er staunte über sich selbst. In einer Woche hatte er sich von einem Mann mit zwei linken Händen in einen Heimwerker verwandelt! Aus dem Träumer war ein *zupackender Mann* geworden.

Noch seliger wurde sein Lächeln, als er sich, wie ein Briefmarkensammler sein Album, die Videos von Tom in seinem Handy anschaute. Ein wahrer Schatz! Die Renovierung würde wie am Schnürchen laufen.

Gottfrid merkte gar nicht, dass Lars Lood das Esszimmer betreten hatte.

»Ah, hier sitzt du«, sagte Lars, »und lächelst, als wärst du eine zweiwöchige Verstopfung losgeworden.«

Gottfrid schaute hoch. Das könnte man so sagen,

dachte er, erwiderte aber nichts, sondern lächelte nur weiter. Dann biss er in sein Brot und lächelte noch breiter, während er kaute. Lars wirkte beinahe eingeschüchtert.

Wirklich schön, dass ich hier wegkomme, dachte Gottfrid und spülte den Bissen mit Kaffee runter.

Wortlos betrachteten Samuel und Charlie die friedlichen Wellen. Charlie blickte auf ihre Hände, auf denen die Gartenarbeit ihre Spuren hinterlassen hatte. Die jahrelang manikürten Fingernägel waren jetzt kurz geschnitten und wiesen Trauerränder auf. Es bereitete ihr Vergnügen, sie wie in ihrer Kindheit mit dem Zeigefingernagel zu reinigen.

Charlie versuchte, sich auf jemanden aus ihrem Bekanntenkreis zu besinnen, mit dem sie so lange hätte schweigen können, aber es fiel ihr niemand ein. Mit Samuel war es ganz natürlich, als sähen sie zusammen einen handlungsarmen Film an.

»Fehlt sie dir sehr?«, fragte Charlie, wobei es sie selbst überraschte, wie spontan ihre die Worte über die Lippen gekommen waren.

Samuel ließ das Meer nicht aus den Augen.

»Es vergeht kein Tag, an dem ich nicht an Veronica denke. Das klingt wie ein Klischee, aber so ist es.«

»Ein anderes Klischee ist, dass die Zeit alle Wunden heilt«, meinte Charlie. »Stimmt das?«

Er zuckte mit den Schultern.

»Jedenfalls haben sich die Wunden nicht weiter entzündet. Vielleicht, weil ich sie in Ruhe gelassen habe. Ich habe neue Beziehungen gemieden und, ja, du weißt schon ...« Er dachte eine Weile nach. »Mir fehlte die Kraft oder der Mut, jemanden kennenzulernen.«

Charlie hatte noch tausend Fragen, aber sie hielt sich zurück. Sie würde alles schon früh genug erfahren.

»Du bist ein wenig wie Lövensö«, sagte sie stattdessen.

»Wie meinst du das?«

Sie fand es angezeigt, aufrichtig zu sein.

»So vielseitig und ... so einsam.«

Gottfrid stand in der Tür und schaute zum Waldrand hinüber, wo sein gepackter Koffer lag. Er wollte gerade darauf zugehen, da sah er Lars Lood mit einem Buch im Garten sitzen und konnte es nicht lassen, zu ihm zu gehen.

»Ich habe eine Frage«, sagte er.

»Spuck's aus«, antwortete der Kulturmann demonstrativ desinteressiert und blätterte um.

Gottfrid wollte die Insel nicht verlassen, ohne diese Frage gestellt zu haben.

»Bist du mir gegenüber besonders unfreundlich, oder bilde ich mir das nur ein?«

Lars betrachtete ihn verständnislos.

»Ich will nur wissen, ob ich deinen Mist persönlich nehmen muss, oder ob ich dich einfach als Scheißkerl abtun kann?«

Gottfrid hatte sich nicht ganz so drastisch ausdrücken wollen, aber jetzt war es nun einmal gesagt.

»Habe ich nicht gestern noch deinen emotionalen Mut gelobt?«, fragte Lars.

»Doch. Aber heute Morgen warst du genauso herablassend wie immer.«

Lars Lood betrachtete ihn amüsiert.

»Versuche mal, unseren Umgang als Theaterstück zu sehen, Gottfrid. Du und ich. Zwei Schauspieler. Wir schreiben unsere Dialoge während des Sprechens. Was hat das Publikum davon, wenn wir nur herumblödeln und über das Wetter sprechen?«

»Was für ein Publikum?«, wollte Gottfrid wissen. »Was soll der Unsinn?«

Lars lachte.

»Betrachte dich eine Sekunde lang von außen. Stell dir vor, du sitzt im Zuschauerraum vor einer Bühne. Drama ist doch allemal aufregender als leeres Gerede?«

Gottfrid wollte dem Kulturclown gerade seine Meinung sagen, als er plötzlich Angst und Erstaunen in Lars Loods Gesicht entdeckte. Er schien etwas dicht hinter Gottfrids Rücken anzustarren.

Gottfrid fuhr herum und erblickte eine schlanke Frau Anfang dreißig mit irrem Blick, die überdies mit einer erhobenen Heugabel herumfuchtelte.

»Her mit dem Medizinkasten, sonst wird's ungemütlich!«, sagte sie.

Lars erkannte sie. Das war die Frau, die vor der Polizei weggerannt war und sich im Rettungsboot versteckt hatte. Weder er noch Gottfrid wussten, wo sich der Medizinkasten befand.

»Ist er wieder zurück?«, fragte die Frau eifrig.

»Zurück?«, wiederholte Gottfrid.

Sie brachte die Heugabel noch näher und zwang die beiden Männer rückwärts in die Küche, um dort im Schrank nachzusehen. Kein Medizinkasten. »Wo ist er?«, fauchte sie und schwenkte ihre Waffe bedrohlich vor ihren Gesichtern.

Die beiden Männer wichen entsetzt bis an die Wand zurück.

»Vielleicht in der Tischlerei«, keuchte Gottfrid. »Lisa könnte ihn dorthin gestellt haben, falls sich jemand verletzt ... Sie ist Krankenschwester.«

»Na dann, ab in die Tischlerei!«, fauchte Yvonne und scheuchte sie aus der Küche. »Wer um Hilfe ruft, wird sie dringend nötig haben«, sagte sie und drohte nochmals mit der Heugabel.

Yvonne erkannte ihre eigene Stimme kaum wieder und auch sich selbst nicht, aber das spielte keine Rolle, denn jetzt waren nur die verdammten Pillen wichtig.

Der Weg in die Tischlerei führte sie an dem geöffneten Sargprototypen vorbei. Yvonne schüttelte verständnislos den Kopf.

»Tja, wir nehmen an einem Kurs teil«, sagte Lars Lood, um den Sarg zu erklären. »Wir bauen Särge. Für uns selbst.«

»Wo ist der Medizinkasten?«, unterbrach ihn Yvonne mit den Zinken der Heugabel gefährlich nahe an seinem Gesicht.

»Ich habe dich gesehen«, sagte Lars Lood. »Die Polizei war hinter dir her. Du hast dich vor ihnen im Rettungsboot versteckt, aber ich habe dich nicht verraten.«

Ein vergeblicher Versuch, bei ihr zu punkten.

»Es gab einen Grund, warum die Bullen hinter mir her waren, und wenn ihr ihnen nicht noch zwei weitere Gründe liefern wollt, haltet ihr jetzt den Mund und findet meine Tabletten. Aber dalli!«

Gottfrid und Lars rannten ziellos herum, öffneten Schränke und schoben Gegenstände hin und her, fanden jedoch nichts.

Yvonne blieb neben der Tür stehen, um Fluchtversuche zu vereiteln.

»Warte!«, rief Gottfrid und hielt inne. »Suchst du etwa nach diesem krampflösenden Mittel von Victor?«

Yvonne machte große Augen.

»Ich glaube, Lisa könnte es haben. Vielleicht in ihrem Zimmer. Sie ist, wie gesagt, Krankenschwester und ...«

»Bring mich hin!«, fauchte Yvonne und wich rasch zur Tür zurück. Zu rasch. In der Eile hatte sie den offenen Sarg hinter sich vergessen.

Ihre Waden stießen an die Kante, die Heugabel flog ihr aus der Hand, und sie fiel nach hinten. Direkt in den Sarg. Gottfrid und Lars handelten, ohne zu zögern. Blitzschnell knallten sie den Sargdeckel zu und setzten sich darauf.

»Ich habe ein Messer! Lasst mich raus, sonst ersteche ich euch!«, schrie Yvonne und versuchte, den Deckel hochzudrücken.

Angesichts dieser Drohung machten sie sich noch schwerer. Eine Minute lang wehrte sich Yvonne mit Tritten und Hieben, aber recht bald versiegten ihre Kräfte.

»Okay. Ich ergebe mich. Holt mir einfach die Medizin, und ich bin wieder lieb. Eigentlich bin ich ja lieb, ich brauche nur einfach meine Medizin.«

Die Männer sahen sich an.

»Entschuldigt«, fuhr sie fort. »Das mit der Heugabel war dumm von mir, aber ich wusste einfach nicht weiter. Ich bin krank.« Sie schluchzte, aber die

Männer auf dem Sargdeckel wagten es trotzdem nicht aufzustehen. »Bitte ... seid barmherzig. Ich bekomme Platzangst.«

Jetzt weinte sie und beteuerte, das Messer sei eine leere Drohung gewesen.

»Ich heiße Yvonne«, sagte sie leise. »Ich war auf derselben Fähre wie ihr und habe seither in dem kleinen Haus im Wald gewohnt. Ich habe niemanden gestört, aber jetzt sind mir die Tabletten ausgegangen, und ich weiß weder aus noch ein. Entschuldigt.«

Sie verstummte, als erwarte sie, dass der Deckel geöffnet würde.

»Hilfe, ich bekomme keine Luft«, rief sie plötzlich panisch.

Lars nickte Gottfrid zu. Sie standen auf und öffneten den Deckel einen Spalt.

Der Vorstoß einer Kobra hätte nicht schneller sein können als die Hand, die aus diesem Spalt schnellte. Mit aller Kraft versuchte Yvonne, den Deckel aufzudrücken, wurde aber eingeklemmt, als sich die Männer wieder daraufsetzten. Schreiend zog sie ihre Hand zurück.

»Aaah, scheiße, ich bring' euch um, wenn ich die Fähre verpasse!«, schrie sie.

Gottfrid zuckte zusammen.

»Die Fähre!«, rief er. »O Gott! Ich muss los!«

Lars Lood packte ihn mit festem Griff am Kragen und zischte wütend, aber auch verängstigt: »Du gehst nirgends hin. Kommt gar nicht in die Tüte, dass du mich mit der da allein lässt.«

»Hattest du auf deinen Reisen Affären?«, fragte Charlie nach reiflicher Überlegung.

»Nein, um Gottes willen. Wirklich nicht«, sagte Samuel erstaunt.

»Habe mich nur gewundert.« Sie deutete auf den Horizont. »Übrigens, das dahinten, ist das die Fähre?«

Samuel legte eine Hand über die Augen und kniff sie zusammen.

»Ja, das ist sie. Überraschend pünktlich, wenn man bedenkt, dass sie so selten kommt«, meinte er. »Fast immer ist sie auf die Minute pünktlich, manchmal kommt sie sogar ein paar Minuten zu früh.«

Charlie runzelte die Stirn.

»Warum sollte sie nicht pünktlich sein, bloß weil sie so selten kommt?«

»Da hast du recht.« Er lachte. »Warum sollte sie das eigentlich nicht?«

Gottfrid war in Panik geraten. In einigen Minuten ging die Fähre, und er saß mit dem Idioten Lars Lood auf einem Sarg, in dem eine Verrückte lag.

»Also, ich muss wirklich los!«, sagte Gottfrid.

»Du gehst nirgendwohin«, erwiderte Lars.

Gottfrid stellte sich auf den Sargdeckel. Auf Zehenspitzen konnte er aus dem Fenster schauen. Er sah sie sofort, seinen rettenden Engel. Unbekümmert ging Lisa über den Hof. Gottfrid brüllte mit aller Kraft seiner Lunge und sah, dass sie stehen blieb und das Geräusch zu lokalisieren suchte.

»Hiiier!«, schrie er. »In der Tischlerei!«

Lisa trat ein, und sie erklärten ihr die Lage, aber wenn Lisa nicht die Heugabel gesehen und die Flüche aus dem Sarg gehört hätte, hätte sie vermutlich geglaubt, dass sie Witze machten.

»Du bist doch Krankenschwester«, meinte Gottfrid. »Könntest du mal einen Blick auf meinen Finger werfen. Der sieht ganz komisch aus. Ist das eine Blutvergiftung?«

Nicht einmal Lars Lood roch Lunte, und Lisa ging in die Falle. Sobald sie nahe genug herangetreten war, stieß Gottfrid sie auf den Sargdeckel und rannte zur Tür.

»Was soll das?«, rief sie und wollte aufstehen.

»Bleib sitzen!«, sagte Lars und hielt sie fest.

Gottfrid war bereits draußen.

Er spürte, dass sein Fett beim Rennen Richtung Waldrand zu seinem Koffer in Bewegung geriet. Er schaute auf die Uhr. Es eilte wahnsinnig.

Der Rollkoffer schlingerte auf seinen winzigen Rollen hinter ihm her, und seine Lunge schmerzte bereits nach wenigen Schritten. Er musste es schaffen! Wie ein Baby nahm er den Koffer in die Arme und rannte, so schnell er konnte.

Lisa versuchte, mit der Frau in dem Sarg zu sprechen. Das war nicht leicht, denn sie regte sich wahnsinnig darüber auf, dass sie die Fähre verpassen könnte. Sie schlug um sich, schrie und hämmerte. Lisa unterbrach ihre Tirade: »Wann sagtest du noch gleich, dass die Fähre geht?«

»Um zehn!«

Lisa schaute auf ihre Armbanduhr.

»Dann legt sie gerade ab. Das schaffst du nicht. Du kannst genauso gut aufgeben.«

Ein Verzweiflungsschrei drang unter dem Deckel hervor, der dauerte, bis in Yvonnes Lunge keine Luft mehr war. Dann ging er in Weinen über. Ein Weinen, das echt klang, und schließlich in kleine Schluchzer verebbte.

»Bist du die Krankenschwester?«, fragte Yvonne schließlich. Lisa bejahte. »Ich bin so schrecklich auf Turkey. Ich habe gehört, dass du Stesolid hast. Stimmt das?«

»Turkey?«, fragte Lars Lood.

»Sie hat Entzugserscheinungen.«

Am letzten Hang wuchtete Gottfrid den Rollkoffer auf den Kopf und gab noch mehr Gas. Laut Fahrplan legte die Fähre gerade jetzt ab. Andererseits, überlegte er, war es wenig wahrscheinlich, dass eine Fähre, die nur einmal in der Woche verkehrte, genau pünktlich war. Er hatte noch eine Chance.

Auf halber Höhe kamen sie ihm aus der Gegenrichtung entgegen. Mit vollgepackten Lastenmopeds. Nebeneinander. Charlie und Samuel versperrten den ganzen Weg. Da Gottfrid nicht stehen bleiben konnte, hatte er nur zwei Möglichkeiten (wenn er sich nicht die Beine an der Ladefläche brechen wollte): nach links oder nach rechts auszuweichen.

Links standen Bäume dicht wie eine Mauer. Rechts gab es zwar auch eine Menge Bäume, aber zwischen den Stämmen und dem Grün machte er einen schmalen Pfad aus. Gottfrid bog ab. Wie ein Querschläger verschwand er zwischen den Bäumen.

Die beiden auf den Lastenmopeds hielten an.

»War das Gottfrid?«, fragte Charlie.

Samuel runzelte die Stirn.

»Folge ihm«, meinte er und deutete hinunter.

»Ja?«

»Der führt zu einem Steg. Hoffentlich gelingt es ihm, rechtzeitig stehen zu bleiben.«

Ein fernes Platschen. Charlie warf Samuel einen Blick zu.

»Offenbar nicht.«

Das darf nicht wahr sein, dachte Gottfrid, als er ins

Wasser fiel. Den Rollkoffer hatte er glücklicherweise noch rechtzeitig abgeworfen, aber er selbst war wie eine Kanonenkugel ins Wasser geschossen. Ein Gefühl von Unwirklichkeit überfiel ihn. Bedeutete das im Ernst, dass er heute nicht mehr zu Simone nach Hause kommen würde? Er schwamm ans Ufer, und mit jedem Schwimmzug wurde seine Wut größer. Eine weitere Woche auf der Insel! Mit tropfnassen Kleidern zog er sich an einem Felsen hoch und nahm sein Handy aus der Hosentasche. Tot. Fieberhaft drückte er alle Knöpfe, was nichts nützte.

Charlie und Samuel kamen angelaufen.

»Alles okay?«

Mit leerem Blick starrte Gottfrid auf sein Handy.

»Wolltest du die Fähre nehmen?«, fragte Charlie.

Keine Antwort.

Samuel holte den Rollkoffer zwischen den Bäumen hervor und stellte ihn vor Gottfrid hin. Charlie fragte noch einmal, wie es ihm gehe. Gottfrids Miene verfinsterte sich, und die Gegenfrage klang wie ein einziges Wort: »Warum-fahrt-ihr-auf-so-einem-schmalen-Weg-nebeneinander?«

Weder Charlie noch Samuel wussten, was sie darauf antworten sollten, aber dazu blieb ihnen auch keine Zeit, denn Gottfrid fuhr bereits fort: »Ich hatte einen Plan. Und wäre ich fünf Minuten früher dran gewesen, hätte alles geklappt. Nur fünf Minuten!«

Sie verstanden nur Bahnhof.

»Habt ihr wirklich geglaubt, ich wäre nur wegen

eines blöden Sargs hierhergekommen? Ich bin hergekommen, um das Renovieren zu lernen. Und das ist mir gelungen! Alles ist mir gelungen. Bis jetzt. Diese verdammte Junkie-Braut.«

Charlie und Samuel verstanden noch weniger.

»Entschuldige«, sagte Gottfrid zu Samuel, »ich finde, du bist nett und großzügig, aber ein Kurs, bei dem man seinen Sarg baut, dass ist das Dümmste, was sich jemand seit der Erfindung des Plastikfahrrads hat einfallen lassen. Memento mori, dass ich nicht lache! Denk doch lieber daran, dass du noch lebst! Lövensö. Toteninsel sollte es heißen!«

Durchnässt und krebsrot im Gesicht geriet Gottfrid richtig in Rage. Die Worte sprudelten buchstäblich aus seinem Mund.

»Und dann noch dieser Vollidiot Lars Lood, dass so jemand frei herumlaufen darf. Und jetzt komme ich aus diesem Paradies der Irren nicht mehr weg. Ja, ich habe dich belogen, Samuel Miller, das habe ich. Aber das war nur aus Liebe. Weil ich wider Erwarten eine wunderbare Frau kennengelernt habe, die mich liebt! Entweder folgt man dem Strom oder man folgt seinem Traum. Ich bin meinem Traum gefolgt, und wenn ich für etwas bestraft werden soll, dann dafür.«

»Warum sollte man dich bestrafen wollen?«, fragte Samuel.

Gottfrid holte tief Luft und wollte schon antworten, aber dann fiel ihm nichts ein.

»Nimm deinen Rollkoffer«, meinte Samuel, »und

leg ihn auf die Ladefläche, dann fahren wir dich zurück.«

Die Lage beruhigte sich, als Yvonne, die im Sarg liegen geblieben war, ein Stesolid und ein weiches Kopfkissen bekommen hatte. Mit kläglicher Stimme erklärte sie, nach so viel Gebrüll einen Heißhunger zu haben. Lars Lood brachte ihr ein paar belegte Brote. Den Streit mit der Heugabel schien er ihr nicht nachzutragen, vielmehr behandelte er sie geradezu unterwürfig.

Unscheinbar und mager wie ein kleiner Vogel lag Yvonne im Sarg und aß Käsebrote, beteuerte aber ihre Entzugserscheinungen und gab unumwunden zu, Wuschel entführt zu haben. Sie versicherte, ihn wie einen Prinzen behandelt zu haben. Sie hätte sich nach Gesellschaft gesehnt, und Wuschel sei ihr Prinz Wolkenflocke gewesen.

Lars Lood sah sie mitfühlend an.

Yvonne verschwieg wohlweislich, wie sie Wuschel mit seiner Schnauze in ihrem Mund angeknurrt hatte.

Als sie satt war, durfte sie duschen und erhielt saubere Kleider von Agnes, die ihr etwas zu groß waren, aber das machte nichts. Agnes wusch Yvonnes Kleider, und als Samuel zurückkam, teilte er Yvonne ein Zimmer zu.

Agnes fand es angenehm, ein Weilchen für sich zu sein. Der Hund folgte ihr in die Waschküche. Die Kleider hatten eine Wäsche wirklich nötig, obwohl Yvonne sie einige Male mit Seife im Meer gewaschen hatte.

Als Agnes Yvonnes Hosentaschen leerte, sann sie

darüber nach, wie unterschiedlich die Menschen doch waren. Sie selbst verabscheute es, irgendwas in den Hosentaschen zu verwahren, weil es unbequem, aber auch unästhetisch war. Yvonne hingegen schien es nichts auszumachen.

Als Agnes den Inhalt der Taschen betrachtete, erkannte sie, woher die Sachen, die sie vor einigen Tagen im Wald gesehen hatte, stammten. Der Blister, das Tütchen mit weißem Pulver, der Nikotinkaugummi und die Pflaster. Die konnten nur von Yvonne sein.

Sie steckte die Kleider in die Waschmaschine, stellte sie an und ging dann in ihr Zimmer hinauf. Dort holte sie das einzige Fundstück, das sie aus dem Wald mitgenommen hatte. Das Tütchen mit dem weißen Pulver.

Wie schön es doch wäre, einen kurzen Moment Frieden zu finden, dachte sie, öffnete das Tütchen vorsichtig mit dem Zeigefinger und leckte dann die Körnchen Pulver ab, die an der Fingerspitze kleben geblieben waren.

Sekunden später fühlte sie sich von einem emotionalen Tsunami erfasst und musste sich auf die Bettkante setzen. Langsam lehnte sie sich zurück, bis sie quer auf dem Bett lag, und ließ sich von einem Gefühl ungetrübter Seligkeit durchströmen.

Die zunehmende Sorge der letzten Zeit war wie weggespült, und Agnes spürte, dass alles gut werden würde. Unüberwindbare Probleme schrumpften auf die Größe von Grashalmen aus einem Flugzeug betrachtet zusammen. Alles war wunderbar, und obwohl sie sich bemühte, fiel ihr nichts ein, was sie beunruhigen könnte.

Dieses Gefühl hielt ungefähr fünfzehn Minuten an. Agnes nahm das Tütchen vom Nachttisch, verschloss es wieder und schob es in ihre Hosentasche. Dann setzte sie sich auf und schaute mit einem Lächeln auf den Lippen aus dem Fenster.

2. Teil

Hoffnung, die Herzen erfüllt und
bricht

Agnes träumte, vor einem Spiegel zu stehen und darin ihre Mutter zu sehen. *Komm nicht her!*, rief ihre Mutter. *Komm nicht her.*

Sie erwachte von Tränen, die über ihre Wangen liefen. Wie so oft hielt Tom im Schlaf ihre Hand. Sie drehte sich weg, damit er ihre Tränen nicht sah, falls er aufwachte. Sie dachte an das Pulver, das sie in Yvonnes Hosentasche gefunden hatte und das sie einen Augenblick lang von allen mühsamen Gedanken befreit hatte.

»Agnes«, flüsterte Tom. »Bist du wach?«

Er hatte offenbar gehört, dass sie sich umgedreht hatte. Sie trocknete ihre Wangen und antwortete, soeben aufgewacht zu sein.

»Mein Liebling«, flüsterte er im Halbschlaf und drehte sich so um, dass sie Löffelchen lagen.

Er küsste ihr Ohrläppchen. Ein behaglicher Schauer durchfuhr sie. Agnes mochte das. Er war so lieb und rücksichtsvoll. Sie liebte ihn wirklich. Ihn? Wie war denn noch gleich sein Name? Und wo war sie überhaupt? Sie versuchte, ihre Panik einzudämmen und ruhig zu atmen.

Agnes merkte, dass er wieder eingeschlafen war.

Langsam, eine nach der anderen, kehrten ihre Erinnerungen zum Glück zurück. Ach ja, der Kurs. Sie webte, und Tom tischlerte irgendetwas. Genau, so hieß er. *Tom.* Gott sei Dank. Sie konnte aufatmen. Behutsam, ohne ihn zu wecken, entzog sie ihm ihre Hand, stand auf, streifte ihre Kleider über und verließ das Zimmer.

Lars Lood war in der Nacht kaum zur Ruhe gekommen, die Gedanken an die neue Besucherin hatten ihm den Schlaf geraubt. Welch ein Spektakel! Und er selbst mitten drin! In der ersten Reihe gewissermaßen. Unter Lebensgefahr. Das war zu gut, um wahr zu sein. Und dann noch mit der Dreingabe, dass Gottfrid (der einfach die Biege machen wollte) so grandios baden gegangen war (buchstäblich!) und sich nun auf seinem Zimmer versteckte.

Nachdem er einiges zu Papier gebracht hatte, ging Lars in die Tischlerei, um an seinem Sarg weiterzuarbeiten. Er beschäftigte sich gerne ungestört damit, flüsterte ihm Worte zu und schrieb die Gedanken, die ihm dabei kamen, auf. Frühstücken konnte er später. Die Arbeit am Sarg war zügig fortgeschritten, und er hoffte, ihn noch vor Sonntagabend zusammensetzen zu können. Dann blieb nur noch das Äußere, Lack, Handgriffe und Beschläge.

Seine Gedanken kehrten zu Yvonne zurück. Versuchungen und Verfall in allen Formen hatten ihn immer schon fasziniert. Jedes seiner Stücke enthielt diese Elemente, aber bislang hatte Lars Lood noch nie jemanden kennengelernt, der sich tatsächlich am Abgrund vollkommener Verzweiflung befand. Jemanden, der so unter Druck stand, dass er das Leben anderer bedrohte, noch dazu mit einer Heugabel. Yvonne war echt. Er war so dankbar, dass er während der Arbeit sogar ganz gegen seine Gewohnheit Schlager summte.

Er war gerade dabei, eine Seite des Sargs schwarz

zu lackieren, als er etwas aus den Augenwinkeln wahrnahm. An der Tür. Es dauerte eine Weile, bis er begriff, wer da stand: Agnes. Mit offenem lockigem grauweißem Haar stand sie in der Tür.

»Hast du mich aber erschreckt!«, sagte er. »Du bist ja ganz schön früh auf?«

Keine Reaktion. Agnes stand einfach da und starrte mit ausdruckslosem Gesicht in die Tischlerei. Dann machte sie kehrt, zog die Tür hinter sich zu und war weg.

Lars zuckte mit den Achseln. »Sie hätte ja wenigstens guten Morgen sagen können«, murmelte er und lackierte weiter.

Agnes »erwachte« erst, als sie die Steigung zum Himlastupet zur Hälfte bewältigt hatte. Sie schaute auf ihre Füße, die einen eigenen Willen zu haben schienen. Wo sie schon hier war, setzte sie ihren Weg bis zum höchsten Punkt fort. Dort verweilte sie lange und betrachtete den Horizont. Ihre Gedanken und Gefühle wirbelten durcheinander. Das weite glatte Meer beruhigte sie.

Warum ausgerechnet ich?, fragte sie sich verzweifelt.

Sie dachte an die Menschen, die sie mochte, daran, was sie gerne tat, Orte, die sie gesehen hatte, den Grand Canyon in Arizona, Lapporten in Abisko, den Kodai Kanal in Indien, das Meer vom Himlastupet aus. »Warum soll mir alles, was ich erlebt habe, genommen werden?«, murmelte sie und wusste nicht, ob sie das Leben hassen sollte, weil es ihr genommen wurde, oder lieben, weil es ihr so viel gegeben hatte. Agnes wusste nur, dass es für Hass zu spät war. Die Zeit, die ihr blieb, wollte sie der Liebe widmen.

Jeden Morgen beim Wald-Workout ärgerte sich Omar, weil er keine von Samuels Analogkameras dabeihatte. Unzählige Schnappschüsse waren ihm so durch die Lappen gegangen. Vorausschauend hatte er daher an diesem Samstagmorgen eine Kamera mitgenommen, während des Trainings fotografiert und sich dann mit einem Sprint auf den Himlastupet noch einmal richtig verausgabt. Jetzt lag er in Position, um im richtigen Augenblick die Sonnenstrahlen auf dem Meer einzufangen.

Und plötzlich stand Agnes da. Instinktiv richtete er das Objektiv auf sie. Wie sie da am Abgrund stand! Stolz und gleichzeitig verletzlich. Der Blick. Das weißgraue, im Wind flatternde Haar. Sie war so perfekt, dass es Omar körperliche Schmerzen bereitet hätte, sie anzusehen, ohne sich hinter der Kamera verschanzen zu können. Schön war nicht das richtige Wort, authentisch passte besser. Agnes war *authentisch*.

Also fotografierte sie Omar heimlich. Das war zwar nicht ganz in Ordnung, aber immer noch besser, als sich diese Gelegenheit entgehen zu lassen. Hätte er sie gefragt, wäre die Magie des Augenblicks zerstört worden. Agnes, die Sonne, der Wind, das

Meer, das Leben. Omar fotografierte sie, bis sie sich umdrehte und ebenso eilig, wie sie gekommen war, den Pfad nach unten verschwand.

Seit Yvonnes Auftritt mit der Heugabel hatte sich Samuel recht viele Gedanken gemacht. Sie war zur Fahndung ausgeschrieben, vielleicht musste ja die Polizei verständigt werden. Außerdem hatte Yvonne Gottfrid und Lars bedroht. Während der Kaffeepause am Vormittag (Yvonne lag noch im Bett und schlief) erkundigte er sich nach der Meinung der anderen.

»Ach was«, fand Lars Lood, »wäre das nicht übertrieben? Schließlich stand sie unter Entzug wie eine ganze Klinik für Suchtkranke. Jetzt ist sie ruhig wie ein Lamm. Außerdem kam mir ihr Gefuchtel mit der Heugabel nie sonderlich bedrohlich vor.«

»Unsinn«, sagte Lisa. »Du hattest panische Angst.«

»Das ist eine Übertreibung. Ich habe mich nur respektvoll verhalten«, wandte Lars ein.

»Respektvoll?«

»Ja, wie es die Situation erforderte.«

Lisa verdrehte die Augen. Typisch Mann! Immer diese Ausreden. Konnten sie nicht einfach zugeben, dass sie Angst hatten? Lars Lood achtete nicht auf sie, sondern wies darauf hin, dass Yvonne nicht erschienen war, um jemanden zu verletzen, sondern weil sie Medikamente brauchte.

»Man kann ihr nicht vorwerfen, dass sie ein paar Pillen schlucken wollte«, meinte er. »Außerdem gibt es laut Lisa genug Stesolid für Victor und Yvonne bis zum Ende des Kurses. Nein, in diesem Fall bin ich für Freispruch statt Verurteilung.«

Lars Loods tolerante Einstellung wurde mit Zustimmung aufgenommen. Yvonne durfte bis auf

Weiteres bleiben, und die Polizei wurde nicht verständigt, weil jeder eine zweite Chance verdiente.

Währenddessen lag Gottfrid angekleidet und mit Decke über dem Kopf in seinem Bett. Wütend, beschämt und hungrig. Wie dumm von ihm, Samuel und Charlie solche Beleidigungen an den Kopf zu werfen! Vor allem im Hinblick auf seine Ansprache über die Sargtischlerei als Therapie gegen die Angst vor dem Tod. Warum hatte er nicht einfach den Mund gehalten?

Lars Lood zerriss sich bestimmt gerade das Maul. *Wer ist das eigentlich? Heißt er überhaupt Gottfrid? Können wir irgendetwas von dem glauben, was dieser krankhafte Lügner gesagt hat? Erinnert euch nur an seinen Auftritt gestern Abend. Dass ein Mensch so tief sinken kann!*

Gottfrid dachte an Tom, der ihm so viel geholfen hatte. Was er wohl jetzt von ihm hielt? Und Samuel, dessen Kurs er vollkommen verrissen hatte. Er hob die Decke, um besser Luft zu bekommen, und verdammt hungrig war er auch! Schnell verzog er sich wieder unter die Decke und hoffte auf den Schlaf des Vergessens.

Der Samstag in der Tischlerei verlief friedlich, und erst am Nachmittag erschien eine ziemlich blasse Yvonne in der Tür. Unsicher blieb sie dort stehen und winkte vorsichtig.

»Ich wollte nur guten Tag sagen und mich noch einmal entschuldigen.«

»Keine Sorge«, sagte Lars Lood so laut, dass es in der ganzen Tischlerei widerhallte. »Alles vergessen und vergeben.«

Yvonne erkundigte sich, ob sie ein paar Worte sagen dürfe, wo schon einmal so viele versammelt seien.

»Natürlich!«, antwortete Lars. »Natürlich darfst du. Hereinspaziert.«

Yvonne erzählte, dass sie vor acht Jahren begonnen habe, Tabletten zu schlucken, um damit ihre Panikattacken und Depressionen zu lindern. Der Grund dafür sei eine destruktive Beziehung gewesen, aber statt ihre Lebenssituation zu verändern, habe sie den Kopf in den Sand gesteckt und sich mit Psychopharmaka betäubt.

Anfänglich hatten die Ärzte gesagt, sie dürfte die Medikamente wegen der Suchtgefahr nur kurze Zeit einnehmen, aber im Laufe der Jahre hatten sie ihr immer höhere Dosen verschrieben.

Sie wusste schon länger, dass sie süchtig war, aber das wirkliche Ausmaß ihrer Abhängigkeit hatte sie erst auf der Insel erkannt, als sie auf einmal ohne Medikamente dastand.

Sie erzählte auch, dass der Kontakt zu ihrer Familie

und ihren Freunden fast vollkommen abgebrochen war, weil ihr Freund sie ständig so kontrolliert hatte.

»Als ich eines Tages in der Wohnung eine Kiste mit Waffen fand, hat es mir dann gereicht. Das ging gar nicht! Ich zog ihm eins über den Schädel, als er schlief, informierte die Polizei über die Waffen und bin abgehauen. Möglicherweise sind die Bullen hinter mir her, weil ich auch in der Wohnung gemeldet bin. Es würde mich nicht wundern, wenn der Idiot behauptet, dass es meine Waffen sind, und wenn er mich wegen Körperverletzung angezeigt hätte. Jedenfalls bin ich auf der Flucht. So, jetzt wisst ihr Bescheid.«

Erschöpft ließ sich Yvonne auf einen Stuhl sinken. Lars erbot sich, sie auf ihr Zimmer zu begleiten.

»Könnte ich nicht bei euch bleiben?«, fragte Yvonne. »Ich habe wie eine Einsiedlerin in diesem Häuschen gewohnt. Jetzt würde ich gerne wie in meiner Kindheit bei den Stimmen der Erwachsenen einschlafen.«

»Wenn es dir recht ist, auf dem Fußboden zu liegen, kann ich dir eine Matratze holen«, bot ihr Lars Lood wie ein diensteifriger Kellner an.

Yvonne schien eine andere Lösung vorzuziehen und deutete auf Toms weitgehend fertiggestellten Sarg.

»Das klingt vielleicht etwas komisch«, meinte sie und zog die Augenbrauen hoch, »aber ich würde mich gerne da hineinlegen.«

»In meinen Sarg?«, fragte Tom.

»Ja.«

»Wie kommst du denn auf diese Idee?«, wollte er wissen.

»Jetzt, wo ich meine Medizin bekommen habe und mich ruhiger fühle, wäre das, glaube ich, ganz gut für mich. Fast so, als würde ich euch aus dem Jenseits zuhören. Von einem ruhigen Ort aus. Wie ein kleines Experiment, meine ich …«

Tom war überrumpelt, fing sich aber rasch.

»Sofern ich den Sarg zurückkriege, wenn ich tot bin, kannst du ihn selbstverständlich ausleihen.«

Zum ersten Mal wirkte Yvonne froh und erwartungsvoll.

»Wartet«, mischte sich Samuel ein. »Es ist besser, du nimmst das Musterexemplar, Yvonne. Dann hast du einen eigenen Sarg. Den darfst du behalten.«

»Ist das dein Ernst? Bis zu meinem Tod?« Yvonne strahlte.

»Und darüber hinaus«, antwortete Samuel.

Omar war von den Fotos von Agnes wie besessen. Besonders eines hatte es ihm angetan. Den Vorabend hatte er damit verbracht, mit den Abzügen zu experimentieren, war aber immer noch nicht ganz zufrieden. Deswegen stand er schon im Morgengrauen auf, um sein Werk zu perfektionieren. Es war das beste Foto, das er je aufgenommen hatte, aber es ließ sich noch optimieren.

Nach drei Stunden konzentrierter Arbeit hatte Omar es geschafft. Er konnte es nicht abwarten, Agnes das Foto zu zeigen. Kaum war der Abzug getrocknet, machte er sich auf die Suche nach ihr.

»Ich hoffe, du hältst mich nicht für einen Stalker, weil ich dich heimlich fotografiert habe«, sagte er. »Ich war rein zufällig auf dem Himlastupet, als du dort aufgetaucht bist.«

»Sagen das nicht alle Stalker?«, erwiderte sie lächelnd. »Keine Sorge. Ich sehe dich eher als Paparazzo und nehme es als Kompliment.«

Tom begleitete Omar und Agnes in die Dunkelkammer. Als sie eintraten, bat Omar die beiden, die Augen zu schließen, und legte das Foto auf eine weiße Unterlage. Tom und Agnes öffneten die Augen und verstummten. Das Schweigen hielt so lange an, dass Omar überlegte, ob er etwas falsch gemacht hatte. Vielleicht hatte er etwas übersehen, was ihnen unangenehm war.

»Ein einzigartiges Foto«, sagte Tom. »Es ist als ob ...«

»Omar«, unterbrach ihn Agnes und wandte den

Fotografen ernst an. »Wenn ich für die Nachwelt ein Foto von mir aussuchen müsste, dann wäre es zweifellos dieses.«

Tom pflichtete ihr bei und meinte, ihr Blick zeige nicht nur ihren Humor, sondern auch ihre wehmütige Seite. Alle Aspekte ihres Charakters seien in diesem außergewöhnlichen Foto zu erkennen.

Omar freute und beschämte diese überschwängliche Reaktion.

Kaum hatte Agnes das Foto bekommen, ging sie in die Werkstatt und zeigte es stolz herum.

»Siehst du, wie begeistert alle sind?«, fragte Lisa anschließend Omar.

»Na, jetzt übertreibst du aber«, meinte Omar.

»Überhaupt nicht.«

Da kam Victor auf die beiden zu, blieb einen Moment schweigend stehen und wandte sich dann an Omar.

»Entschuldige. Vielleicht bin ich ein wenig dreist, aber hättest du Lust, mich auch zu fotografieren?«

Victor hegte schon lange den Traum, sich wie ein Model oder Filmstar fotografieren zu lassen. Leider war er nie einem Fotografen begegnet, dem er diese Aufgabe zugetraut hätte – bis jetzt.

Erwartungsvoll sah Lisa ihren Mann an. Ihre Augen strahlten. Omar zuckte mit seinen breiten Schultern.

»Von mir aus gerne.«

Da warf sich Lisa ihrem Mann in die Arme. Omar

wirkte betreten, und auch Victor wunderte sich über diesen Überschwang.

»Entschuldige«, meinte Lisa. »Ich freue mich nur so. Seit Jahren liege ich dir damit in den Ohren, dass du den Leuten deine Fotos zeigen sollst, Omar. Endlich sieht die Welt, was für ein Künstler du bist.«

»Die Welt?«, meinte Omar leise. »Hier auf der Insel sind nicht mal zehn Leute.«

»Ach was, Darling. Jeder fängt mal klein an.«

Agnes und Tom, die immer noch bester Laune waren, unternahmen, natürlich gefolgt von ihrem kleinen Wuschel, einen Spaziergang. Wie es mittlerweile seine Art war, plauderte Tom über alles Mögliche. Und so erfuhr Agnes, dass es in Ghana eine Tradition gab, Särge in allen möglichen Farben und Formen wie Flugzeugen, Autos, Booten, Fischen, Gemüse und Schuhen zu gestalten. Die Motive spiegelten den Beruf oder das Interesse der Verstorbenen. Tom hatte Fotos von Särgen gesehen, die wie Handys oder Geldscheinbündel aussahen.

Agnes versuchte, sich einen Sarg in Form eines Geldbündels, umringt von einer Trauergemeinde, vorzustellen. Es wollte ihr nur mit Mühe gelingen.

»Hast du auch noch nie etwas von Feuerwerksbestattungen gehört?«, erkundigte sich Tom.

Nein, hatte sie nicht.

»Neuerdings sind sie in England recht beliebt. Man mischt die Asche der Verstorbenen mit dem Pulver von Feuerwerksraketen und schießt diese in den Nachthimmel. Ein Kollege vom Finanzamt hat seine Schwester so beigesetzt. Und ihre Katze.«

»Gleichzeitig?«

Tom nickte. Die Katze war offenbar ein Jahr zuvor gestorben, aber die Schwester hatte die Asche aufbewahrt, weil sie die letzte Reise mit ihr zusammen antreten wollte.

»Und welcher Kollege war das?«, wollte Agnes wissen.

»Jan Holm.«

»Warum hast du mir nie davon erzählt?«

Tom zuckte mit den Schultern.

»Weiß nicht …«

Dann erzählte er von Jan Holms Gefühl, als dieser mit ansah, wie sich seine geliebte Schwester (zusammen mit ihrer Katze) in einem Funkenregen mit dem Kosmos vereinte. Kein Auge war trocken geblieben.

»Das muss fantastisch gewesen sein«, meinte Agnes.

»Ja. Zumindest war Jan dieser Meinung.«

Sie setzten ihren Weg zum Steg fort, an dem sie auch immer ihr Morgenbad nahmen. Am Horizont war winzig klein ein Segelboot auszumachen.

»So würde ich gerne reisen«, sagte Tom versonnen.

»Ich auch«, pflichtete ihm Agnes bei.

»Du willst segeln?« Dieser Wunsch war Tom neu.

»Segeln? Keinesfalls. Ich dachte, wir reden von Feuerwerksbestattungen?«

Tom lachte.

»Nein. Ich rede vom Segeln, nicht vom Sterben.«

Er deutete auf das Boot in der Ferne.

Agnes dachte wieder an ihre Diagnose. Es war ein guter Tag gewesen. Sie war kein einziges Mal aus einer unbegreiflichen Situation »erwacht«.

Soweit sie sich erinnern konnte.

Sie nahm die Hand ihres Mannes und hielt sie ganz fest. Sie würde ihm ihr Geheimnis anvertrauen, aber erst im geeigneten Moment und auf ihre Art.

Auf dem Weg in die Küche, wo Samuel beim Kochen helfen wollte, kam Charlie an seiner angelehnter Tür vorbei. Also erkundigte sie sich mit erhobener Stimme, ob er sie begleiten wollte, weil er die Geselligkeit am Herd immer zu schätzen wusste. Keine Antwort. Vor ihrem inneren Auge sah die besorgte Charlie den Kursleiter bereits bewusstlos auf dem Boden liegen. Das Erlebnis mit Victor saß ihr noch in den Knochen.

»Samuel? Hallo?«

Immer noch keine Antwort. Sie trat ein. Was ihr als Erstes auffiel, war nicht etwa ein lebloser Samuel auf dem Fußboden, sondern ein rotes Buch auf dem Schreibtisch. Der Anblick rührte sie geradezu. Das Tagebuch lag da wie eine Bibel auf dem Altar. Das zeigte, wie viel es ihm bedeutete. Wahrscheinlich lag es schon seit Tagen so da, ohne dass er gewagt hatte, es aufzuschlagen.

In London hatte sie gelernt, dass die beste Beschattungsmethode war, der Zielperson immer einen Schritt voraus zu sein. Samuels Tagebuch zu lesen wäre genau das, vorausschauende Verfolgung. Eine ideale Ausgangslage, um ihn anschließend dorthin zu lotsen, wo sie ihn haben wollte.

Charlie schloss die Tür bis auf einen schmalen Spalt, ging zum Schreibtisch, zog den Stuhl hervor und setzte sich vor das Tagebuch. Aber sobald sie ihre Hand darauf gelegt hatte, schien eine unsichtbare Kraft sie zurückzuhalten. Vielleicht weil ihre Hand so anders aussah als sonst. Mit Erde unter den

Fingernägeln schien sie einer Person zu gehören, die Unkraut jätete, Hecken schnitt und einen Sarg tischlerte. Einer Person, die sich mit Lövensö verbunden fühlte. Einer anderen Charlie. Diese Hände hatten nicht das Geringste mit der Berufslügnerin aus der Londoner Innenstadt zu tun, die andere Menschen manipulierte.

Sie schloss die Augen. Sosehr ihr ihr neues Ich auch gefiel, so gab es ein Leben nach den Wochen auf Lövensö. Das durfte sie nicht vergessen. Ein Leben, das, je nachdem wie sie ihren Auftrag ausführte, Himmel oder Hölle sein würde. Charlie schlug Veronicas Tagebuch auf.

Liebes Tagebuch,
Sonntagmorgen, ich habe gerade gefrühstückt. Da ich bisher nie Tagebuch geführt habe, ist mir nicht ganz wohl dabei, aber wenn ich mir die Seiten wie Leinwände und die Worte wie Pinselstriche vorstelle, fällt es mir sicher leichter. Ich bin nämlich Malerin, liebstes Tagebuch, und betrachte mich seit ich denken kann als solche. Berühmt werden wollte ich jedoch nie und die Welt in Erstaunen setzen auch nicht, im Gegenteil. Ich bin gezwungenermaßen Künstlerin. Wenn ich meinen Eindrücken nicht Ausdruck verleihen darf, schrumpfe ich zu einer kleinen Rosine zusammen.
Kunst ist für mich eine Lebensgrundlage und nichts, was mir Bestätigung bringen soll. Sobald ich daran denke, dass mein Schaffen beurteilt werden könnte, hat

es seinen Zweck eingebüßt. Deswegen verbrenne ich
meine Gemälde eine Woche nachdem die Farbe getrock-
net ist. Manche Leute finden das ungeheuerlich. Aber
für mich ist der Schöpfungsakt wesentlich. Nicht das
Bewahren. Meine Bestätigung hole ich mir woanders,
und genau da scheinen meine Probleme zu beginnen …

Schritte auf dem Gang unterbrachen Charlie bei ihrer Lektüre. Sie erstarrte. Verdammt. Lautlos klappte sie das Tagebuch zu, schlich zur Tür und linste durch den Spalt. In diesem Moment ging jemand vorbei, und sie wich reflexartig zurück. Die Schritte entfernten sich, und Charlie spähte hinaus, um zu sehen, zu wem sie gehörten.

Es war Gottfrid, der wie ein beschämter Einbrecher den Gang entlanglief. In der Hand hielt er einige erdverkrustete Möhren, die er offenbar gerade aus dem Beet hinter dem Haus gezogen hatte. Wahrscheinlich hatte er einen Mordshunger, schämte sich aber zu sehr, um sich in die Küche zu wagen. Der kleine Gottfrid, dachte sie, verdrängte dann jeden Gedanken an ihn und deutete sein Erscheinen nicht als Warnung, sondern kehrte an den Schreibtisch zurück, wo sie das Tagebuch wieder aufschlug. Sie blätterte weiter, um herauszufinden, wovor sich Samuel eigentlich fürchtete. Nach einigen Zeilen erkannte sie, dass sie auf der richtigen Spur war.

Samuel lobt meine Gemälde sehr, mich scheint er aber
oft gar nicht zu sehen. Wenn er von seinen Reisen zu-

rückkommt, lautet seine erste Frage stets: »Was malst du gerade?« Statt ins Schlafzimmer will er ins Atelier. Er glaubt bestimmt, dass er mich liebt, aber ich habe das Gefühl, dass ihm meine Kunst wichtiger ist.

Ich habe Samuels Freund Leonard gefragt, wie ich zu ihm durchdringen kann. Er schlug vor, ich solle eine Weile nicht mehr malen, weil sich Samuel dann vielleicht auf mich konzentrierte. Das war gar nicht so einfach, weil ich von klein auf immer an einem Bild gearbeitet habe. Ich wurde wahnsinnig rastlos, aber es hat funktioniert. Vier Tage später trat Samuel kurzfristig eine Geschäftsreise nach Paris an. Zum Abschied sagte er wörtlich: »Sag Bescheid, wenn du deinen Pinsel wieder in die Hand nimmst, dann breche ich die Reise ab.« Wenn ich nicht male, gibt es für ihn keinen Grund bei mir zu sein. Jedenfalls deute ich das so.

Charlie las so schnell, wie sie nur konnte, und erfuhr, dass Veronica Leonard immer häufiger traf und Samuel immer seltener.

Unter anderem hatte Leonard ein Gedicht für sie geschrieben darüber, was sie ihm bedeutete. Das schätzte sie sehr. Es war so, als hätte ich in einen Seelenspiegel geschaut, schrieb sie. Meine Kunst wurde mit keinem Wort erwähnt, es ging nur um mich. Ein paar Seiten später las Charlie: *Leonard und ich sind sehr verliebt. Es ist die chaotischste Zeit meines Lebens, erfüllt von berauschendem Glücksgefühl, schrecklichen Schuldgefühlen, wundervollem Sex und bitterem, bitterem Selbsthass …*

Das reichte. Sie hatte alles erfahren, was sie wissen musste. Charlie schloss das Tagebuch, legte es zurück und verließ das Zimmer.

Charlie, London, 2016

Sie hatte eine Aufgabe gehabt: die schwarze Sporttasche nicht aus den Augen zu lassen. Eigentlich war
sie für den Job überqualifiziert, aber sie wollte auf
Nummer sicher eingehen. Nach so viel sorgfältiger
Vorarbeit musste die Übergabe klappen. Und sie
traute keinem.

Das Problem mit dem Betrügergewerbe war, dass
es fähige Mitarbeiter erforderte. Aber je besser sie
waren, desto weniger konnte man sich auf sie verlassen. Also traute sie niemandem über den Weg. Das
war einer der Gründe, warum sie immer noch im
Rennen war und jetzt bald zu den Big Playern gehörte.

Sie war noch nie festgenommen worden, noch nie
von einem Komplizen betrogen worden, und ihr
Bauchgefühl hatte sie noch nie im Stich gelassen.
Ihre Spezialität war, die Schwächen anderer Menschen ausfindig zu machen, aber jetzt hatte jemand
ihre Schwäche aufgedeckt.

Es war ihr ein Rätsel, wie, aber irgendjemand
hatte es tatsächlich geschafft. Eine geraume Weile
war verstrichen, bis sie überhaupt bemerkt hatte,
dass man sie reingelegt hatte, was auf äußerst pro-
fessionelle Arbeit schließen ließ.

Wie vereinbart waren die Sporttaschen in einem

Hotel im Londoner Zentrum ausgetauscht worden. Wertpapiere für den Kunden, Cash für sie. Charlie zählte nach. Alles in Ordnung. Dann klemmte sie die Sporttasche unter den Arm, wechselte mehrfach U-Bahn und Bus und fuhr kürzere Strecken mit dem Taxi. Etwa einen halben Kilometer von ihrem Ziel entfernt überquerte sie einen kleinen Platz. Kein Mensch war zu sehen.

Plötzlich raste ein Borderterrier auf sie zu, den zwei Kampfhunde jagten. Etwa zehn Meter von ihr entfernt holten sie den kleinen Terrier ein, schnappten zu und zerrten ihn in entgegengesetzte Richtungen. Charlie dachte an Wanda, den geliebten Hund ihres Großvaters, und reagierte instinktiv.

Sie konnte sich nicht entsinnen, die Sporttasche überhaupt abgestellt zu haben. Sie erinnerte sich nur daran, dass sie das Halsband des einen Kampfhundes packte und ihm damit die Kehle zuschnürte, bis er nach Luft schnappte und von dem Kleinen abließ. Dann warf sie ihn quer über den Platz.

Die andere Bestie ließ nicht so schnell locker. Seine Kiefer schienen sich im Genick des Borderterriers verkeilt zu haben. Da erinnerte sich Charlie an einen Trick, von dem sie einmal im Radio gehört hatte. Wenn nichts anderes half, sollte man einem Hund, der nicht ablassen wollte, einen Finger in den Anus schieben. Charlie zögerte keine Sekunde. Kaum hatte sie es getan, da öffnete der Hund sein Maul, als hätte sie auf einen magischen Knopf gedrückt. Der kleine Borderterrier ergriff sofort die Flucht.

Daraufhin machte sich Charlie mit der Sporttasche wieder auf den Weg. Sie hatte keine Menschenseele auf dem Platz gesehen, aber dort musste es geschehen sein. Jemand hatte ihre Schwäche ausgenutzt, die Taschen ausgetauscht und dabei zwei Millionen Pfund erbeutet.

Der Verlust von so viel Geld, das jemand anderem gehörte, hatte Konsequenzen.

Charlie litt zwar keinen Hunger, aber zwei Millionen Pfund konnte sie nicht aus dem Ärmel schütteln. Also musste sie ihre Konten leeren, ihrem Auftraggeber ihre Wohnung und ihr Auto überschreiben und ihm für unbegrenzte Zeit als Arbeitskraft zur Verfügung stehen. Klagen waren zwecklos. Menschen wurden schon für viel geringere Summen aus dem Weg geräumt. Glücklicherweise schätzte ihr Auftraggeber ihre Fähigkeiten und wusste, wie wertvoll ihre Mitarbeit war, insbesondere, wenn sie ihn nichts kostete.

Im Übrigen war sie in der Branche erledigt. Ihre Glaubwürdigkeit war auf der Strecke geblieben. Gerüchten zufolge hatte sie sich die zwei Millionen unter den Nagel gerissen. Das imponierte zwar allen, aber sie wollten nichts mit ihr zu tun haben. Sie hatte sich auf der Schwelle zur Chefetage befunden, aber jetzt war die Tür dorthin verschlossen.

Charlie musste sich normale Jobs suchen. In Hotels, Banken und Einkaufszentren. Sie hasste jede Sekunde. Herablassenden Kunden zuzulächeln, deren Kreditkarten man gerade um einen größeren Betrag erleichtert hatte, ging ja gerade noch, aber geizig nörgelige Hotelgäste einschmeichelnd anlächeln zu müssen, dafür jedoch nur Klagen und einen lausigen Portierslohn zu ernten, war die reinste Folter.

Als das Handy klingelte und ihr Auftraggeber ihr anbot, ihr für eine kleine Gegenleistung ihre Restschuld zu erlassen, erschien ihr das wie ein Geschenk des Himmels.

»Was soll ich tun?«

»Einen Kunsthändler in deiner alten Heimat beeinflussen. Er veranstaltet einen Kurs, an dem du teilnehmen wirst.«

»Einen Kunstkurs?«

»Nein, du sollst deinen Sarg tischlern.«

Gottfrid spähte am Montagmorgen aus dem Fenster, um nicht zu verpassen, wenn Tom und Agnes zu ihrem Morgenbad aufbrachen. Endlich tauchten die beiden auf. Unbemerkt nahm er die Verfolgung auf.

Obwohl er sich beeilte, holte er sie erst auf dem Steg ein, als sie sich gerade ausziehen wollten.

»Hallo, könnte ich kurz mit Tom reden?«, bat er.

»Kein Problem«, meinte Agnes. »Ich gehe ein wenig mit Wuschel spazieren.«

»Es dauert nur ein paar Minuten«, entschuldigte sich Gottfrid.

Sie setzten sich auf den Steg. Gottfrid war nervös. Er dachte an das letzte Mal, als er sich bei jemandem entschuldigt hatte. Er war neun Jahre alt gewesen und hatte den ganzen Pfefferkuchenteig aufgegessen. Anderthalb Kilo. Seine Mutter war ausgerastet. Total. Er hätte seine Sünde nie bekennen dürfen. Seither hatte er sich nie wieder für etwas entschuldigt.

»Also«, begann er langsam. »Wie du ja vielleicht bemerkt hast, habe ich mein Zimmer ein paar Tage lang nicht verlassen.«

Es entsprach der Wahrheit

»Vielleicht hast du ja gehört, dass ich die Biege machen wollte.«

Tom nickte. Gottfrid holte tief Luft, um sich zu sammeln, dann sprudelte es aus ihm heraus.

»Entschuldige … du hast mir ja so geholfen, und

dann wollte ich einfach abhauen, ohne einen Sarg zu bauen.«

Tom hob den Kopf und sah ihn an.

»Ehrlich gesagt ist es mir vollkommen egal, ob du einen Sarg baust oder nicht.«

»Ah ja?«

»Ja, aber es ärgert mich natürlich, dass du ohne ein Wort abreisen wolltest. Ich dachte, du seist mein Freund.«

»Entschuldige«, sagte Gottfrid ein weiteres Mal.

»Du solltest dich bei Samuel entschuldigen. Die Unterbringung ist grandios, alles ist da, Tischlerei, Küche und Zimmer für alle. Und noch dazu superbillig. Das hast du einfach für deine Zwecke ausgenutzt.«

»Ich weiß«, sagte Gottfrid leise. »Entschuldige, entschuldige …«

»Pass auf, dass du dich nicht zu viel entschuldigst«, meinte Tom. »Ist man erst einmal auf den Geschmack gekommen, benutzt man das Wort nonstop.«

Gottfrid merkte, dass er in weniger als einer Minute fünfmal »entschuldige« gesagt hatte, und bezwang den Impuls, sich auch dafür zu entschuldigen.

»Ich werde darauf achten«, sagte er stattdessen.

»War's das?«, wollte Tom wissen, und Gottfrid bejahte.

Da winkte Agnes, die etwa hundert Meter entfernt spazieren ging und jetzt auf sie zusteuerte.

»Hast du eigentlich schon einmal gebadet?«, fragte Tom.

Gottfrid verneinte.

»Na, dann wirf dich mit uns ins Wasser.«

»Meinst du ... nackt?«

»Warum nicht?«

Gottfrid schluckte. Wenn er jetzt einfach wieder ging, sah es so aus, als wäre er nur gekommen, um sich bei Tom zu entschuldigen, ohne sich selbst einbringen zu wollen.

»Ja, warum eigentlich nicht?«

»Du bist also dabei?«

Gottfrid nickte.

»Agnes«, rief Tom. »Gottfrid badet auch!«

Gottfrid versuchte, nicht zwei Nackte und einen Hund vor sich zu sehen, sondern drei Hunde, von denen zwei zufällig an Menschen erinnerten. Das machte die Situation für ihn einfacher. Außerdem schien Agnes und Tom ihre eigene Nacktheit überhaupt nicht zu bekümmern. Gottfrid hatte angenommen, dass die beiden an einer Art Exhibitionismus litten, fand aber keine Anzeichen dafür. Sie waren ganz einfach ... nackt.

Gottfrid hatte gerade seine Unterhose ausgezogen und Agnes war auf dem Weg ins Wasser, da gesellte sich eine weitere Person zu ihnen.

»Hallo! Erstaunlich, dass die schönen Dinge im Leben oft gratis sind!«

Lisa in Bademantel und Flipflops. Gottfrid erinnerte sich, gehört zu haben, dass sie ebenfalls manchmal morgens im Evakostüm ein Bad nahm. Rasch griff er wieder zu seiner Unterhose und verbarg seine edleren Teile, während Lisa die Flipflops abschüttelte und den Gürtel ihres Morgenmantels aufknotete. Die anderen betrachteten Gottfrid erstaunt.

»Hast du es dir etwa anders überlegt? Doch nicht *au naturel*?«, fragte Tom.

»Nein … äh … also ich weiß nicht.«

»Warum nicht?«, wollte Agnes wissen.

»Doch nicht etwa, weil ich gekommen bin?«, fragte Lisa.

»Tja, also, ich habe ja eine Freundin und so«, meinte Gottfrid verlegen.

Agnes sah ihn spöttisch an und wollte wissen, warum Nacktbaden mit ihr infrage komme, mit Lisa aber nicht.

»Ist es, weil ich alt bin und mein Verfallsdatum überschritten habe?«

Obwohl sie einen Scherz gemacht hatte, fühlte sich Gottfrid unter Druck gesetzt.

»Nein, nein, um Himmels willen. Keinesfalls.«

»Was ist es dann?«, wollte Agnes wissen.

Alle drei sahen Gottfrid neugierig an.

»Es ist …« Er zögerte. »Na, weil Lisa noch fruchtbar ist. Du bist auch attraktiv, Agnes, aber nicht fruchtbar. Das ist der Unterschied.«

Lisa musste lachen.

»Was hast du denn vor, Gottfrid? Willst du mich etwa befruchten?«

Gottfrid schluckte.

»Nein. Das meinte ich nicht …«

»Was hast du dann gemeint, Gottfrid?«, wollte Agnes wissen.

Gottfrid hatte keine Ahnung. Er hatte nur noch den einen Wunsch, auf den Steg zu rennen, sich ins Wasser zu werfen und ganz weit weg zu schwimmen. Aber am liebsten hätte er die Augen geschlossen, sich entschuldigt und die Flucht angetreten.

»Gottfrid«, meinte Agnes, »zieh einfach die Unterhose wieder an, wenn dir dann wohler ist. Nacktbaden soll man nur, wenn es einem Freude bereitet. Wir haben doch nur ein wenig Spaß gemacht.«

Erleichtert folgte Gottfrid ihrem Rat, während die anderen ins Wasser glitten. Gottfrid kletterte die Leiter runter und hielt seinen Fuß ins Wasser, zog seine Unterhose ein wenig hoch und nahm dann das Meer in Angriff. Es war zwar eiskalt, aber er musste Tom zustimmen. Sobald ihn das Meer umschloss, schienen die Sorgen des Alltags von ihm abzufallen. Gottfrid hatte keine Gelegenheit, an seine Probleme zu denken, die Kälte auf seiner Haut, das Salzwasser auf seinen Lippen, das Glitzern der Morgensonne und der hellblaue Himmel über ihm beherrschten seine Empfindungen.

Er vergaß sogar, dass die drei Menschen in seiner Nähe splitterfasernackt waren.

Es war schon wieder passiert. Aber dieses Mal war sie nicht »erwacht«, als ihre Füße sie die Steigung des Himlastupet hinauftrugen. Erst einen halben Meter vor dem Abgrund war sie zu sich gekommen.

Agnes war schwindlig, und sie hatte Angst. Sie sah sich um. Niemand da, nicht einmal Wuschel war zu sehen. Sie ließ den Blick auf dem stillen Horizont ruhen, hob dann den Kopf und wandte ihn mit geschlossenen Augen der Sonne zu. Die schimmernden Rot-, Orange- und Goldtöne unter ihren Lidern beruhigten sie. Sie wollte nicht mehr grübeln, sich Sorgen machen und im Kreis denken. Sie wollte einfach nur ihr Gesicht der Sonne zuwenden.

Sie blieb lange so stehen, dann schob sie die Hände in die Hosentaschen. Ihre Finger ertasteten einen zusammengefalteten Zettel, oder war es ein Brief? Sie faltete den Zettel auseinander und erkannte ihre eigene Handschrift.

Geliebte Agnes,
vielleicht erinnerst du dich in allen Einzelheiten an diese Zeilen, vielleicht sind dir einige Dinge entfallen. Wie auch immer bin ich mir sicher, dass du dich inspirieren lassen wirst. Ich muss es ja wissen (lächelt). Ich finde, wir sollten diesen Brief als ein Testament der Liebe betrachten, von Agnes für Agnes. Eine Landkarte für Augenblicke, in denen sich der Nebel verdichtet. Und selbst wenn dir in diesem Augenblick alles kristallklar erscheint, könnte eine To-do-Liste trotzdem ganz praktisch sein. Nicht wahr?

Bereits nach den ersten Zeilen kehrte die Erinnerung zurück. Sie hatte diesen Brief in der Webstube geschrieben, nachdem sie den Plan noch einmal in allen Einzelheiten durchgegangen war. Angefangen mit der Cocktailparty, dem Binden der Schlipse und der Unterhaltung und bis hin zu der Frage, wie sie es Tom möglichst schonend beibringen würde.

Alles stand auf diesem Zettel. Ihre Landkarte im Sturm. Obwohl es ihre eigenen Worte waren, erschienen sie ihr wie eine Hand, an der sie sich festhalten konnte, wenn alles zerbrach. Diese Hand, dieser Teil von ihr, der sich noch nicht in den Schatten verirrt hatte, sondern sie noch zum Licht führen konnte, erfüllte sie mit grenzenloser Dankbarkeit.

Yvonne fand recht bald großen Gefallen daran, sich in den Sarg zu legen, sobald sie die Tischlerei betrat. Jetzt kam es ihr fast so natürlich vor, wie morgens aus dem Bett aufzustehen. Sie hatte es sich sogar angewöhnt, den Deckel zu schließen.

Lars Lood setzte sich mit seinem Notizbuch neben den geschlossenen Sarg.

»Guten Tag«, sagte er. »Ich bin's, Lars Lood.«

»Hallo«, war von innen zu hören.

»Wie ist die Lage da drin?«

»Befreiend«, antwortete Yvonne. »Ich habe das Gefühl, die Welt zu belauschen – aus dem Jenseits.«

Lars schrieb mit.

»Gibt es noch weitere Vorteile?«

Sie dachte nach.

»Wenn ich hier liege, denke ich, dass ich bereits tot bin. Dass ich nichts zu verlieren habe und dass ich deswegen vollkommen ehrlich sein kann.«

Eifrig schrieb Lars weiter jedes Wort mit.

»Es wäre interessant, wenn du etwas äußern könntest, was du draußen nie gesagt hättest.«

»Vergiss es«, antwortete Yvonne. »Wenn es dich wirklich interessiert, musst du selbst in einen Sarg steigen.«

Ihre Unterhaltung wurde von Agnes unterbrochen, die bekannt gab, dass sie am Abend eine Cocktailparty veranstalten würde. Alle seien herzlich willkommen.

»Es gibt Schnittchen, Geselligkeit und Champagner sowie einige Bekanntmachungen. Um sieben in meinem Zimmer. Macht euch fein, wenn ihr Lust habt, oder kommt, wie ihr seid.«

Agnes verstummte beim Anblick von Lars Lood, der zu seinem Sarg gegangen war, sich hineingelegt hatte und gerade den Deckel schließen wollte.

»Entschuldige«, sagte er, als ihm auffiel, dass er die allgemeine Aufmerksamkeit abgelenkt hatte. »Ich wollte dich nicht unterbrechen.«

»Kein Problem«, sagte Agnes und fuhr fort. »Alle sind, wie gesagt, heute Abend herzlich willkommen.«

Victor freute sich auf die Cocktailparty, die seine Neugier weckte. Also begleitete er Agnes in die Webstube, um Näheres zu erfahren.

»Ich wollte dich ohnehin bitten mitzukommen«, sagte sie und schloss die Tür. »Ich möchte etwas mit dir besprechen.«

Victor sah den Ernst in ihren Augen und hörte aufmerksam zu. Agnes erzählte alles, beginnend mit ihrer Mutter, die die Krankheit nach und nach zerstört hatte, abschließend mit ihrer eigenen Diagnose.

»Ich habe mich mit dem Gedanken an diesen Sumpf der Verwirrtheit aussöhnen müssen, aber ich liebe meinen klaren Kopf, meine Schlagfertigkeit, das bin einfach *ich*. Entschuldige …«

Ihre Stimme brach. Victor nahm sie in die Arme.

»Ich leide zunehmend an Absencen, oder wie man das nennt«, sagte sie »Dann weiß ich weder wo ich bin noch was ich gerade gemacht habe.«

Victor fielen keine passenden Worte ein. Ihm war bisher nichts aufgefallen. Oder eigentlich nur, dass Agnes klüger war als alle anderen Menschen, die er kannte.

»Vermutlich kann ich das Problem ziemlich gut überspielen«, sagte sie. »Ein tolles Talent übrigens: die eigene Demenz überspielen zu können!«

Victor reichte ihr ein Taschentuch, und während sie ihre Tränen abtupfte, erklärte Agnes, der Grund für die Cocktailparty sei, dass sie es allen gleichzeitig erzählen wolle. Nicht einmal Tom wisse Bescheid.

»Ich will nicht, dass er allein ist, wenn er es erfährt, sondern mit Menschen zusammen, die er mag.«

In ihrem Blick stand Verzweiflung, als sähe sie sich einsam auf einer Eisscholle aufs Meer hinaustreiben.

»Meine Mutter hatte nie die Gelegenheit, sich zu verabschieden«, sagte sie. »Aber ich will voller Herzlichkeit und mit klarem Kopf Abschied nehmen. Vielleicht raubt mir die Krankheit meine Erinnerungen und zu guter Letzt auch mein Leben, aber mein Lebewohl wird sie mir nicht stehlen.«

Schweigend saßen sie einige Minuten einfach nur da.

»Ach ja, genau«, sagte Agnes plötzlich, als sie ein zusammengefaltetes Blatt Papier auf dem Tisch bemerkte. Sie erhob sich und holte es. »Als ich kürzlich an dich dachte, fiel mir ein Gedicht ein. Ich habe es vor langer Zeit geschrieben und hatte es als Stickarbeit an der Wand hängen. Gedicht ist vielleicht zu viel gesagt. Es ist eher ein Spruch. Ich habe ihn aufgeschrieben. Willst du ihn hören? Er ist ganz kurz.«

Victor wollte nichts lieber. Sie schaute auf den Zettel und las vor.

Zöger' nicht, mein Lieber
tu es jetzt
das Zögern ist wie eine Epidemie
einzig Feuerwerke
dürfen aufgeschoben werden

Victor gefiel der Spruch. Er nahm den Zettel, las die Zeilen noch einmal und fragte, ob er ihn behalten dürfe.

»Natürlich. Jetzt habe ich aber genug geredet«, meinte Agnes abrupt. »Wie geht es dir, Victor?«

Er wich ihrem Blick aus.

»Irgendwas nicht in Ordnung?«, fragte sie.

»Im Gegenteil«, meinte er schüchtern. »Alles ist gut, so gut, dass ich eine Heidenangst kriege.« Er räusperte sich. »Ich habe mich verliebt.«

Agnes war ganz aufgeregt.

»Verliebt? In Charlie?«, fragte sie, »oder in Lisa?« Gespielt streng sagte sie: »Junger Mann, du hast dich doch nicht etwa in eine verheiratete Frau verliebt?«

»Vermutlich ist es noch schlimmer«, meinte Victor und errötete heftig.

Agnes sah ihn verständnislos an, dann endlich fiel der Groschen. Sie strahlte.

»Du hast dich in einen verheirateten Mann verliebt!«

Die Antwort erübrigte sich. Victors Augen sprachen Bände.

»Erinnerst du dich noch, wie Omar und ich Klammerblues getanzt haben?«, fragte er.

»Und ob!« Agnes lachte. »Vielleicht bin ich ja dement, aber so was vergisst man nicht.«

Obwohl die Situation vollkommen absurd gewesen war (und Omar steif wie ein Stock), hatte Victor das Gefühl gehabt, dass es gefunkt hatte. Jedenfalls von seiner Seite aus. Mit jedem Schritt waren sie sich nähergekommen. Victor hatte es geliebt, seine Hände auf Omars Rücken zu legen und Omars Brustkorb an seinem zu spüren. Nach diesem Abend waren seine Gefühle immer intensiver geworden, und sobald sie sich im selben Zimmer befanden, spürte er die Spannung.

»Und? Erwidert er deine Gefühle?«, fragte Agnes.

»Omar? Er ist jedenfalls sehr nett zu mir. Nicht unbedingt ermunternd, aber auch nicht abweisend.«

Agnes fragte, ob sie schon einmal allein gewesen seien, aber das hatte sich noch nicht ergeben. Außer einmal bei der Kaffeemaschine, da hatte Victor sich sehr zusammennehmen müssen, um halbwegs normal zu wirken.

»Aber jetzt haben wir so etwas wie ein Date«, meinte er zufrieden. »Einen Fototermin.«

»Oh«, sagte Agnes.

»Ja. Super. Gleichzeitig habe ich dabei aber auch

ein schlechtes Gewissen Lisa gegenüber. Schließlich ist er ihr Mann.«

Agnes nahm seine Hand.

»Wenn Omar Gefühle für dich hegt, wird er ohnehin nicht mit Lisa zusammenbleiben können«, meinte sie und sah Victor seine Erleichterung an.

»Meine Güte«, sagte er. »Ich bin so verliebt, dass mir jeder noch so oberflächliche Schlager über die Liebe direkt aus dem Herzen spricht. Ich habe auch keine Angst mehr vor dem Sterben. Meine einzige Befürchtung ist, ihn vielleicht nie wieder in meinen Armen halten zu dürfen.« Victor seufzte. »Ich bin vollkommen durchgedreht. Was soll ich nur tun?«

»Du bist nicht durchgedreht. Du bist verliebt. Und ich finde, dass du die Gelegenheit nutzen solltest.«

»Um was zu tun?«

»Dich auszuleben. Lass die Verliebtheit aufblühen. Wenn er dich fotografiert, hast du seine vollkommene Aufmerksamkeit. Lass deine Liebe explodieren, und warte ab, was passiert.«

Victor schluckte nervös.

»Was hast du schon zu verlieren?«, fragte sie. »Du hattest doch solche Angst davor, dich nicht zu verlieben, bevor es zu spät ist. Jetzt bist du verliebt. Genieße es! Lebe! Mach' es wie in meinem Gedicht.«

Besorgt sah er sie an.

»Und wenn er mich nicht will?«

»Zu lieben ist eine Gnade. Dass die Liebe erwidert wird, ist nur eine Zugabe. Also: Nur zu. Nutze die Gelegenheit, solange du noch lebst.«

Er lachte.

»Du bist die Einzige, die es wagt, so etwas zu mir zu sagen.«

»Komm schon«, fuhr Agnes fort, »schenke mir eine denkwürdige Erinnerung!«

Gottfrid öffnete seine Tür einen Spalt weit. Niemand da. Er hatte seit dem Bad am Morgen nichts gegessen. Da hatte er Tom gebeten, ihm ein paar Bananen aus der Küche zu holen. Sein Magen knurrte schon seit Stunden wie eine schnurrende Katze. Er musste unbedingt etwas zu essen haben, wollte aber keinesfalls jemandem begegnen. Er war noch nicht so weit. Die Begegnung mit Lisa, Agnes und Tom war anstrengend genug gewesen.

Auf Zehenspitzen schlich er den Gang entlang und die Treppe hinunter. Das Esszimmer war leer. Erleichtert ging er in die Küche weiter und steckte eine Rolle Kekse ein. Die würden bis Mitternacht reichen, dann konnte er Nachschub holen.

Er warf einen sehnsüchtigen Blick auf den Kühlschrank. Ein Käsebrot wäre jetzt allerdings *wahnsinnig* gut. Gottfrid trat ans Fenster. Niemand draußen. Er fasste sich ein Herz und öffnete den Kühlschrank. Schnell den Käse und die Butter gepackt. Gerade wollte er sich zum Brotkasten umdrehen, da spürte er eine Hand auf seiner Schulter. Gottfrid schrie laut auf. Käse und Butter fielen zu Boden.

»Meine Güte, immer mit der Ruhe. Ich bin's doch nur«, sagte Tom gelassen und hob Käse und Butter auf. »Komm, lass uns in aller Ruhe reden und ein paar Butterbrote essen. So geht das schließlich nicht weiter, Gottfrid.«

Eine Dreiviertelstunde später nach einem halblauten und konzentrierten Gespräch machten sich die beiden auf den Weg in die Tischlerei. Gottfrid als Erster, Tom einen Schritt hinter ihm. Gottfrid wusste, was er zu tun hatte, und falls er in Panik geriet, würde ihn Tom von der Flucht abhalten.

»Du musst die Tür öffnen«, sagte Tom. »Du hast dich in diese Situation hineinmanövriert, und nur du kannst dich aus ihr befreien.«

Gottfrid öffnete. Tom hatte nie jemanden erlebt, der eine Tür so zögernd öffnete. Sie betraten die Tischlerei. Jeder, der sie sah, hielt inne, und nach und nach kam die Arbeit zum Erliegen. Schließlich war es vollkommen still. Alle waren da. Yvonne und Lars Lood waren nicht zu sehen, lagen aber in ihren Särgen.

»Gottfrid will euch etwas sagen«, erklärte Tom.

Und dann war es wieder so weit, zum zweiten Mal an diesem Montag. Gottfrid wollte sich entschuldigen.

»Ich habe …«, begann er. »Ich würde gerne …« Er räusperte sich. »Es ist so, dass …«

Ein Klopfen war zu hören.

»Entschuldigt die Unterbrechung«, sagte Lars Lood aus seinem Sarg, »aber ich habe einen Vorschlag. Gottfrid, wenn du dich aussprechen willst: Leg dich in einen Sarg. Ich versichere dir, das ist besser als jeder Beichtstuhl. Du bist wie tot und gleichzeitig frei. Man kann alles sagen, weil man überhaupt nichts zu verlieren hat.«

Für jemanden, den schon allein der Anblick eines Sargs in Todesangst versetzte, war das kein verlockendes Angebot. Gottfrid wirkte entsetzt, aber auch ein wenig neugierig.

»Also, willst du es wagen?«, fragte Tom.

Gottfrid schüttelte langsam den Kopf, aber nach einigen Sekunden überlegte er es sich anders.

»In Ordnung, ich probiere es.«

»Nimm meinen Sarg«, sagte Yvonne begeistert, öffnete den Deckel und stieg aus.

Gottfrids Hemd war schweißnass, als er sich in den Sarg setzte und zurücklehnte. Der Deckel wurde geschlossen, und alles wurde schwarz.

»Alles okay?«, erkundigte sich Yvonne nach einer geraumen Weile.

Keine Antwort.

»Geht es dir gut?«, wiederholte sie.

»Ich muss mich sammeln«, antwortete Gottfrid, »ich versuche, mir einzureden, dass ich mich auf der anderen Seite befinde. Gebt mir ein paar Minuten.«

Es dauerte zehn Minuten. Dann fing er an.

»Ich gebe zu, mit verdeckten Karten gespielt zu haben. Ich habe mich zu dem Kurs nicht angemeldet, um mich mit meiner Angst vor dem Tod auseinanderzusetzen. Ich bin hergekommen, um renovieren zu lernen. Sonst nichts. Die letzten Tage habe ich mich auf meinem Zimmer versteckt, weil ich mich schäme. Leider nicht so sehr meiner Lügen wegen, sondern weil ihr mich entlarvt habt. Ich dachte, ihr hasst mich jetzt oder lacht mich aus oder beides. Insbesondere nach meinem Ausbruch in

Gegenwart von Samuel und Charlie. Die letzten Tage habe ich mir tatsächlich vorgestellt, einen Sarg zu bauen, damit ihr denkt, dieser Gottfrid ist doch nicht nur ein eitler Geck, er kann verdammt noch mal auch einen Sarg zusammentischlern. Das wäre dann das glückliche Ende einer peinlichen Geschichte. Darf ich das? Samuel, darf ich die letzten Tage darauf verwenden, Sargtischler zu werden? Und könntet ihr mir in diesem Fall verzeihen?«

Samuel dankte Gottfrid für seine Aufrichtigkeit. Jetzt wisse er auch, warum Gottfrid nachts wie ein Gespenst in der Küche herumgeschlichen sei.

»Ich verzeihe dir, und du darfst gerne einen Sarg bauen«, sagte er, »aber du kannst nicht in einem Sarg liegen, wenn du einen bauen willst, vielleicht ist es an der Zeit, dass du wieder rauskommst.«

»Danke, danke!«, rief Gottfrid. »Natürlich. Darf ich vorher noch etwas sagen?«

»Nur zu.«

»Ich dachte an Lars Loods Depressionen und seine Nussallergie, die ihn das Leben kosten könnte. Hörst du mich, Lars?«

»Ja«, antwortete Lars aus seinem Sarg.

»Du hast erzählt, wie schlecht es dir ging. Deine Mutter war gestorben, die Kreativität war futsch, alles, was du geschrieben hattest, war Müll, und du wolltest nicht mehr leben.«

»Und?«, fragte Lars Lood.

»Du hast auch gesagt, dass du jetzt nicht mehr am Leben wärst, wenn du damals eine Pistole gehabt hättest. Nur die strengen Waffengesetze hätten dir das Leben gerettet.«

»Das stimmt.«

»Dann lautet meine Frage: Warum hast du dir nicht einfach eine Tüte Nüsse gekauft?«

Sie waren um fünf Uhr abends im Garten verabredet. Nach gründlicher Recherche hatte Omar zwei Orte für das Fotoshooting ausgewählt. Einen im Freien und einen im Haupthaus.

Ein Baumgrüppchen, in dem die Sonne schimmernd durch das Laub fiel, mit einem Felsblock in der Mitte, dessen kompakte Masse mit dem zarten Grün kontrastierte. Im Haus hatte er das Zimmer gewählt, das Gottfrid gerade weiß tapeziert hatte. Sachlich und nüchtern und nur mit einer Holzleiter als Requisite. Die beiden Orte waren sehr unterschiedlich, und er hoffte, dass sie verschiedene Eigenschaften von Victor hervorheben würden.

Omar war nervös, nervöser, als er geglaubt hätte. Die positive Reaktion auf das Agnes-Foto hatte sein Selbstbewusstsein leider nicht gestärkt. Vielleicht war das ja einfach nur ein Glückstreffer, dachte er. Unter den richtigen Bedingungen kann selbst ein Blinder ein gutes Foto knipsen. Dass er ausgerechnet Victor fotografieren sollte, spielte sicher auch eine Rolle. Aus verschiedenen Gründen. Angesichts seines Gesundheitszustands konnten das die letzten Fotos dieses Jünglings sein, also die Bilder, mit denen man sich an ihn erinnern würde.

Außerdem war Omar bei dem Gedanken an die Begegnung mit Victor ziemlich nervös. Lisa hatte ihn unablässig dazu ermuntert, Zeit mit Victor zu verbringen. Ihrer Meinung nach konnte Victor Omar dabei helfen, den Schlüssel zu seinem Inneren zu finden. Laut Lisa hatte Victor keine Angst vor der

Tiefe, sondern wagte es, den Dingen auf den Grund zu gehen. In seiner Lebenssituation verschwendete man keine Zeit mit Oberflächlichkeiten. Omar hingegen wollte immer nur auf der Oberfläche surfen.

Omar verspürte plötzlich große Lust auf Snustabak, aber er hatte nun einmal damit aufgehört. Er wollte sich nur noch bei Partys eine kleine Prise gönnen. Zwei Minuten später schob er sich eine Portion unter die Oberlippe, die er schnell wegwarf, als Victor sich näherte.

Der junge Mann trug ein weißes Hemd und ein maßgeschneidertes kornblumenblaues Jackett mit Einstecktuch. Sein sorgfältig gekämmtes blondes Haar erinnerte an einen Hollywoodstar. Omar fühlte sich gleich viel ruhiger. Da musste man sich richtig dumm anstellen, um nicht zumindest ein gutes Foto von einer so gut aussehenden Person zu knipsen.

Sie umarmten sich, und Omar schlug vor, im Freien anzufangen, weil es in ein paar Stunden im Wäldchen zu dunkel sein würde.

Victor dachte an Agnes' Worte, um seine Nervosität zu vertreiben: *Gib dich hin. Nutze die Gelegenheit. Sonne dich in seinem Blick. Wer weiß, ob du je wieder die ungeteilte Aufmerksamkeit eines Menschen, den du liebst, erhältst. Heute Abend geht es nur um deine Gefühle und um ihn. Lebe, Victor. Genieße.*

Agnes' Begeisterung färbte auf Victor ab und vertrieb seine Unsicherheit. Jetzt durfte er seinem Geliebten endlich nach Herzenslust in die Augen schauen. Das war jetzt *sein* Abend, was danach kam, war ohne Belang. Wie Agnes so schön sagte: *Zu lieben ist eine Gnade. Dass die Liebe erwidert wird, ist nur eine Zugabe ...*

Bereits als Omar das Objektiv einstellte, meinte er, in Victors Augen etwas Besonderes wahrzunehmen. Erst befürchtete er, dass sich ein epileptischer Anfall anbahnte, dann glaubte er, dass es sich um Sonnenreflexe handelte. Jedenfalls trug es zur Qualität der Bilder bei. Die Augen strahlten mit einer Intensität und Herzlichkeit, die er nur selten erlebt hatte.

Anfänglich versuchte Omar, diesen Blick mit der Kamera einzufangen, aber das Strahlen der Augen schien an der Kameralinse abzuprallen, die Bilder wirkten flach und eindimensional. Erst als er die umgekehrte Taktik wählte, schien es besser zu gehen. Er ließ einfach Victors Blick entscheiden und begegnete diesem mit seinem eigenen. Jetzt brauchte er nur noch den Auslöser zu drücken, wenn es zwischen ihnen knisterte.

Als es im Wäldchen zu dunkel wurde, begaben sie sich ins Haupthaus. Victor deutete zu Agnes' Fenster hinauf und fragte Omar, ob er an der Cocktailparty teilnehmen werde. Omar bejahte.

»Dann gehe ich auch«, sagte Victor und hätte sich die Zunge abbeißen können. »Ich meine, ich gehe auch.« Er schielte zu Omar hinüber, der seinen Versprecher nicht bemerkt zu haben schien.

Victor war von seinen Gefühlen ganz benommen und hoffte inständig, dass zumindest einige Funken seiner Verliebtheit auf Omar überspringen würden. Er überlegte, wann er sich je so lebendig gefühlt hatte. Am liebsten hätte er seinen Fotografen umarmt, seine Lippen zart geküsst und geflüstert: *Ich weiß, dass diese Gefühle nach einer Woche nicht angemessen sind, aber ich liebe dich!* Gleichzeitig war ihm bewusst, dass jeder halbwegs normale Mensch nach so einer Liebeserklärung die Flucht ergreifen würde.

Also schwieg er, betrat das weiße Zimmer und ließ stattdessen seine Augen zur Kamera sprechen.

Wuschels Fell war für die Cocktailparty mit bunten Schleifen geschmückt, und Charlie trug dasselbe rote Sommerkleid wie an ihrem ersten Tag auf der Insel. Die Vorbereitungen für Victors Fest hatten ihr Spaß gemacht, aber das hier gefiel ihr fast noch besser. Charlie liebte das Zusammensein mit Agnes, sie konnten über alles reden, Fernsehserien, Yogastellungen und das Beschneiden von Bäumen.

»Der häufigste Fehler ist, jahrelang gar nichts zu tun, um die Bäume dann viel zu stark zu stutzen. Wichtig ist, dass der Eingriff in kleinen Schritten erfolgt und dass die JAS-Regel befolgt wird«, meinte Agnes.

»JAS wie in JAS-Fighter-Jets?«

»Der JAS-Methode nach schneidet man nur in den Monaten Juli, August und September. Der Zeitpunkt ist jetzt also günstig.«

Charlie erfuhr auch, dass sie die Blütenpracht von Samuels Rosen steigern konnte, indem sie sie noch mehr goss, aber nur an den Wurzeln, weil die Blätter für Schimmelbefall anfällig waren.

Sie verspürte den Impuls, Agnes alles zu gestehen. Vielleicht wusste sie ja einen Rat. Aber sie hatte keine Ahnung, wie sie es hätte formulieren sollen. *Ich bin also hier, um Samuel hereinzulegen. Aber jetzt habe ich ihn so sehr ins Herz geschlossen, dass ich ein schlechtes Gewissen habe. Andererseits wäre es für mich wirklich von Vorteil, wenn mir der Betrug gelänge, und ihm würde auch kein Schaden entstehen. Okay, möglicherweise indirekt, aber jedenfalls nicht direkt. Was soll ich tun?*

Agnes würde sie für vollkommen verrückt halten. Vielleicht stimmte das ja. Charlie legt die James Last-Version von *Ob-La-Di-Ob-La-Da* auf, um ihre düsteren Gedanken zu vertreiben, was ihr gelang. Nicht einmal Lars Lood schaffte es, bei diesem Song einen klaren Gedanken zu fassen.

Kurz nach sieben erschienen die ersten Gäste, und um halb acht befand sich die Stimmung bereits auf dem Höhepunkt. Nur Victor, Omar und Samuel fehlten. Lisa erzählte begeistert (und mit einem Glas Champagner in jeder Hand), dass Omar gerade Victor fotografierte und dass sie *so sehr* auf gute Bilder hoffte. Charlie hörte kaum hin, denn ihre Gedanken waren mit anderen Dingen beschäftigt, zum Beispiel mit Samuel, der nicht erschienen war. Sie tippte Agnes auf die Schulter.

»Samuel ist noch nicht da. Hat er dir gesagt, dass er erst später kommt?«

»Nein, nicht dass ich wüsste.«

»Seltsam. Er ist doch sonst immer so pünktlich.«

»Sieh doch einfach nach, wo er bleibt? Er weiß sicher zu schätzen, dass sich jemand Sorgen um ihn macht«, schlug Agnes vor.

Das ließ sich Charlie nicht zweimal sagen, sondern eilte gleich zu Samuels Zimmer. Sie musste mehrmals klopfen, bis er »einen Moment, bitte« sagte. Eine weitere Minute verstrich, dann öffnete Samuel mit Tränen in den Augen die Tür.

»Was ist los?«, erkundigte sich Charlie besorgt.

Samuel hatte sich Wasser ins Gesicht gekippt und die Augen ausgespült, um nicht ganz so verweint auszusehen, aber gleich kamen neue Tränen. Charlie umarmte ihn voller Mitgefühl, was genau richtig war. Es war sehr lange her, wahrscheinlich viel länger, als sie ahnte. Er erwiderte ihre Umarmung. Wie ein Vater, der seine Tochter eine Ewigkeit nicht mehr gesehen hatte.

»Veronica hatte eine Affäre«, sagte er, »mit meinem besten Freund.« Er schluchzte. »Sie wollten es mir erzählen, aber dann passierte der Unfall.« Samuel holte tief Luft. »Mir kommt es so vor, als hätte ich es geahnt, aber den Gedanken nie zugelassen.«

Er verstummte und ließ sich auf die Bettkante sinken. Und jetzt saßen sie da Seite an Seite mit gesenkten Köpfen.

»Ich weine nicht wegen der Untreue«, sagte er, »sondern weil ich zu feige war, dieses verdammte Tagebuch zu lesen. Es hat mein ganzes Leben beeinflusst. Ich habe sowohl Veronica als auch Leonard idealisiert. Die Frau meines Lebens und meinen besten Freund. Niemand konnte und durfte sie ersetzen.« Er seufzte tief. »Ich komme mir so dumm vor.«

Sie drückte seine faltige Hand.

»Danke, Charlie«, sagte er leise. »Weil du mich dazu gebracht hast, das Tagebuch zu lesen. Stell dir vor, ich hätte diese Lebenslüge weiter mit mir herumgetragen! Nicht auszudenken.«

Samuel fühlte sich wie ein Idiot, aber trotz des Verdrusses erleichterte es ihn seltsamerweise auch, endlich Bescheid zu wissen. Die Wahrheit zu kennen, vor der er sich so gefürchtet hatte.

»In diesem Augenblick jemanden wie dich an meiner Seite zu haben«, sagte er, noch immer mit ihrer Hand in seiner, »das war, was ich mir von diesem Workshop erhofft habe.«

Charlie fand nicht, dass sie Großes geleistet hatte. Schließlich war sie einfach für ihn da gewesen. Aber sie spürte seine Aufrichtigkeit, und seine Dankbarkeit rührte sie.

»Ich bin für dich da«, sagte sie und meinte in diesem Augenblick jedes Wort. »Du kannst mir dein Herz ausschütten oder schweigen, ganz wie du willst. Ich verstehe, dass du jetzt sehr verwirrt bist, aber das wird sich legen.« Sie lächelte schief und strich ihm über die Stirn. »Vergiss nicht, dass ich beide Eltern verloren habe. Ich kann mir also diese Bemerkung erlauben. Es wird alles wieder besser.«

Selbstverständlich war Agnes mit ihren weißen Locken und ihrem paillettenbesetzten Sommerkleid der Mittelpunkt der Cocktailparty. Ab und zu, wenn die allgemeine Aufmerksamkeit von ihr abließ, zog sie den Zettel aus der Tasche ihres Kleids. Einige Punkte hatte sie bereits abgehakt:

√ *Victor erzählen*
√ *Schlipse binden*
√ *Cocktailparty vorbereiten (Charlie um Hilfe bitten!)*
√ *Das Paillettenkleid anziehen (da es eine Tasche für diesen Zettel hat)*

Der nächste Punkt auf ihrer Liste lautete: *Geheimnis enthüllen*.

Sie beugte sich vor, kraulte Wuschel das Ohr und wollte gerade mit dem Messer an ihr Glas klopfen, als Charlie und Samuel eintraten.

»Sind alle da?«, fragte sie.

»Alle außer Omar und Victor«, antwortete Charlie nach einem raschen Blick in die Runde.

»Okay. Wir wollen sie nicht stören. Ich bitte um eure Aufmerksamkeit, denn ich habe etwas bekanntzugeben.«

Die Gespräche verstummten, und Agnes hob ihr Glas.

»Tom, komm bitte hierher. Ich würde während meiner Rede gerne deine Hand halten.«

Er stellte sich neben sie und nahm ihre Hand.

»In meinem Leben gibt es eine Überlebensregel:

Wenn etwas nicht so läuft, wie du es dir vorgestellt hast, dann versuche, das Beste aus dem Schlimmsten zu machen. Das will ich jetzt versuchen. Ich habe nämlich kürzlich erfahren, dass ich an Demenz leide.«

Eine kompakte Stille folgte, und Agnes ließ den anderen Zeit, ihre Worte zu verarbeiten. Dann fuhr sie fort: »Die Entwicklung kann langsam gehen oder schnell verlaufen, aber diese Art der Demenz lässt sich nicht bremsen. Bald wird es die Agnes, die ihr kennt, nicht mehr geben, das ist todtraurig, aber unausweichlich.« Sie wandte sich an Tom, der sehr blass geworden war. »Meine Mutter litt an derselben Krankheit, und das, was ich am meisten vermisst habe, war ein Abschied. Ein Abschied, bei dem meine schöne, geliebte Mutter mir all das gesagt hätte, was ihr bei einer letzten Begegnung wichtig gewesen wäre. Diese Worte, diese Liebeserklärung, hätte ich so sehr gebraucht. Sie hätten mir in den folgenden Jahren, als sie mich nicht mehr erkannte und auch ihren eigenen Namen nicht mehr wusste, Halt geben können.«

Agnes verstummte. Eine schwindelerregende Angst befiel sie. Sie atmete. Ein. Aus. Spürte Toms Hand. Sie wagte es nicht, ihn anzusehen.

»Menschen, die überraschend aus dem Leben gerissen werden, können sich auch nicht verabschieden. Dann ist das Begräbnis der Abschied. Der Demente hingegen erstarrt in einem Zustand zwischen Anwesenheit und Abwesenheit, zwischen Leben und Tod. Deswegen habe ich euch heute Abend zu diesem Umtrunk eingeladen, weil ich immer noch klar im Kopf bin. Jedenfalls ausreichend klar, um Abschied zu nehmen.« Sie wandte sich an ihren Mann. »Verzeih, geliebter Tom, dass ich dir das jetzt im Beisein aller anderen mitteile, aber ich will, dass sie mit dir fühlen und sich bewusst werden, wie einsam du sein wirst, wenn ich …«

Er umarmte sie.

»Geliebte Agnes, du hast es mir bereits erzählt.«

Mit großen Augen sah sie ihn an.

»Habe ich … Was meinst du?«

»Im Frühjahr, nachdem du bei diesem Arzt warst. Du warst verzweifelt und hast mich gebeten, nie mehr davon zu sprechen. Erinnerst du dich nicht?«

Agnes fehlten die Worte, dann fing sie sich und wandte sich an alle Anwesenden: »Nun, jetzt wisst ihr jedenfalls, dass ich die Wahrheit sage.«

Dieser Kommentar hellte die Stimmung ein wenig auf, dann beendetet sie ihre Ansprache.

»Wie gesagt, ich will versuchen, das Beste aus dem Schlimmsten zu machen und Abschied nehmen, solange ich noch Agnes bin.« Sie ließ den Blick von einem Gesicht zum anderen wandern. »Ich hoffe, dass ihr mich ungefähr folgendermaßen in Erinnerung behaltet: fröhlich, rücksichtsvoll, gelegentlich etwas vorlaut, mit einer Vorliebe für Champagner und unberechenbar, aber vor allen Dingen neugierig. Auf diese Eigenschaft bin ich am meisten stolz. Und obwohl ich mich an nichts erinnern werde, bin ich unglaublich froh darüber, dass ich diese Tage mit euch auf Lövensö verbringen durfte. Mit euch habe ich meine letzte Zeit als Agnes verbracht. Die, zu der ich mich entwickeln konnte, ehe ...«

Ihre Stimme versagte. Agnes flüsterte ein letztes *Lebewohl* und fiel in Toms Arme.

Auf unsicheren Beinen und mit verheultem Gesicht verließ Lisa später am Abend als eine der Letzten die Cocktailparty. Sie hatte den Abend mit einer großzügigen Alkoholmenge eingeleitet, um Omars Fototermin mit Victor zu feiern, und nach Agnes' Abschiedsrede gab es gute Gründe, ihn auf diese Weise fortzusetzen. Erwartungsvoll öffnete sie die Tür zu ihrem Zimmer.

»Omar, du kannst dir gar nicht vorstellen … was für ein Abend das war. Agnes hat erzählt, dass …«

Dann verstummte sie. Das Zimmer war leer, und das Bett unberührt. Sie setzte sich auf die Toilette und versuchte nachzudenken, während ihr vor Champagner und Erstaunen schwindelte. Victor und Omar waren also immer noch beschäftigt. Um ein Uhr nachts! Sie hatte recht gehabt. Victor war wohl ein Mann, dem sich Omar gegenüber öffnen konnte. Omar muss ihn wirklich mögen, sonst würde er nicht so lange wegbleiben, dachte Lisa zufrieden, während sie sich die Zähne putzte. Wahrscheinlich betrachteten sie den Sternenhimmel und suchten Antworten auf die existenziellen Fragen des Lebens. Ihr letzter Gedanke, als sie nackt ins Bett schlüpfte, war, dass sie am nächsten Morgen mit einem neuen Omar aufwachen würde, einem Omar, der es gewagt hatte, sich zu öffnen.

Genau wie die fantastische Agnes.

Charlie und Samuel hatten die Cocktailparty kurz vor Lisa verlassen. Nüchtern zwar, aber von Agnes' Bekenntnis und den Enthüllungen des Tagebuchs erschüttert. Samuel hatte kein weiteres Wort darüber verloren, aber Charlie merkte, wie sehr es ihm zu schaffen machte. Kein Wunder. Die schöne Gemeinschaft, die er erlebt hatte, war eine Lüge gewesen. Seine Geliebte und sein bester Freund hatten eine Beziehung gehabt, von der er ausgeschlossen gewesen war.

Samuel Miller fühlte sich wie der japanische Soldat, der in der Annahme, der Zweite Weltkrieg dauere noch an, bis in die 1970er Jahre auf einer fernen Dschungelinsel gelebt hatte. Der Krieg existierte nur noch in seinem Kopf, war aber deswegen nicht weniger real.

In Samuels Fall handelte es sich nicht um einen Weltkrieg, sondern um die Liebe, die es nur in seinem Kopf gegeben hatte.

»Ich fühle mich einfach wahnsinnig dumm«, sagte er zu Charlie, als sie sich im Erdgeschoss in die Ledersessel der Bibliothek sinken ließen.

»Ich glaube, du fühlst dich einsam«, entgegnete sie milde.

Samuel Miller wollte widersprechen. Er wollte sich nicht in einer Opferrolle sehen, aber Charlie blieb eisern.

»Mit der Einsamkeit kenne ich mich aus«, sagte sie. »Ich weiß, wie schmerzhaft sie sein kann und unser Innenleben beeinflusst. Manchmal glaube ich sogar, dass ich sie bei einigen Menschen riechen kann. Frühwaisen wie ich entwickeln einen siebten Sinn für so etwas.«

Samuel betrachtete Charlie in der Dunkelheit. Ihre Stimme zu hören tröstete ihn. Er hatte sie noch nie so sprechen hören.

»Die Redewendung *Einsamkeit macht stark* gefällt mir nicht, aber Einsamkeit kann Kraft geben, wenn man sie akzeptiert. Denn unter der Oberfläche, jenseits von Geselligkeit, Lärm und Lachen, sind wir alle allein. Das Einzige, was wir tun können, um uns davon nicht versklaven zu lassen, ist, sie zu akzeptieren und mit unseren ebenso einsamen Mitmenschen darüber hinwegzukommen. Denn Einsamkeit kann man nicht abschütteln, aber wenn man sie mit jemand anderem teilt, kann sie erträglich sein.«

Charlie, London, 2012

Am liebsten hätte sie ganz auf Mitarbeiter verzichtet wie beim ersten Mal, als ihr der Schlüsseldienst die Tür zur Schatzkammer geöffnet hatte. Dann fühlte sie sich am wohlsten. Sie wollte sich aber auch weiterentwickeln, und ihr Ideenreichtum zwang sie dazu, die Soloschiene aufzugeben.

Hin und wieder hatte sie an Weihnachten aushilfsweise in exklusiven Londoner Läden Geschenke verpackt. Dank ihrer Fingerfertigkeit brauchte sie nur ein paar Sekunden, um ein Uhren- oder Schmucketui zu leeren und dann ein Etui ohne Inhalt zu verpacken (mit einem kleinen Gewicht allerdings, wegen der Glaubwürdigkeit).

Ein falscher Ausweis und Verkleidung (Perücke) waren jedoch notwendige Voraussetzungen, um die Überwachungskameras zu täuschen.

Die Diebstähle fielen erst bei der Bescherung auf, und zu diesem Zeitpunkt war sie längst über alle Berge. Für die Polizei blieben außer ihrem falschen Namen nur ein paar leere Etuis.

Irgendwann nahm ein noch kühnerer Plan in Charlies Kopf Gestalt an. Sie würde einen eigenen Verpackungsservice einrichten. Ein Stand, an dem die Kunden ihre Einkäufe zu Geschenken verpacken lassen konnten (und diese dabei loswurden).

So eine Aktion ließ sich jedoch nicht allein durchziehen. Ein Trupp Weihnachtswichtel würde sich um die Päckchen kümmern. Charlie hörte sich in den einschlägigen Kreisen um, und vor der nächsten Weihnacht schritten sie zur Tat.

Das hübscheste Weihnachtspäckchen, das du je verschenkt hast, lautete die Werbebotschaft an ihrem Stand.

Der Plan funktionierte perfekt, aber Charlie wurde tatsächlich von schlechtem Gewissen heimgesucht. Früher waren es die Luxusartikel wohlhabender Kunden gewesen, jetzt waren es die Weihnachtsgeschenke ganz normaler Leute. Das war kein so gutes Gefühl.

Ihre Verbündeten hatten jedoch keinerlei Skrupel, sondern fanden es lächerlich, dass Charlie im darauffolgenden Jahr nicht mehr mitmachen wollte.

Sie konnte sich jedoch nicht weigern, ihren Komplizen ihrerseits beizustehen. *Ich helf dir, du hilfst mir,* lautete die Absprache. Manchmal ging es darum, eine Kassiererin abzulenken, wenn sich jemand hinter den Ladentresen schleichen wollte. Manchmal handelte es sich aber auch um schwerwiegendere Aktionen. Auf diese Weise geriet Charlie in ein Milieu, das sich nicht nur durch Betrügereien, sondern auch durch Gewalt und Erpressung auszeichnete.

»Mein Boss hat dir grünes Licht gegeben. Wir fahren in die USA, und du parkst Autos.«

Mehr erfuhr Charlie nicht. In den USA war sie noch nie gewesen. Zwei Tage später flog sie Business Class nach Las Vegas, um als Valet verkleidet vor einem Luxuskasino Posten zu beziehen. Sie nahm die Autoschlüssel der Gäste in Empfang und fuhr dann eine Limousine nach der anderen weg. Aber sie parkte sie nicht in der vorgesehenen Tiefgarage, sondern auf drei Autotransportern, die eine Straße entfernt warteten. Eine Dreiviertelstunde später verschwanden die Lastwagen mit zwölf funkelnden Luxusgefährten.

Anschließend wurde der geglückte Coup gefeiert. Die Stimmung war ausgelassen, bis sich Charlie erkundigte, was mit dem Angestellten passiert war, für den sie eingesprungen war. Der joviale Komplize, an den sie diese Frage gerichtet hatte, antwortete mit eiskalter Stimme.

»Kennst du die Redewendung *curiosity killed the cat*?«, fragte er.

Sie bejahte, aber er erklärte es ihr trotzdem: »Eine Katze, die auf ein Dach geklettert ist, lugt aus Neugierde über die Kante, verliert das Gleichgewicht und stürzt in den Tod.«

Charlie schluckte und nickte.

»Menschen kann dasselbe Schicksal ereilen, wenn sie die falschen Fragen stellen. Kapiert?«

Sie nickte erneut.

Als Charlie wieder in London war, lernte sie den Drahtzieher der Aktion kennen, kurz und bündig der *Auftraggeber* genannt, der sie mit offenen Armen willkommen hieß.

»Ich bin mir sicher, dass wir glänzend zusammenarbeiten werden.«

Unterschwellig spürte sie jedoch die konstante Bedrohung, die ihr zuflüsterte: Wenn du jetzt einen Rückzieher machst, kann es dir richtig übel ergehen.

Charlie beschloss, dem Auftraggeber ein letztes Mal zu helfen und dann für immer unterzutauchen. Sie hatte es mit gefährlichen Leuten zu tun.

Leider gelang es ihr nicht. Sie spürten sie immer wieder aufs Neue auf, ohne darauf einzugehen, dass sie sich versteckt und ihr Aussehen verändert hatte. Sie erteilten ihr einfach den nächsten Auftrag.

Die freundliche Art des Auftraggebers und die lukrative Zusammenarbeit führten dazu, dass Charlie die bedrohlichen Seiten ihrer Beschäftigung verdrängte. Sie fand Gefallen am Erfolg und steckte sich immer höhere Ziele wie eine gehobene Stellung und finanzielle Unabhängigkeit.

Sie lernte viel. Wie man Menschen dazu brachte, Schecks mit löschbarer Tinte zu unterschreiben. Wie man einen Hotelzimmersafe innerhalb von weniger als zehn Sekunden knackte oder einem Verkäufer eine Probefahrt in einem funkelnagelneuen Porsche abschwatzte und dann damit verschwand.

Aber vor allen Dingen lernte Charlie eins: keine Fragen zu stellen. Sie wollte nicht, dass es ihr erging wie diesen Emporkömmlingen, die den Auftraggeber übervorteilen wollten.

Und die dann spurlos verschwanden.

Agnes setzte sich im Bett auf und betrachtete ihren schlafenden Ehemann. Gelegentlich überlegte sie, wieso sie ausgerechnet ihn gewählt hatte. Ihre Freundinnen hatten sie das manchmal gefragt (und damit angedeutet: *Du kannst doch jeden haben*). Agnes war nie eine wirklich schlüssige Antwort eingefallen. *Er liebt mich und gibt mir das, was mir sonst niemand geben kann*, antwortete sie dann jeweils vage.

Die Wahrheit war, dass ihr Tom ein Gefühl der Bedeutsamkeit vermittelte und der emotionalen Geborgenheit. Sie fühlte sich sicher und mutig. Er ermöglichte ihr, den Bogen des Lebens noch etwas weiter zu spannen.

Vorsichtig stand Agnes auf, um Tom nicht zu wecken. Wuschel öffnete ein Auge halb, schloss es dann aber wieder. Lautlos streifte sie ein Kleid über, schrieb Tom einen Zettel, sie ginge baden, der Vorabend sei ihr gesellig genug gewesen und sie müsse ein wenig allein sein.

Auf leisen Sohlen ging sie durch den Korridor, und als sie an Victors Tür vorbeikam, hatte sie die Eingebung, leise zu klopfen. Keine Reaktion, was nicht weiter merkwürdig war, weil die Sonne gerade erst aufging. Da sie nicht zu viel Lärm machen wollte, drückte sie die Klinke. Es war offen. Leise wie eine Einbrecherin schlich sie ins Zimmer und wollte gerade *Victor* flüstern, als sie die beiden sah.

Sie schliefen in Kleidern. Wange an Wange. Innig, aber unbeschwert, als sei der andere aus dem zartesten Material des Universums gemacht. Sie boten ein so zärtliches und inniges Bild, dass Agnes die Hand nach der schwarzen Kamera auf dem Tisch ausstreckte. Sorgfältig stellte sie die Schärfe ein und drückte dann den Auslöser. Das laute Klicken schien das schlafende Paar nicht zu stören.

Agnes legte die Kamera beiseite, griff zu einem Stift und schrieb auf ein Stück Papier: *Genieße es, Victor! Bis bald! Ich umarme dich, Agnes.*

Verdammt. Lisa!, dachte Omar. Er war aus dem Bett gesprungen, ohne es so recht zu verstehen.

»Oh, wir sind wohl eingeschlafen«, sagte Victor schlaftrunken, während Omar versuchte, den ersten Schock zu verarbeiten. »Wie lange haben wir uns gestern unterhalten? Mir ist jedes Zeitgefühl abhandengekommen.«

Omar setzte sich wieder auf die Bettkante.

»Musst du gehen?«, fragte Victor.

Omar nickte seufzend.

»Ja.«

Sie sahen sich tief in die Augen, bis sich Omar vorbeugte, Victor auf die Stirn küsste, aufstand und das Zimmer verließ.

Auf dem Weg zum Ufer dachte Agnes an das Gesehene. Wie schön sie sich doch in den Armen gelegen hatten! Beunruhigt musste sie aber auch an Lisa und ihre Gefühle denken. Aber Victor würde bald sterben und war verliebt. Lisas Ehemann war offenbar nicht der, für den ihn Lisa hielt. Über kurz oder lang wäre es möglicherweise ohnehin geschehen.

Agnes gab zu, dass sie parteiisch war, aber das erlaubte sie sich. Sie konnte einfach niemanden verurteilen. Nicht sich selbst, nicht die Liebe. Nicht jetzt.

Der Morgen war so warm, dass sie nicht einmal ein Handtuch mitgenommen hatte. Sie würde sich ein paar Minuten auf den Steg legen, um nach dem Schwimmen wieder trocken zu werden. Sie zog sich aus und ließ sich ins Wasser gleiten. Agnes liebte es, vom Meer umfangen zu werden, während sie sich langsam treiben ließ. Besonders morgens. Alle lächerlichen Schönheitsideale wichen dann dem Kuss des Meeres. Fettpolster und Altersflecken waren dem Meer gleichgültig, es näherte sich allen, ganz gleichgültig, ob alt, jung, Frau oder Mann. Deswegen liebte sie das Meer.

Als Omar in sein Zimmer zurückkehrte, schlief Lisa wie ein Stein. Außerdem roch sie nach Alkohol. Omar zog sich aus und kroch neben ihr ins Bett. Bis Lisa aufwachte, würden noch einige Stunden vergehen, und wenn sie ordentlich gefeiert hatte, würde sie wahrscheinlich noch länger schlafen.

Er zerwühlte das Laken, damit es aussah, als hätte er die ganze Nacht im Bett zugebracht. Seine Gedanken und Gefühle waren jedoch in dem Zimmer geblieben, das er soeben verlassen hatte. Was habe ich da nur losgetreten?, dachte er. Wie soll ich das aufhalten? Will ich das überhaupt? Eine Lawine verwirrender Fragen brach über ihn herein. Er wusste gar nicht, wie er sich fühlen sollte: verzweifelt, verängstigt … oder glücklich?

Das Bett zu verlassen hatte sich angefühlt, wie mit einer Kindergartengruppe den Kilimandscharo zu besteigen. Aber jetzt saß Lisa endlich am Frühstückstisch. Omar, ihr Gegenüber, sah auch müde aus, aber bei Weitem nicht so erschöpft, wie sie sich fühlte.

»Habt ihr euch noch lange unterhalten?«, fragte sie und legte Gurkenscheiben auf ihr Käsebrot. Sie hatte keinen Appetit, wollte aber trotzdem etwas essen.

Omar nickte.

»Und wie war's?« Sie sah ihn neugierig an. »Ist es heikel? Etwas, das du verarbeiten musst? Habt ihr tiefsinnige Gespräche geführt?«

Omar spürte, dass ihn diese Fragen ins Schwitzen brachten.

»Ja, es fällt mir schwer, darüber zu sprechen.«

Lisa lächelte mitfühlend und strich ihm über die Wange.

»Liebling. Dann finde ich, dass du es für dich behalten solltest, bis du dich dazu bereit fühlst. Das kommt schon.«

Omar warf ihr einen dankbaren Blick zu.

Bald kamen auch die anderen und nahmen Platz: Lars Lood, Samuel, Gottfrid, Yvonne. Yvonne saß mit verschränkten Armen da und schaute zu Boden.

»Was ist los?«, erkundigte sich Lars, der neben ihr saß.

»Ich schäme mich«, antwortete sie. »Ich komme mir vor wie ein Superfeigling. Zehn Jahre lang war ich, bloß weil ich Angst hatte, mit einem Mann zusammen. Ich habe mich mit Tabletten betäubt und wurde zum Zombie, zum Roboter. Meine Güte! Als hätte ich nicht begriffen, dass es sich um mein Leben handelt, das in unserer verdammten Wohnung an mir vorbeigeht.«

»Sei nicht so streng mit dir selbst. Er hat dich bedroht. Unter solchen Umständen ist es nicht leicht, einfach zu gehen«, wandte Victor ein.

»Stimmt. Aber trotzdem«, meinte Yvonne. »Irgendwo war es auch meine Entscheidung.«

Ihr Ton war scharf und voller Selbstvorwürfe.

»Wenn ich an Victor und Agnes denke, dann wird mir noch klarer, dass ich eine Wahl hatte. Ich will nicht behaupten, dass meine Situation einfach war, aber so schlimm wie bei Victor und Agnes war es lange nicht. Ich schäme mich fürchterlich und bin wahnsinnig wütend auf mich.«

Yvonne trat mit dem Fuß heftig gegen das Tischbein, verzog vor Schmerz das Gesicht und schüttelte dann den Kopf.

»Der Schmerz ist jedenfalls echt. Nicht aufgesetzt wie alles mit diesen verdammten Tabletten.«

»Was hältst du von mir, Yvonne?«, fragte Lars hastig. »Bin ich auch aufgesetzt, oder bin ich echt?«

Sie sah ihn finster an.

»Du bist vermutlich ein bisschen wie ich«, antwortete sie und zuckte mit den Achseln. »Du sehnst dich nach Wirklichkeit. Wahrheit.«

»Bin aber aufgesetzt?«, wollte Lars wissen.

»Schon möglich.«

Selbst einem Blinden wäre Lars Loods Enttäuschung aufgefallen.

Gottfrid sagte nichts, obwohl er umso mehr fühlte. Die Worte steckten zu tief in ihm drin. Er fragte sich, ob sich verschlossene Menschen so fühlten. Vielleicht verwandelte er sich gerade in einen verschlossenen Menschen? Obwohl er sich mit denen ungeheuer schwertat, weil sie ihn verunsicherten. Wie tickten sie eigentlich? Was trugen sie tief in ihrem Inneren mit sich herum?

Was trug er selbst mit sich herum? Bei Agnes' Cocktailparty waren die Leute in Tränen ausgebrochen. Er hatte keine einzige Träne vergossen. Obwohl er sehr gerührt und ergriffen gewesen war. Er konnte sich nicht erinnern, wann er zuletzt geweint hatte. Vielleicht in der fünften Klasse?

Er hatte zwar vor einigen Jahren so geschluchzt, dass es fast nach echten Tränen geklungen hatte, als eine Frau mit ihm Schluss gemacht hatte, aber im Grunde war er erleichtert gewesen, dass nicht er die Beziehung hatte beenden müssen. Es war Pseudogeschluchze gewesen, denn insgeheim hatte er sich gefreut.

Ich bin ein armseliger Vertreter des Menschengeschlechts, stellte er mit einem tiefen Seufzer fest.

Agnes saß in der Webstube und schrieb. Einen Teil des Geheimnisses hatte sie bereits am Vorabend enthüllt, jetzt aber gab sie es ganz und gar preis. Der Welt, aber auch sich selbst. Etwas zu empfinden war eine Sache, Gefühle in Worte zu kleiden eine ganz andere, denn dadurch wurden sie schonungslos wirklich.

Als sie ihren Text geschrieben und von Anfang bis Ende durchgelesen hatte, spürte sie, wie sich Einsamkeit in ihrem Inneren ausbreitete, ein Gefühl der Isolation, wie sie es noch nie verspürt hatte. Wie ein eisiger Schwindel kroch es ihr Rückgrat hoch. Sie wusste, dass es einen Weg zurück gab, denn den gab es immer, aber diese Entscheidung war womöglich noch schlimmer. Denn dann würde sie nicht nur den Abschied verlieren, den sie so kürzlich erobert hatte, sondern sich in einen Menschen verwandeln, der sie keinesfalls werden wollte.

Jetzt würde sie tun, was sie sich vorgenommen hatte: die Einsamkeit wählen. Nicht irgendeine Einsamkeit, sondern die einsamste der Einsamkeiten. Und dann weitergehen.

Nach ihrem Morgenbad war Agnes in ihr Zimmer zurückgekehrt. Tom stand unter der Dusche, weil er keine Lust hatte, alleine schwimmen zu gehen.

Agnes war erleichtert, weil er unter der Dusche stand, denn es wäre ihr ungemein schwergefallen, in seiner Anwesenheit die Tränen zurückzuhalten.

»Ich geh in die Webstube hoch«, rief sie ihm durch

den Duschvorhang zu. »Ich muss nach dem aufregenden Abend gestern noch ein bisschen allein sein.«

»In Ordnung«, antwortete Tom.

Sie verließ das Badezimmer, zog die Schuhe an, legte die Hand auf die Türklinke, konnte aber nicht über die Schwelle treten, ohne ihn noch einmal umarmt zu haben. Sie kehrte also ins Badezimmer zurück.

»Tom … nimmst du mich ein wenig in die Arme?«

Das Wasser wurde abgedreht, und Tom zog den Vorhang beiseite.

»Natürlich, Liebling, aber dann wirst du ganz nass.«

Das bekümmerte sie wenig, und sie drückte sich an ihn. Küsste seine Wangen und seinen Mund und umarmte ihn ganz fest.

»Oh!«, rief er. »Du bist heute aber anschmiegsam!«

Sie ließ ihn los.

»Das war's auch schon«, sagte sie und zwinkerte ihm zu.

»Ich liebe dich«, sagte er.

»Ich liebe dich auch«, erwiderte sie und zog den Duschvorhang zu. Wenige Sekunden später hörte sie das Wasser wieder rauschen und verließ das Badezimmer. Wuschel wollte mitkommen, aber Agnes ging in die Hocke, streichelte seinen Kopf und befahl ihm, bei Herrchen zu bleiben. Frauchen müsse ein wenig allein sein. Dann ging sie in die Webstube.

Den Brief, den sie gerade geschrieben hatte, ließ sie

auf dem Tisch liegen und legte einen kleinen runden Stein darauf, den sie an diesem Morgen am Wasser gefunden hatte. Anschließend legte sie die fertigen Sargteppiche mit Namenszetteln nebeneinander auf den Boden. Farben und Muster hatte sie auf die Persönlichkeiten der Teilnehmer abgestimmt und hoffte, ihren Geschmack getroffen zu haben.

Sie zog ihren Merkzettel aus der Tasche ihres Kleids. Ganz oben stand *Streichhölzer* und *Tütchen mit dem Pulver*. Beides hatte sie eingesteckt. Routiniert und ohne in den Spiegel zu schauen, trug sie roten Lippenstift auf, erhob sich, warf einen letzten Blick auf den Brief und den Webstuhl und steckte den Zettel wieder ein. Dann nahm sie die Streichhölzer und das Pulvertütchen, öffnete die Tür und verließ das Zimmer.

Als sie dieses Mal das Haupthaus verließ, hatte sie das Gefühl, in eine unbekannte Welt zu treten mit Wegen, die sie nie gegangen war, Vögeln, die sie nie gehört hatte, und einer Sonne, die sie nie am Himmel gesehen hatte. Sie fühlte sich wie eine Fremde auf Besuch.

Man hätte es für einen behaglichen Spaziergang halten können, aber weit gefehlt. Denn ihre Begleitung war ein Eisvulkan der Einsamkeit, der ausgebrochen war, nachdem sie den Brief verfasst hatte. Als sie alles mit schonungsloser Deutlichkeit gesehen hatte.

Jeder Schritt zum Gipfel des Himlastupet kam ihr vor wie ein Jahr ihres Lebens, und als sie endlich oben angelangt war, suchte sie Linderung, indem sie, wie schon wie beim letzten Besuch, ihr Gesicht in die Sonne hielt.

Nachdem sie eine Weile so verweilt war, zog sie den Zettel aus der Tasche, faltete ihn auf und las noch einmal die Anweisungen an sich selbst. Als sie wieder im Bilde war, trat sie vom Abgrund zurück, öffnete die Streichholzschachtel und riss in der hohlen Hand ein Zündhölzchen an. Sie hielt das Papier an die Flamme, das schnell Feuer fing und ihre letzten Aufzeichnungen in Asche verwandelte.

Jetzt gab es kein Zurück mehr.

Agnes wandte sich dem Abgrund zu. Sie öffnete das Tütchen mit dem weißen Pulver, leckte ihren Zeigefinger an, stippte ihn hinein und leckte ihn ab. Wie eine Welle spülte der Rausch über sie hinweg, die eben noch abgrundtiefe Einsamkeit schrumpfte auf die Größe eines Staubkörnchens zusammen und wurde von dem Gefühl grenzenloser Harmonie abgelöst.

Sie hatte sich während der letzten Tage durch Einnahme kleinster Pulvermengen auf diesen Moment vorbereitet. Sie wollte schwache Knie verhindern. Das war ihr gelungen. Agnes stand aufrecht da, obwohl ihre Gefühle in Aufruhr waren.

Ihr Kleid flatterte ein wenig, und Agnes richtete den Blick auf die Kante des Himlastupet, nahm nochmals ein wenig Pulver auf den Finger und leckte ihn ab. Drei Atemzüge später gab es nur noch eins auf der Welt. Ihre Angst war Entschlossenheit gewichen.

Agnes nahm die Startposition ein, die aus ihren Zeiten als Kurzstreckenläuferin noch erstaunlich gut saß. Mit ein paar explosiven Schritten flog sie regelrecht auf die Kante zu und staunte, wie viele Gedanken in diesen kurzen Sekunden durch ihren Kopf schießen konnten. Sie dachte an den Blumenladen, den sie so viele Jahre lang geführt hatte, an ihre Mutter, an Victor, der die Nacht in den Armen seines Geliebten verbracht hatte, an das perfekte Foto von ihr, an Wuschel natürlich, den süßesten und seltsamsten Hund der Welt, und an Tom. Ihren *geliebten* Tom. Vielleicht würde er sie hassen, vielleicht verstehen, vielleicht beides, vielleicht nichts von beidem. Darauf hatte sie keinen Einfluss mehr. Agnes wusste nur eines: Es gab keinen Weg zurück. Mit vollem Tempo raste sie auf die Kante zu, und beim letzten Satz leerte sie das Tütchen. Und schluckte.

Im Nu verwandelte sich das Dasein in die geliebte Zeitlupe. Schwere-, gewicht- und haltlos bewegte sich Agnes durch die Luft. Dann explodierte die Droge wie eine Bombe des Wohlbefindens in ihrem Körper. Sie fiel nicht. Sie flog. Hob ab und schwebte – geradewegs Richtung Sonne. Eine Sonne, die sie weder blendete noch versengte, sondern zärtlich in die Arme nahm. Noch nie war Agnes so liebevoll empfangen worden. Sie ließ sich umfangen, erfüllen, eins werden mit allem, das sie je von dieser Welt bekommen und dieser Welt gegeben hatte.

Grüne Vegetation. Das dachten die meisten, die Lövensö von oben betrachteten. Jedenfalls im Sommer. Üppiges Grün umgeben von grauen Felsen und blauem Meer. Zwischen den Bäumen war ein schmaler Sandweg auszumachen, der sich wie ein Bleistiftstrich vom Kai zum großen gelben Haupthaus mit seinem Ziegeldach schlängelte. Vor dem Haus standen eine Hollywoodschaukel und einige andere Gartenmöbel. Auf dem Tisch hatte jemand zwei Kaffeetassen vergessen. Das Einzige, was sich im Garten bewegte, waren die beiden tapferen Mähroboter, die sich unverdrossen durch die Wiese kauten und hin und wieder zusammenstießen.

Wegen der Hitze waren in der Tischlerei die Rollos zur Hälfte herabgelassen. An einer Werkbank in einer Ecke des Saales stand ein Mann und bemühte sich, möglichst wenig an seine momentane Beschäftigung zu denken: die Fertigung seines eigenen Sarges.

Schweiß perlte auf seiner Glatze. In Gedanken war er bei seiner geliebten Simone, und er überlegte, was ihn wohl erwartete, wenn er nach Hause kam. Er hatte das Versprechen, innerhalb von einer Woche zurück zu sein, gebrochen, und da ihm sein Handy abgesoffen war, konnte er sie nicht verständigen.

Samuel hatte ihm sein Handy angeboten, aber Gottfrid erinnerte sich nicht an Simones Nummer. Sie war recht neu, und er hatte sie einfach in seinen Kontakten gespeichert. Da Simone nicht für alle erreichbar sein wollte, konnte er die Nummer nicht einfach im Internet nachschauen.

Es war Gottfrid gelungen, ihr zu mailen, aber er hatte keine Antwort erhalten. Vielleicht war sie zu erbost, um zu antworten, vielleicht hatte sie die Mail aber auch gar nicht gelesen. Internet war nicht so ihr Ding.

Die Tischlerarbeit ging ihm ganz gut von der Hand. Das Experiment, in einen Sarg zu steigen, um sich den eigenen Dämonen zu stellen, war erfolgreich gewesen. Er hatte jetzt weniger Angst. Gottfrid schaute auf die Uhr. In einer Stunde nach dem Frühstück würden die anderen mit der Arbeit an ihren Särgen beginnen. Er konzentrierte sich darauf, bis dahin möglichst viel zu erledigen.

Yvonne hörte ein behutsames Klopfen an ihrer Tür. Sie zog den Bademantel (den sie von Samuel geliehen hatte) über und öffnete. Voller Erstaunen sah sie Lars Lood mit einem Frühstückstablett vor sich.

»Hallo! Ich bringe Brote und Kaffee. Vielleicht hast du ja Hunger?«

Mit einer gewissen Zurückhaltung ließ Yvonne ihn eintreten. Sie setzten sich an den Tisch, und sie nippte an ihrem Kaffee.

»Zimmerservice von Lars Lood«, sagte sie. »Das halten die anderen sicher für undenkbar.«

»Schon möglich«, erwiderte er und legte sein schwarzes Notizbuch und seinen Stift auf den Tisch.

»Was willst du?«, fragte sie. »Den anderen gegenüber bist du ziemlich unerträglich und herablassend, aber bei mir schmeichelst du dich ein. Was führst du im Schilde?«

»Nichts«, erwiderte Lars und wich ihrem Blick aus.

»Komm schon, für jemanden, der von sich behauptet, kreativ zu sein, lügst du extrem schlecht.«

»Ich lüge nicht, ich habe ja kaum ein Wort gesagt.«

»In diesem Fall lügst du durch dein Schweigen«, sagte sie, »denn du hast irgendetwas zu verbergen.«

Lars Lood begann, sich ihre Worte zu notieren. Yvonne beugte sich über den Tisch und riss ihm den Stift aus der Hand.

»Komm schon, raus mit der Sprache, sonst nehme ich dir dein Notizbuch weg und werfe es in den offenen Kamin.«

Sie ahnte eine leise Furcht in seinen Augen, die

sie sie an ihre eigene Angst erinnerte, als ihre Tabletten zu Ende waren.

»Du bist süchtig«, sagte sie. »Das sehe ich. Du kannst das Schreiben nicht lassen. Glaub bloß nicht, dass du so was vor mir verheimlichen kannst.«

Omar und Lisa hatten sich nach dem Frühstück wieder hingelegt. Omar lag wach und dachte über sein Leben nach, über seine Identität, die er geschaffen hatte und die jetzt zu zerbrechen drohte. Er hatte Angst. Einstweilen gelang es ihm noch, den Schein zu wahren, aber was sollte er tun, wenn die Wahrheit ans Licht kam? Über seine Gefühle. Er dachte an seine Freunde vom Fußball, die Fans, die Medien, die Töchter ... Lisa.

Sie schnarchte leise. Schuldgefühle rumorten in seiner Magengegend. Omar wollte hinaus und härter trainieren denn je, die Panik durch Erschöpfung ersetzen. Trotzdem blieb er liegen, um an ihrer Seite zu sein, wenn sie aufwachte.

Auch Victor war wach. Er konnte nicht mehr einschlafen, nachdem Omar das Bett verlassen hatte. Er verspürte leisen Hunger, hatte aber wenig Lust, zum Frühstück nach unten zu gehen. Er wollte nicht Lisa und Omar zusammen begegnen. Einen Moment lang erwog er, bei Agnes zu klopfen, weil er wirklich das Bedürfnis hatte, die Lage mit ihr durchzusprechen. Er hatte den Zettel gelesen, den sie ihm hingelegt hatte.

Genieße es, Victor! Bis bald! Ich umarme dich, Agnes.

Sie musste im Zimmer gewesen sein und Omar und ihn gesehen haben. Victor sah auf die Uhr. Immer noch zu früh. Vielleicht wachte ja Tom auf, wenn er jetzt bei Agnes klopfte. Nein, es war besser zu warten. Er beschloss, noch ein wenig zu schlafen.

Als Victor einige Stunden später die Augen aufschlug, stellte er fest, dass er verschlafen hatte. Die anderen arbeiteten sicher schon eifrig an ihren Särgen. Schnell aß er ein Brot in der Küche und ging dann in die Tischlerei.

»Ist Agnes in der Webstube?«, fragte er Tom, der gerade Gottfrid half.

»Ja, sie wollte ein wenig allein sein ... nach der Aufregung gestern.«

»Glaubst du, dass sie zum Mittagessen runterkommt?«

»Bestimmt«, antwortete ihr Mann.

Als Agnes nicht zum Essen erschien, machten sie sich auf den Weg, um sie zu holen.

»Beim Weben verfällt sie in eine Art Trance«, meinte Tom und vermutete, dass sie ihr Erscheinen mit folgenden Worten kommentieren würde: *Seid ihr schon da? Ich habe doch gerade erst angefangen!*

Victor konnte Agnes vor sich sehen und lächelte, als Tom ihre Stimme nachmachte. Er lächelte noch, als er die Tür zur Webstube öffnete, aber da war keine Agnes. Erst dachte er, dass sie vielleicht gerade einen Spaziergang unternahm, aber dann fiel sein

Blick auf den Brief unter dem kleinen runden Stein. Sowohl Victor als auch Tom beschlich derselbe lähmende Verdacht. Als sie dann auch noch die auf dem Boden aufgereihten Teppiche sahen, packte sie die Panik.

Tom wischte den Stein mit einer Bewegung beiseite, schnappte sich den Brief und las:

Geliebter Tom,
wenn du dies liest, gibt es mich nicht mehr.

Victor hatte ihm über die Schulter geschaut. Jetzt gaben die Beine unter ihm nach, und er sank zu Boden.

»Wir müssen sie aufhalten«, fauchte Tom und raste zur Tür und die Treppe hinunter.

Victor konnte keinen Muskel bewegen. Er lag einfach nur da. Es war tatsächlich ein Abschied gewesen. Die Cocktailparty. Der Zettel in seinem Zimmer. Da hatte Agnes es bereits gewusst.

Er schrie so laut, wie er noch nie in seinem Leben geschrien hatte.

Nach einer knappen halben Stunde fand Tom Agnes. Genauer gesagt: Wuschel. Obwohl Wuschel und Tom einander ständig missverstanden, hatte der Hund den Ernst der Lage sofort erkannt, als Tom »Such Frauchen!« befahl. Mit halb geschlossenen Augen, um alle anderen Eindrücke auszublenden und sich auf sein empfindlichstes Sinnesorgan, seine Spürnase, zu konzentrieren, war er losgezischt. Als der Hund am Meer auf eine nie zuvor gehörte Art bellte, wusste Tom, was geschehen war.

Tom rannte auf das Ufer zu, und als er Agnes erreichte, stand Wuschel neben ihr und leckte ihr die Stirn, als wolle er sie aufwecken. Ihr Körper schien keine Schramme aufzuweisen. Sie lag mit ausgebreiteten Armen in ihrem Sommerkleid auf dem Rücken, als hätte sie jemand vorsichtig zwischen die Felsblöcke gebettet. Ihr Gesicht war blass, aber die Lippen hatten dank des Lippenstifts ihre Röte behalten. Bis auf einen Tropfen im Mundwinkel war kein Blut zu sehen. Agnes schien zu schlafen und etwas träumen, das sie nach dem Erwachen begeistert erzählen wollte. Leider würde es nicht dazu kommen. Agnes hatte sich für immer verabschiedet.

Alle waren vor Entsetzen gelähmt, oder, wie es Gottfrid später ausdrückte: Alles stand kopf, als die Lebendigste unter ihnen plötzlich nicht mehr am Leben war.

Dieser Schmerz traf Tom wie eine Nagelbombe in der Seele. Nie mehr würde er Agnes' ergebenes

Lächeln sehen, wenn wieder einmal deutlich geworden war, dass er nicht perfekt war, dass sie ihn deswegen aber nur umso mehr liebte. Nie mehr würde er der Tom sein, den es nur mit ihr zusammen gab. Nie mehr würde er sich von dem Menschen, den er am meisten liebte, geliebt fühlen.

Victor hatte das Gefühl, sein neues Ich zu verlieren. Agnes hatte diesem Ich Mut eingeflößt, hatte ihn zum Lachen gebracht, ohne den Ernst der Lage aus den Augen zu verlieren, und hatte ihn mit Wendungen wie *Nutz die Gelegenheit, ehe es zu spät ist* zu ermutigen gewagt. Jetzt fühlte er sich einsam, feige und am Boden zerstört.

Agnes' Tod brachte für Samuel alles zum Stillstand. Stundenlang führte er vom Himlastupet aus Telefongespräche, verschickte Nachrichten und Mails an seine Angestellten und andere. Um alles so zu organisieren, wie Agnes es in ihrem Abschiedsbrief gewünscht hatte. Er ließ seine Beziehungen spielen und scheute keine Kosten.

Ein Arzt und zwei Polizisten waren mit dem Hubschrauber unterwegs, um die Todesursache festzustellen. Die Tote würde dann auf das Festland geflogen und dort kremiert werden. So hatte sie es sich gewünscht. Die Polizei war eingeschaltet worden, um sicherzustellen, dass bei ihrem Tod alles mit rechten Dingen zugegangen war.

Samuel beauftragte seinen Anwalt damit, die Einäscherung bereits am nächsten Tag zu veranlassen, damit Tom mit der Asche rechtzeitig nach Lövensö zurückkehren und das Begräbnis noch vor Ende des Kurses stattfinden konnte. Auch das auf Agnes' Wunsch hin. Der Anwalt würde Tom dabei behilflich sein, alles Nötige zu beschaffen. Wie gesagt, die Kosten spielten keine Rolle.

Nachdem der Arzt den Totenschein unterschrieben hatte und die beiden Beamten Agnes' Abschiedsbrief gelesen hatten, war jeglicher Verdacht auf eine Straftat ausgeräumt. Die Tote lag in dem kühlen Erdkeller, in dem Lisa und Omar Teelichter aufgestellt hatten.

Agnes lag auf ihrem eigenhändig gewebten Teppich in dem Sarg *Homecoming Queen*, den Victor auf ihren Wunsch für sie ausgesucht und den Tom fertiggestellt hatte, umgeben von Wein- und Champagnerflaschen. Tom wich keinen Zentimeter von ihrer Seite, saß in eine Decke gehüllt neben dem Sarg und betrachtete ihr Gesicht, während Tränen über seine Wangen liefen.

Charlie hatte Agnes gekämmt und hergerichtet. Immer noch hatte es den Anschein, als könnte sie jeden Augenblick die Augen aufschlagen und fröhlich fragen, warum alle so ernst seien. Tom konnte einfach nicht begreifen, dass sie weg war. *Weg*. Dieses Wort ergab keinen Sinn.

Nachdem er Tom Gesellschaft am Sarg geleistet hatte, kehrte Victor auf sein Zimmer zurück. Er erlebte zum ersten Mal einen Todesfall und hatte noch nie zuvor einen toten Menschen gesehen. Ausgerechnet Agnes! Er lag auf dem Bauch, vergrub sein Gesicht in das Kissen und wusste nicht, welches Gefühl am stärksten war: Schock, Wut oder Verzweiflung. Verdammte Demenz, verdammtes Gesundheitswesen, das nichts mehr tun konnte, verdammt, verdammt, verdammt! Seine Gefühle wurden wie in einem Mixer durcheinandergewirbelt. Außerdem fühlte er sich im Stich gelassen.

Seiner Meinung nach hatte sie sich einfach aus dem Staub gemacht. Sich das Leben nehmen! Wie feige! Tausende von Malen hatte er es selbst erwogen. *Warum nicht einfach sein Schicksal in die Hand nehmen und von einer Brücke springen, statt auf den letzten epileptischen Anfall zu warten?* Und jedes Mal hatte er diesen Gedanken wieder verworfen. Wenn es ihn schon so fertigmachte, dass er nicht mehr lange zu leben hatte, warum dann dieses Leben auch noch verkürzen? Victor dachte auch an die Menschen, die zurückbleiben würden. Die Kommunikation mit seinen Eltern war auch nicht immer einfach, aber sie hätten sich jederzeit für ihn geopfert, wenn das möglich gewesen wäre. Diesen Schmerz wollte er niemandem in seinem Umfeld zufügen. Niemand hatte so etwas verdient. Nicht Tom, und auch nicht er selbst. In ihrem Abschiedsbrief stand, dass *sie auf der anderen Seite wartete*, aber er wollte sie jetzt bei sich haben! Wer wusste schon, ob es ein Jenseits gab? Geliebte, verdammte, wunderbare Agnes!

Victor vergrub seinen Kopf immer tiefer in seinem Kissen, da spürte er plötzlich eine Hand auf seinem Rücken. Einen flüchtigen Augenblick lang glaubte er, Agnes sei zurückgekehrt, um ihn zu trösten. Aber als er sich umdrehte, überraschte es ihn, Lisa vor sich zu sehen.

»Entschuldige, dass ich einfach nur so reingestiefelt bin, aber die Tür war angelehnt.«

Victor atmete auf, und Lisa strich ihm über den Kopf. Jetzt ließ er sich ausgerechnet von der Frau trösten, deren Mann er so sehr liebte, dass er die schwarz-weiße Welt auf einmal farbig sah! Er überlegte, wie sie sich wohl verhalten würde, wenn sie die Wahrheit wüsste: dass Omar und er sich die ganze Nacht in den Armen gelegen hatten.

»Ich habe gehört, dass ihr euch gut versteht«, sagte Lisa leise, als hätte sie seine Gedanken erraten. »Du und Omar.«

Victor versuchte, seine Betretenheit zu verbergen. War das eine Frage, eine Behauptung oder vielleicht sogar ein Vorwurf?

»Ja …«, erwiderte er zögernd.

»Omar sagt, ihr hättet euch die ganze Nacht lang unterhalten.«

»Hm …« Victor versuchte, vor Trauer so benommen zu wirken, dass er ihre Worte nicht so recht verstand.

»Ich dachte«, sagte Lisa zögernd, »dass du vielleicht noch etwas mehr mit ihm reden könntest. Weil ihr euch doch so gut versteht. Ich bin mir aber

nicht sicher, dass er dich aufsucht, wenn ich ihn dazu ermuntere, aber wenn ich ihm sagen kann, dass
du das auch willst, tut er es bestimmt. Fändest du
das okay?«

»Natürlich«, erwiderte er und versuchte, die Freude
in seiner Stimme zu unterdrücken, schließlich trau-
erte er ja.

Ein rhythmisches Motorengeräusch unterbrach die
Stille.

»Der Hubschrauber«, sagte Lisa.

Durchs Fenster sahen sie den Hubschrauber ab-
heben. Tom war einer der Passagiere.

»Agnes wird eingeäschert«, sagte Victor. »Ich habe
Tom gefragt, ob ich ihn begleiten soll, aber er wollte
allein fliegen. Morgen will er schon wieder mit der
Urne zurück sein.«

»Unglaublich, wie schnell sich alles verändert«,
meinte Lisa. »An einem Tag ist das Leben wie ein
wundervoller Traum, am nächsten ist es ein Albtraum. Man weiß nie, was einen erwartet.«

»Glücklicherweise schwingt das Pendel auch wieder in die andere Richtung«, erwiderte Victor und
fragte sich, wen er damit eigentlich aufmuntern
wollte.

Omar war zu rastlos, um sich entspannen zu können, aber auch zu müde für sein Workout. Ein Zustand, den er verabscheute, weil sich nichts dagegen unternehmen ließ. Manchmal trainierte er dann trotzdem, nur um seine Lethargie abzuschütteln, aber jetzt fehlte ihm jegliche Energie. Den ganzen Tag hatte er kaum einen Blick von Victor erhaschen können. Agnes' Tod hatte den Jüngling offenbar sehr mitgenommen, und Omar wusste nicht, was besser war: ihn zu trösten oder ihn in Ruhe zu lassen. Er wusste auch nicht, was Victor über ihre gemeinsamen Nacht dachte, und darüber zu sprechen, während er noch wegen Agnes' Tod in Tränen aufgelöst war, schien wenig angebracht. Also war ihm Omar sicherheitshalber aus dem Weg gegangen.

Statt zum Workout ging er in die Dunkelkammer, um die Abzüge der Victor-Fotos anzufertigen. Er arbeitete konzentriert, als es klopfte.

»Hallo, Omar, bist du da?«

Lisa und Wuschel. Der Hund schnüffelte an ein paar Blumen, und Lisa erzählte von ihrem Gespräch mit Victor.

»Ich habe ihm gesagt, dass du ihn gerne wieder triffst. Hoffentlich findest du nicht, dass ich mich zu sehr einmische.«

»Schon in Ordnung. Er ist jederzeit willkommen«, meinte Omar mit möglichst gleichgültiger Stimme.

Lisa lächelte und deutete begeistert auf den Hund.

»Tom hat mich gebeten, Wuschel zu hüten, bis er zurück ist. Er schläft also heute Nacht bei uns.«

»Gut! Er mag dich.«

Lisa streichelte den Hund.

»Jetzt lassen wir dich in Ruhe weiterarbeiten«, sagte sie, gab ihrem Mann einen Kuss auf die Wange und ging.

Eine halbe Stunde später klopfte es erneut an der Tür der Dunkelkammer.

»Ich bin's, Victor.«

Omar ließ alles stehen und liegen und öffnete. Sie umarmten sich, aber ein Gefühl der Unwirklichkeit ließ die ersehnte Umarmung eher kurz ausfallen. Viktor setzte sich, und Omar kehrte zu seinen Abzügen zurück. Beide schwiegen, und im Halbdunkel war nur das Gluckern des Fixierbads zu hören. Nach einer Weile brannten Victors Augen, und Omar vermutete, dass er die Chemikalien nicht vertrug.

»Am besten du gehst wieder, sonst wird es nur noch schlimmer«, sagte er. »Die Abzüge sind bald fertig. Danach könnten wir uns in deinem Zimmer treffen?«

»Gerne«, erwiderte Victor und verließ Omar mit geröteten Augen.

Omar beeilte sich, um bald bei Victor zu sein, und nahm sich nicht einmal die Zeit, alle Fotos anzusehen, die er zum Trocknen aufgehängt hatte. Sein Blick verweilte auf einigen wenigen, mit denen er besonders zufrieden war.

Victor hatte Brote und Tee gemacht. Sie lagen auf dem Bett und unterhielten sich. Über Agnes, den

Verlust, die Trauer und die Liebe. Omar konnte es nicht fassen, dass ihn ein junger Mensch so gut *verstand*. Vielleicht lag es ja an Victors Lebenslage (wie Lisa meinte), aber nicht nur daran. Auch ohne seine Krankheit wäre Victor ein sehr spezieller Mensch gewesen, und Omar fühlte sich geehrt, dass ausgerechnet er Subjekt der Sehnsucht dieses jungen Mannes war. Wie gerne hätte er das Hier und Jetzt genossen, ohne einen Gedanken an die Folgen zu verschwenden. Andererseits fragte er sich, was er da eigentlich machte, insbesondere als sie einige Stunden später eng umschlungen wie in der Nacht zuvor dalagen. War alles nur ein Traum? Konnte er sich aus diesem Traum befreien? Wollte er sich überhaupt aus diesem Traum befreien?

Victor hingegen wusste genau, was er wollte: genau dies. Er hasste das Leben, weil es ihm Agnes genommen hatte, aber er liebte es, weil er Omar begegnet war.

Mit einer großen Tasse frisch aufgebrühten Kaffees in der Hand und wilder Entschlossenheit im Blick betrat Gottfrid morgens die Tischlerei. Auf seiner Netzhaut hafteten die Erinnerungen vom Vortag. Aus dem Erdkeller, wo sie sich einer nach dem anderen von Agnes verabschiedet hatten. Es war wie im Film gewesen mit an den schummrigen Wänden aufgereihten Teelichtern und einer atemberaubenden Agnes im Sarg. Er hatte als Einziger nicht geweint. Statt Mitgefühl für Agnes zu empfinden, hatte sich Gottfrid an ihre Stelle versetzt und war dabei in Panik geraten. Vor dem Tod. Er schämte sich dafür, dass sein Mitgefühl von selbstsüchtiger Besorgnis getrübt wurde, aber was sollte er tun? Das war offenbar seine Art: ängstlich, egozentrisch und neurotisch.

Er öffnete die Tür zur Tischlerei, stellte sich an seine Werkbank und legte los. Es war Mittwoch, und es blieben ihm nur noch zwei Tage. Es widerstrebte ihm zwar fürchterlich, aber er hatte es versprochen. Irgendetwas Sinnvolles musste ihm doch vor seiner Heimreise gelingen.

Lisa schaute auf den Wecker auf dem Nachttisch: halb sechs und kein Omar neben ihr. Unterhielten sie sich etwa noch immer? Die beiden müssen sich ja wirklich gut verstehen, dachte sie und drehte sich auf die Seite, um weiterzuschlafen. Recht bald sah sie jedoch ein, dass sie dafür bereits viel zu wach war. Also stellte sie sich unter die Dusche. Der harte

Wasserstrahl prickelte angenehm auf der Haut. Sie drehte das kalte Wasser auf, bis ihre Schläfen pochten, dann wechselte sie auf heiß und genoss die Hitzewellen in ihrem Körper.

Erst erwog sie einen Spaziergang auf den Himlastupet, aber Agnes' Tod schreckte sie davon ab. Stattdessen spazierte sie zum Kai und zurück. Als sie sich dem Haus näherte, lenkte sie ihre Schritte aus einer Eingebung heraus Richtung Dunkelkammer. Mit etwas Glück gab es schon Abzüge einiger Fotos vom Vortag. Sie war sehr gespannt, wie ihrem Mann die Fotos des jungen Victor gelungen waren.

Wie auch schon am Morgen zuvor erwachten sie in Kleidern und eng umschlungen. Omar öffnete die Augen als Erster. Instinktiv schaute er auf die Uhr.

»Verdammt, ich muss zurück. Sie kann jeden Augenblick aufwachen.«

»Nur noch ein paar Minuten«, bat Victor und zog ihn an sich. Ihre Lippen und Zungenspitzen berührten sich verspielt. Eine, zwei, zehn Minuten lang.

»Ich muss jetzt wirklich los«, sagte Omar.

Draußen auf dem Gang konnte er keinen einzigen klaren Gedanken fassen. Alles drehte sich im Kreis. Was war nur mit ihm los? Er verbrachte die Nächte mit einem fünfzehn Jahre jüngeren Mann, während seine Frau ein paar Zimmer weiter schlief. Und er wollte nur noch mehr. Mehr Körperliches und mehr als Körperliches. Omar fühlte sich wie ein kleines Mädchen, das hinter einem Ritter in den Sattel springt, um mit ihm in ein fernes Land zu galoppieren.

Bevor er das gemeinsame Zimmer betrat, holte er mehrmals tief Luft. Dann hielt er sein Gesicht im Badezimmer unter kaltes Wasser und schaute in den Spiegel, als erwarte er eine Antwort. Da ihm der Anblick nicht weiterhalf, versuchte er, seine Kräfte zu sammeln, um seiner Frau, falls sie wach sein sollte, so natürlich wie möglich gegenüberzutreten.

Aber im Bett lag keine Lisa. Es war leer. War sie abgehauen? War sie wütend? Omar eilte in den Frühstücksraum, aber auch dort war sie nicht. Jetzt wurde er richtig nervös, obwohl er wusste, dass seine Angst unangemessen und unlogisch war. Es konnte viele gute Gründe geben, weswegen sie schon auf war, wahrscheinlich unternahm sie gerade einen Morgenspaziergang oder war schwimmen.

Planlos machte er sich auf die Suche, und mit einem Mal wurde ihm bewusst, wie sehr er sie liebte. Er liebte Lisa und war verliebt in Victor. Vielleicht ist es ja einfach so, dachte er verzweifelt. Vielleicht ist es in Zeiten der Angst, etwas zu versäumen und des Selbstverwirklichungszwanges unmöglich, ein Leben lang gemeinsam auszuharren, wenn man sich schon in so jungen Jahren kennengelernt hat? Vielleicht sterben die alten Paare wie wir langsam aus? Er seufzte. Vielleicht versuchte er gerade, sich einzureden, er sei ein Opfer der Umstände, statt sich einzugestehen, dass er ein Mann war, der seine Frau liebte, sich aber anderweitig verliebt hatte?

Der Gedanke, Lisa alles zu beichten, verursachte ihm Übelkeit. Das würde sie vollkommen umhauen. Sie würde nie wieder einem Menschen vertrauen können. Omar setzte seine Suche nach ihr fort, ebenso planlos wie zuvor und ohne zu wissen, warum eigentlich. Vielleicht um seine Schuldgefühle zu ersticken und seiner Unentschlossenheit zu entkommen.

Wie hypnotisiert sah sich Lisa ein Foto nach dem anderen an. Victor besaß eine ganz besondere Ausstrahlung, aber diese Fotos zeigten die Essenz seines Wesens. Zu sehen waren nicht nur seine charmantunbekümmerten, sondern auch seine dunklen, unwirschen und unnachgiebigen Seiten. Ein Gefühl von *Jedes Bild kann das letzte sein* schwebte über der Serie.

Die Fähigkeiten ihres Mannes beeindruckten sie. Omar hatte keinerlei Ausbildung in Fotografie. Wie sähen seine Leistungen erst nach ein paar Kursen aus? Ob sie ihn vielleicht ohne sein Wissen an einer renommierten Schule für Fotografie anmelden sollte? Nein, jetzt ging die Fantasie mit ihr durch. Das musste er schon aus eigenem Antrieb machen!

Die letzten Fotos hatte Omar einfach alle in eine Ecke gehängt. Offenbar war er in Eile, dachte Lisa, so schlampig ist er doch sonst nicht. Sie nahm ein Bündel Fotos herunter, um sie ordentlich aufzureihen, als ihr auffiel, dass sie weder in der Lichtung noch in dem weiß tapezierten Zimmer aufgenommen waren. Sie waren in Victors Zimmer entstanden und wirkten lustiger als die anderen, denn Victor schnitt Fratzen und machte Faxen. Lisa lächelte.

Dann fiel ihr Blick auf das allerletzte Foto. Zuerst konnte sie nicht erkennen, was zu sehen war. Es war aus einer anderen Richtung aufgenommen. Sie betrachtete es genauer.

Als ihr klar wurde, welche Personen abgebildet waren und was sie taten, meinte sie erst, sich zu irren. Sie blinzelte und betrachtete das Foto von Neuem. Nein, sie hatte sich nicht geirrt. Trotzdem konnte sie es nicht fassen. Auf einem gemachten Bett lagen zwei Männer und schliefen so fest umschlungen, dass es auf den ersten Blick den Anschein hatte, als handele es sich nur um eine Person. Der eine war Victor, der andere ihr Mann.

Eine Sekunde später ging die Tür auf. Omar. Rasch versteckte Lisa das Foto im Bund ihrer Hose.

»Ach, hier bist du also«, stellte Omar erstaunt fest.

»Äh, ja ...«

Von dem Gesehenen noch ganz erschüttert, sah Lisa ein, dass Omar und Victor vielleicht gar nichts von dem Foto wussten, weil sie ja geschlafen hatten.

»Wie gefallen dir die Fotos?«, fragte Omar so unbeschwert wie möglich, während er zu ergründen suchte, ob Lisa irgendwie verändert wirkte. »Ich habe mir noch nicht alles angeschaut, aber was ich gesehen habe, war gar nicht schlecht, wenn ich das selbst so sagen darf.«

»Die Fotos sind super. Ich bin sprachlos!«, sagte Lisa aufrichtig und versuchte, sich zu sammeln.

Während sich Omar die aufgereihten Fotos eingehender ansah, zog Lisa ihren Pullover diskret über das entwendete Bild. Omar merkte nichts, denn er hatte nur Augen für Victor in hundert Variationen.

Beim Frühstück schlug Lars Lood Yvonne vor, einen Spaziergang zu unternehmen. Sie willigte ein. Kaum waren sie ein Stück gegangen, da schielte er sie von der Seite an.

»Da ist etwas, das will ich dir schon seit Längerem sagen. Ich möchte meine große Dankbarkeit ausdrücken.«

»Wofür?«

Lars Lood fingerte an dem Notizbuch, das er aus der Tasche gezogen hatte, und suchte die Wolken nach einer guten Antwort ab.

»Für vieles, aber vor allem dafür, dass du mich angeregt hast, in den Sarg zu steigen. Dort ist etwas mit mir geschehen. Kommunikation und Reflexion fielen mir plötzlich leichter. Mit einem Mal konnte ich das Dasein von außen betrachten. Ja, und es war tatsächlich so, als befände ich mich im Jenseits.«

»Ich glaube überhaupt nicht, dass das etwas mit dem Sarg zu tun hat«, meinte Yvonne mit Nachdruck. »Du hast immer dein Notizbuch in der Hand. Oft unterbrichst du Unterhaltungen, weil du Gesagtes aufschreiben willst, was, nebenbei gesagt, ganz schön nervt, aber wenn du im Sarg liegst, dann redest du mit den Leuten wie jeder andere auch.«

Lars wollte gerade protestieren, aber Yvonne hob den Zeigefinger.

»Du sagst, dass du das Jetzt vereinfachen willst, indem du schreibst, aber deine ständigen Notizen bewirken das Gegenteil. Du entziehst dich damit der Begegnung mit anderen Menschen.«

»Du meinst also«, sagte Lars Lood und schluckte, »dass ich ein Jetztflüchtling bin?«

Yvonne musste lächeln.

»Das ist eine recht zutreffende Beschreibung.«

Lars erstarrte. Schließlich hatte er, Lars Lood, *Die Jetztflüchtlinge* geschrieben. Das Stück war eine Abrechnung mit der Unfähigkeit des modernen Menschen, im Hier und Jetzt zu leben. Verächtlich hatte er den Begriff des Hier-und-da-Menschen geprägt. Das Skript setzte sich ausschließlich aus mitgeschriebenen Unterhaltungen zusammen.

»Du arbeitest doch jetzt sicher an einem neuen Werk, nicht wahr?«, fragte Yvonne.

»Ich schreibe immer«, murmelte er und fragte sich gleichzeitig, worauf sie eigentlich hinauswollte.

»Vielleicht ist ja gerade das das Problem. Alles Wertvolle verwandelst du in Buchstaben, Menschen werden Figuren, die Wirklichkeit wird Dichtung. Du willst das Leben schildern, aber indem du es wiedergibst, tötest du es.«

Lars Lood ließ sich nichts anmerken. In seinem Inneren brodelte es förmlich.

»Habe ich unrecht?«, fragte Yvonne, während sie ihren Weg fortsetzten.

Keine Antwort.

Er, ein *Jetztflüchtling*! Welch ein absurder Vorwurf! Er konnte sich nichts Schlimmeres vorstellen. Gleichzeitig (und das war das Allerschlimmste) konnte man ihrer Sichtweise eine gewisse Logik nicht absprechen. Zugegebenermaßen hatte er Agnes' Abschieds-

worte in sein Manuskript eingebaut und auch scham-
los Äußerungen und Reaktionen der Kursteilnehmer
hinzugefügt. Wenig erfreulich, aber leider wahr.

»Ich erkenne mich in dir wieder«, unterbrach
Yvonne seinen Gedanken. »Wenn ich unter Entzug
leide, kann ich nicht auf andere Menschen eingehen.
Alles dreht sich darum, Tabletten zu beschaffen.
Menschen sind dann nur noch Kulissen. Genau wie
bei dir. Schreiben ist eine Droge, Lars. Mit ihr entziehst du dich der Gegenwart.«

Lars Lood umklammerte sein Notizbuch so fest,
dass seine Knöchel weiß hervortraten, und beschleunigte seine Schritte.

Yvonne hielt ihn nicht zurück.

Aufgelöst verließ Lisa die Dunkelkammer. Das Foto von Omar und Victor brannte wie Feuer auf ihrer Netzhaut. Sie hatte ihrem Mann immer nur das Beste gewünscht, hatte ihm immer stützend zur Seite gestanden, hatte ihn *gesehen*. Sie hatte seine Kinder geboren und ihm jahraus, jahrein die Treue gehalten. *Warum hatte er ihr das angetan?*

Sie spürte, wie ihr Tränen in die Augen traten, als sie den Hof überquerte. Um Begegnungen zu vermeiden, ging sie in die Tischlerei, vergrub das Gesicht in ihren Händen und ließ sich zu Boden sinken.

Zwei Nächte! Zwei Nächte lang hatten sie sich in den Armen gelegen und tagsüber so getan, als sei nichts. Wer hatte überhaupt das Foto gemacht? Ganz offensichtlich jemand, der Bescheid wusste. War sie vielleicht die Einzige, die es nicht gewusst hatte? Er hatte sie betrogen, und noch dazu mit einem *Mann*! Mit einem verdammten Penis konnte sie es einfach nicht aufnehmen.

Gottfrid stand mit gezücktem Schleifpapier da, als ihn wie aus dem Nichts die *Sargpanik* befiel. Er hatte andere darüber reden hören. Über den Augenblick, bei dem man einsah, dass man an der eigenen Endstation tischlerte. Symptom der Sargpanik war ein unbehaglicher, schwindelerregender Schüttelfrost. Lars Lood hatte sie als ein *Das-eigene-Grab-graben-Gefühl* beschrieben, während Charlie von *carpe-diem-hoch-drei* gesprochen hatte.

Die Schauer überliefen Gottfrid in Wellen, als Lisa

plötzlich zur Tür hereinpolterte und zu Boden sank. Gottfrid wusste nicht recht, wie er sich verhalten sollte. Wenn er sie jetzt ansprach, würde er sie wahrscheinlich zu Tode erschrecken, da sie ihn nicht bemerkt hatte. Einfach schweigen wollte er aber auch nicht, also entschied er sich für ein diskretes Räuspern.

Erst beim dritten Räuspern hörte ihn Lisa und sprang auf, als hätte er in eine Trompete geblasen.

»Hilfe! Du kannst einem wirklich einen Schrecken einjagen!«, fauchte sie verärgert.

»Entschuldige ... das wollte ich wirklich nicht.«

Gottfrid setzte das Schleifpapier an, da fragte Lisa auch schon: »Wusstest du es auch?« Sie sah ihn vorwurfsvoll und traurig an.

»Was denn?«

»Dass Omar mich betrügt.«

Gottfrid sah sie verblüfft an.

»Wie kommst du darauf?«

Lisa war erleichtert. Also war sie nicht die Einzige gewesen, die nichts davon gewusst hatte.

Gottfrids Neugierde war natürlich geweckt, aber er wagte nicht nachzuhaken. Lisa wirkte gelinde gesagt labil. Es war wohl ratsam abzuwarten, bis sie ihr Herz erleichtern wollte.

Eigentlich kamen nur zwei Leute infrage: Charlie oder Yvonne. Da fiel die Wahl nicht schwer. Eine Schönheit wie Charlie traf man nur selten und noch seltener eine mit so viel Charme und Esprit. Yvonne sah ganz okay aus, zumindest frisch geduscht und mit gewaschenen Haaren, aber sie war vollkommen verrückt.

»Victor«, sagte Lisa kurz. »Es ist Victor.«

»Willst du damit sagen, dass Omar ... die Seiten gewechselt hat?«

Gottfrid trat einen Schritt auf sie zu. Endlich mal eine Neuigkeit, die nichts mit Tod, Krankheit und verpassten Fähren zu tun hatte.

»Es kam wie ein Big Bang aus dem Nichts. Und er weiß nicht, dass ich es weiß«, erwiderte Lisa.

Gottfrid reichte ihr ein Stück Küchenkrepp von einer der Werkbänke. Lautstark putzte sie sich die Nase.

»Schon seit mindestens zwei Nächten geht das so. Ich möchte es gar nicht genauer wissen.«

»Bist du dir sicher?«

»Ich habe den Beweis.« Lisa hielt ihm das Foto hin.

»Hast du das selbst aufgenommen?«

»Nein«, antwortete sie. »Und das bedeutet, dass es mindestens einen Mitwisser gibt.«

Dann verwandelte sich Lisas Wut abermals in Trauer, und ihre Tränen strömten wieder. Gottfrid wusste nicht, wie er sich verhalten sollte. Er war ohnehin ein schlechter Tröster, und diese Situation war sehr verzwickt.

»Vielleicht ist es ihm ja nicht so ernst. Vielleicht braucht er einfach ein wenig Abwechslung?«, meinte er.

Lisas Tränen verebbten.

»Abwechslung?«

»Ja?«

Gottfrid wusste nicht, was er eigentlich hatte sagen wollen, er hatte nur ausgesprochen, was ihm als Erstes in den Sinn gekommen war.

»Abwechslung wovon, bitte? Von mir oder von den Frauen generell?«

Gottfrids Miene wurde immer länger.

»Und deswegen ist sein Verrat weniger ernst?«, fragte sie. »Weil er nur *ein wenig Abwechslung* braucht?«

Gottfrid hätte sich die Zunge abbeißen können.

»Ich dachte, dass er vielleicht nur herausfinden wollte, was er nicht braucht. So wie ich und der Ingwer. Manche Leute lieben Ingwer, ich verabscheue ihn, aber gelegentlich probiere ich ihn, um mich zu vergewissern, dass er wirklich nichts für mich ist.«

Lisa warf ihm einen überaus skeptischen Blick zu.

»Und wie oft ist das?«

»Vielleicht jedes vierte Jahr.«

»Kannst du mir dann auch erklären, warum Omar zwei Nächte hintereinander bei Victor verbracht hat, wenn das nichts für ihn ist?«

Nein, das konnte Gottfrid nicht.

»Wolltest du sonst noch was über Ingwer und Homosexualität sagen?«, erkundigte Lisa sich.

Auch das nicht.

»Danke für deinen Beistand«, sagte Lisa und erhob sich. »Ich bitte dich, es nicht weiterzuerzählen. Ich möchte selbst entscheiden, wann ich mit meinem Mann darüber rede.«

Erst als die Tür hinter ihr ins Schloss gefallen war, wagte Gottfrid sich wieder an seine Werkbank und die Schleifarbeit.

Omar legte die Fotos sorgfältig auf einen Stapel und sortierte die weniger gelungenen aus. Obwohl sein Urteil streng war, blieben etwa dreißig richtig gute und sechs oder sieben erstklassige Bilder übrig. Immer wieder ertappte er sich dabei, in Victors Blick zu versinken. Verdammt. Dann schob er seine Lieblingsbilder in einen Umschlag und verließ die Dunkelkammer. Als er den Hof überquerte, schaute er zu dem Zimmer hoch, das er mit seiner Frau teilte, und überlegte, ob sie wohl dort war und auf ihn wartete. Er musste zu ihr, wollte aber Victor erst noch die Fotos geben und sein Gesicht sehen, wenn er sie zum ersten Mal betrachtete.

Zusammen mit Victor schien die Welt ganz ihm zu gehören, aber als er nun alleine den Hof überquerte, kehrte der Alltag in sein Bewusstsein zurück. Omar dachte an seine Familie, seine Identität als Fußballer, seinen Freundeskreis. War es möglich, in beiden Welten zu leben? In der alten und der neuen? Er war sich alles andere als sicher. Und wenn er auf eine Welt verzichten musste, dann auf welche?

Sein Unbehagen nahm zu.

Wie sollte er nur mit Lisa reden? Würde er, der an allem schuld war, ihre Verzweiflung verkraften? Würde er mitansehen können, wie ihre Zukunftsträume wie Wachs schmolzen? Vielleicht würde sie ihm irgendwann einmal verzeihen, denn er wusste, wie sehr sie ihn liebte, aber wie würde er sich jemals selbst verzeihen können? Nachts, wenn er in Victors Armen lag, war er ein Mensch, dem alle Konsequenzen gleichgültig waren, tagsüber aber überkam ihn sein schlechtes Gewissen.

Schweren Herzens ging Omar die Treppe hinauf. Er hatte den Impuls, die Fotos unter Victors Tür hindurchzuschieben, zu Lisa zurückzukehren und sich einzureden, dass absolut nichts vorgefallen war und die Nächte mit Victor nur ein Traum gewesen waren, ein Arbeitsunfall, ein Eigentor.

Problematisch war jedoch, dass es sich nicht wie ein Eigentor anfühlte, sondern eher wie ein Volltreffer, ein entscheidendes Tor in der Schlusssekunde. Nie hatte Omar sich lebendiger gefühlt, nie glücklicher. Deswegen konnte er den Umschlag auch nicht einfach nur unter der Tür hindurchschieben und verschwinden. Er musste ihn persönlich überreichen.

Also klopfte er dreimal kurz. Wenig später öffnete Victor die Tür, ließ Omar eintreten und nahm seine Hände.

»Wahnsinn. Kaum zu glauben, dass ich das bin«, sagte er, als er die Fotos betrachtete und sich nicht entscheiden konnte, welchem er am meisten Aufmerksamkeit widmen sollte.

Omar betrachtete Victor, während dieser die Fotos ansah. Sein Blick fotografierte jede Miene und jede Augenbewegung.

Als sich Victor an den Fotos sattgesehen hatte, schob er sie wieder in den Umschlag und fragte ernst: »Und was wird jetzt?«

»Jetzt?«, erwiderte Omar verständnislos, obwohl er genau wusste, worauf Victor hinauswollte.

»Ja, aus uns und aus Lisa? Sollten wir nicht mit ihr reden? Mir ist nicht wohl dabei, sie so zu hintergehen.«

Omar sah aus, als hätte er ihn gebeten, eine Unschuldige zum Schafott zu führen.

»Was ist?«, fragte Victor besorgt.

»Entschuldige«, sagte Omar und trat einen Schritt zurück. »Es ist alles so schnell gegangen, ich brauche Zeit.« Er wich zur Tür zurück. »Behalte die Fotos, sag mir Bescheid, wenn du noch mehr Abzüge haben willst. Ich muss jetzt zu Lisa.«

»Was willst du damit sagen?« Victor sah Omar mit großen Augen an. »Dass du zu deiner Frau zurückkehrst oder dass du jetzt einfach zu ihr gehst?«

»Entschuldige, das kommt alles so plötzlich«, antwortete Omar. »Das wird mir alles zu viel. Diese zwei Welten überfordern mich …« Omar murmelte ein paar unzusammenhängende Worte, bis er die Tür erreicht hatte. Er öffnete sie und verschwand nach draußen.

Und ließ den ratlosen Victor mit einem grauen Umschlag voller Fotos zurück.

»Ein Glas Wasser?«, bot Samuel an.

Lisa nickte. Samuel fragte sich, was geschehen war. Ein Klopfen an der Tür und eine vollkommen aufgelöste Lisa davor.

»Ich muss mit einem vernünftigen Menschen reden«, hatte sie gesagt, war in sein Zimmer gestürzt und hatte sich weinend aufs Bett gesetzt.

Er holte Wasser und ein Taschentuch. Lisa saß auf der Bettkante und erzählte tränenreich und wutentbrannt, was geschehen war.

»Ich fühle mich so wahnsinnig hintergangen. Seit frühester Jugend vertraue ich ihm. Blind. Vielleicht ist es ja nicht einmal das erste Mal? Vielleicht hat er ja die ganze Fußballmannschaft gefickt, dieser verdammte Nacht-und-Nebel-Schwule.«

Samuel erkundigte sich, was Omar selbst über das Geschehene gesagt habe.

»Nichts. Ich habe noch nicht mit ihm gesprochen, aber ich weiß, was ich weiß.«

Lisa zeigte Samuel das Foto, der natürlich verstand, wie sehr sie der Anblick schmerzte. Von zwei Menschen, die ganz augenscheinlich voneinander erfüllt waren.

»Was meinst du?«, fragte sie. »Soll ich ihn zur Rede stellen oder abwarten, ob er von selbst damit herausrückt.«

»Was wäre dir lieber?«

Sie dachte nach.

»Ein krankhafter Zug in mir will einfach abwarten und zuschauen, wie er sich windet, wenn ich ganz unschuldig frage: ›Was macht ihr eigentlich die ganzen Nächte? Worüber unterhaltet ihr euch?‹« Sie trank einen Schluck Wasser. »Ich möchte seine Seele mit geistigen Dolchen durchlöchern, um den Anblick seiner gequälten Miene genießen zu dürfen.«

Samuel fragte sie, ob sie sich auch sicher sei, dass Omar untreu gewesen sei, schließlich lägen sich die beiden auf dem Foto nur in den Armen.

»Nur in den Armen? Zwei Nächte hintereinander! Ist das etwa nicht genug? Sieh dir das mal an!«

Sie hielt Samuel ein weiteres Foto hin, das sie ebenfalls aus der Dunkelkammer mitgenommen hatte. Victor lächelte wie ein verliebter Engel in die Kamera.

»Omar hat dieses Foto aufgenommen. Wenn dieser Bursche nicht verliebt ist, dann fress ich einen Besen.«

Samuel konnte ihr da kaum widersprechen. Victor sah aus, als wäre ihm Jesus begegnet.

»Ich warte ab«, meinte Lisa. »Ich bin gespannt, ob er den Mut hat, mir reinen Wein einzuschenken, oder ob er einfach weiterlügt. Dieser verdammte Schrankficker.«

Samuel musterte Lisa unauffällig. Sie ließ einer Wut freien Lauf, die er sich selbst als Betrogener nie gestattet hatte. Der Tod seiner Geliebten hatte seine Wut erstickt, lange bevor er die Wahrheit erfuhr. Vielleicht schwelte auch tief in ihm die Wut wie ein unseliger Geist.

Samuel legte ihr einen Arm um die Schultern, und

während sie schimpfte, weinte und ihren Mann ver-
fluchte, dachte er an seine eigene Wut, die vielleicht
ebenso grell loderte. Irgendwo tief in seinem Inneren.

Tom stand mit der Urne im Arm am Bug, als Lövensö am Horizont auftauchte. Die Insel wirkte sogar noch grüner als beim ersten Mal.

Samuel hatte sich bei ihm erkundigt, ob er nach der Einäscherung wieder nach Hause zurückkehren würde. Aber wo war sein Zuhause ohne Agnes? Tom konnte sich nichts Schlimmeres vorstellen, als mit seiner Geliebten in einer Urne in eine staubige Wohnung zurückzukehren. Außerdem hatte sie sich eine Beerdigung auf der Insel mit den Kursteilnehmern gewünscht, was ihm einleuchtete. Agnes hatte nicht viel Kontakt zu ihrer Verwandtschaft. *Meiner Meinung werden Familienbande überschätzt*, pflegte sie zu sagen.

Samuel hatte sich vermutlich ganz schön ins Zeug legen müssen, um Toms Wünsche zu erfüllen. Oder genauer gesagt war es wohl sein Anwalt Åke Ljung gewesen, der alles organisiert hatte. Pulver und Feuerwerksraketen, Einäscherung und Rücktransport auf die Insel. Bestimmt hatte er dabei die eine oder andere Vorschriften geflissentlich übersehen, wofür Tom seinem Kursleiter nur umso dankbarer war.

Das Schiff glitt in den kleinen Hafen, und die Besatzung half Tom, sein großes Gepäck an Land zu tragen. Auf dem Kai setzte er sich mit der Urne auf dem Schoß auf eine der Kisten und sah das Schiff verschwinden.

»Siehst du, Agnes. Jetzt sind wir also wieder hier«, sagte er und tätschelte die Urne.

Tom war fast genau vierundzwanzig Stunden fort gewesen und hatte in dieser Zeit fast nicht geschlafen. Seit Agnes tot aufgefunden worden war, hatte er sich fast unablässig mit ihr unterhalten. Sah er etwas, was sie kommentiert hätte, dann »antwortete« er, egal, ob ihn jemand hörte oder nicht. Sollen sie mich doch für verrückt halten, dachte er. Egal! Wenn ich verrückt bin, dann vor Trauer, und das ist erlaubt, wenn sich ein geliebter Mensch das Leben genommen hat.

»Liebling, jetzt holen wir ein Lastenmoped und transportieren damit das Gepäck«, sagte er, küsste die Urne, hob sie auf den Kopf und ließ sie wie eine Krone auf dem Scheitel ruhen. Dann erhob er sich und begann die Wanderung zum Haupthaus.

Omar lag im Bett, als Lisa aus Samuels Zimmer zurückkehrte. Die Bewegung der Türklinke durchzuckte ihn wie ein Blitz. Er versuchte, sich zu sammeln. Sie auch.

»Hallo«, sagte Lisa und zog bedächtig die Schuhe aus.

»Hallo«, erwiderte Omar.

»Die Fotos sind einfach toll. Hast du sie schon Victor gezeigt?«

Sie staunte selbst, wie alltäglich ihre Stimme klang.

»Ja, ein paar davon.«

»Und? Was hat er gesagt?«

Lisa setzte sich auf einen Stuhl am Fenster. Die Bettkante wäre viel zu nahe gewesen. Auch Omar wusste den Abstand zu schätzen. Der Elefant im Raum wuchs mit abnehmendem Abstand.

»Sie haben ihm sehr gut gefallen«, antwortete Omar.

Dann war es da. Das Schweigen, das mehr sagte als alle Worte der Welt. Und das mit seiner Schwester, der Stille, ein Zimmer beherrschen und alle Leute, die sich darin befanden, festketten konnte, um stumm jene Wahrheiten hinauszubrüllen, die niemand auszusprechen wagte. Omar vermied es, Lisa anzusehen, und auch Lisa starrte in die Ferne. Blicke, die sich in einem schweigenden Raum kreuzten, konnten Funken schlagen, der die Explosion auslöste. Das wollten beide vermeiden. Lisa interessierte es, wie Omar mit seinem eigenen Verrat umzugehen gedachte, und Omar wollte einfach nur den Finger auf der Pausentaste lassen. Wie schon sein ganzes Leben lang.

Noch nie hatte er sich so danach gesehnt, einfach wegzulaufen. Vor allem. Hätte er die Gelegenheit gehabt, ein Flugzeug in ein fernes Land, auf einen fernen Kontinent, zu entern, dann hätte er sie sofort ergriffen. Nur weg! Weg von der Angst, den Selbstzweifeln, der Ambivalenz.

Leider war das ein Ding der Unmöglichkeit. Mit den beiden Menschen, die ihm außer seinen Kindern am allermeisten bedeuteten, befand er sich auf einer Insel. Er musste sich entscheiden. Und diese Entscheidung hatte Konsequenzen. Die Person, für die er sich nicht entschied, würde am Boden zerstört bis ans Ende ihrer Tage denken: das war der Augenblick, in dem sich Omar gegen mich entschieden hat.

Obwohl sie nur zwei Nächte miteinander verbracht, keinen Sex gehabt oder sich ausgezogen hatten, wusste Omar, was er bei Victor ausgelöst hatte. Der junge Mann war entflammt, mehr noch als er selbst, und das lodernde Feuer wuchs mit jeder Minute. Diese Entwicklung ließ sich nur aufhalten, wenn er es erstickte. Omar musste also Victor, dem Jüngling mit dem Todesurteil, die Enttäuschung seines Lebens bereiten, ehe dieses zu Ende war.

Und dann war da Lisa. Der Verrat ihr gegenüber war gewissermaßen noch größer. Sie hatten so viel gemeinsam durchgemacht, waren sich so nahe gewesen, von Jugend an und bis sie selbst Teenager hatten. Um seine seelische Befreiung zu fördern, hatte sie ihm sogar Victor geschickt. Sie musste seine Sehnsucht gespürt haben, ohne die ganze Tragweite zu erfassen. Wenn er sie jetzt für einen jüngeren Mann verließ (sie, die ihm mehr vertraute als allen anderen), würde sie an allem zweifeln, nicht nur an ihm, sondern am Leben an sich.

»Woran denkst du?«, fragte Lisa. Der Satz unterbrach die Stille wie ein zerberstender trockener Ast.

»An nichts«, antwortete er etwas zu schnell. »Und du?«

»Auch an nichts Besonderes.«

Wie ein schwarzer, alles erstickender Sack kehrte die Stille zurück.

»Sind alle mit ihren Särgen fertig?«, fragte er, nur um etwas zu sagen.

»So gut wie.«

»Auch Gottfrid?«

»Nein, wir haben ein wenig geplaudert. Er muss noch ein paar Kleinigkeiten fertigstellen.«

»Worüber habt ihr gesprochen?«, erkundigte sich Omar, um den dünnen Gesprächsfaden nicht abreißen zu lassen.

»Wieso willst du das wissen?«, fragte Lisa.

»Weil ihr euch doch sonst nie unterhaltet.«

Am liebsten hätte sie laut hinausgeschrien: *Wir haben über deine Schwulerei geredet, du untreues Aaaas!*

»Worüber hast du denn mit Victor geredet?«, erkundigte sie sich stattdessen.

Omar spürte, wie ihn die Stille ausfüllte, seine Lunge schluckte und seine Stimmbänder zerkaute. Statt Worten fand er nur Verzweiflung. Er dachte an das Geheimnis. Das er so gut verborgen hatte, dass er sich beinahe selbst getäuscht hätte. Victor hatte alles an die Oberfläche gebracht.

»Wir reden über alles Mögliche. Das Leben«, antwortete er, »und über seine Krankheit. Wie es ist, mit der Krankheit zu leben und gleichzeitig nach vorne zu schauen.«

Du unaufrichtiges, feiges Schwein, dachte sie. Benutzt du die Krankheit deines Fickkumpels, um dich rauszureden. Du hoffst wohl, dass ich den Kopf schräg lege und sage: *Wie schön, dass ihr so tiefschürfende Gespräche führt*, während ihr in Wirklichkeit wie geile Kaninchen die ganze Nacht rummacht und dann in einer Umarmung einschlaft, bevor du dich unschuldig in mein Bett schleichst und den Selbstverwirklichten spielst.

»Redet ihr nur von ihm? Nicht von dir?«

Ihre Stimme war ebenso unbeschwert wie schonungslos.

»Doch«, erwiderte er. »Wir reden auch von mir.«

»Und zwar wie?«

Tja, was hatten sie eigentlich gesagt? Viele Sätze wären ihm wie Floskeln vorgekommen, wenn er sie hätte wiederholen müssen. Leer ohne ihren Subtext: Die Verliebtheit. Also konnte er genauso gut davon erzählen.

»Wir haben von meiner Zeit als Fußballer gesprochen, darüber, dass ich als Kind kaum etwas anderes getan habe, als einem Ball hinterherzurennen. Dass ich in der Liga gespielt habe und dann als Profi im Ausland, dass ich meinen Traum gelebt habe, bis ich fand, dass ich zu alt bin, und aufgehört habe.«

»Habt ihr auch über mich geredet?«

Wie eine entsicherte Handgranate blieb die Frage in der Luft hängen. Hatten sie von Lisa gesprochen? Omar konnte sich nicht entsinnen.

»Nein«, antwortete er. »Über dich haben wir nicht geredet.«

Lisa traf diese Antwort wie ein Tritt in den Magen. Gleichzeitig vermutete sie, dass dies Omars erste aufrichtige Worte waren. Natürlich hatten sie nicht von ihr gesprochen. Nur ihr Name hätte genügt, um die Stimmung zu zerstören, jede Erektion wäre erschlafft, und der graue Alltag wäre in ihren kleinen heimlichen Liebeskokon eingedrungen.

Sie wollte schimpfen, brüllen, ihm Gegenstände an den Kopf werfen, tat aber nichts dergleichen. Wenn sie Omar jetzt die Wahrheit abtrotzte, dann machte sie es ihm zu einfach, er würde von sich aus erzählen müssen, was Sache war.

Lisa erhob sich, ging zum Bett und kroch unter seine Decke.

»Omar«, sagte sie leise und nahm seine Hand, »kannst du mich nicht ein wenig umarmen?«

Und dann verkroch sie sich in seine Arme.

Es war Abend geworden. Noch hell, fast wie am Tag, aber kühler. Victor ging verstört in seinem Zimmer auf und ab. Was war nur passiert? Wollte ihn Omar nicht mehr? Da war doch was gewesen? Etwas Großes. Außergewöhnliches. Er wusste nicht, was ihn mehr enttäuschte. Wie sich die Sache entwickelt hatte oder dass er sich den Traum erlaubt hatte, dass ein Mann nach kurzer Bekanntschaft seine Ehefrau für ihn verlassen würde.

In Flipflops eilte Victor die Treppe hinunter. Er sehnte sich an den Ort, an dem er die Gegenwart derjenigen Person spürte, die ihn verstand.

Als er sich dem Himlastupet näherte, merkte er, dass er nicht allein war. Er hörte eine Stimme. Kisten standen am Abgrund aufgereiht. Er versteckte sich im Schatten einiger Bäume. Tom schien mit dem Hund zu sprechen, aber Wuschel war nirgends zu sehen.

»Natürlich bin ich enttäuscht«, sagte Tom und schaute auf die Urne, während er eine Kiste öffnete. »Ein Teil von mir ist so wütend, dass er fast überkocht, ein anderer Teil versteht dich vollkommen.« Er verstummte, als hätte die Urne geantwortet und eine Frage gestellt. »Nein, ich kann mich nicht für dich freuen«, sagte er. »Das geht dann wirklich zu weit. Und erleichtert bin ich auch nicht. Du weißt, dass ich mich gerne noch möglichst lange um dich gekümmert hätte.« Tom machte eine abwehrende Handbewegung. Offenbar hatte die Urne etwas behauptet. »Ich weiß, dass du mich liebst, und ich liebe dich auch.«

Victor wollte nicht unerlaubt lauschen, also hustete er und trat aus dem Gebüsch. Tom lächelte, als er ihn sah.

»Victor, komm, setz dich. Ich bereite die Begräbniszeremonie vor …«

Neben ihm lagen aufgereihte Feuerwerkskörper und Kisten mit der Aufschrift: *Danger! Explosive!* aufgereiht

»Keine Sorge«, sagte Tom, als er Victors Miene sah. »Ich mische gerade Agnes' Asche mit Pulver.«

Diese Erklärung fand Victor nicht wirklich beruhigend.

»In Mexiko und Kolumbien ist das legal.«

»Und in Schweden?«

»Eigentlich wäre das Sache einer Firma mit Spezialgenehmigung, aber in diesem Land darf man ja nicht mal gekühltes Bier kaufen, was ist also dabei?«

Tom erklärte Victor, dass sich Begräbnisse mit Raketen mit einem *Funeral Firework*, also einem Begräbnisfeuerwerk, auf aller Welt immer größerer Beliebtheit erfreuten, besonders in England. Statt von einer Erdbestattung rede man von einer Himmelbestattung.

In ihrem Abschiedsbrief hatte sich Agnes, wenn möglich, eine solche Bestattung erbeten. Die Raketen waren dank Samuels Hilfe mit dem Flugzeug aus London geliefert worden, und für Tom hatte es geradezu etwas Meditatives, sie mit der Asche seiner Geliebten zu füllen.

Für Victor war es eine willkommene Abwechslung, dem älteren Mann dabei zuzusehen.

»Seltsam«, meinte Victor nach einem Augenblick des Schweigens. »Irgendwie kommt es mir so vor, als wären Agnes und ich schon immer befreundet gewesen.«

»Zeit ist seltsam«, erwiderte Tom. »Agnes hat immer gesagt, dass die Zeit bei zwei Gelegenheiten still steht: Wenn man am meisten Spaß hat und wenn man sich am meisten langweilt.«

Er setzte seine Tätigkeit fort, und als Victor den Eindruck hatte, dass die Asche zur Neige ging, bat er ihn, kurz innezuhalten.

»Ich würde mich gerne alleine mit ihr unterhalten …«

»Natürlich«, sagte Tom, reichte ihm die Urne und erhob sich. »Ich muss mir ohnehin die Beine vertreten.«

Victor nahm im Schneidersitz Platz und hielt die Urne so wie ein Kind seinen Teddy. Wie schrecklich das Leben war. Agnes war weg, und jetzt gab es von ihr nur noch die Urne, an der er sich festklammerte. Tränen schossen ihm in die Augen, als hätte jemand einen Knopf gedrückt.

Er weinte um Agnes, um Omar und am meisten um sich selbst. Selbstmitleid hatte er bislang immer nur als emotionale Onanie bezeichnet. Jetzt weinte er um den Jungen, der wahrscheinlich nie fünfundzwanzig Jahre alt werden würde, dessen Freundin sich das Leben genommen hatte, als er sie am meisten gebraucht hätte, und dessen unerwiderte Liebe wie Lava in seiner Brust brannte. Victor weinte Rotz und Wasser, bis er heiser war. Er umarmte die Urne, wie er noch nie etwas in seinem ganzen Leben umarmt hatte.

Tom hörte sein Weinen, als er von seinem Spaziergang zurückkehrte. Erst wollte er Victor trösten, unterließ es dann aber doch. Es war besser, die Tränen aufsteigen zu lassen, um die Trauer wegzuspülen. Er hielt sich auf Abstand, bis Victor ermattet mit der Urne in den Armen auf der Seite lag, aufs glitzernde Meer starrte und sich der stummen Müdigkeit hingab, die so oft auf intensives Weinen folgte.

Victor reagierte kaum, als Tom neben ihm Platz nahm. Erst nach einer Weile richtete er sich wieder auf. Er lehnte sich an den älteren Mann. Zu dritt saßen sie da: Victor, Tom, Agnes (die Urne) zwischen ihnen.

Es gibt Momente, in denen die Eintracht so ausgeprägt ist, dass jedes noch so kleine Wort stören würde. Wortlos teilten sie ihre Trauer, bis die Sonne untergegangen war. Erst dann stand Tom auf und leerte den Rest der Asche in die letzte Rakete. Victor trat an den Abgrund und reckte sich wie nach langem Schlummer. Anschließend kehrten sie in der Dunkelheit zum Haupthaus zurück.

Omar raffte T-Shirt, Socken und Turnschuhe zusammen und schlich aus dem Zimmer in die Küche. Seine Trainingsshorts hatte er bereits lautlos übergestreift. Der Gedanke, Victor einen Korb zu geben, schmerzte wie eine Brandwunde in seiner Seele. Der Gedanke, mit Lisa Schluss zu machen, fühlte sich an, als müsste er sich von einem Körperteil trennen. Er musste eine Lösung finden. Vor dem Kühlschrank schlüpfte er in T-Shirt und Schuhe, ging dann zur Wasserpumpe auf dem Hof, füllte den grauen Plastikkanister und schraubte ihn zu. Ganz fest. Wenn alles nach Plan ging, würde er jeden Tropfen brauchen.

Omar hob den Kanister über den Kopf, stützte ihn im Nacken ab und rannte los in den Wald. Zweige schlugen gegen seine Knie und zerschrammten seine Arme. Er lief schneller, sein Puls beschleunigte sich, und seine Lunge schrie nach Sauerstoff. Trotzdem wurde er noch schneller. In ihm wütete der Schmerz wie ein Waldbrand und schlug Probleme, Qualen und Alltag in die Flucht.

Nein, das stimmt gar nicht. Er, Omar, ergriff die Flucht, und dessen war er sich bewusst. Training als Betäubung. Damit kannte er sich aus, und dieses Wissen machte er sich zunutze. Er nahm den Kanister vor die Brust und setzte seinen Lauf fort. Der Kanister verhielt sich wie ein widerspenstiges Tier, als das Wasser hin und her schwappte. Der Sprint war eine Sache, Sprinten im Wald eine ganz andere, und mit einem Zehn-Liter-Kanister im Arm noch unvergleichlich schwieriger.

Es war perfekt. Omar spürte, wie ihn seine Kräfte verließen. Beine, Rücken, Arme – ein Riese schien mit einem Strohhalm die Energie aus ihm herauszusaugen. Hielt er ab und zu inne, dann nicht etwa, um auszuruhen, sondern um Luftsprünge, Burpees, Sit-ups und Liegestütze zu machen oder um einen Felsbrocken möglichst weit zu werfen.

Sobald ihn auch nur der leiseste Gedanke an seine momentane Lebenslage beschlich, legte er sich noch mächtiger ins Zeug, um die Betäubungsdosis zu erhöhen, was ihm auch jedes Mal gelang. Die Wolken lösten sich auf, und die Sonne der Erschöpfung ging an Omars innerem Himmel auf.

Als Lisa schon wieder allein in ihrem Zimmer erwachte, packte sie eine wahnsinnige Wut. Verdammt, dachte sie. Er kann sich einfach nicht von Victor fernhalten. Ein Klopfen an der Tür unterbrach ihre halblauten Flüche.

»Wer da?«, fauchte sie.

Es war Samuel. Er machte die Runde, um alle zu einer informellen Vormittagsversammlung in die Tischlerei einzuladen. Es war zwar erst Donnerstag und noch nicht der Reisetag, aber es gab einiges zu besprechen.

»Wenn du etwas auf dem Herzen hast, dann bietet sich jetzt eine Gelegenheit«, meinte er. »Schwer zu sagen, ob du morgen vor dem allgemeinen Aufbruch noch dazu kommst.«

Lisa hörte ihm mit verschränkten Armen zu.

»In Ordnung«, erwiderte sie achselzuckend.

»Übrigens«, sagte Samuel, »habe ich Omar gerade in Trainingsklamotten im Wald verschwinden sehen. Vielleicht solltest du ihm einen Zettel hinlegen.«

Verständnislos runzelte Lisa die Stirn.

»Na, wegen der Versammlung«, erklärte Samuel. »Damit er sie nicht verpasst, falls er erst zurückkommt, wenn du schon weg bist. Ich denke, wir sollten in einer Dreiviertelstunde anfangen.«

»Ja… natürlich, kein Problem.« Nachdenklich machte sie die Tür hinter ihm zu.

Also war er doch nicht bei Victor, es sei denn, sie »trainierten« gemeinsam.

Lisa hatte keinen Appetit, spülte aber trotzdem ein Käsebrötchen mit Kaffee runter, ehe sie sich auf den Weg in die Tischlerei machte. Je länger sie darüber nachdachte, desto überzeugter war sie, dass Omar und Victor zusammen im Wald waren. Sie musste ihre ganze Achtsamkeit, die sie im Laufe der Jahre angesammelt hatte, aufbieten, ihnen nicht laut brüllend hinterherzurennen.

Deshalb war ihr Erstaunen besonders groß, als sie Victor in der Tischlerei erblickte. Und wenn er jetzt gar nicht trainiert, überlegte sie. Wenn er sich so sehr schämt, dass er Agnes' Beispiel folgt? Ein grauenvoller Gedanke, den Lisa sofort von sich schob. Nicht zuletzt, weil er enorme Schuldgefühle in ihr auslöste.

Nein, sie konnte nicht glauben, dass er sich das Leben nehmen würde. Logischer war, dass Omar wie wild durch die Gegend rannte. Workout war sein Allheilmittel. Wahrscheinlich hing er gerade an einem Ast und machte Klimmzüge.

Samuel unterbrach ihre Überlegungen.

»Guten Morgen! Unser Aufenthalt nähert sich seinem Ende. Ich würde gerne noch einige Punkte ansprechen, ehe wir auseinandergehen. Ich sehe, dass Omar nicht da ist, aber er kommt sicher jede Minute. Ich fange also an.«

Seine Stimme war fest, aber sein Tonfall ließ die Anwesenden aufmerken. Einleitend dankte Samuel ihnen für die gemeinsame Zeit. Er betonte, wie fruchtbar sie für ihn gewesen sei und wie sehr er sich freue, dass die meisten Workshopteilnehmer ihre Särge fertiggestellt hätten. Sogar Gottfrid. Dann gedachte er Agnes', ihrer einnehmenden Persönlichkeit und ihres unaussprechlich tragischen Schicksals. Er erklärte, wie wichtig es jetzt sei, Tom beizustehen.

»Ich erlaube mir jetzt noch, auf Persönliches einzugehen, indem ich euch erzähle, wie es überhaupt zu diesem Kurs gekommen ist.« Er räusperte sich, schluckte und fuhr fort: »Seit ich vor vielen Jahren meine Frau und meinen besten Freund durch einen Autounfall verlor, bin ich recht einsam. Der Verlust schmerzte so sehr, dass ich mich emotional abgekapselt habe, um nie wieder so etwas durchmachen zu müssen. Einen weiteren Verlust hätte ich nicht überlebt.«

Samuel goss sich ein Glas Gurkenwasser ein.

»Ich habe keine Verwandten«, fuhr er fort, »eine Freiheit, die Vor- und Nachteile mit sich bringt. Der Vorteil: Ich kann tun und lassen, was ich will, ohne als Egoist dazustehen. Der Nachteil: Es gibt keine Familienbande, die mich mit anderen Menschen verbinden. Entscheidungen, die für Menschen mit Familie selbstverständlich sind, sind es für Alleinstehende ganz und gar nicht. Mit wem soll man in Urlaub fahren oder Weihnachten und Silvester feiern, und wem vererbt man seinen Besitz?«

Charlie verzog keine Miene, aber ihr Herz setzte einen Schlag aus. Hatte er eben wirklich gesagt: *Wem vererbt man seinen Besitz?*

»Da ist noch eine andere Sache, die ich für mich behalten habe«, fuhr Samuel jetzt ernster fort, »und zwar meine Krankheit.« Er wandte sich an Victor. »Du hast von dem Tumor erzählt, der dein Leben bedroht. Bei mir ist vielleicht nicht mit einem ganz so schnellen Verlauf zu rechnen, aber die Diagnose ist ebenfalls eindeutig. Ich will auf mein Leiden nicht weiter eingehen, aber mir bleibt möglicherweise ein Jahr, vielleicht sind es auch drei, oder ich bin schon in einem halben Jahr tot ...«

Ein Raunen ging durch die Gruppe. Beschwichtigend hob Samuel die Hand.

»Wie Victor wünsche ich mir, dass ihr euer Verhalten mir gegenüber nicht ändert.« Er goss sich noch ein Glas Wasser ein. »Ich bin mehrfach nach dem Grund für diesen Workshop gefragt worden. Vielleicht ist es jetzt an der Zeit, diese Frage zu beantworten. Es hat mit einem Ereignis zu tun, das sehr lange zurückliegt. Einem Ereignis, dem ich mich in all den Jahren nie stellen wollte. Um den nötigen Mut aufzubringen, musste ich mich mit richtigen Menschen umgeben, mit Menschen, die nicht meine Angestellten sind. Versteht mich nicht falsch, ich verlasse mich hundertprozentig auf meinen Anwalt, meinen Prokuristen, meinen Arzt und so weiter, aber das sind alles Leute, die von mir bezahlt werden. Sobald Geld im Spiel ist, passiert etwas, Geld zerstört Freundschaft.«

Samuel schaute einen nach dem anderen an.

»Und jetzt komme ich auf euch zu sprechen. Ich

wollte eine Situation schaffen, in der sich eine Gruppe Menschen in kürzester Zeit nahekommt. Eine Expedition an den Südpol hätte sicher dieses Resultat erzeugt, aber ich wollte mir nicht einen Trupp adrenalinkicksüchtiger Abenteurer aufhalsen. Deswegen habe ich mir den Sargtischlerworkshop ausgedacht. Ich wollte schon länger meinen eigenen Sarg tischlern, fand es aber unheimlich, das ganz allein in Angriff zu nehmen. Zusammen mit anderen hingegen könnte die Tätigkeit eine Verbrüderung herbeiführen, vor allem angesichts des Todes, des größten Feindes der Menschen. Tja, und wozu brauchte ich diese Gemeinschaft? Nun, um etwas zu wagen, was ich seit vierzig Jahren gerne getan hätte, das Tagebuch meiner Frau zu lesen.«

Samuel erzählte, dass er das Tagebuch einmal zu einem Psychologen mitgenommen habe, um sich mit seiner Hilfe an die Seiten zu wagen. Aber im Wartezimmer hatte er dann eingesehen: Ich habe keine Freunde. Und jetzt bezahle ich einen Fremden dafür, dass er mit mir die Worte derjenigen liest, die mir einmal am nächsten stand.

»Ich hatte fast das Gefühl, mich mit einer Prostituierten zu trösten. Ich sehnte mich nach der Zeit, als ich noch wirkliche Beziehungen hatte. Nach dem Leben vor der Tragödie. Also verließ ich das Wartezimmer und kehrte nie wieder dorthin zurück.«

Nach und nach hatte die Idee eines Sargbauworkshops immer mehr an Gestalt angenommen, und nach der Diagnose war es auf einmal eilig gewesen.

Samuel erzählte auch, dass er sein Ziel bereits erreicht, das Tagebuch gelesen und erfahren habe, dass er von seinem besten Freund mit seiner Frau betrogen worden sei.

Ein Schock, obwohl er es vielleicht geahnt hatte. Er bedankte sich bei Charlie, der er sich bereits anvertraut hatte, aber auch bei den anderen, die ihn durch ihre bloße Anwesenheit davor bewahrt hatten, in das schwarze Loch zu fallen, das ihn sonst erwartet hätte.

»Ihr wart nicht meine ersehnten Workshopteilnehmer, sondern unendlich viel mehr. Ihr ahnt gar nicht, mit welcher Ruhe mich eure Anwesenheit erfüllt. Stellt euch vor, ihr müsstet mit einem Chef Zeit verbringen und dabei so tun, als sei er euer Freund. Unerträglich. Ich kann euch sagen, dass das auch für den Chef sehr anstrengend ist, besonders wenn er gar keine eigenen Freunde hat. Ich war zwar euer Kursleiter, aber ich habe mich vor allem wie euer Freund gefühlt, und das hatte ich mir erträumt. Euch allen meinen herzlichen Dank.«

Nachdem Yvonne vorsichtig in die Hände klatschte, fielen die anderen ein und applaudierten lange. Anschließend erhob sich Lars Lood.

»Samuel, du sagtest ja, dies sei ein günstiger Zeitpunkt für jeden, der etwas auf dem Herzen habe. Daher will auch ich die Gelegenheit ergreifen, ein paar Worte zu sagen. Denn ich war hier nicht richtig ich selbst.«

Lars zog sein Notizbuch aus der Innentasche seines Jacketts und hielt es in die Höhe wie das Beweisstück in einem Mordprozess.

»Während unserer Zeit auf der Lövensö habe ich an einem Theaterstück gearbeitet.« Diese Information erstaunte niemanden. »Vielleicht habe ich diesen Umstand schon einmal erwähnt«, fuhr er, verblüfft über die ausgebliebene Reaktion, fort, »aber nicht, dass es sich dabei um die Dramatisierung unserer Tage auf Lövensö handelt. Es geht um eine Gruppe von Leuten, die in einem Hotel in Nordskandinavien eingeschneit sind. Ihr seht die Parallelen: eingeschneit ... einsame Insel? Während des Schreibens habe ich jedoch recht bald eingesehen, dass die Harmonie in der Gruppe zu groß ist, um einen bühnentauglichen Plot herzugeben. Also benötigte ich einen Joker, der Konflikte heraufbeschwört. Und diese Rolle habe ich übernommen.« Er sah Gottfrid an. »Entschuldige, du hast wahrscheinlich am meisten abgekriegt, aber dafür ist die Figur, für die du die Vorlage abgibst, auch wirklich *phänomenal*!«

Falls Lars Lood Dankbarkeit von Gottfrid erwartete, so täuschte er sich.

»Du warst also nicht nur ein Ekel, sondern auch ein Betrüger. Du hast mit uns gespielt! Das macht alles nur noch schlimmer.«

Abwehrend hob Lars die Hände.

»Stolz bin ich nicht darauf, aber was hätte ich machen sollen? Denn ihr müsst wissen, dieses Stück ist zweifellos das Beste, was ich je geschrieben habe.«

Gottfrid war immer noch nicht beeindruckt.

»Als du den armen Tom gezwungen hast, Agnes vor allen eine Liebeserklärung zu machen, ging es dir da auch nur um dein Stück?«

Lars Lood bejahte, verteidigte sich aber mit dem schönen Resultat.

»Tom hat schließlich unglaublich schöne Worte gefunden und Agnes damit große Freude bereitet.«

»Und was wäre gewesen, wenn er kein Wort über die Lippen gebracht hätte?«, polterte Gottfrid. »Was wäre dann passiert?«

Samuel versuchte, Gottfrid damit zu beschwichtigen, dass sich Lars ja offenbar entschuldigen wolle.

»Tja, das würde ich ja nicht gerade behaupten«, wandte Lars ein.

»Was willst du dann?«, erkundigte sich Gottfrid.

»Die Wahrheit erzählen.«

Gottfrid kochte vor Wut. Da hatte er sich seiner eigenen Hintergedanken geschämt! Und jetzt zeigte es sich, dass ihnen dieser Kulturheini im Namen der Kunst etwas vorgespielt hatte und sich nicht einmal dafür schämte.

»Warum erzählst du uns das überhaupt? Ich hatte dich als sozial inkompetent eingestuft, aber jetzt stellt sich heraus, dass du verschlagen, wenn nicht sogar ein Soziopath bist.«

»Verschlagen würde ich nicht sagen«, meinte Lars. »schließlich habe ich euch jetzt reinen Wein eingeschenkt.«

Gottfrid schnaubte verächtlich.

»Und wie soll dieses literarische Meisterwerk, das uns schildert und sich im Gebirge abspielt, heißen?«

Lars Lood sagte, ohne zu zögern: »*Die Eingeschneiten.*«

Samuel erkundigte sich, ob sonst noch jemand etwas auf dem Herzen habe. Tom erhob sich.

»Ich will euch allen für eure Unterstützung danken und mitteilen, dass die Bestattungszeremonie heute Abend nach Sonnenuntergang stattfindet. Ich bin für jede Hilfe dankbar.«

Etliche erklärten sich sofort bereit.

»Vorher noch was anderes«, meinte Tom, »ich möchte euch bitten, mich einen Moment auf mein Zimmer zu begleiten.«

Niemand war seit Agnes' Tod in diesem Zimmer gewesen. Alles lag noch so da, wie sie es zurückgelassen hatte.

»Ich will euch etwas zeigen«, sagte Tom und öffnete die Tür zur Kleiderkammer, in der etwa dreißig bereits gebundene Schlipse hingen, die man nur über den Kragen zu streifen brauchte. »Seit meiner Jugend sammele ich Schlipse. Agnes fand das ein bisschen lächerlich, aber auch ziemlich süß.«

Tom hielt ein Blatt Papier in die Höhe. Victor wusste sofort, was es war.

»Das ist Agnes' Abschiedsbrief«, erklärte er. »Sie schreibt, dass sie alle Schlipse gebunden hat, damit ich beim Tragen das Gefühl habe, dass sie bei mir ist.« Er strich mit der Hand über die Krawatten und fuhr dann fort: »Erst als ich gestern zum ersten Mal einen getragen habe, merkte ich, wie nah sie mir dadurch kommt. Ein Knoten hat eben eine Seele. Sollte jemand von euch länger als ich leben, bitte ich darum, mit einem dieser Schlipse begraben zu werden.«

Alle schwiegen ergriffen.

»Habt ihr mich verstanden?«, erkundigte sich Tom. »Falls mich einer von euch überlebt, will ich gerne in einem dieser Schlipse begraben werden.«

»Dafür sorge ich«, sagte Victor.

Tom musste über diesen Galgenhumor grinsen.

»Versprochen, Tom«, sagten die anderen.

»Danke, und falls einer von euch einen dieser Schlipse bei Agnes' Beerdigung tragen will, dann bitte schön. Dann wäre sie mir noch näher. Aber knotet sie bitte nicht auf.«

Lars Lood hielt sein Manuskript in den Händen. Jetzt musste er es nur noch ins Reine schreiben. Ganz egal, wo er es aufschlug, beschleunigte sich sein Puls bei der Lektüre. Er konnte es kaum abwarten, das Stück auf die Bühne zu bringen. Zweifellos war es das Beste, was er je geschrieben hatte.

Und doch machte ihm eine Sache zu schaffen. Yvonnes Worte kamen ihm immer wieder in den Sinn: Sein Schreiben sei wie ein Filter zwischen ihm und der Welt. Diese Bemerkung störte ihn wahnsinnig. Vor allem, weil sie zutraf.

Er dachte an Toms Beschreibung seiner Trauer, die er geklaut hatte. Lars hatte sie sich Wort für Wort eingeprägt, da es unpassend gewesen wäre, sein Notizbuch aus der Tasche zu ziehen (selbst ihm waren manchmal Grenzen gesetzt). Ein fantastisches Kapitel war daraus entstanden. Faszinierend.

Während den anderen Toms Worte zu Herzen gegangen waren, hatte sich Lars in ein Kopiergerät verwandelt. Und nichts anderes mitbekommen. Eigentlich war er kein bisschen besser als die Leute, die Konzerte live mit dem Handy aufzeichneten und sich so um das eigentliche Erlebnis brachten.

Lars Lood drückte sein Meisterwerk an seine Brust und sog den Papiergeruch ein. Er war nach Lövensö gekommen, um dem Hier und Jetzt näherzukommen, aber das Manuskript, das er an die Brust presste, hatte ihn nur distanziert. Er war der personifizierte Zusammenstoß widersprüchlicher Gefühle. Dieser

Text war für ihn von unermesslichem Wert. Worte über die Bedeutung, im Hier und Jetzt zu leben. Worte, denen er sein eigenes Hier und Jetzt geopfert hatte. Er fühlte sich wie ein erbärmlicher Betrüger, der selbst betrogen worden war.

Aber alles hatte seinen Preis. Wenn der Preis für das Manuskript das Hier und Jetzt war, dann war der Preis für das Hier und Jetzt ganz einfach das Manuskript. Dieser Gedanke des schwarz gekleideten Dramatikers ließ sich nur auf eine Art in die Tat umsetzen und zwar sofort, ehe seine Feigheit den Sieg davontrug.

Rasch schlüpfte Lars Lood in seine Schuhe und ging mit entschlossenen Schritten die Treppe hinunter und dann durch den Wald zu einem über das Wasser hinausragenden Felsvorsprung. Hier wurde ihm plötzlich bewusst, wie viel er verpasst hatte. Die Erlebnisse der anderen hatte er auf Texte reduziert und auf Papier gebannt. Agnes' Charme, Toms Tränen, Victors Todesurteil und Gottfrids Verzweiflung. Nicht einmal als Yvonne ihn mit einer Heugabel bedroht hatte, hatte er reagiert, sondern nur gedacht: *Welch eine fantastische Szene, was für eine perfekte Figur!* Deswegen war es ihm auch so wichtig gewesen, dass Yvonne auf der Insel blieb. Er brauchte sie für sein Stück.

Während Lars Lood auf dem Felsen stand, und die Gischt zu ihm hochspritzte, schien es ihm nicht einer gewissen Logik zu entbehren, dass der *Ein-*

geschneite von ihnen Die *Eingeschneiten* verfasst hatte. Er hielt sein Manuskript vor sich in den Händen. Es gab nur eine Methode, das *Hier und Jetzt*, das ihm in seiner frühesten Kindheit abhandengekommen war, zurückzuerobern. Es gab nur eine Methode, sich selbst zu demonstrieren, was er wirklich wollte, und Tausende von Erlebnissen, die er in Texte gesperrt hatte, in die Freiheit zu entlassen, damit sie ihn endlich richtig berühren konnten.

Lars Lood spannte von den Schultern bis zu den Fingerspitzen alle Muskeln an und zerriss das Manuskript mit einer einzigen Bewegung. Dann nahm er beide Hälften, zerriss sie ein weiteres Mal und warf *Die Eingeschneiten* so hoch wie möglich in die Luft. Die Schnipsel zerstoben wie riesige Schneeflocken über seinem Kopf in alle Richtungen und landeten wie platte Papierschiffchen auf dem schäumenden Wasser.

Was habe ich nur getan? Bin ich jetzt vollkommen übergeschnappt? Der Anblick des zerrissenen Manuskriptes auf den Wellen riss ihn aus seiner Betäubung und versetzte ihn fast in Panik. *So viele Stunden, so ein Ringen!* Einen Moment lang erwog er, sich mit dem Kopf voran ins Wasser zu stürzen und das Manuskript zu retten, besann sich dann aber. Stattdessen machte er sich auf den Weg nach unten und watete hinaus. Auch das war lebensgefährlich. Er musste vor den schäumenden Wellen zurückweichen. Fünf Papierfetzen bekam er zu fassen, den Rest hatte das Meer bereits verschlungen.

Irgendetwas schnürte ihm den Atem ab, als er zwischen den scharfkantigen Felsblöcken stand. Lars Lood weinte. Nicht wie im Kino nach dem tragischen Schluss eines rührenden Films, sondern wie ein Autor, der gerade sein bestes Werk verloren hat.

Durchnässt und mit gesenktem Kopf ging er durch den Wald zurück und kam sich vor wie ein Idiot. Sein Manuskript zerreißen und ins Meer werfen! Wer tat schon so was? Er hätte ja nicht so übertreiben müssen. Etwas weniger theatralisch wäre nicht schlecht gewesen.

Er saß recht lange auf der Bank vor dem Haupthaus, da fiel es ihm plötzlich auf. Genau das hatte er angestrebt: Gefühle! Zwar empfand er Trauer und Selbstverachtung, aber immerhin *etwas*! Lars betrachtete seine nasse schwarze Hose und sein ebenso schwarzes Hemd und fragte sich, als was er sich eigentlich verkleidet hatte. Er dachte an Agnes' Kommentar, hatte eine Idee und machte sich auf den Weg zu Tom.

Der war nicht wenig erstaunt, als ein nasser Lars Lood vor ihm auf der Schwelle stand.

»Ich glaube, Agnes hatte recht«, begann Lars ohne Umschweife.

»Womit?«

»Mit vielem, aber gerade jetzt denke ich an meine Garderobe. Ich würde mir für die Beerdigung gerne ein Kleidungsstück ausleihen.«

»Einen Schlips?«, erkundigte sich Tom.

»Nein, keinen Schlips. Erinnerst du dich an das Hemd, von dem Agnes fand, dass es mir stehen könnte?«

»Wo du meintest, nur über deine Leiche? Das Hawaiihemd?«

Lars Lood nickte.

»Darf ich es mir ausleihen?«

Es dauerte ein paar Sekunden, bis Tom die Frage verarbeitet hatte.

»Selbstverständlich«, erwiderte er kurz, nachdem er verstanden hatte, dass Lars es wirklich ernst meinte. Er nahm das Hemd aus dem Kleiderschrank. »Du kannst es haben.«

»Schenkst du es mir?«, fragte Lars. »Darf ich es behalten?«

»Natürlich. Agnes hätte sich darüber gefreut, dich in diesem Hemd zu sehen. Besonders heute Abend.«

Sofort zog Lars sein nasses schwarzes Hemd aus und das bunte Hawaiihemd an.

»Ich habe auch noch die passende Hose dazu«, meinte Tom und holte die Khakishorts. »Schenk ich dir.«

Lars zog die Shorts an. Tom erkannte den Mann, der vor ihm stand, kaum wieder. Hawaiihemd, zerzauste Haare, nackte Beine. Er musste grinsen.

»Was ist?«, fragte Lars.

»Mir fiel nur gerade etwas anderes ein, worüber ihr euch unterhalten habt.«

Lars Lood betrachtete ihn nachdenklich, bis endlich der Groschen fiel.

»Du meinst, was sie über meinen Namen gesagt hat?«

»Genau das.«

Schweigend stellte sich der Kulturmann vor den Spiegel.

»Hast du Töne«, sagte er. »Ich bin auf einmal ein Lasse. Ein echter Hawaii-Lasse.«

Tom war kein gläubiger Mann. Wenn das Leben zu Ende war, dann war Schluss. So sah seine Sicht der Dinge aus. Und doch war Agnes da, greifbar und konkret. Vielleicht gewann er aus ihrer Nähe die Kraft für diese Beerdigung. Er war Agnes jetzt irgendwie näher als je zuvor. Sie war ein Teil von ihm.

In Sekundenschnelle wusste Tom, ob ihr eine Idee zur Beerdigung gefiel oder ob sie die Nase rümpfte. Aus dem Jenseits wies sie ihm den Weg, und nicht nur das. Sie brachte Tom auf Ideen, auf die er nie gekommen wäre.

Er erinnerte sich an eine Fernsehsendung über fromme Menschen, die sich bei allen Entscheidungen jeweils die Frage stellten: »Was hätte Jesus getan?«

Sie hatten den Eindruck, auf diese Weise bessere Entschlüsse fassen zu können. Anschließend wurden Komponisten interviewt, die erläuterten, wie Beethoven, Prince und andere musikalische Genies ihr eigenes Schaffen beeinflussten und ihre Kreativität förderten. Die Erklärung lautete, dass die »Idee vom Genie« gewissen Teilen der eigenen Kreativität, die sonst wegen Selbstunterschätzung unerreichbar gewesen wäre, als Sprungbrett diente.

Tom vermutete, dass es mit Agnes genauso war. Die Gedanken an sie erschlossen ihm Seiten, die ihm sonst verborgen geblieben wären. Er nahm an, dass er als frommer Mensch anders gedacht und vermutlich geglaubt hätte, Agnes spräche zu ihm aus dem Jenseits. Denn genau so fühlte es sich an.

Bei der Beerdigung würde es alles geben, was Agnes geliebt hatte: Champagner, Blumen, Bowie, gewebte Teppiche und Teelichter. Beim Mittagessen verteilte Tom die Aufgaben an die Freiwilligen. Omar sollte mit der Heckenschere eine große Fläche auf dem Himlastupet roden und Lisa die Sargteppiche dorthin bringen sowie Wuschel hüten (und ihn ein bisschen verwöhnen). Der Hund wirkte etwas verloren, und Tom wollte ihn nicht vernachlässigen. Yvonne, Victor, Gottfrid und Lars Lood (Hawaii-Lasse) waren für den Blumenschmuck verantwortlich. Samuel kümmerte sich um die Stromversorgung und stellte Lautsprecher auf. Charlie verteilte Teelichter (*viele* Teelichter) und war Toms höchstpersönliche Assistentin in allen Belangen. Auch Agnes erhielt eine Aufgabe. Sie sollte ihn inspirieren, eine Aufgabe, die sie regelrecht übererfüllte.

Obwohl er nach dem Workout vor Müdigkeit kaum stehen konnte, übernahm Omar dankbar die Aufgabe, das Dickicht auf dem Himlastupet zu roden. Lieber alleine und erschöpft dort oben als zwischen Victor und Lisa auf der Gartenbank.

Er hatte mehrmals gespürt, wie Victors Augen auf ihm ruhten, war seinem Blick aber ausgewichen. Dem Abgrund, den er dort entdeckt hätte, konnte er sich aus Angst vor dem Abwärtssog einfach nicht stellen.

Omar wollte nur eins: Weg, weg, weg! Er würde es zwar nie zugeben, aber hin und wieder beneidete er Agnes geradezu. Sie hatte Mut gehabt. Als er mit der Heckenschere in der Hand dastand, streifte ihn der Gedanke, wie einfach es doch wäre, auf den Abgrund zuzurennen, nicht innezuhalten und keine weiteren Entscheidungen treffen zu müssen. Aber dann dachte er an seine Töchter und wurde wütend. Auf sich selbst. Sich das Leben nehmen, wenn man keine Kinder hatte und das Gedächtnis dahinschmolz wie ein Schneeball in der Sonne, war eine Sache. Für einen Familienvater kam das nicht infrage. Nein, Schluss mit diesem extremen Selbstmitleid. Bis ich mit dem Roden fertig bin, muss ich mich entschieden haben, dachte er. Egal, wofür. Mit lautem Knall kappte er einen Ast.

Nach einer guten Stunde war er fertig. Die Heckenschere in krampfhaftem Griff ging er durch den Wald zum Haupthaus zurück. Ohne Umwege begab er sich zu Victor, der nicht so recht wusste, wie er sich verhalten sollte.

»Können wir unter vier Augen reden?«, fragte Omar.

Als sie die Treppe hinaufgingen, spürten beide Lisas Blick im Rücken. Eine Viertelstunde später kehrte ein verbissener Omar zurück und richtete an Lisa dieselbe Frage: »Können wir reden?«

Sie gingen in ihr Zimmer.

»Ich muss dir etwas sagen«, verkündete Omar ernst, nachdem er die Tür geschlossen hatte.

Lisa betrachtete ihn abwartend. Raus mit der Sprache, du Feigling, dachte sie. Spuck es einfach aus: Ich habe mich verliebt. Du bedeutest mir waaahnsinnig viel, Lisa, aber leider … bin ich jetzt schwul. Habe mir ein Lamm gekrallt. Also tschüs, und richte den Kindern aus, dass ich sie liebe.

»Also, worum geht's?«, fragte sie, da er nicht zur Sache kam.

»Ich liebe dich und will den Rest meines Lebens mit dir verbringen«, sagte er, »aber erst noch was anderes. Über mich.«

Mit dieser Eröffnung hatte sie nicht gerechnet. Er wollte *was*? Omar holte tief Luft und sagte ausatmend: »Ich bin homosexuell. Nicht nur, aber eben auch.«

»Auch?«

»Ich meine … ich bin bisexuell.«

Lisa konnte sich nicht entscheiden, ob sie weiterhin die Ahnungslose spielen oder Farbe bekennen sollte. Sie entschied sich abzuwarten.

»Und wie lange schon? Genauer gesagt, wie lange weißt du das schon?«

»Ich weiß das seit der sechsten oder siebten Klasse, seit der Pubertät.«

»Und warum hast du nie etwas gesagt?«

Sie konnte sich den vorwurfsvollen Ton nicht verkneifen.

»Worüber man nicht spricht, das existiert irgendwie nicht. Ich vermute, dass ich es nicht wahrhaben wollte.« Er breitete die Arme aus.

»Und warum erzählst du es jetzt? Willst du diese Seite jetzt plötzlich bejahen?«

Omar zögerte.

»Es hat sich etwas geändert, und ich will ehrlich sein.«

»Und was?« Sie wollte es ihm nicht einfach machen.

Omar trat ans Fenster, als könne er draußen Kraft finden, dann drehte er sich zu Lisa um.

»Ich glaubte eine Weile, mich nach etwas anderem zu sehnen. Diese Sehnsucht hat mich beherrscht. Jetzt sehe ich ein, dass sie nur ein Traum war und dass das, was uns verbindet, wirklich ist.«

Lisa traten Tränen in die Augen. Sie fiel ihm in die Arme und konnte sich nicht länger beherrschen. Sorge, Einsamkeit, Verzweiflung, alles brach aus ihr heraus.

»Mein geliebter, dummer, verdammter Omar … Was hast du nur getan?«

Er wusste es selbst nicht und empfand im Moment einfach nur eine große Erleichterung. Seine nervenzerreißende Unentschlossenheit war vorüber.

»Alle meine Gefühle standen kopf«, sagte er.

»Ich bin so wütend und so erleichtert«, flüsterte sie, »dass du das nicht vorher wusstest.«

»Was?«

»Na, wie es sein würde. Wieso musste es so weit kommen? Du bist doch kein Teenager, der glaubt, dass jeder Augenblick ewig währt. Du weißt doch, dass Heimlichkeiten alles kaputt machen können. Dieses verdammte Spiel hat mich sehr verletzt.«

Omar wich vorsichtig zurück, um ihr in die Augen zu schauen.

»Wovon redest du?«

Sie schluchzte und wischte sich mit dem Ärmel ihrer Bluse über die Augen.

»Ich weiß alles. Über dich und Victor. Ich habe das Foto von euch gesehen, im Bett.«

»Welches Foto?«

»Das spielt keine Rolle. Ich weiß Bescheid.«

»Worüber?«

Lisa legte ihm einen Zeigefinger auf die Lippen.

»Das tut weh. Mehr, als ich gedacht hätte. Obwohl ich auch …«

Sie beendete den Satz nicht.

»Warte, jetzt komme ich nicht ganz mit«, sagte Omar. »Was willst du wissen, und was hast du auch …?«

»Na, dasselbe wie du. Bevor die Kinder auf der Welt waren. In deinem ersten Jahr als Profi. Ich war einsam, und du warst jeden Abend beim Training. Ich war nur ein Anhängsel. Jedenfalls fühlte ich mich so. Die Freundinnen deiner Mannschaftskameraden waren ständig auf Achse. Tagsüber Maniküre und Spa, abends Cocktails und Klubs. Vier- oder fünfmal bin ich mit jemandem mitgegangen. Dann habe ich gemerkt, dass mich das nicht zufriedenstellt, jedenfalls nicht innerlich.«

Omar begegnete ihrem Blick.

»Willst du damit sagen, dass du mit anderen Männern geschlafen hast?«

Sie seufzte.

»Ich kann mich nicht einmal an ihre Namen erinnern. Ich hatte damals auch ein wahnsinnig schlechtes Gewissen und wollte es wiedergutmachen. Deswegen habe ich auch immer hundertundzehn Prozent gegeben, Omar. Ich habe alles gegeben! Dir! *Uns!*«

Omar glaubte, sich verhört zu haben. Lisa. Untreu. Mehrfach?

»Irgendwie bin ich sogar erleichtert, dass du das getan hast«, sagte sie leise. »Ich bin jetzt nicht mehr die Einzige, die fremdgegangen ist.«

Er schob sie behutsam von sich weg und setzte sich aufs Bett. Gott allein wusste, wie sie von seiner Romanze mit Victor erfahren hatte, aber sie hatte einiges missverstanden. Lisa klang, als hätten sie Sex gehabt. Natürlich hätte er das gerne gewollt. Wäre er nicht verheiratet gewesen, hätte er bereits in der ersten Nacht seine Homo-Unschuld verloren, aber nichts dergleichen war passiert.

»Wir hatten keinen Sex«, sagte Omar. »Wir haben uns nur umarmt und kaum geschmust …«

»Das ist doch alles dasselbe«, erwiderte Lisa entrüstet. »Rummachen, schmusen, ficken …«

»Ach, wirklich?«

Sie sah ihn durchdringend an.

»Welcher Verrat ist größer, ein paar One-Night-Stands ohne jedes Gefühl oder mehrere Nächte in den Armen eines Menschen, in den man verliebt ist?«

Omar holte tief Luft.

»Weißt du, was man sagt?«, fragte sie. Jetzt klang ihre Stimme weicher, und die Trauer war deutlich herauszuhören. »Dass das Gras auf der anderen Seite des Zauns nur dann grüner ist, wenn man vergisst, es auf der eigenen zu gießen.«

»Vielleicht sollten wir uns eine Gießkanne zulegen?«, meinte er.

»Höchste Zeit«, erwiderte Lisa, schubste ihn in Rückenlage und umarmte ihn so fest, dass es bestimmt schmerzte. So hoffte sie zumindest.

Ein Orkan aus Verlust, Verwirrung und Verzweiflung tobte in Victor. Sobald die Tür hinter ihnen ins Schloss fiel, las er in Omars Augen, dass etwas nicht stimmte. Seinem Blick fehlte es nicht an Liebe, ganz im Gegenteil, aber darin stand vor allem Mitgefühl. Victor wusste, was das bedeutete – dass jemanden bald eine große Enttäuschung erwartete und dass dieser jemand er selbst war.

Seine ständige und nahe Auseinandersetzung mit dem Tod hatte auch positive Seiten. Sie ersparte ihm die Alltagsängste. Diese unzähligen täglichen Kümmernisse, die wie eine Eiterbeule unterschwelliger Nervosität waren. Überlegungen wie »Wie sieht meine Frisur aus?« und »Hat jemand etwas Unvorteilhaftes über mich gesagt?« waren ihm vollkommen fremd geworden. Die Angst vor dem Tod war ein Drachenschlund, der alle lächerlichen Ängste mit Haut und Haar verschlang.

Als Omar in seinem Leben aufgetaucht war, hatte ihn eine andere Art der Alltagsangst beschlichen. Die Was-ist-wenn-Angst. Was ist, wenn er mich nicht haben will? Was ist, wenn er nur mit mir spielt? Was ist, wenn er nur nett sein will? Was ist, wenn ich jetzt sterbe und sein Gesicht nie wiedersehe? Die frisch erweckte Hoffnung auf Liebe hatte die Was-ist-wenn-Ängste entflammt.

Omars Blick löschte diese Ängste, weil er die Hoffnungen löschte. Er hatte sich entschieden. Omar würde für ihn nicht sein altgewohntes Dasein umkrempeln. Der Spaß war vorbei.

»Ich verstehe«, flüsterte Victor. »Ist in Ordnung, ich verstehe.«

Aber er verstand rein gar nichts! Er flüsterte diese Worte nur, weil er Omar so unermesslich liebte und dessen Qualen bis ins Innerste seiner Seele spürte. Eigentlich wollte er brüllen: Warum? Warum zum Teufel folgst du nicht deinen Gefühlen? Ich weiß, was du fühlst! Du hast die gleichen Gefühle wie ich! Du willst es doch auch! Ich sterbe bald, verdammt noch mal, für Reue ist keine Zeit. In fünf Minuten kann es zu spät sein. Du wirfst ein nie erlebtes Glück weg. Als ob deine Frau und deine Kinder eine Scheidung nicht verkraften würden! Menschen haben Schlimmeres durchgemacht und sind gestärkt daraus hervorgegangen! Hörst du? Gestärkt!

Victor spürte sein Herz all das brüllen, während er einen am Boden zerstörten Omar in den Armen hielt, ihm übers Haar strich und flüsterte: »Weine nicht, alles wird gut.«

Sie versammelten sich vor dem Haupthaus, tranken ein Glas Champagner und spazierten dann gemeinsam zum Himlastupet. Es war ein lauer Abend mit einzelnen Wolkenfetzen vor einem rosa-bläulichen Horizont. Erwartung lag in der Luft, als hätte sich der Sommerabend für das, was kommen würde, besonders fein gemacht.

»Auf dich, Agnes«, sagte Tom und hob sein Glas.

Die anderen folgten seinem Beispiel.

»Skål!«

Tom dankte seinen Begleitern für ihre Hilfe. Die Zeremonie würde alles andere als traditionell ausfallen, was ja wohl kaum jemand erwarte.

»Wir trinken heute Abend aus zwei Gründen Champagner, Agnes«, sagte Tom und hob sein Glas erneut. »Weil es dein Lieblingsgetränk war, aber auch weil es dir gleicht, sprudelnd, berauschend und exklusiv.« Er trank einen Schluck. »Ich weiß nicht, ob du uns sehen kannst, aber heute Abend rede ich mit dir. Fühle dich also nicht als Zuschauerin, sondern als Teilnehmerin, Agnes. Du hast dich zwar von uns verabschiedet, aber wir verabschieden uns nicht von dir. Den Rest meines Lebens werde ich mit dir sprechen, mit dir lachen und dir Gesellschaft leisten. Dieser Abend ist eine Huldigung an dich. Ich weiß, dass ich dich jetzt in Verlegenheit bringe, aber so ist es nun einmal. Auf dich, Agnes, und auf das Leben.«

Tom wandte sich abwechselnd an den Himmel (Agnes) und die anderen.

»Oft sind wir vom Leben enttäuscht, wenn es uns von geliebten Menschen trennt, aber wir dürfen nicht vergessen, dass uns das Leben einst mit diesen Menschen zusammengeführt hat. Obwohl ich im Moment untröstlich bin, werde ich später einmal sicher mit Freude an die gemeinsame Zeit denken, die uns vergönnt war.« Tom fingerte an seinem Krawattenknoten und versuchte, seine Gefühle unter Kontrolle zu bekommen. »Gibt es jemanden, der etwas sagen will, bevor wir anfangen?«

Schweigen.

»Okay, dann leeren wir die Gläser, befolgen Agnes' Lieblingsmaxime und machen das Beste aus dem Schlimmsten.«

Tom ging an der Spitze, die anderen folgten ihm in Zweierreihen, Omar bildete das einsame Schlusslicht. Er trug einen Lautsprecher, aus dem *Absolute Beginners* von David Bowie schallte. Gottfrid hatte das Gefühl, in einem exzentrischen Musikvideo aufzutreten, als sie den Waldweg entlangmarschierten. Einige konnten nur mit Mühe ihre Tränen zurückhalten, aber er selbst empfand nichts. Klar, die Situation war ergreifend und stimmungsvoll, aber er *empfand* trotzdem nichts. Gottfrid hatte Agnes gemocht. Sehr sogar. Hätte jemand ihn gefragt, ob ihr Schicksal bedauerlich, traurig oder zutiefst tragisch sei, hätte er definitiv Letzteres gewählt. Und doch blieben seine Augen trocken.

Was ist nur mit dir los? Hast du keine Seele? Agnes

ist tot, es gibt sie nicht mehr. Sie hat sich das Leben genommen, indem sie sich von dem Felsen stürzte, zu dem wir jetzt unterwegs sind. Ihr Mann, der vorangeht, hat praktisch keine Freunde. Uns kennt er erst seit einer guten Woche. Agnes hat sich hier das Leben genommen, damit er nicht alleine sein muss. Sie wollte nicht sterben, konnte aber den Gedanken an die nahende Demenz nicht verkraften. Agnes liebte das Leben, und jetzt ist sie weg. Tot. Kapierst du?

Trotz seiner Bemühungen geschah nichts. Gottfrids Augen blieben trocken.

Lisa schielte zu Omar hinüber. Was hatten sie doch in den letzten Wochen durchgemacht! Was für eine Reise. Auf so vielen Ebenen. Leben und Tod, Ungewissheit und Verzweiflung. Liebe, die auf die Probe gestellt worden war und gesiegt hatte. Und er hatte sie gewählt! Sie schluckte. Wie knapp war die Entscheidung wohl gewesen? Eigentlich wollte sie es nicht wissen. Warum hatte er sich für sie entschieden? Aus Liebe?

Aus Gewohnheit? Schuldgefühlen? Oder Angst. Sie schluckte. Vielleicht wollte er ja auch Trennungsstress, Streit und schwule Prominenz vermeiden.

Nein. Stopp! Solche Zweifel führten in einen Abgrund, aus dem sie nie wieder hochkam. Omar war auf die Probe gestellt worden und hatte seine Wahl getroffen. Er hatte einer oberflächlichen, jugendlichen Verliebtheit den Rücken gekehrt und die

Liebe bejaht. Wie ein erwachsener Mann hatte er sich zu seiner Frau bekannt. Selbstverständlich. Weitere Zweifel würden sie um den Verstand bringen.

Hawaii-Lasse war so ergriffen, dass die ersten Tränen bereits aus seinen Augen kullerten, als sie die Wiese vor dem Haupthaus überquerten. Die Vernichtung des Manuskripts war das Schlimmste gewesen. Trotz seiner Qualitäten machte es über das Meer verstreut mehr Sinn. Denn er war hier. Und zwar jetzt. Nicht als Erzähler, sondern als Erlebender. Und mit jedem Schritt gewannen Agnes' Worte an Bedeutung: *Entspann dich doch mal, Lars. Nicht immer nur arbeiten, sondern auch genießen.*

Das hatte ihn wahnsinnig provoziert. Ihre Worte waren ihm unter die Haut gegangen. Außerdem noch im Beisein der anderen! Er hatte sich um eine schlagfertige Antwort bemüht, die aber misslungen war. Anschließend hatte er jedes ihrer Worte aufgeschrieben, die Seite aus seinem Notizbuch gerissen, zusammengeknüllt und in den Papierkorb gepfeffert. Eine einzige Zeile dieser Kommentare hätte genügt, um *Die Eingeschneiten* zu verunreinigen.

Lars hatte ein ungutes Gefühl, weil er nicht mehr dazu gekommen war, Agnes zu erzählen, wie recht sie gehabt hatte. Der Tod hatte ihn seines Dankes beraubt, aber nicht seiner Dankbarkeit. Sie begleitete ihn auf jedem Schritt im Wald. Und es war wahnsinnig angenehm, Shorts zu tragen. Wieso hatte er all die Jahre auf langen schwarzen Hosen beharrt? Und er liebte es, ganz bewusst *nichts* aufzuschreiben! Die Eindrücke waren so viel stärker, wenn er sie nicht verewigen musste.

Auf dem Himlastupet stellte Omar die Musik ab. Jetzt waren nur noch das Meer, die Vögel und der Wind zu hören.

»Geliebte Agnes«, sagte Tom und hielt dabei einen schlaffen roten Luftballon in die Höhe. »Du hast für Victors Fest viele Ballons aufgeblasen. Dieser ist in unserem Zimmer liegen geblieben.«

Tom öffnete den Knoten so, dass keine Luft aus dem Ballon entweichen konnte, blies ihn ganz auf und knotete ihn wieder zu.

»Seit früher Kindheit fasziniert mich der Atem«, fuhr er fort. »Besonders bei Minusgraden, wenn er wie Rauch vor dem Mund steht. In diesem Ballon mischen sich jetzt dein und mein Atem, Agnes.«

Er hielt eine Tüte roter Ballons in die Höhe und forderte die anderen auf, einen Ballon aufzublasen.

»Ballons sind aus Gummi, das aus dem Saft von Kautschukbäumen gewonnen wird«, sagte er. »In der Indianersprache bedeutet Kautschuk *weinender Baum*. Und der Saft, das sind für die Indianer die Tränen des Baumes.«

Als alle einen Ballon aufgeblasen hatten, band Tom diese an einem meterhohen, in den Boden gerammten Pfosten fest. »Ihr seht hier«, sagte er mit Blick auf die Ballons, die sich im Wind bewegten, »unsere Atemzüge umschlossen von den Tränen des Kautschukbaumes.«

Omar nahm den Lautsprecher und trat in das Wäldchen, das er von Dickicht befreit hatte. Der Blumenschmuck überwältigte ihn. Er hatte das Gefühl, eine Kapelle aus Blumen zu betreten. Agnes' gewebte Sargteppiche lagen auf der Wiese, und die Teilnehmer nahmen darauf Platz. Auf jedem Teppich lagen ein Kissen und eine Flasche Pustefix.

»Legt euch auf die Teppiche und entspannt euch«, sagte Tom. »Füllt die Seifenblasen mit eurem Atem, und seht ihnen beim Aufsteigen zu. Wir hören jetzt *Space Oddity*.«

Von Bowies majestätischer Stimme und den funkelnden Seifenblasen ging Ruhe aus.

»Wenn ihr bereit seid, machen wir uns auf den Weg zur Aussicht«, sagte Tom, als der Song verklungen war.

Er sagte Aussicht, nicht Abgrund, und das wusste Charlie zu schätzen. Worte entschieden oft darüber, ob etwas inspirierte oder deprimierte. Die Aussicht verhieß Zukunft, der Abgrund bedeutete das Ende.

Erst als sich die anderen in Bewegung gesetzt hatten, richtete sich Victor auf und trocknete seine Tränen. Er fragte sich, warum er wohl so viel weinen musste. Wahrscheinlich aus mehreren Gründen: Agnes' Tod. Omars Rückzieher. Die geplatzten Seifenblasen. Morgen gegen Mittag kam die Fähre, wenige Stunden später würde er wieder zu Hause sein und alles nur noch wie ein Traum wirken. Ein geplatzter Traum.

Omar musste sich sehr zusammenreißen, um nicht auf Victor zuzugehen. Er wollte ihn umarmen und ihn durch dieses Tal der Todesschatten tragen. Ach, er wollte … er wollte so vieles, schüttelte aber den Gedanken ab und konzentrierte sich auf Tom und das Begräbnis.

Lisa las im Gesicht ihres Omar wie die Untertitel eines Films und sah, wie gerne er Victor beistehen wollte. Hatte er sich wirklich aus Liebe für sie entschieden? Sie wusste es nicht. Konnte es nicht wissen. Das störte sie. Diese Gedanken untergruben ihr ohnehin angeknackstes Selbstvertrauen.

Die roten Ballons wehten ein paar Meter vom Abgrund entfernt an ihrem Pfosten. Der Horizont verfärbte sich rosa. Es war noch hell genug, um das Meer zu sehen.

»Wir warten mit dem Finale, bis es ganz dunkel ist«, sagte Tom. »Vorher haben alle die Möglichkeit für einen letzten Gruß. Bitte schön!«

Samuel hob die Hand.

»Ich will nur sagen, dass du das alles ganz wunderbar organisiert hast, Tom, aber vergiss darüber nicht deine eigene Trauer. Wir können jederzeit eine Pause einlegen.«

Toms Augen glänzten feucht. Seine Hand tastete unbewusst nach dem Ballon, den Agnes aufgeblasen hatte.

»Danke, aber im Augenblick komme ich gut zurecht. Ich mache mir eher Sorgen, was später wird. Wenn wir auseinandergegangen sind und ich allein bin.«

»Allein mit Wuschel«, meinte Lisa.

»Stimmt«, erwiderte Tom.

Der Hund lag ein Stück entfernt, und sein Ohr zuckte, als er seinen Namen hörte, sonst rührte er sich jedoch nicht.

»Agnes wollte ihren Abschied selbst gestalten«, fuhr Tom fort. »Deswegen ist sie auch nicht mehr hier. Und da ich dieses Begräbnis als einen Teil ihres Abschieds sehe, wäre es mir nicht recht, wenn ich ihn mit meinen Tränen ruiniere. Meine Trauer muss warten.«

Yvonne stellte sich vor die Ballons mit dem Rücken zum Meer.

»Als ich euch vor einigen Tagen heimlich beobachtet habe, ist mir die weißhaarige Dame, die manchmal wie ein Hippie gekleidet war und ab und zu eine Schleifenbluse trug, aufgefallen. Außerdem fiel mir auf, dass sie die Menschen, mit denen sie sprach, immer anfasste.«

Nach Yvonne erzählte Samuel, wie Agnes von seiner Nervosität, als er sie am ersten Tag willkommen hieß, befreit habe. Charlie erklärte, sie habe noch nie einen so alten Menschen, der so jung gewirkt habe, oder jemanden, der alles mit solcher Ernsthaftigkeit so leicht genommen habe, getroffen. Lisa hatte noch nie jemanden, den sie nur so kurze Zeit gekannt hatte, so sehr vermisst, und Omar konnte immer noch nicht fassen, dass sie nicht mehr da war.

Hawaii-Lasse dankte Agnes für alles, was sie über ihn, seine Kleidung und seinen Lebensstil gesagt hatte. Erst jetzt sehe er ein, wie recht sie gehabt habe. Seine Kleidung an diesem Abend sei eine Würdigung ihres scharfen Blickes.

Gottfrid ging auf die Ballons zu, senkte den Kopf und murmelte: »Ruhe in Frieden.«

Obwohl die Ansprachen durchweg Positives hervorhoben, blieb die Stimmung eher düster. Agnes' Schicksal war nun einmal Tatsache. Viele Tränen wurden vergossen. Gottfrid versuchte, nicht zu blinzeln, um die Tränenproduktion anzukurbeln, aber ohne Erfolg. Als sich Victor erhob, um etwas zu sagen, schöpfte er jedoch Hoffnung. Der Jüngling wirkte am Boden zerstört. Er war kreidebleich und zitterte, als würde er frieren. Jetzt, dachte Gottfrid. Wenn der Todkranke auf der Beerdigung seiner liebsten Freundin spricht, bleibt bestimmt kein Auge trocken.

»Entschuldigt meinen Gefühlsausbruch«, sagte Victor mit belegter Stimme. »Ich habe Agnes nur wenige Tage gekannt und heule trotzdem wie ein Schlosshund.« Er kehrte den Anwesenden seinen Rücken zu und richtete seinen Blick aufs Wasser, als wolle er dort Kraft schöpfen. Dann drehte er sich wieder zu ihnen um. »Agnes und ich haben uns auf Anhieb sehr gut verstanden. Sie hat das Fest für mich ausgerichtet. Ich meine: Was für eine Idee! Ein Typ, den sie gar nicht kennt, erleidet einen epileptischen Anfall, weil er todkrank ist. Und Agnes schlägt daraufhin ein Fest vor! Um zu feiern, dass dieser Typ seine letzten Tage mit euch verbringen will, wie sie sich ausdrückte.« Victor lächelte und schaute in den Himmel. »Damit hast du mein Herz gewonnen, Agnes. Du hast nicht nur die Wolke des Todes über meinem Kopf wahrgenommen, sondern auch die Sonne hinter dieser Wolke. Du hast gemerkt, dass mein Herz nicht nur schlägt, sondern auch mit dem Countdown begonnen hatte. Und dort hast du angesetzt. Es war, als hielte mich zum allerersten Mal jemand mit derselben Perspektive an der Hand. Vielleicht weil du wusstest, dass du vor mir gehen würdest ...«

Victor verstummte, und in der Stille überwältigte

sie ihn: die andere Trauer. Darüber, dass Omar ihn verschmäht hatte. Seine letzte Chance auf die Liebe war zerronnen.

Da stand er. Allein vor dem Meer. An dem Abgrund, an dem ihn seine Seelenverwandte verlassen hatte. Mit einem Mal konnte er *sie* verstehen, wie sie *ihn* verstanden hatte. Während seine Gedanken durcheinanderwirbelten und sein Blick verschwamm, hatte er den Eindruck, dass ihm Agnes über das Wasser tröstend zulächelte. Eigentlich wusste er, dass es nur Einbildung war, aber was spielte das schon für eine Rolle? Er hatte sich so vieles eingebildet. Dass Omar ihn liebte zum Beispiel.

Victor machte zwei rasche Schritte auf sie zu … dann noch einen. Sie winkte abwehrend, aber das war ihm gleichgültig. Mit zum Himmel erhobenen Armen eilte er weiter.

Es geschah so schnell und war so undenkbar. Was machte er da? Erst als Victor nur noch einen Meter vom Abgrund entfernt war, erwachte einer aus der Gruppe aus der allgemeinen Lähmung. Mit einem Sprung warf er sich auf Victor, packte ihn am Hemd und zerrte ihn mit solcher Kraft zurück, dass er umfiel und nach Atem ringen musste.

»Alles okay?«, flüsterte Omar.

»Omar«, hustete Victor, als er endlich wieder Luft bekam. »Ich mag dich so wahnsinnig.«

Im allgemeinen Aufruhr hatte es den Anschein, als hätte Omar Victor erst vor dem Abstürzen bewahrt und sich dann auf ihn gelegt, um ihn daran zu hindern, wieder auf den Abgrund zuzustürzen. Samuel und Charlie halfen den beiden umgehend auf die Beine.

Lisa hatte jedoch noch etwas anderes gesehen. Ein elektrischer Stoß hatte Omar durchzuckt, als sich Victor dem Abgrund näherte. Noch nie hatte sie ihn so schnell reagieren sehen, nicht einmal auf dem Fußballplatz. Und hatten sie sich nicht etwas zugeflüstert? Omar hatte ihr zwar in Gedanken und Worten seine Liebe beteuert, aber was wollten seine Gefühle? Was wollte sein Körper?

»Ich schlage vor, dass wir die Teppiche im Halbkreis um die Ballons legen«, sagte Tom, »mit den Köpfen nach außen bilden wir dann eine halbe Sonne.«

Tom und Samuel holten die Feuerwerkskörper. Die Dämmerung war hereingebrochen, und Charlie zündete die Lampions und die Teelichter an.

»Diese Raketen enthalten nicht nur Pulver, sondern auch Agnes' Asche«, erklärte Tom. »Agnes fand, dass ihr eine *Behimmelung* mehr entsprach als eine Beerdigung.« Er zitierte sie: »Aus Sternenstaub bist du gekommen, zu Sternenstaub sollst du werden.«

Tom erklärte auch, dass es sich um ein »leises« Feuerwerk ohne Donner und Knall handele. Agnes habe Tiere geliebt. »Die Knallerei ist nicht vor Bedeutung, wichtig sind Licht und Farben. Dazu hören wir *Starman* und *Changes* von Bowie, was ohnehin viel eindrucksvoller ist.«

Die Kursteilnehmer legten sich auf die Teppiche und schauten in den sternklaren Nachthimmel.

Charlie dachte daran, wie sehr sich dies alles doch von ihrem normalen Leben unterschied. Samuel überlegte, ob ihm diese Art von Begräbnis gefallen könnte. Victor dachte an Omar. Omar an Victor. Lisa streichelte Wuschel, der auf ihrem Bauch lag, und betrachtete Omar, der zu Victor hinüberschielte.

Tom ergriff erneut das Wort.

»Eines von Agnes' Gedichten handelt davon, sich seine Träume zu erfüllen, ehe es zu spät ist. Demnach darf man nichts aufschieben außer Feuerwerke.« Er nahm ein Streichholz aus einer Schachtel. »Liebste Agnes, ich weiß nicht, ob wir uns je wiedersehen, aber nichts wünsche ich mir sehnlicher. Auch wenn deine Asche in den Himmel entschwindet, wird dein Licht mein Leben hier auf Erden weiter erhellen, so lange es mich gibt.«

Er riss das Streichholz an, entzündete die Lunte und legte sich auf den Teppich. Omar spielte Bowies *Starman*. Wie auf ein Zeichen des Dirigenten öffnete die erste Rakete passend zum ersten Wort des Refrains ihre weiß schimmernden Arme am Himmel.

Und dann folgte eine Welle nach der anderen. Wie verspielte Katzen jagten wirbelnde Drachenschwänze einander über das Himmelsgewölbe. Violette Wasserfälle, explodierende Farbwolken und Glitzerregen. Gleichzeitig konnte niemand vergessen, dass da gerade Agnes' Asche verpuffte. Mit blitzenden Lichtarmen winkte sie ihnen zum Abschied zu. Es war das Letzte, was sie je von ihr sehen würden.

Gottfrid schluckte erleichtert. Endlich war es vorbei. Eine kleine Träne lief ihm über die Wange. Aber nicht wegen Agnes. Nein, Gottfrid weinte seiner selbst wegen. Weil er so erbärmlich war, dass er nicht einmal weinen konnte. Als sich seine Tränenkanäle endlich geöffnet hatten, weinte er dann aber auch um Agnes, Tom, Victor und die ganze verdammte Ungerechtigkeit des Lebens und nicht nur darum. Gottfrid weinte auch vor Dankbarkeit, dass er alle diese Gefühle empfinden durfte, die diese

Tränen mit sich brachten. Er fühlte sich zufriedener denn je. Traurig, aber zufrieden.

Lisa hingegeben fühlte sich ausgepumpt. Sie war sich ganz sicher. Als Omar sich für sie entschieden hatte, hatte er damit der Leidenschaft eine Absage erteilt. Ihretwegen hatte er sich das Herz herausgerissen.

Das imponierte ihr zwar, aber was sollte sie mit einem Omar ohne Herz? Er war innen hohl. Brauchte sie einen gefühlsleeren Menschen in ihrem Leben?

Eine weitere Rakete schoss in den Himmel und verwandelte sich in einen Springbrunnen rot schimmernden Laubes. Nein, Lisa wollte keinen hohlen Menschen, keinen, der für sie seine Seele verstümmelte. Widerwillen packte sie bei dem Gedanken an eine solche Beziehung. Sie wollte ein echtes Leben, *mit* Herz, aber wie ließ sich das mit einem gefühlsleeren Menschen bewerkstelligen?

Auf einen Schlag empfand sie nichts mehr für ihn. Alle Gefühle für Omar, die Angst davor, ihn zu verlieren, die Verzweiflung, die sie gepackt hatte, war mit den Raketen im Himmel verschwunden.

Sie wollte ihn nicht mehr. Sie hasste ihn nicht, er durfte ihretwegen ihr Freund bleiben, aber der Ehemann? Mann?

Verdammt. Liegt ruhig da und werft euch verstohlene Blicke zu. Haltet Händchen, macht rum oder noch mehr. Ist mir doch egal!

Die Erleichterung berauschte sie regelrecht. Wofür sie gekämpft, was sie belastet hatte; nun ließ sie einfach los. Es ließ sie los. Morgen würde sie nach Hause fahren. Morgen würde ein neues Leben beginnen. *Ihr Leben*.

Dann begann das Feuerwerk von Neuem. Ein weiß glitzernder Schauer erleuchtete den Himmel, als hätte jemand glühenden Hagel in die Luft geschossen.

Victor wollte sterben. Jetzt. Er spürte die Spitze von Omars kleinem Finger an seinem. Sie sandte Wellen von Wohlbehagen durch alle seine Nerven bis zur Quelle seiner Seele. Jetzt. Wollte. Er. Sterben. Hier. Unter Agnes' betörendem Himmel. Komm, Tod, hol mich! Lass mich ein glückliches Ende erleben. Ich bleibe ohnehin nicht mehr lang. Erspare mir, morgen allein und ohne ihn erwachen zu müssen. Es ist kein großer Gefallen, um den ich dich bitte. Seit Jahren liegt deine Sense an meiner Kehle. Kannst du mir nicht diesen einen Wunsch erfüllen? Lieber Tod, nimm mich, jetzt!

Als alle Raketen abgefeuert waren, blieben die Teilnehmer liegen und verarbeiteten ihre Eindrücke.

»Ich hatte auf eine laue Nacht wie diese gehofft, um hier schlafen zu können«, sagte Tom und verteilte Decken. »Ihr seid alle willkommen.«

Dankbar deckten sich alle zu. Hawaii-Lasse schlief als Erster, dann schlummerten auch die anderen ein.

Charlie befand sich gerade auf dem Weg ins Land der Träume, als es in ihrer Tasche summte. Ihr Handy. Sie hatte vergessen, dass sie es überhaupt mitgenommen hatte. Eine Mitteilung. Sie erstarrte. Beinahe wurde ihr übel. Die schmutzigen Finger der Wirklichkeit schienen in ihren schützenden Kokon zu greifen und sich um ihren Hals zu legen.

Erst wollte sie nicht nachschauen, aber dann gewann ihre Neugier doch die Oberhand.

Zwei Worte.

Auftrag ausgeführt?

Sie antwortete rasch und ohne lange nachzudenken.

Alles im Griff.

Eine Lüge, aber sie besaß nicht die Kraft, sich jetzt damit auseinanderzusetzen. Ihr Handy summte erneut. Ohne einen weiteren Blick schaltete sie es aus. Diese Nacht währte noch ein paar Stunden, und nichts durfte sie zerstören. Charlie schloss die Augen, atmete die Meeresbrise ein und wurde von einer großen Zuneigung zu diesem Ort überwältigt. Wenn nicht gar Liebe. Dieses Wort hatte es in ihrem Leben bislang nicht gegeben.

Auch Victor war von Liebe erfüllt. Geh nicht, lieber Omar, dachte er. Wenn ich sterbe, und darum habe ich so innerlich gebetet, dann liege du neben mir, wenn es so weit ist.

Auch Omar hatte wenig Lust zu gehen, im Gegenteil. Jede Minute, die ihm blieb, bevor ihn Lisa in ihr Zimmer zurückschleifte, war eine Gabe der Sterne. Wie Victor ließ er sich von der Berührung ihrer beiden kleinen Finger berauschen. Morgen traten sie die Heimreise an, und dann war alles vorbei. Ihnen blieb nur das Jetzt.

Nach einer halben Stunde erhob sich Lisa. In die Decke gehüllt trat sie an den Abgrund und verweilte dort einen Augenblick. Bis auf die Schaumkronen der Wellen war das Meer ebenso schwarz wie der Himmel.

Sie hörte noch einmal in sich hinein. Nein. Nichts. Sie wollte nicht mehr. Und zwar, weil Omar nicht mehr wollte. Und was war er dann für sie? Reine Zeitverschwendung!

Sie ging neben ihm in die Hocke.

»Ich habe nachgedacht«, sagte sie. »Ich will nicht, dass wir heute Nacht im selben Bett schlafen. Ich will nie wieder mit dir im selben Bett schlafen.«

Omar schluckte. War sie wütend? Eigentlich klang sie nicht wütend, eher entschlossen. Das konnte bedeuten, dass sie wahnsinnig wütend war oder eben überhaupt nicht.

»Ich bin nicht wütend, Omar. Ich habe mich nur mit den Tatsachen abgefunden. Eine Beziehung ohne Leidenschaft interessiert mich nicht, und deine Leidenschaft gehört einem anderen. Das Einzige, was du mir geben kannst, ist Geborgenheit. Und die bekomme ich auch als gute Freundin.« Sie seufzte resigniert. »Es ist Zeit, das Alte zu begraben und sich dem Neuen zuzuwenden.«

Sie beugte sich vor und küsste ihn auf die Stirn.

»Genieß deine Verliebtheit. Nutze die Zeit. Der Sommer ist kurz, das Leben im Übrigen auch.«

Lisa richtete sich auf und folgte dem Waldpfad zum Haupthaus. Wuschel erwachte und hängte sich an ihre Fersen. Sie fühlte sich beschwingt. Beschwingter als seit Jahren. Regelrecht befreit. Wie sehr sie doch dieses Gefühl ersehnt hatte! Mithilfe von Ratgebern, teuren Selbstverwirklichungskursen, Schweigeretreats und ewig langen Meditationsübungen. Und jetzt hatte sie es hier gefunden! Noch dazu im Zusammenhang mit dem schlimmsten Verlust ihres Lebens.

Omar konnte seinen Ohren kaum trauen. Hatte Lisa gerade mit ihm Schluss gemacht und ihn dazu aufgefordert, seinem Herzen zu folgen? Er musste erst einmal tief Luft holen. Das wäre dann das schönste Geschenk, das er je erhalten hatte. Omar fand nicht, dass er dieses Glücksgefühl verdient hatte. Langsam und zärtlich verflocht er seinen kleinen Finger mit Victors, bis sie Hand in Hand, Seite an Seite, mit von Agnes gebundenen Schlipsen dalagen und gemeinsam den Sternenhimmel genossen. Nichts konnte sie mehr trennen.

Als Victor endlich begriff, was geschehen war, veränderte sich sein Leben. Aus Schwarz wurde Weiß, aus spät früh und aus Verzweiflung Hoffnung. Er wollte leben, und zwar mehr denn je.

Charlie sah gerade noch Samuels Rücken im Wald verschwinden. Es war kurz nach sechs. Die anderen schliefen noch. Omar und Victor lagen nebeneinander, reglos wie zwei lächelnde Statuen.

Sie blieb liegen, hauptsächlich um die Eindrücke vom Vorabend zu verarbeiten und sich an den Gedanken zu gewöhnen, dass jetzt ihr letzter Tag auf der Insel war. Auf ihrer Netzhaut leuchtete immer noch die Formation der nächtlichen Himmelsbestattung.

Als Charlie sich schließlich erhob, war sie hungrig. Sie wickelte sich in ihre Decke, rollte den Teppich auf und folgte Samuel. Unterwegs fiel ihr die SMS wieder ein. Ein plötzlicher Druck lastete auf ihr. Sie wusste weder aus noch ein. Sie hatten ihr eine zweite Chance gegeben, und da sie Schwedin war, hatte man sie zu Samuel Miller geschickt. Sie sei für diesen Auftrag wie geschaffen. Stimmte wahrscheinlich, aber Charlie hatte die Kraft für solche Aufträge gefehlt, daher hatte sie ihn einfach von sich geschoben. Das Leben auf dem Land mit Blumen und tischlernden Workshop-Teilnehmern hatte ihre Gedanken auf fast magische Weise beeinflusst. In wenigen Stunden lief die Fähre aus, und dann war die Zeit auf der Insel endgültig vorbei.

Charlie dachte an den Plan und den Hintergrund dieses Plans. Und an ihren Auftraggeber, der einem kriminellen Netzwerk angehörte, das sich darauf spezialisiert hatte, Patientenakten auf der ganzen

Welt zu hacken, um todkranke, wohlhabende Menschen aufzuspüren, Menschen wie Samuel.

Diese »Klienten« wurden mit größter Sorgfalt ausgewählt, um sie dann zu inspirieren (sprich zu manipulieren), ihr Geld bestimmten karitativen Organisationen zu hinterlassen. Was offenbar gar nicht einmal so schwierig war. Laut Charlies Auftraggeber glich das Testament eines Todkranken ohne Anhang einer ökonomischen Genbank, die es ermöglichte, einer guten Sache, Leben einzuflößen.

Wenn sich die Klienten erst einmal entschieden hatten, wem sie ihr Geld vermachen wollten, stellte sich oftmals eine große Erleichterung ein. Kaum etwas konnte sie dann von ihrem Entschluss abbringen. Charlie hatte das schon mehrmals beobachtet, als sie sich um die rechtlichen Aspekte solcher Testamente gekümmert hatte. Die Klienten erinnerten sie an junge vielversprechende Musiker, die gerade ihren ersten Plattenvertrag unterschrieben hatten.

Worin bestand dann der eigentliche Betrug?

Die begünstigten wohltätigen Organisationen existierten wirklich, und sie genossen einen ausgezeichneten Ruf. Hingegen gab es Geheimabsprachen zwischen Wohltätigkeitsorganisationen und den Kriminellen: Überredet den vermögenden X, uns seinen Besitz zu vererben, dann erhaltet ihr achtzig Prozent als Provision.

Zwanzig Prozent für die karitativen Organisationen klang möglicherweise nach wenig, aber zwanzig Prozent von zehn Millionen Euro waren immerhin zwei Millionen, und das waren für keine noch so edle Hilfsorganisation Peanuts.

Außerdem wurde niemand geschädigt, jedenfalls niemand, der noch am Leben war. Das stellte einen großen Vorteil dar. Der Klient war zum Zeitpunkt der Transaktion tot, und Erben, die Ärger machen konnten, gab es nicht. Da die Kriminellen international tätig waren, bot sich ihnen eine große Auswahl an Opfern (Klienten).

Bis vor Kurzem hatte sich Charlie nur um die juristische Seite der Testamente gekümmert und die *Kataloge* für die Klienten zusammengestellt. Diese enthielten Wohltätigkeitsorganisationen, die zum psychologischen Profil des Klienten passten. Der Katalog eines reichen Reeders umfasste beispielsweise Organisationen, die irgendwie mit der Seefahrt zu tun hatten.

Dass Charlie einen Auftrag erhalten hatte, der eigentlich für die Londoner Betrügerszene reserviert war, beruhte auf zwei Faktoren: ihrer Staatsangehörigkeit und ihrer prekären Lage, die ein Scheitern und eine Beteiligung am Gewinn ausschloss.

Samuel deckte gerade für das Frühstück, als Charlie das Esszimmer betrat.

»Wenn die Sonne so hoch am Himmel steht, ist auf dem Himlastupet an Schlaf ohnehin nicht mehr zu denken«, sagte er. »Da kann ich genauso gut den Tisch decken, ehe alle hier einfallen.«

Charlie half ihm zerstreut. Sollte sie ihn darauf ansprechen? Und wie? Nein, das wirkte zudringlich und erregte Misstrauen.

»Wie hat dir die Beerdigung gefallen?«, fragte sie stattdessen.

»Ehrlich gesagt habe ich dabei vor allem an meine eigene gedacht«, antwortete Samuel und zuckte mit den Achseln.

Sie verspürte einen Druck auf der Brust.

»Ach, wirklich?«

Etwas Besseres fiel ihr nicht ein.

»Ja.«

Charlie hätte ihn gerne aufgemuntert, aber wie munterte man jemanden auf, dessen Tage gezählt waren?

»Wenn dir danach ist, kannst du gerne darüber sprechen«, erwiderte sie vorsichtig.

Er dankte ihr und zog das Tischtuch glatt.

»Ich dachte gerade daran, dass vermutlich mehr Leute an meiner Beerdigung teilnehmen als an Agnes'«, sagte er, »gleichzeitig aber irgendwie auch weniger. Ich habe viele Bekannte, aber kaum Freunde. Agnes hat hier in zehn Tagen mehr Freunde gefunden als ich in meinem ganzen Leben.«

Charlie fiel auf, dass die Servietten so grün waren wie die Wiese in der Morgensonne. Der Kunsthändler besaß noch immer ein Auge für Details.

»Ich weiß nicht, warum ich mir gerade darüber Gedanken mache«, fuhr er fort. »Schließlich ist es wie es ist. Ich habe meine Entscheidungen getroffen, und diese hatten Konsequenzen. Wer weder Verwandte noch enge Freunde hat, wird von niemandem vermisst. Warum soll ich mich eigentlich um meine Beerdigung kümmern? Ich bin dann ohnehin tot.«

Er fuhr sich mit der Hand durchs Haar.

»Mir wirst du jedenfalls fehlen«, sagte Charlie aufrichtig. »Für mich bist du ein Freund.« Ihr kamen die Tränen. »Entschuldige.«

Sie hatte das Gefühl, die letzte Zeit vor allem mit Weinen zugebracht zu haben. Samuel umarmte sie.

»Liebe Charlie, du ahnst gar nicht, wie sehr mich deine Tränen erfreuen. Ich glaube, niemand hat je meinetwegen Tränen vergossen, nicht einmal meine Mutter. Sie war eine sehr harte Frau. Veronica jedenfalls nicht. Das ist so ein lächerlicher Gedanke. Dass ich sterben könnte, ohne dass jemand eine Träne um mich vergießt, aber jetzt weiß ich, dass dem nicht so sein wird. Dank dir, Charlie.« Er schüttelte den Kopf. »Meine Güte, das klingt wirklich fürchterlich. Entschuldige, vergiss, was ich gerade gesagt habe.«

Charlie schwieg. Sie hatte nicht um Samuel geweint, sondern weil sie behauptet hatte, ihn als Freund zu betrachten, obwohl sie hier war, um ihn zu betrügen. Ihr wurde momentan alles zu viel.

Sobald die Sonne auf Toms und Gottfrids Augenlider traf, erwachten beide gleichzeitig. Yvonne, Hawaii-Lasse, Omar und Victor schliefen im Schatten weiter.

»Welch eine Beerdigung!«, flüsterte Gottfrid Tom ins Ohr, um die anderen nicht zu wecken. »Die erste und beste meines Lebens. Ich habe geweint.«

Er wirkte beinahe stolz und schien ein Lob zu erwarten.

»Ich weiß nicht recht, was ich sagen soll, Gottfrid, aber danke ... ich gratuliere«, erwiderte Tom und fragte sich, ob er sich jemals so über seine eigene Trauer gefreut hatte.

»Danke«, antwortete Gottfrid.

Sie klaubten die Gegenstände vom Vorabend zusammen und machten sich auf den Weg zum Haupthaus. Auf halber Strecke blieb Tom unvermittelt stehen und stellte seine Last ab.

»Es ist fürchterlich schwer«, sagte er und wich Gottfrids Blick aus.

»Was?«

Tom ließ sich auf einen Baumstumpf sinken.

»Die Zukunft.«

Auch Gottfrid stellte die Sachen ab und schien etwas sagen zu wollen. Er trat von einem Fuß auf den anderen.

»Was ist?«, fragte Tom.

Gottfrid suchte nach den richtigen Worten. Manchmal wurde er missverstanden, und das wollte er um jeden Preis vermeiden. Er erkundigte sich also, ob

Tom ihm verzeihen würde, falls er ins Fettnäpfchen träte. Er meine es nämlich nur gut.

Tom hatte das Gefühl, dass sowieso nichts seine Verfassung verschlimmern könne.

»Nur raus mit der Sprache«, meinte er.

Gottfrid holte tief Luft.

»Ich dachte Folgendes ...«

Dann enthüllte er seine Eingebung, wie Tom und er einander behilflich sein könnten. Auf Gottfrid warteten zu Hause große Probleme. Simone war vor Sorge und Misstrauen wahrscheinlich schon vollkommen durchgedreht. Außerdem würde er gestehen müssen, dass er gelogen hatte.

»Wenn wir wieder auf dem Festland sind, steigst du bei mir ein und begleitest mich nach Hause. Ich stelle dich als meinen tischlernden Bekannten vor, der gerade seine Frau verloren hat, was ja auch stimmt. Simone hat ein großes Herz und wird dich mit offenen Armen willkommen heißen. Dann kannst du, solange du willst, bei uns wohnen und dich an der Renovierung der Kate beteiligen. Du bist in der ersten schweren Zeit nicht allein, und wir freuen uns über deine Hilfe. Eine Win-win-Situation, oder?«

Bevor Tom antworten konnte, fuhr Gottfrid fort: »Und noch ein Vorteil: Du weißt doch, dass ich ein wenig kindisch und recht ichbezogen bin. Das Beste an kleinen Kindern und mir ist, dass man sich in unserer Anwesenheit nicht in seiner Trauer vergraben kann. Wir sind viel zu sehr mit dem Hier und Jetzt und mit uns selbst beschäftigt. Wir sind Das-Leben-geht-weiter-Wesen. Verstehst du? Mich zu begleiten ist die reinste Therapie.«

Tom war von der Das-Leben-geht-weiter-Therapie nicht ganz so überzeugt, aber … schaden konnte sie vermutlich nicht. Und alles war besser, als ohne Agnes nach Hause zurückzukehren.

»Wo wohnen wir?«, fragte Tom, aber Gottfrid verstand die Frage nicht. »Wenn wir eine ganze Kate komplett renovieren, können wir nicht darin wohnen. Wo sind wir also untergebracht?«

Gottfrid ging mit erhobenen Armen in die Knie.

»Du kommst mit! Danke, Tom. Ich danke allen Göttern im Himmel. Das ist fantastisch!«

Gottfrid sprang auf, hüpfte herum und verausgabte sich mehr als während seines Workouts mit Omar. Erst als sie das Haupthaus erreichten, erhielt Tom eine Antwort auf seine Frage.

»Simones Eltern besitzen in der Nähe der Kate ein Sommerhaus, das leer steht. Dort können wir alle drei wohnen, du hast ein eigenes Zimmer, wir kochen, und WLAN gibt es auch. Deal?«

Gottfrid hob die Hand zu einem High five, und Tom schlug ein.

»Yes!«, rief Gottfrid so laut, dass es widerhallte, wurde dann aber ernst. »Entschuldige.«

»Wofür«, wollte Tom wissen.

»Es ist vielleicht unpassend, dass ich mich so freue. Jetzt, wo Agnes tot ist und überhaupt.«

»Du freust dich doch nicht darüber, dass Agnes gestorben ist?«

»Um Himmels willen, nein.«

»Na dann«, meinte Tom, »und dieses zwanghafte Dauerentschulden musst du dir abgewöhnen.«

Gottfrid versprach es.

»Was machst du eigentlich genau, Charlie?«, fragte Samuel, als er Kaffee in den Filter der Kaffeemaschine füllte. »Du bist in der Finanzberatung tätig, so viel weiß ich, aber welcher Art genau? Wir haben uns nie eingehender darüber unterhalten.«

Da war sie also. Die Frage. Aus dem Nichts, aber wie auf Bestellung. Eine Brücke, die sie im letzten Augenblick aus ihrer Verlegenheit befreite.

»Ich helfe Leuten, ihr Testament aufzusetzen. Teils kümmere ich mich um die juristischen Belange, teils betätige ich mich als Erbmaklerin.«

»Erbmaklerin?«, fragte Samuel. »Ich wusste gar nicht, dass es diesen Beruf gibt.«

»Vielleicht nicht in Schweden«, antwortete Charlie, »aber in London ist er nicht ungewöhnlich. Und in den USA hat jede alternde Hollywood-Diva ihren eigenen Erbmakler, und die Dinosaurier an der Wall Street ebenfalls. Viele sehen das als ihre letzte Möglichkeit, die Hölle zu vermeiden: ihre Millionen der richtigen Wohltätigkeitsorganisation zu vermachen.«

»Unglaublich …«, sagte Samuel, erstaunt, aber auch interessiert. »Warum hast du mir das nicht schon früher erzählt?«

»Keine Ahnung«, antwortete Charlie.

»Das ist ja wie ein Geschenk des Himmels. Unglaublich! Du kannst dir gar nicht vorstellen, wie sehr ich mir über mein Testament den Kopf zerbreche.«

»Ich glaube, dass ich irgendwo eine Broschüre mit Wohltätigkeitsorganisationen habe. Könnte dich das interessieren …?«

»Du hast so eine *Broschüre* dabei?«, rief Samuel und lachte. »Die müssen wir uns sofort anschauen.«

»Natürlich.«

In Charlies Zimmer vertiefte sich Samuel umgehend in die Lektüre.

»Ist es okay, wenn ich sie mitnehme?«, erkundigte er sich.

»Natürlich, aber willst du nicht erst frühstücken?«

»Nein, ich habe schon eine Kleinigkeit gegessen.«

Sie verließen das Zimmer. Charlie ging die Treppe hinunter, und Samuel ging auf seine Tür zu.

»Übrigens«, rief er ihr hinterher.

»Ja?«

»Bitte die anderen, sich mit dem Packen zu beeilen, damit alle mindestens zwei Stunden vor der Fähre fertig sind. Wir sollten vor dem Boulespiel genug Zeit haben, uns die Särge noch einmal anzuschauen.«

»Der Boule-Wettkampf!«, rief Charlie. »Den hatte ich ganz vergessen.«

»Wahrscheinlich bist du da nicht die Einzige«, meinte Samuel. »Der sollte doch den krönenden Abschluss bilden, damit nicht alles von Tod und Beerdigung gehandelt hat.«

»Ich werde die anderen daran erinnern«, versprach Charlie und verschwand nach unten.

Zweieinviertelstunden vor der Abfahrt lagen alle Gepäckstücke auf den Lastenmopeds. Die Teilnehmer des Workshops standen wie eine Schulklasse vor der Tischlerei und warteten auf ihren Lehrer.

Lars Lood trug noch immer das Hawaiihemd. Gottfrid hatte geduscht, die Haare mit Wasser gekämmt und tadellos gescheitelt. Er trug wie zu einem Examen ein blaues Jackett und ein gemustertes Einstecktuch. Tom hatte die Ärmel hochgekrempelt und einen von Agnes' geknoteten Schlipsen umgebunden. Victor und Omar standen Seite an Seite in so frisch verliebter Nähe, wie ihr Respekt vor Lisa es nur zuließ. Am Morgen hatte diese noch befürchtet, ihre Gefühle könnten nicht von Dauer sein, aber jetzt merkte sie, dass diese Sorge unbegründet gewesen war. Sie begehrte Omar nicht mehr.

Ihr machte jedoch zu schaffen, dass dies das Ende ihrer Familie und all ihrer Zukunftsträume bedeutete. Sie verspürte eine gewisse Trauer, das ließ sich nicht leugnen.

Da eilte Samuel mit einer Broschüre in der Hand über den Hof.

»Entschuldigt, ich muss nur rasch etwas erledigen, bevor wir uns bei den Särgen treffen. Charlie, könntest du bitte einen Augenblick mitkommen? Es dauert nur fünf Minuten.« Er deutete auf Omar und Victor. »Ihr beide auch. Wir benötigen zwei Zeugen.«

Yvonne lachte.

»Wollt ihr etwa heiraten?«

Charlie antwortete postwendend, dass sie auch sehr überrascht sei. Als sie zu viert Samuels Zimmer betraten, erzählte dieser begeistert, ihm hätte eine einzigartige Hilfsorganisation mit dem Namen *Global ArtCare Foundation* sehr eingeleuchtet. Diese stehe bedürftigen Jugendlichen mit Wohnraum und anderem Lebensnotwendigem bei und betreibe auch Kunst- und Ausbildungsprojekte, die offenbar sehr innovativ waren. Hilfe zur Selbsthilfe im besten Sinne, fand Samuel.

»Genau so etwas hätte ich gerne selbst aufgebaut«, meinte er begeistert. »Kannst du bitte überprüfen, ob ich alles richtig gemacht habe«, sagte er, an Charlie gewandt.

Auf dem Schreibtisch lagen etliche Dokumente zur Unterschrift bereit. Charlie war sprachlos.

Samuel hatte die Anleitungen aus einem Buch über Erbrecht befolgt, und soweit Charlie sich mit schwedischen Gesetzen auskannte, besaß das Testament Gültigkeit.

»Du hilfst mir, das letzte Problem meines Lebens zu lösen, Charlie. Ich habe mir den Kopf darüber zerbrochen, wie ich meinen Nachlass investieren kann«, sagte er.

Sie fand die Wortwahl merkwürdig: *meinen Nachlass investieren?* Rechnete Samuel etwa mit einer Rendite? Charlie hätte fast aufgeschrien, als sie sah, dass Samuel *Global ArtCare* achtzig Prozent seines Vermögens hinterlassen wollte.

»Ich hoffe, du bekommst eine gute Provision«,

sagte Victor munter zu Charlie. »Da müsste ein ordentliches Sümmchen für dich abfallen.«

Samuel wandte sich an sie: »Und? Bekommst du eine Provision?«

»Nein, wirklich nicht«, antwortete sie ernst. »Erbmakler erhalten ein Fixum, aber für dich ist es gratis.«

»Natürlich bezahle ich dich dafür«, sagte Samuel.

Aber Charlie weigerte sich. Schließlich habe sie ihm ja nur die Broschüre ausgehändigt und die Gültigkeit des Testaments überprüft. Mehr nicht.

»Und das ist wirklich kein Betrug?«, fragte Samuel. »Die *Global ArtCare Foundation* existiert wirklich?«

»Natürlich«, antwortete Charlie. »Diese Organisation ist weltweit tätig und genießt einen sehr guten Ruf. Du kannst sie googeln.«

»Ich verlasse mich auf dich«, sagte Samuel und kritzelte seine Unterschrift auf die Papiere. Die beiden Zeugen unterzeichneten ebenfalls. Dann steckten sie die Dokumente in einen Umschlag. »Wie schön. Ich fühle mich erleichtert, fast wie ein Sträfling, der am ersten Sommertag entlassen wird.« Samuel rieb sich die Hände, dann kam ihm ein Gedanke, und er wechselte das Thema. »Spielen wir nachher beim Boule in derselben Mannschaft, Charlie?« Er schaute vielsagend auf Omar und Victor. »Die beiden scheinen ja bereits ein Team gebildet zu haben.«

»Gerne, aber wollten wir nicht erst noch die Särge anschauen?«

»Doch, genau!«

Rasch begaben sie sich in die Tischlerei.

Die neun feierlich aufgereihten Särge boten einen schönen, wenn auch gespenstischen Anblick, wie Boote für die letzte Reise. Jeder Sarg war mit dem Namen des Erbauers versehen: Tom, Charlie, Gottfrid, Lars, Lisa, Victor, Omar, Yvonne (sie hatte den Prototyp erhalten) und Samuel.

Aus ein paar Brettern, Nägeln und Schrauben waren durch gute handwerkliche Arbeit schöne und brauchbare Gegenstände entstanden. Das Holz war geschliffen, grundiert und lackiert. Die Särge besaßen Scharniere, Beschläge und Metallhandgriffe. Sie waren mit einem weichen weißen Stoff ausgekleidet und mit den von Agnes gewebten Teppichen ausgelegt.

»Ich kann immer noch nicht recht fassen, dass es mir tatsächlich geglückt ist«, sagte Gottfrid und strich über den Lack seines Sargdeckels. »Das ist so unwirklich.«

»Genauso unwirklich, wie den eigenen Namen auf einem Sarg zu lesen. Eine Maximaldosis *carpe diem* also«, fand Lisa.

Yvonne stimmte ihr zu.

»Wenn nicht sogar eine Überdosis.«

Nachdem alle sich ein wenig in den Anblick der neun Särge vertieft hatten, ergriff Samuel das Wort und erklärte, wie stolz er über diese Werke war.

»Einen Sarg zu tischlern ist keine Kleinigkeit. Jeder Schliff, jeder Hammerschlag und jeder Pinsel-strich bringt uns dem Augenblick näher, in dem dieser Sarg unsere letzte Bleibe wird. Davon lässt sich während der Arbeit einfach nicht absehen, und jeden von uns hat irgendwann die Sargpanik gepackt. Wenn einem bewusst wird, womit man sich eigentlich beschäftigt, und man den Tod vor Augen hat, dann wird einem schwindlig. Es wirkt vielleicht absurd, so viel Lebenszeit auf etwas zu verschwenden, das erst nach dem Tod von Nutzen ist, aber der Sargbau ist tatsächlich eine Investition.« Samuel Miller legte eine kleine Pause ein und beendete seine kurze Rede mit einem letzten langen Satz: »Eine Investition in viele sinnvolle Gedanken, die alle zu ein und demselben Ergebnis führen: Nutze die Zeit, die dir gegeben ist.«

Einige lange, schweigende Sekunden später klatschte Samuel in die Hände und erklärte, dass jetzt die Zeit gekommen sei, diese Sargbauerweisheit zu beherzigen: Nutze die Zeit, und habe deinen Spaß. Und zwar in diesem Fall mit einer Partie Boule.

Samuel und Charlie, Lisa und Lars Lood, Victor und Omar sowie Gottfrid und Tom bildeten die Boule-paare. Yvonne wollte nicht mitspielen.

Als Gottfrid zum ersten Wurf ansetzte, hielt er plötzlich inne.

»Wisst ihr übrigens, dass Tom mich begleitet und Simones Kate renoviert?«

»Du darfst nach Herzenslust plaudern«, unterbrach ihn Samuel, »solange du auch wirfst.«

»Oder willst du die nächste Fähre auch noch ver-passen, Gottfrid?«, fragte Yvonne augenzwinkernd.

»Touché!«, erwiderte Gottfrid, reckte den Daumen, und während die Kugel durch die Luft flog, erläuterte er ihnen seinen Plan.

»Du darfst also Gottfrid besuchen, mein kleiner Liebling«, sagte Lisa und nahm Wuschel in die Arme. »Du wirst mir fehlen.«

»Verdammt!«, rief Gottfrid. »Daran habe ich nicht gedacht. Das geht ja gar nicht. Simone hat eine Hundeallergie. Ihr Kopf schwillt um ein Fünffaches an.«

»Dann kann ich dich leider nicht begleiten«, meinte Tom. »Wuschel und ich sind jetzt ein Team.«

»Das darf nicht wahr sein.« Gottfrid stöhnte.

»Prinz Wolkenflocke kann solange bei mir sein«, schlug Lisa vor. »Meine Töchter würden sich wahn-sinnig freuen.«

Als hätte Wuschel ihre Worte verstanden, leckte er ihre Nasenspitze ab. Gottfrid warf Tom einen hoff-nungsvollen Blick zu.

»Du kannst ihn gerne eine Weile haben, Lisa«, meinte Tom. »Das wäre eine große Erleichterung, ich sehe ja, wie gut ihr euch versteht. Agnes hätte mir sicher auch zugestimmt.«

»Yes!«, rief Gottfrid, als hätte er bereits das Boule-Turnier gewonnen.

Auch Omar war erleichtert, als er sah, wie Lisa den kleinen Wuschel kraulte. Jetzt war sie zumindest *nicht allein*.

Lisa schien ähnlich zu denken.

»Auf dem Heimweg rufe ich die Mädchen an und lasse sie raten: Ist Papa schwul oder ein Hund geworden?« Ihr Lachen klang hohl. »Entschuldigt bitte, das war jetzt blöd. Ich finde die Situation einfach nur so absurd.«

Fragende Blicke richteten sich auf Omar.

»Zwischen Lisa und mir ist Schluss. Victor und ich sind jetzt ein Paar.«

Zum ersten Mal sprach Omar diese Worte aus, die Victor nun zum ersten Mal hörte. Er errötete, und ein wohliges Gefühl erfasste ihn.

»Wahnsinn!«, rief Lars Lood, der sein Hawaiihemd aufgeknöpft hatte. »Ich habe damit in meiner Jugend auch ein wenig experimentiert. Nichts für mich, mit Verlaub. Gratuliere, Jungs!«

Dann warf er seine Kugel und traf genau neben die Zielkugel.

»Wie geht's, Lisa? Ist alles in Ordnung?«, fragte Yvonne diskret.

Lisa zuckte mit den Achseln.

»Zuerst hat es wahnsinnig wehgetan, aber jetzt habe ich einfach das Pflaster runtergerissen, und es ist seltsamerweise halbwegs erträglich. Mich schmerzt, dass mit der Familie alles anders wird …«

Yvonne nahm sie in die Arme, und Lisa erkundigte sich, wie sie sich beim Gedanken an die Rückkehr fühle.

»Im Augenblick gut. Obwohl ich zugeben muss, dass es mir schwerfällt, an etwas anderes zu denken als an den Rucksack, den ich im Rettungsboot vergessen habe. Seit meiner Ankunft beschäftigt er mich rund um die Uhr.«

Sie schwiegen eine Weile, dann fuhr Yvonne fort: »Ich will zur Polizei gehen und alles erzählen. Schließlich konnte ich nicht wissen, dass mein Lebensgefährte Waffen in der Wohnung aufbewahrte. Sobald es mir bewusst wurde, habe ich die Bullen gerufen. Ich kann mir nicht vorstellen, dass sie mir daraus einen Strick drehen werden. Außerdem ist der Idiot, mit dem ich zusammen war, der Polizei wegen anderer Straftaten bekannt. Ich werde auch zu einem Psychologen gehen. Ich muss zu dem Menschen zurückfinden, der ich vor zehn Jahren war, bevor ich diesen Idioten kennenlernte. Ich muss etwas Gutes aus meinen Erfahrungen machen. Ich muss etwas Gutes aus meiner Situation machen.«

Lisa wollte etwas sagen, aber ihr fehlten die passenden Worte.

»Hältst du Wuschel kurz?«, fragte sie dann.

Yvonne kraulte das weiße Hundeohr, nahm ihn aber nicht auf den Arm.

»Ich glaube, bei dir gefällt es ihm am besten«, meinte sie.

Yvonne hatte eine leichte Verunsicherung in Wuschels Augen bemerkt und wollte ihm nicht noch mehr Angst machen. Beim Stichwort Angst fiel ihr ein, dass sie noch etwas zu erledigen hatte. Sie trat auf Gottfrid zu.

»Du bist vielleicht schon selbst darauf gekommen: Ich habe dir ein Bein gestellt, als du mit Omar durch den Wald gerannt bist.«

Gottfrid erstarrte.

»Du warst das? Und ich habe schon geglaubt, ich hätte mir das alles nur eingebildet.«

»Wie ein Flummi bist du den Abhang hinunter-gekugelt.«

»Ich hätte sterben können!«

»Entschuldige, Gottfrid. Bist du sehr wütend?«

»Wütend?« Er überlegte. Wütend? Nein, nicht im Geringsten, er war eher ein wenig beschwingt. »Hast du gehört, Lasse?«, rief er munter. »Ich hatte recht. Ich wurde zu Fall gebracht! Du hast dich geirrt. Ihr habt euch alle geirrt! Danke, Yvonne, das hat gut-getan. Jetzt werde ich Boule spielen wie ein Gott!«

Tom warf, und es gelang ihm, die Kugel von Lars Lood zu treffen. Sein Teamkamerad Gottfrid jubelte. Tom blieb trotz seines Superwurfs ernst. Ohne eine Miene zu verziehen, trat er beiseite.

»Was ist los?«, fragte Gottfrid.

»Ich halte Zwiesprache mit Agnes, da wirke ich vielleicht ein wenig geistesabwesend. Das habe ich mir angewöhnt. Sie ist mir so nah.« Er legte eine Hand aufs Herz.

»So geht es mir auch«, sagte Victor, der die Unterhaltung mit angehört hatte. »Ich rede auch mit ihr und würde dir bei dieser Gelegenheit gerne danken, Tom.«

»Mir?«

»Ich weiß nicht, wie ich die letzten Tage ohne dich über die Runden gekommen wäre. Und die Beerdigung war fantastisch. Da können nicht einmal ägyptische Pharaonen mithalten.«

Tom lächelte schüchtern.

Victor hatte noch mehr auf dem Herzen. Er betrachtete Lisa, die gerade ihre Kugel geworfen hatte, und ging dann auf sie zu.

»Ich könnte mich tausendfach bei dir entschuldigen, weil ich dich hintergangen und dir deinen Mann gestohlen habe, aber das wäre verlogen, denn ich würde es jederzeit wieder tun.« Lisa betrachtete ihn zurückhaltend. »Also möchte ich mich bei dir bedanken, dass du mir mit deiner Boulekugel nicht den Schädel eingeschlagen hast.«

Lisa lächelte schief.

»Früher hätte ich das vielleicht getan.«

»Und niemand hätte dir einen Vorwurf machen können«, erwiderte Victor.

»Ich bin kein Engel der Nachsicht, das kannst du

mir glauben, aber hier geht es um das nackte Über-
leben. Wenn ich von Omar weiterhin Leidenschaft
erhofft hätte, wäre ich untergegangen. Aber keine
Frau kann einen verkappten Schwulen entflammen.
Außerdem hätte ich mir dann auch persönliches
Versagen vorgeworfen.« Sie zuckte mit den Achseln.
»Mit einem Mann herkommen und mit einem Hund
abreisen. Das Leben ist wirklich voller Überraschun-
gen.«

Victor hätte sie gerne umarmt, befürchtete aber,
dass ihr das nicht recht gewesen wäre. Was auch
stimmte. Sie wollte ihm weder eine Boulekugel an
den Kopf werfen noch sich von ihm umarmen lassen. Seine Anteilnahme wusste sie jedoch zu schätzen.

Charlie, die mit Samuel eine Mannschaft bildete,
entschuldigte sich für ihre schlechten Würfe. Sie
konnte sich einfach nicht konzentrieren. Er hatte das
Testament unterschrieben. Einfach so. Unfassbar.
Sie hatte ihren Auftrag bis zum letzten Tag vor sich
hergeschoben, verdrängt, sich darauf eingestellt, in
den sauren Apfel beißen zu müssen: in London
noch einmal ganz von vorne anzufangen und Kreditkarten auf der Regent Street auszuspähen oder
auf dem Schwarzmarkt Karten für Wembley zu verkaufen. Bei dem bloßen Gedanken daran schauderte
sie.

Jetzt bot sich also die Gelegenheit, im Triumph
nach London zurückzukehren.

Sie fühlte sich sehr verunsichert. Was war nur mit ihr los? Erst gefiel ihr die wunderbare schwedische Insel so gut, dass sie für immer dort bleiben wollte, aber jetzt lockte schon wieder London. Was wollte sie *wirklich*?

»Gottfrid!«, rief sie, ohne daran zu denken, dass sie sein Gespräch mit Samuel unterbrach.

»Ja?«

»Könnte ich bei euch im Auto mitfahren? Ich würde dann in der nächsten Stadt, in der es einen Flugplatz gibt, aussteigen.«

»Natürlich«, sagte Gottfrid und setzte sein Gespräch mit Samuel fort. »Ich habe Tom versprochen, mich nicht mehr zu entschuldigen, weil das bei mir offenbar schon krankhaft ist. Früher konnte ich mich nie entschuldigen, jetzt tue ich es andauernd. Beispielsweise würde ich mich gerne dafür entschuldigen, dass ich so viel rede, aber das lasse ich jetzt …« Dann fiel ihm eine Frage ein, die ihn schon lange beschäftigte. »Wie verfrachten wir eigentlich die Särge?«

»Habe ich das nicht gesagt?«, fragte Samuel. »Ich organisiere den Transport, aber das kann ein paar Wochen dauern.«

»Bis dahin müssen wir also am Leben bleiben.« Gottfrid lachte, bis er merkte, dass Victor neben ihm stand. »Entschuldige, Victor, so habe ich das nicht gemeint.«

Victor schüttelte den Kopf.

»Ich dachte, du wolltest dich nicht dauernd entschuldigen?«

Lars Lood wog die Boulekugel eine Weile in der Hand, dann warf er sie. Peng! Toms Kugel machte einen Satz, und Lars hatte sich direkt neben der Zielkugel positioniert.

»Super Wurf«, sagte Tom. »Soll man jetzt übrigens Lars oder Lasse sagen?«

Der Dramatiker nahm auf seinem Gartenstuhl Platz und lehnte sich zurück.

»Beides ist erlaubt, aber in Hawaiihemd eher Lasse.«

Hawaii-Lasse sah in seinem aufgeknöpften Hemd aus wie der typische Urlauber.

»Auf die Frage, ob ich glücklich bin, habe ich früher immer geantwortet, dass ich dafür zu intelligent sei, aber jetzt bin ich mir da nicht mehr so sicher.« Er verschränkte die Arme hinter dem Kopf. »Entweder habe ich unrecht und man kann intelligent und glücklich sein, oder ich bin dümmer, als ich dachte. Ich bin nämlich richtig froh.«

»Man muss einfach das richtige Level finden«, warf Yvonne ein. »Dumm genug für das Glück, aber clever genug, um es zu schätzen zu wissen.«

Gottfrid wog die Kugel in der Hand. Es war sein letzter Wurf. Hawaii-Lasse lag vorn. Mal sehen, wie glücklich er ist, wenn ich ihn jetzt noch übertrumpfe, dachte er. Und erzielte einen Traumwurf! Die Kugel landete genau neben der von Hawaii-Lasse. Mit bloßem Auge war nicht zu sehen, welche näher lag.

»Maßband!«, rief Hawaii-Lasse und sprang auf. »Wir brauchen ein Maßband.«

Samuel wandte ein, noch seien nicht alle Kugeln geworfen worden. Die Spannung stieg, als sich die anderen zum letzten Wurf anstellten. Sogar Wuschel wirkte interessiert.

»Du hast zwar Ballangst, aber offenbar keine Boule-angst«, sagte Victor zu dem Hund und streichelte ihn.

»Wir müssen uns beeilen, damit es uns nicht so geht wie Gottfrid«, meinte Samuel und schaute auf die Uhr.

»Also dass wir die Fähre verpassen«, verdeutlichte Lars.

»Ich glaube, das haben alle kapiert«, murmelte Gottfrid.

Die Kugeln pfiffen durch die Luft, einige recht treffsicher, aber keiner gelang es, die besten Kugeln beiseitezustoßen.

»Unentschieden«, sagte Samuel. »Wir müssen zur Fähre.«

»Unentschieden? Das kann nicht dein Ernst sein!«, riefen Gottfrid und Hawaii-Lasse im Chor und rannten ins Haus, um ein Maßband zu holen.

Die anderen marschierten los.

»Ihr nehmt die Lastenmopeds!«, rief Samuel den beiden hinterher.

Niemand bemerkte, dass Wuschel auf dem Boule-platz zurückgeblieben war. Nicht die großen Kugeln faszinierten ihn, sondern etwas anderes, etwas, das ihn an ihn selbst erinnerte. Klein und weiß, und die Menschen wetteiferten manchmal um seine Nähe.

Vorsichtig betrat Wuschel die Boulebahn. Sein weiches Fell strich über die Kugeln, dann erreichte er den Ball, vor dem er nicht die geringste Angst hatte, am Ziel. Und plötzlich geschah etwas. Mit einem Mal fühlte sich Wuschel wie ein richtiger Hund. Eifrig folgte er seinem Impuls und rannte dann schwanzwedelnd hinter der Gruppe her, die schon ein Stück des Weges zurückgelegt hatte.

Eine schweigsame Gruppe spazierte an diesem letzten Tag durch den Wald. Wie so oft, wenn man etwas zum letzten Mal tat, dachten alle an das erste Mal zurück. Sie waren angekommen, ohne zu wissen, wohin die Reise ging oder wer die anderen waren. Das Wetter war genau so gewesen, und das überwältigende Grün, an das sie sich jetzt beinahe gewöhnt hatten, hatte sie verblüfft.

Eine Person war zu ihnen gestoßen, eine andere weilte nicht mehr unter ihnen, und keiner war wie vorher. Die meisten hatten gedacht: Das würde ich gerne noch einmal machen – was natürlich unsinnig war. Einen Sarg baute man nur einmal. Widersprüchliche Gefühle erfüllten Samuel: Wehmut und Freude. Wehmut über das Ende, Freude über das Resultat. Früher war die Insel sein Zufluchtsort gewesen. Sein kleines privates Königreich, das er ganz für sich gehabt hatte. Gelegentlich hatte er zwar das Haupthaus vermietet, war dann aber selbst abwesend gewesen.

Oft hatte er davon geträumt, Freunde auf die Insel einzuladen, aber sie waren alle mehr oder weniger seine Angestellten gewesen und hätten dem Ganzen den Charakter eines Business Meetings verliehen. Deprimierend. Samuel Miller betrachtete die anderen unauffällig und fand, dass sie mehr das Gefühl alter Freunde aus der Kindheit als neuer Bekannter vermittelten. Das muss am Tod liegen, dachte er. Nichts verbindet Menschen so sehr wie der Tod.

»Charlie«, sagte er, »bitte nimm du das hier.«

Er reichte ihr den braunen Umschlag mit dem Testament.

»Warum?«, wollte sie erstaunt wissen.

»Ich habe eine Kopie gemacht, aber ich dachte, dass es besser ist, wenn du das Original behältst. Mich beschäftigen momentan so viele Dinge, ich will es nicht versehentlich irgendwo liegen lassen.«

»Selbstverständlich«, erwiderte sie. »Ich nehme es in Verwahrung.«

Charlie verstaute den Umschlag in ihrer Handtasche.

»Wo ist Wuschel?«, fragte Lisa, als sie sich dem Kai näherten.

»Ist er nicht mitgekommen?«, fragte Tom.

Eine Sekunde später kam die wuschelige kleine Wolke angesaust.

»Wer vom Teufel spricht …«

Dann erklang Mopedgeknatter, und Gottfrid und Lasse tauchten mit dem Gepäck auf.

»Wer hat gewonnen?«, fragte Omar.

»Sehr witzig«, antwortete Gottfrid mit säuerlicher Miene und stieg vom Moped.

»Allerdings«, pflichtete ihm Hawaii-Lasse bei.

»Wieso?«

»Das hättet ihr uns sagen können, bevor wir das ganze Haus absuchen«, sagte Gottfrid, und Hawaii-Lasse pflichtete ihm bei.

»Was hätten wir euch sagen sollen?«, erkundigte sich Lisa und nahm Wuschel auf den Arm.

»Na, dass ihr die Zielkugel stibitzt habt«, antwortete Gottfrid verächtlich.

Die anderen verstanden nur Bahnhof. Auch Lisa, ehe sie Wuschel den Kopf kraulte. Dieser gähnte vor Wonne. Dabei fiel ihm etwas aus der Schnauze.

»Meint ihr die?« Sie hielt die kleine weiße angesabberte Holzkugel in die Höhe. »Jedenfalls wissen wir jetzt, wer der Schuldige ist.«

Wuschel sah sie unschuldig an.

»Er hat noch nie einen Ball oder Stock apportiert, und jetzt zieht er ausgerechnet mit der Zielkugel ab!«, sagte Gottfrid seufzend.

»Unentschieden?«, fragte Hawaii-Lasse und hielt Gottfrid die Hand hin.

»Unentschieden«, erwiderte Gottfrid und schlug ein.

»Meine Güte, umarmt euch doch endlich«, fand Yvonne.

Hawaii-Lasse und Gottfrid sahen sich an.

»Gottfrid«, sagte Lars und streckte die Arme aus.

»Lasse«, erwiderte Gottfrid. Und dann lagen sie sich in den Armen.

Sosehr er sich über Lars Lood geärgert hatte, sosehr wusste er Hawaii-Lasse jetzt zu schätzen, wie Gottfrid in diesem Moment einsah. Und auch Lars merkte, dass er Gottfrid trotz aller Unterschiede mochte. Insgeheim gefiel ihm natürlich vor allem die Figur, die Gottfrid zum Vorbild gedient hatte. Aber jetzt gab es das Stück nicht mehr, und da nahm er auch gerne mit dem Original vorlieb.

Nachdem sie an Bord der Fähre gegangen waren und diese langsam durch die Wellen davonpflügte, stellten sich alle auf das Achterdeck und sahen Lövensö kleiner werden. Lisa hob Wuschel hoch, um auch ihm einen letzten Blick zu ermöglichen. Charlie wurde das Herz schwer, als die Insel in der Ferne verschwand. Wie konnte sich London damit messen? Die Sache mit Samuels Testament bedrückte sie immer noch. Alles war so schnell gegangen. Sie hatte ein schlechtes Gewissen und hätte ihm am liebsten reinen Wein eingeschenkt: Samuel, der größte Teil deines Erbes kommt nicht Bedürftigen zugute, sondern den Kriminellen, für die ich arbeite. Nur dass du das weißt.

Nein, sie schaffte es nicht. Nicht jetzt. Dann wäre die Stimmung vollkommen ruiniert. Zwischen ihnen und in der Gruppe.

Lisa schielte zu Omar und Victor hinüber. Sie hatte befürchtet, dass sie von rasender Eifersucht gepackt würde, sobald sie die mystisch verzeihende Aura von Lövensö hinter sich gelassen hatte. Nichts dergleichen geschah. Trotzdem war es gut, Wuschel in den Armen zu halten.

Ein seltsamer Geruch hinter ihr riss sie aus ihren Gedanken. Tang oder so. Salzig? Sie drehte sich um. Yvonne stand tropfnass hinter ihr.

»Wieso bist du so nass?«, fragte Lisa.

»Ich wollte im Rettungsboot nachsehen«, sagte Yvonne leise, »ob der Rucksack noch da liegt.«

»Und? War er noch da?«

»Weiß ich nicht.«

»Warum denn nicht?«

»Als ich an der Seite entlanggeklettert bin, um im Rettungsboot nachzusehen, habe ich eingesehen, dass es mir nur um die Tabletten ging. Da habe ich stattdessen ein Bad genommen, um mich abzukühlen und auf andere Gedanken zu kommen.«

»Was hast du?«

»Ich habe ein herabhängendes Seil gepackt und mich von der Fähre durchs Wasser ziehen lassen. Ich hatte nur noch einen Gedanken, nämlich, mich festzuhalten. Das hat also ausgezeichnet funktioniert. Anschließend bin ich wieder an Bord geklettert.«

»Unglaublich!«, rief Lisa beeindruckt, strich Yvonne über ihr salzig-nasses Haar und wurde dann ernst. »Die Tabletten, die ich dir gegeben habe, reichen noch ein paar Tage, dann solltest du aber unbedingt einen Arzt aufsuchen, der dir bei der Entwöhnung hilft. Von heute auf morgen mit Benzos aufzuhören ist sehr unangenehm und hochgefährlich, besonders wenn man sie lange genommen hat. Allein schaffst du das nicht. Wenn du willst, kann ich dir die Nummer eines Bekannten geben, der Arzt ist.«

Yvonne nickte dankbar.

Ein Impuls veranlasste Lisa, Yvonne einen freundschaftlichen Kuss auf die Wange zu geben, während Wuschel gleichzeitig ihre salzige Hand ableckte.

»Ihr seid so lieb!«, sagte Yvonne verblüfft und gerührt.

Inzwischen hatte sich die Fähre so weit von Lövensö entfernt, dass kein Grün mehr zu sehen war. Die Erinnerungen der Betrachter verliehen dem grauen Punkt am Horizont dennoch Farbe.

Erst als dieser Punkt gänzlich verschwunden war, verließen sie das Achterdeck und versammelten sich am Bug. Schweigend hingen sie ihren Gedanken an Vergangenes und Zukünftiges nach und betrachteten den Horizont.

Dritter Teil

Abschiedsgeschenk

Als Charlie die kleine weiße Holzkirche betrat, war sie fast bis auf die letzte Bank besetzt. Sie suchte sich einen freien Platz und setzte sich, ohne den Mantel abzulegen. Auf ihren Knien lag eine weiße Rose. Vor sieben Monaten hatten sie Lövensö verlassen. Sie schaute sich nach ihren Leuten um. Rasch hatte sie Gottfrid auf der anderen Seite des Mittelgangs entdeckt, in schwarzem Anzug, Schlips und elfenbein-weißem Einstecktuch. Seine Haare waren kurz geschnitten, und die moderne Brille war neu. Er nahm sie immer wieder ab, um seine Tränen zu trocknen. Eine Frau mit dunklen Locken und freundlichen Augen neben ihm reichte ihm Papiertaschentücher. Vermutlich Simone, dachte Charlie.

Der Organist spielte *Air* von Bach. Erstaunt nahm Charlie zur Kenntnis, wie anders das Stück in einer Kirche klang. Als Entspannungsmusik nach dem Workout war es nicht übel, aber in einem Saal voller Trauernder fuhr einem jeder Ton direkt in die Seele.

Neben Gottfrid saß Tom. Aufrecht, ernst. Keine Tränen, aber seine Augen glänzten. Charlie wurde warm ums Herz, als sie den Schlips, den Agnes gebunden hatte, bemerkte.

Agnes. Allein der Gedanke an sie konnte einen Niagarafall aus Tränen bei Charlie auslösen. Einige Reihen weiter vorne entdeckte sie Yvonne und Lars Lood. Vielleicht sind sie zusammengekommen, überlegte sie. Dieser Gedanke gefiel ihr. Außerdem sah Yvonne blendend aus. Konnte natürlich alles Make-up sein, was Charlie aber bezweifelte. Vielleicht war sie ja ihre Tablettensucht losgeworden. Lars Lood sah aus wie … Lars Lood.

Seit ihrer Abreise hatte Charlie kaum Kontakt zu den anderen gehabt, außer zu Victor und Samuel natürlich. Samuel hatte sich umgehend wegen des Sargs bei ihr in London gemeldet. Er hatte die Aufbewahrungskosten für hundert Jahre in einem Lager im Londoner East End im Voraus beglichen.

»Du glaubst also, dass ich älter als hundertdreißig werde?«, hatte sie verschmitzt gefragt.

Samuel hatte auf Nummer sicher gehen wollen, und ein ganzes Jahrhundert kostete nur wenige hundert Pfund mehr als ein halbes Jahrhundert.

Charlie suchte die vorderen Reihen nach Omar ab, konnte ihn aber nirgends entdecken. Lisa saß ganz hinten mit Wuschel zu ihren Füßen. Wenig überraschend hatte er alle viere von sich gestreckt und lag platt auf dem Bauch. Also hatte sie den kleinen Charmebolzen behalten dürfen.

Schließlich fiel ihr Blick auf den Sarg vor dem Altar. Ein ganz besonderer Anblick, weil sie seinem Entstehen vom Zusägen der Bretter bis hin zum letzten Hammerschlag hatte beiwohnen dürfen und weil derjenige, der die Arbeit ausgeführt hatte, jetzt darin lag. Alle hatten mit seinem Tod gerechnet, und doch war es unwirklich.

Sie hielt weiter nach Omar Ausschau. Ohne Erfolg. Die vorderen Bänke waren dicht besetzt. Ihre Gedanken schweiften ab. Sie war in ein Schweden zurückgekehrt, das sich stark von dem grünen Augustland, das sie verlassen hatte, unterschied. Obwohl Schneeglöckchen und Krokusse den Frühling bereits erahnen ließen, hatte der Winter noch alles fest im Griff.

Als Charlie an der Reihe war, nach vorne zu gehen, machte sie nur kurz einen Knicks, legte die Rose auf den Sarg und kehrte dann an ihren Platz zurück. So viele Gefühle, aber was gab es schon zu sagen? An ein Leben nach dem Tod glaubte sie nicht, aber falls sich der Geist des Toten wider Erwarten doch in der Kirche befand, kannte er vermutlich ihre Gefühle. Worte waren dann überflüssig.

Nach dem Trauerakt eilte Lisa mit Wuschel ins Freie. Auch Charlie verließ als eine der Ersten die Kirche und stand alleine und vor Kälte zitternd im schneidenden Wind. Dann gesellten sich Yvonne und Lars Lood zu ihr. Alle umarmten sich und stellten sich an die Leeseite der Kirche.

»Bist du aus London angereist? Nett, dich zu sehen!«, sagte Lars.

Er wirkte umgänglicher, als Charlie ihn in Erinnerung hatte. Vielleicht hat er sich ja verändert und ist mehr Lasse geworden? Vielleicht liegt es aber auch an der Beerdigung, überlegte sie.

»Ja. Dieser Anlass war mir wichtig. Und ich freue mich auch, euch alle wiederzusehen«, erwiderte sie, »wenn auch unter diesen betrüblichen Umständen.«

Lisa kehrte mit Wuschel zurück, als Tom und Gottfrid aus der Kirche traten. Gottfrid stellte ihr seine geliebte Simone vor, und Wuschel geriet außer sich. Sein Schwanz rotierte wie ein Propeller.

»Er mag es, wenn die Herde komplett ist«, meinte Lisa augenzwinkernd.

»Und wo ist Omar?«, wollte Charlie wissen. »Ich habe ihn nirgendwo gesehen.«

»Sie kommen. Ich glaube, es gab viele Tränen. Das ist erst ihre zweite Beerdigung. Ich begreife nicht recht, warum sie überhaupt dabei sein mussten.«

»Sie?«

»Sie sind mit Omar gekommen, weil es seine Woche war, aber ich löse ihn jetzt ab«, erklärte Lisa. »Da kommen sie.« Sie deutete auf das Kirchenportal. Charlie drehte sich um.

Omar kam, an jeder Hand einen verheulten Teenager, langsam die Treppe herunter.

»Warum müssen Menschen sterben?«, jammerte die eine.

»Blöder Jesus«, heulte die andere.

»Meine Mädchen«, sagte Lisa und umarmte sie. »Es ist doch nicht Jesus' Schuld, dass Menschen sterben müssen.«

Sie drehte sich zu den anderen um und erklärte, dass die Mädchen weder mit Kirchen noch dem Christentum sonderlich viel Erfahrung hätten.

Omar umarmte alle, und dann begaben sie sich gemeinsam ins Gemeindehaus zum Kaffeetrinken.

»Ich will da nicht rein«, sagte die eine Zwillingstochter.

»Ich auch nicht«, stimmte die andere ein. »Wir warten in Mamas Auto.«

Die Eltern wechselten einen Blick. Lisa zuckte mit den Achseln, gab den Zwillingen den Autoschlüssel, und Omar erbot sich, ihnen ein paar belegte Brote zu bringen.

»Aber nur vegetarisch«, weinten sie im Chor.

»Käse okay?«

»Ja«, heulten die beiden.

Die Gruppe nahm an einem freien Ecktisch Platz.

»Die Mädchen sind sensibel«, meinte Omar. »Das liegt an den Erinnerungen.«

»Und wie geht es dir?«, fragte Charlie. »Mein aufrichtiges Beileid übrigens.«

Sie legte ihre Hand auf seine. Omar senkte den Blick. Offenbar hatten nicht nur seine Töchter Mühe, die Fassung zu bewahren. Dann schaute er betreten auf.

»Es tut mir leid, dass ich euch nicht zur Beerdigung eingeladen habe, aber die Eltern wollten nur die nächsten Angehörigen dabeihaben. Außer ein paar Freunden, mir und den Zwillingen natürlich.«

Lisa erhob sich und sagte zu Omar: »Ich bringe den Mädchen die Brote, dann kannst du freier erzählen.«

Omar sah sie dankbar an, holte tief Luft und fuhr fort: »Wir hatten fünf Monate, Victor und ich …« Weiter kam er nicht, die Stimme versagte. Als er sich wieder gefangen hatte, wandte er sich an Tom. »Wie du nach Agnes' Tod so stark sein und die Beerdigung und alles organisieren konntest, das begreife ich nicht.«

Gedankenverloren strich Tom mit den Fingerspitzen über seinen Schlips.

»Die Beschäftigung hat mir gutgetan. Außerdem wart ihr ja da.«

Omar konnte es trotzdem nicht begreifen. Mit dem Tod seines Geliebten schien eine ganze Welt zusammengebrochen zu sein.

»Der Gedanke an dich, Tom, und wie du Agnes' Tod gemeistert hast, hat mir Kraft gegeben«, sagte er. »Ich spreche immer noch mit Victor. Um nicht den Teil von mir zu verlieren, der nur dann zum Vorschein gekommen ist, wenn wir nur zu zweit waren. Es reicht, dass *er* weg ist, ich habe nicht die Kraft, auch noch mich selbst zu verlieren.«

Tom erzählte, dass auch er nach wie vor laut mit Agnes spräche.

»Das hilft gegen die Einsamkeit.«

Omar musste hin und wieder eine Pause einlegen, um sich zu schnäuzen und seine Tränen zu trocknen. Er erzählte, dass auch seine Töchter von Victor begeistert gewesen waren. Vor der ersten Begegnung sei ihm richtiggehend schlecht gewesen. Er wusste, wie kategorisch sie sein konnten, aber ein Blick hatte genügt, und sie lagen dem jungen Kavalier zu Füßen. Recht bald vertrauten sie Victor vieles an, was sie mit ihren Eltern nicht besprechen konnten. Er war jung genug gewesen, um sich in ihrer Welt auszukennen, und alt genug, um ihnen beistehen zu können. Außerdem war er der, der ihren Vater verwandelt hatte.

»Früher war Papa ein blöder Macho mit Muskeln, aber mit Victor hat er sich in Schwedens coolsten Schwulen verwandelt. Endlich wird er mit Positivem und nicht nur mit hässlichen Fouls in Verbindung gebracht.«

So hatten sie es in einem Interview mit dem

Reporter einer Boulevardzeitung ausgedrückt, der das Liebespaar bei einem Länderspiel auf der VIP-Tribüne gesichtet hatte. Die Zwillinge waren überall zitiert worden, und die Zahl ihrer Follower auf Instagram hatte sich dadurch verzehnfacht, was Victor bei ihnen natürlich nur noch beliebter machte.

»Durch Victor habe ich eingesehen, dass mir etwas Wesentliches fehlte, was zu einer versteckten Depression geführt hat«, fuhr Omar fort. »Als wir ein Paar wurden, spürte ich: *Er* hat mir gefehlt. Obwohl das auch nicht ganz stimmte. Eigentlich fehlte mir der Teil meiner Selbst, den ich jetzt endlich ausleben durfte. Jetzt gibt es Victor nicht mehr, aber das, was ich verborgen habe, ist endlich ans Tageslicht gerückt. Meine Homosexualität eben, aber auch anderes wie meine Fotoleidenschaft. Die ist mein Trost in der Trauer, meine Erinnerung an Victor. Er hat mir zur Ehrlichkeit verholfen.«

Während er erzählte, entdeckte Charlie eine Tätowierung auf seinem Unterarm. Sie bat darum, sie anschauen zu dürfen. Omar schob seinen Ärmel hoch.

»Als wir wieder zu Hause waren, ließ sich Victor diesen Text, den Agnes auf einen Zettel geschrieben hatte, tätowieren. Nach Victors Tod habe ich das ebenfalls machen lassen. Auch die Mädchen haben das vor, wenn sie achtzehn sind.«

Zöger' nicht, mein Lieber
tu es jetzt
das Zögern ist wie eine Epidemie

einzig Feuerwerke
dürfen aufgeschoben werden

Tom strich Omar mit den Fingern über den Unterarm, als wolle er den Text spüren, Agnes spüren.

»Der Zettel hängt gerahmt bei uns zu Hause an der Wand. Du kannst ihn gerne haben«, meinte Omar. Aber Tom schüttelte den Kopf. Er besaß etliche Hefte mit Gedichten von Agnes, auch dieses eine. Es hatte ihn nur so überrascht, es an dieser Stelle zu sehen.

»Nette Idee«, meinte Tom, »leider nichts für mich. Würde ich einmal damit anfangen, dann wäre bald mein ganzer Körper mit Agnes' Gedichten verziert. Dass ich mit ihr rede, muss genügen.«

Omar krempelte den Ärmel wieder herunter. Er sprach zwar gerne über Victor und Agnes, aber schließlich waren sie hier auf Samuels Beerdigung. Seinetwegen hatten sie sich an diesem Tag versammelt.

»Samuel hätte nichts dagegen gehabt, er mochte beide«, meinte Yvonne, »nicht wahr, Charlie?«

Sie nickte. Zweifellos!

Samuel Miller. Charlie hatte eine Mail von seinem Anwalts Åke Ljung erhalten, Samuel läge im Krankenhaus. Es bestehe kein Grund zur Sorge, schrieb der Anwalt, aber Samuel habe sie trotzdem benachrichtigen wollen. Zwei Tage später klingelte ihr Handy. Eine schwedische Nummer.

»Hallo, Charlie. Åke Ljung am Apparat, Samuel Millers Anwalt. Es tut mir leid, aber ich habe schlechte Nachrichten. Samuel ist soeben gestorben.«

Wie im Film, wenn Leute eine Trauernachricht erhalten, erstarrte sie und ließ ihr Handy fallen.

Nach der Zeit auf Lövensö hatten sie sich viermal in London getroffen. Samuel kannte sich in der Stadt aus und liebte Unternehmungen, die früher Teil seiner Arbeit gewesen waren. Sie besuchten Galerien, Auktionen und spannende Ausstellungen.

Ihre Begegnungen waren für sie eine blühende Oase im Beton, als statte Lövensö der asphaltverbrämten Abgaswelt einen Besuch ab.

Samuel hatte über diese Idee gelacht, aber den Ernst, der darin lag, erkannt.

»Was machst du überhaupt noch hier?«, fragte er. »Wolltest du nicht nach Schweden zurück?«

Charlie war sich bewusst, dass sie diese Absicht in ihrer Anmeldung zum Workshop erwähnt hatte, und fing sich rasch.

»Schweden ist nicht Lövensö«, meinte sie. »Wenn ganz Schweden wie Lövensö wäre, wäre ich gar nicht erst nach London zurückgekehrt.«

Ihre ausweichende Antwort entsprach der Wahrheit.

»Und was ist mit deinem grünen Daumen? Kaufst du jetzt Chrysanthemen und Bonsais für deine Wohnung, statt Hecken zu schneiden und Rosenbeete zu pflegen?«

Leider nicht. Ihr grüner Daumen hatte inzwischen wieder eine londongraue Färbung angenommen.

»Topfpflanzen kommen nicht infrage. Entweder vergrabe ich meine Hände in ländlicher Erde oder eben gar nicht.«

Samuel erinnerte sie an seine Dauereinladung nach Lövensö. Selbst wenn das Haupthaus vermietet sei, stehe immer ein Zimmer für sie bereit. Samuels Großzügigkeit beschämte sie, was natürlich vor allem an dem Testament lag. Sie hatte zwar nicht gelogen, aber definitiv einen großen Teil der Wahrheit verschwiegen.

»Ihr hattet doch noch regen Kontakt, Samuel und du?«, fragte Yvonne. »Hat er dich nicht auch in London besucht?«

»Er war zuletzt Ende Januar dort und hatte für Anfang April den nächsten Besuch geplant. Er liebte den Frühling in London, hat er gesagt, aber es kam anders.«

Es wurde still.

»Wie läuft es denn mit der Kate, Gottfrid?«, fragte Charlie, um das Thema zu wechseln. Wunderbar, lautete die Antwort. Tom war zwei Monate geblieben und hatte ihnen im Prinzip ein komplett neues Haus gebaut.

»Wir sind ihm so dankbar«, warf Simone ein.

Tom zuckte mit den Achseln. Für ihn war das die denkbar beste Therapie gewesen. Harte Arbeit und nette Gesellschaft.

»Und was hast du anschließend gemacht?«, erkundigte sich Charlie. Tom erzählte, dass er mit einem gemieteten Boot in der Karibik gesegelt war und sich damit einen alten Traum erfüllt hatte.

»Und wie geht es dir jetzt … mit Agnes und allem?«

Wuschel setzte sich auf und hob witternd den Kopf, als ahne er sein ehemaliges Frauchen irgendwo in der Nähe.

»Das macht er immer, wenn er ihren Namen hört«, flüsterte Omar.

»Als ich die Kate renoviert habe, steckte ich in der Verlustphase und sehnte mich in jeder untätigen Minute ganz entsetzlich nach ihr«, beantwortete Tom seine Frage. »Während meines Segeltörns bin ich in die Dankbarkeitsphase eingetreten, und in der befinde ich mich immer noch.«

»Dankbarkeit?«, erkundigte sich Yvonne.

»Für die Jahre, die mir mit Agnes, diesem wunderbaren Menschen, vergönnt waren.«

Lisa kehrte zurück, nachdem sie den Zwillingen die belegten Brote gebracht hatte, und begann eine Unterhaltung mit den anderen Trauergästen. Charlie hörte nicht zu, weil es ihr schwerfiel, sich zu konzentrieren. Unangenehme Gedanken drängten sich auf. Sie dachte an die Begegnung mit ihrem Auftraggeber vor ihrer Abreise.

»Da ist ein kleines Problem aufgetaucht, Charlie. Samuel Miller hat offenbar ein neues Testament verfasst. Dadurch wird das Testament, das ihr auf der Insel verfasst habt, ungültig.«

»Das kann nicht dein Ernst sein!«, sagte Charlie erstaunt.

»Leider doch, aber das ist kein größeres Problem. Das neue Testament ist kurz vor dem Jahreswechsel datiert. Wann hat er dich zuletzt in London besucht?«

»Ende Januar.«

»Perfekt. Dann müssen bei dem alten Testament nur Datum und Ort geändert werden und zwei neue Zeugen unterschreiben. Eine Kleinigkeit. Ein Testament komplett zu fälschen ist schwieriger, jetzt dient uns das alte als Grundlage.«

Zwei Tage später hielt Charlie die Fälschung in der Hand.

»Das gibst du jetzt dem Anwalt, dann sehen wir weiter. Keine Sorge, wir sind Profis.«

Dieses Testament lag jetzt in ihrer Handtasche. Sie hatte vor, es Åke Ljung nach dem Leichenschmaus auszuhändigen.

»Hoffentlich ruiniere ich nicht die feierliche Stimmung, aber ich kann es kaum noch für mich behalten«, sagte Yvonne plötzlich. »Wollt ihr denn gar nicht wissen, was Lars und ich geworden sind?«

Gottfrid hätte sich beinahe an seinem Kaffee verschluckt.

»Seid ihr Eltern geworden?«, fragte er. »Gratuliere!«

Lars Lood erwiderte lächelnd: »Zufällig weiß ich, dass gewisse Affenarten nach sieben Monaten Junge zur Welt bringen, aber wir sind weder Eltern noch ein Paar geworden.«

»Aber wir sind Kollegen«, ergänzte Yvonne.

»Yvonne sehnte sich nach Halt im Leben, und eine meiner Angestellten trat gerade ihre Elternzeit an. Da habe ich Yvonne probeweise in einer meiner chemischen Reinigungen beschäftigt.«

Yvonne erzählte, dass Lars und sie auch noch anderes unternommen hätten, und wollte wissen, ob jemand schon einmal von dem Installationskünstler Danny gehört habe.

»Ist das der Mann, der vor ein paar Jahren einen Pool mit Haaren gefüllt hat?«, wollte Simone wissen.

»Genau. Exzentrisch, aber auch ganz wunderbar! Danny hatte davon gehört, dass Lars seinen eigenen Sarg getischlert hat, und wollte ihn für seine Installation über das Verhältnis des Menschen zum Tod anheuern. Lars war einverstanden, und selbst meine Wenigkeit durfte mitmachen.«

Yvonnes und Lars Loods hatten in ihren Särgen auf einem schweren Eichentisch gelegen und sich mit den Besuchern über das Gefühl unterhalten, in den Holzkisten zu liegen, in denen sie einmal beigesetzt werden würden.

»Manchmal war es anstrengend, manchmal lustig und manchmal ganz schön schräg«, erzählte Yvonne. »Beispielsweise, als ein siebenundneunzigjähriges Mütterchen Lars fragte, ob sie mal probeschlafen dürfe. Nicht mit Ihnen, sondern im Sarg, erklärte sie. Es waren mindestens zehn Leute nötig, um die begeisterte Dame auf den Tisch und in Lars' Sarg zu heben. Die Lokalzeitung machte Fotos. Die Schlagzeile lautete: *Wohlige Zuckungen im Sarg*.«

»Und was treibst du so, Lars?«, fragte Charlie, »abgesehen von der Teilnahme an Kunstinstallationen?«

»Früher gab es für mich nur entweder oder. Entweder ständig schreiben oder gar nicht schreiben. Inzwischen habe ich eingesehen, dass es um Niveau und Gleichgewicht geht. Deswegen schreibe ich weniger, aber besser. Ich registriere mehr und habe gelernt, weniger Gelungenes zu verwerfen.«

Ein älterer Herr setzte sich zu ihnen an den Tisch und unterbrach Lars Lood. Er wirkte freundlich-distanziert. Weißhaarig, Seitenscheitel, dunkles Jackett. Anfang siebzig.

»Guten Tag allerseits«, sagte er. »Ich heiße Åke Ljung und war über dreißig Jahre Samuels Anwalt. Ich würde Ihnen gerne mein Beileid aussprechen.«

Er gab allen die Hand. Sein Händedruck war fest.

»Vielleicht klingt das übertrieben, aber Samuel war nach den Wochen mit Ihnen ein anderer

Mensch. Das fanden alle, die ihn kannten. Irgendwie war ihm leichter ums Herz.« Der Anwalt verstummte, um die richtigen Worte zu finden, gab dann aber auf. »Es war mir wichtig, Ihnen das zu sagen.«

Gottfrid erwähnte das Tagebuch, das Samuel auf der Insel gelesen hatte, und erkundigte sich, ob Åke Ljung davon gehört hatte.

»Ja, davon hat er mir erzählt«, antwortete der Anwalt, »aber auch andere Dinge trugen dazu bei, dass es ihm besser ging.«

Charlie dachte an das Testament, das förmlich in ihrer Handtasche brannte, und daran, wie erleichtert Samuel gewesen war, als er es unterschrieben hatte.

»Und was?«, wollte Lisa wissen.

»Sie haben Samuel als einen geselligen und aufgeschlossenen Menschen kennengelernt, und so war er wie gesagt in letzter Zeit auch, aber die meisten Leute hielten ihn vermutlich für unnahbar und recht verschlossen. Immer nett und höflich, aber man hatte oft das Gefühl, dass er lieber woanders gewesen wäre. Nach dem Sargworkshop nahm er sich mehr Zeit für seine Mitmenschen, stellte Fragen, öffnete sich und war viel gelassener.«

»Er wusste, dass er sterben würde«, meinte Lisa. »Vielleicht akzeptierte er sein Schicksal und fand dadurch eine Art Frieden.«

»Vielleicht«, sagte Åke Ljung, wirkte aber wenig überzeugt.

Eine Frau näherte sich und sprach leise mit dem Anwalt. Dieser erhob sich.

»Entschuldigen Sie, einige organisatorische Aufgaben warten auf mich. Nett, Sie kennengelernt zu haben.«

Charlie hatte den Eindruck, dass sein Blick eine Sekunde länger auf ihr verweilte, ehe er mit der Frau verschwand.

Omar erhob sich ebenfalls. Er wollte mit seinen Gedanken allein sein. Yvonne wandte sich an Lisa.

»Ich habe das nicht richtig verstanden. Warst du auch auf Victors Beerdigung?«

»Nein, nein. Nur Omar und die Mädchen.«

»Dass Victor gestorben ist, muss für dich auch schrecklich gewesen sein. Schließlich habt ihr euch gut verstanden, jedenfalls bis …«

»… er mir Omar weggenommen hat«, beendete Lisa den Satz und lächelte vieldeutig. »So war es. Er hat mir meinen Mann gestohlen, meine Ehe zerstört, und meine Töchter beteten ihn an.« Sie lehnte sich zurück. »Eine Weile wollte ich ihn nur vergessen, das muss ich zugeben, aber heute weiß ich ihn tatsächlich eher zu schätzen. Schließlich hatte Victor nie die Absicht, mir zu schaden. Ich stand einfach nur seinem sehnlichsten Wunsch im Wege, jemanden zu treffen, den er wirklich lieben konnte.«

Lisa sah Yvonne an und kraulte dem Hund den Nacken. In vielerlei Hinsicht war Victor das Beste gewesen, was ihr passieren konnte. Sie zog eine Parallele zu Samuels Leben.

»Die Untreue seiner Frau schmerzte ihn vermutlich gar nicht mal so sehr wie die langjährige Lüge. So hätte es mir auch ergehen können, von Omar ganz zu schweigen. Die Lüge war unsere Krankheit, und Victor war unsere Medizin. Jetzt ist Victor nicht mehr da, aber die Wahrheit, die er uns gebracht hat, wird weiterleben. Omar und mir geht es jetzt besser als früher. Wir sind geschieden, manchmal traurig, aber immer aufrichtig zueinander. *Gesund.* Und das haben wir Victor zu verdanken.«

Charlie fühlte sich weder aufrichtig noch gesund. Samuel musste eine Lüge erleben, und ausgerechnet als er sich von dieser befreit hatte, hatte sie ihm eine neue Lüge direkt in die Seele injiziert. Sie hatte sein Vertrauen gewonnen und ihn um sein Erbe an die Welt betrogen. Ihm war zwar keine einzige Krone abhandengekommen, aber sie hatte seine letzte Zeit, in der ihm so leicht ums Herz gewesen war, mit einer Lüge beschmutzt. Das Testament in ihrer Handtasche brannte auf ihrer Seele. Charlie schaute sich vergeblich nach dem Anwalt um.

»Entschuldigt mich«, sagte sie und erhob sich.

»Gehst du auf die Toilette?«, fragte Simone. »Ich schließe mich an.«

Als sie verschwunden waren, lehnte sich Lisa zu Gottfrid hinüber und stellte die Frage, die ihr schon lange auf der Zunge lag: »Wie war eigentlich deine Rückkehr?«

Omar, Yvonne und Lars wirkten auch sehr interessiert. Gottfrid errötete bis unter die Haarwurzeln.

»Danke, dass ihr erst in Simones Abwesenheit danach fragt«, antwortete er. »Ihr könnt euch gar nicht vorstellen, was für ein Glück ich hatte. Ich hatte einen Riesenstrauß Rosen gekauft und mich wie um Gnade bittend vor der Haustür hingekniet. Ich befürchtete ja, dass alles verloren war und dass Simone Tom und mir die Tür vor der Nase zuknallen würde. Stellt euch vor, wie erstaunt ich war, als sie mit strahlendem Gesicht Ja sagte.«

Simone hatte Gottfrids kniende Haltung mit Blumenstrauß als Heiratsantrag gedeutet. Seit vier Monaten waren sie verheiratet.

»Dann hast du also ohne Ring um ihre Hand angehalten?«, wollte Lars wissen.

»Ich habe gesagt, ich hätte einfach nicht länger warten können, der Ring sei bestellt, aber noch nicht eingetroffen.«

»Du hast also gelogen.«

»In dieser Sache schon, aber die Liebe war echt und ist es immer noch.«

Wie sich herausstellte, hatte sich Gottfrid ganz unnötige Sorgen gemacht. In der ersten Workshopwoche hatte Simones Chef angerufen und sie gebeten, trotz Ferien in der Textilfirma einzuspringen. »Du erhältst den doppelten Lohn«, hatte er vorgeschlagen, bevor sie antworten konnte. Die Firma hatte eine große Bestellung erhalten und musste auf Hochtouren arbeiten, um die Deadline zu halten. Ihr Chef hatte Simone gebeten, die Arbeit zu organisieren, etwas, wovon sie seit ihrem Antritt geträumt hatte.

Die Enttäuschung über Gottfrids Reise mit seinen Arbeitskollegen hatte sich so in Verständnis verwandelt. Manchmal konnte man ganz einfach nicht Nein sagen.

Die Tage waren wie im Flug vergangen, und als Gottfrid mit dem Riesenstrauß vor ihr gekniet hatte, war das Timing perfekt gewesen. Die Riesenbestellung war gerade fertig geworden, und Simone hatte eine Flasche Rosé geöffnet, um alleine zu feiern.

Gottfrid zeigte seinen Ehering vor, und strahlte übers ganze Gesicht, als ihm alle gratulierten.

»Wann hast du ihr denn gestanden, dass du nicht auf Spitzbergen warst, sondern stattdessen an einem Sargbauworkshop teilgenommen hast?«, wollte Omar wissen.

»Ich habe nur ein halbes Geständnis abgelegt«, antwortete Gottfrid. »Simone glaubt, dass ich in der ersten Woche auf Spitzbergen war und in der zweiten auf Lövensö.« Er wirkte beschämt. »Jaja, ich weiß, aber was erwartet ihr von ...?« Dann richtete er sich hastig auf und schaute in Richtung Toilette. »Kein Wort mehr, da kommt Simone.«

»Hallo, Liebling!«, sagte Gottfrid, als Simone Platz nahm. »Ist es nicht toll, dass alle Workshopteilnehmer zur Beerdigung gekommen sind? Einige wohnen zwar ganz in der Nähe, aber andere sind fünfhundert Kilometer weit angereist, von Charlie ganz zu schweigen. Sie wohnt in England. Schließlich haben wir Samuel gar nicht so lange gekannt.«

Simone pflichtete ihm bei und wechselte dann das Thema.

»Ist euch eigentlich aufgefallen, dass Gottfrid sich die Haare geschnitten hat?«

»Mir blieb nichts anderes übrig«, sagte Gottfrid. »Mein Frisör hatte mir schon letztes Frühjahr angekündigt, dass mein Haar seinen letzten Sommer erleben würde. Ich war ganz schön sauer, aber er hatte verdammt recht. Also habe ich alles radikal wegrasiert.« Gottfrid zuckte mit den Achseln. »Und jetzt habe ich also meine erste Winterglatze.«

»Steht dir«, meinte Lars Lood. »Du hast eine harmonische Schädelform.«

»Machst du dich über mich lustig?«, fragte Gottfrid verunsichert.

»Ganz und gar nicht. Warum sollte ich?«, wollte Lars wissen.

»So ein Kompliment hat mir noch nie jemand gemacht.«

Lars Lood vertraute ihnen an, dass er etwas Neues in Angriff genommen habe. Ein Projekt der Freude, was bedeutete, dass er ehrliche Komplimente machte, wann immer sich die Gelegenheit bot. Da ihm die Übung fehlte, könnten diese manchmal recht seltsam ausfallen.

»In diesem Fall bitte ich um Entschuldigung«, meinte er.

»Stimmt«, meinte Yvonne, »neulich hat er mich gelobt, weil ich mein Essen so gründlich kaue. Man weiß nie, was kommt.«

»Gottfrid, Liebling, vielleicht solltest du ja das Projekt angehen, Komplimente entgegennehmen zu können«, meinte Simone, »also nicht gleich misstrauisch zu werden, wenn jemand etwas Positives sagt.«

Gottfrid nickte, lächelte Lars dankbar an und sagte: »Ich freue mich wirklich, dass dir meine Schädelform gefällt, Lars.«

Lars Lood erwiderte sein Lächeln.

»Es wäre ungemein schwer, sie nicht zu mögen, Gottfrid.«

Charlie hatte Simone auf der Toilette den Vortritt gelassen und sich nach Åke Ljung umgesehen, ihn aber nirgends entdecken können. Jetzt stand sie vor dem Waschbeckenspiegel und schaute sich in die Augen.

Was wollte sie eigentlich? Seit zehn Jahren hatte sie es auf eine Position ganz oben in der Londoner Unterwelt abgesehen. Jetzt trennte sie davon nur noch die Übergabe eines Testaments. Was nicht ganz so einfach war, wie es klang. In London wäre es ihr leichter gefallen, dem Anwalt die Fälschung zu überreichen, aber hier war alles so schwierig. Samuel war zwar tot, aber trotzdem gegenwärtig.

Am liebsten hätte sie auf alles gepfiffen, sich heulend ins Auto gesetzt und aus dem Staub gemacht. Weg von allem. Wollte sie überhaupt noch in London wohnen? Was hielt sie dort eigentlich außer einem Traum, den sie vielleicht schon hinter sich gelassen hatte. Nichts. Nicht einmal Geld. Sofern sie nicht das Testament übergab natürlich. Dann könnte sie ihre Karriere fortsetzen.

Sie seufzte. Schloss die Toilettentür auf und ging nach draußen. Der Erste, der ihr begegnete, war Åke Ljung.

»Welch ein Glück! Ich habe Sie gesucht«, sagte er.

Sie setzten sich einen ruhigen Tisch, und der Anwalt schaute sich um.

»Wie Sie wissen, Charlie, war Samuel ein sehr wohlhabender Mann.«

Charlie spürte, wie sich ihr Puls beschleunigte.

»Er hat sich jahrelang Gedanken über sein Testament gemacht. Offenbar haben auch Sie ihn dabei beraten.«

»Stimmt …«, antwortete sie gedämpft.

»Ich wollte Ihnen etwas mitteilen, was dieses Testament betrifft.«

»Mir?«, sagte Charlie erstaunt.

»Ja. Sie haben ihm Mut gemacht, Veronicas Tagebuch zu lesen. Sie haben ihm beigestanden, als er von der Untreue erfuhr und schockiert war. Samuel fand, kaum jemand hätte mehr für ihn getan. Der Sargtischlerworkshop wurde so zu dem, was er sich erträumt hatte. Er wollte, dass ich Ihnen dafür seinen innigen Dank ausspreche.«

»Oh«, sagte Charlie.

»Und nicht nur das«, fuhr er fort. »Ich weiß, dass ich damit der Testamentseröffnung zuvorkomme, aber was soll's.«

Er öffnete seine Aktentasche und nahm etwas heraus, was Charlie sehr bekannt vorkam. Veronicas Tagebuch.

Er überreichte es ihr, erhob sich und legte ihr eine Hand auf die Schulter.

»Samuel wollte, dass es an Sie geht. Als Erinnerung daran, dass Sie etwas geleistet haben, was einem alten Mann in den letzten Monaten seines Leben sehr viel bedeutet hat.«

Åke Ljung verschwand, und Charlie blieb mit dem Tagebuch zurück. Sie fühlte sich sehr verletzlich, und wenn sich jemand jetzt nach ihrem Befinden erkundigt hätte, wäre sie in Tränen ausgebrochen.

Wie in Trance erhob sie sich, legte das Tagebuch in ihre Handtasche, zog ihren Mantel an und verließ das Gemeindehaus. Sie folgte dem Kiesweg zum Parkplatz, dann hatte sie eine Eingebung und ging zu den Grabsteinen auf den Friedhof.

»Ich hätte sowieso auf dich gehört, Samuel«, sagte sie leise zu sich selbst, »auch wenn dabei nichts für mich herausgesprungen wäre. Du warst mein Freund. Verzeih … ach, verdammt.«

Sie hatte die Handtasche nicht ganz geschlossen. Dort lagen nebeneinander: Das Tagebuch, das Veronicas Verrat offengelegt hatte, und das Dokument, das den ihren belegte. Der Anblick störte sie. Sie schob das Testament zwischen zwei Seiten des Tagebuchs und zog den Reißverschluss zu. Leider wurde dadurch nichts besser, es kam ihr eher so vor, als hätte sie eine Lüge in eine andere verpackt.

Charlie wünschte sich von ganzem Herzen, dass alles anders verlaufen wäre. Sie wusste nicht, was schwerer zu ertragen war, ihre Trauer oder ihre Schuldgefühle.

Mit schweren Schritten kehrte sie zum Parkplatz zurück. Das leise Knirschen unter ihren Sohlen begleitete sie bis zu ihrem Mietwagen. Sie setzte sich ans Steuer. Es begann stark zu regnen, und die Tropfen hämmerten auf die Windschutzscheibe. Durch die beschlagenen Fenster sah sie die Trauergäste einen nach dem anderen wegfahren. Plötzlich war der eben noch volle Parkplatz leer. Charlie dachte an Samuels Worte: Ich habe viele Bekannte, aber keine Freunde. Das Wort »Bekannte« drang ihr wie eine kalte Messerklinge zwischen die Rippen. Sie überlegte, warum Samuel ein kirchliches Begräbnis gewählt hatte, obwohl er kein gläubiger Mensch gewesen war. Es gab so viele Dinge, über die sie gerne mit ihm gesprochen hätte!

Langsam öffnete sie wieder ihre Handtasche, nahm das Testament aus dem Tagebuch, um es in kleine Schnipsel zu zerreißen, dann zögerte sie. Warum sollte sie das Dokument zerstören? Der Mann war schließlich tot. Es gab ihn nicht mehr. Sie brauchte dem Anwalt dieses verdammte Papier nur unter die Nase zu halten. Was war schon dabei? Gleichzeitig zerschnitten ihre Gefühle wie Misstöne den Frieden ihrer Seele, und eine Stimme in ihr flüsterte, dass das Testament nichts anderes sei als die Quittung für ihren Verrat.

Plötzlich klopfte es an die Windschutzscheibe. Charlie zuckte zusammen, schob das Testament rasch in ihre Handtasche zurück und versuchte, durch den Regen zu erkennen, wer es war.

Åke Ljung.

Sie öffnete die Beifahrertür. Durchnässt ließ sich der Anwalt auf den Sitz sinken.

»Gut, dass ich Sie noch erwischt habe. Es gibt noch etwas zu besprechen.«

Verständnislos sah Charlie den Anwalt an.

»Ich hätte mich in ein paar Tagen bei Ihnen gemeldet, aber dann sind Sie vielleicht schon wieder in London.« Er nahm einen weißen Umschlag aus der Innentasche seiner Jacke. »Samuel hat mich gebeten, Ihnen diesen Brief zu geben, allerdings nur unter einer Voraussetzung. Und diese haben Sie jetzt erfüllt.« Er reichte ihr den Umschlag. »Lesen Sie diesen Brief, ehe Sie das Land verlassen.«

Er drückte ihr fest die Hand und öffnete die Beifahrertür.

»Warten Sie«, sagte Charlie. »Wie soll ich das verstehen?«

Er hielt mit einem Fuß bereits im Freien inne. Strumpf und Schuh wurden nass.

»Meine Aufgabe war, Ihnen diesen Umschlag auszuhändigen, sofern Sie vor der Beerdigung keinen Versuch unternehmen, Samuels Testament für ungültig erklären zu lassen. Da Sie das nicht getan haben, überreiche ich Ihnen diesen Umschlag jetzt.«

Er zwinkerte ihr zu, stieg aus und verschwand mit eingezogenen Schultern im Regen. Ihre Finger zitterten, als sie den Umschlag aufriss. Die Botschaft war kurz und rätselhaft.

Liebe Charlie,
begib dich nach Lövensö. Dort erwartet dich eine Mitteilung.
Samuel

Nachdem sie diese Worte gelesen hatte, blieb sie regungslos sitzen und starrte ins Leere, während der

Regen weiter auf die Scheiben prasselte. Was sollte das heißen? Eine Nachricht auf Lövensö? Weil sie nicht versucht hatte, sein Testament anzufechten? Sie fühlte sich ertappt. Bloßgestellt. War ihr jemand auf der Spur gewesen? An der Sache war etwas faul.

Charlie wollte keinesfalls nach Lövensö zurückkehren. Aber sie wusste, dass sie die Ungewissheit nicht verkraften würde.

Erst als die Dunkelheit hereinbrach, erwachte Charlie aus ihren Grübeleien. Benommen suchte sie den Zündschlüssel. In der Handtasche, in der Jackentasche, unter dem Sitz, schließlich bemerkte sie, dass er schon im Zündschloss steckte. Sie drehte ihn um, gab Gas, der Motor heulte auf, und mit quietschenden Reifen fuhr sie los. In allerletzter Sekunde entdeckte sie einen Schatten vor der Motorhaube. Charlie stieg auf die Bremse.

Was sollte das? Sie riss die Tür auf, um nachzusehen, welcher Idiot da im Regen herumtaumelte, und erkannte ihn sofort. Durchnässt und mit schwarzen, traurigen Augen.

»Omar! Was soll das? Warum bist du nicht längst zu Hause? Steig ein!«

Seine schwarzen Haare klebten am Kopf, und er erinnerte sie, als er neben ihr Platz nahm, an ein halb ertränktes Küken.

»Die Zwillinge sind bei Lisa mitgefahren, und ich hatte das dringende Bedürfnis, etwas allein zu sein.«

Omar war mit den Töchtern per Bahn und Taxi zur Trauerfeier gekommen. Also brachte ihn Charlie in ihrem eigenen Hotel unter und gab seine Kleider zum Trocknen in die Wäscherei, während Omar ein wärmendes Bad nahm.

Am Abend saßen sie stundenlang im Hotelrestaurant beisammen. Charlie erzählte von ihrem Leben. Omar war der Erste, dem sie wirklich alles anvertraute. Angefangen mit dem Tod der Eltern, über die Jahre in London, das Leben in der Illegalität, die Testamentsberatung bis hin zum Verlust der Geldtasche und dem Auftrag auf Lövensö.

Charlie erzählte auch, dass sie Åke Ljung um ein Haar das gefälschte Testament untergejubelt hätte, bevor sie den Brief mit Samuels Mitteilung erhielt. Als sie geendet hatte, fühlte sie sich leer, erleichtert, entblößt und verängstigt.

»Höchste Zeit, dass du dir das alles endlich von der Seele reden konntest«, sagte Omar leise.

Sie überlegte, warum sie sich ausgerechnet Omar anvertraut hatte. Vielleicht weil er aufgetaucht war, als sie sich hilflos fühlte, vielleicht weil er wie sie einen Nahestehenden verloren und außerdem ein Doppelspiel betrieben hatte.

»Ich kann dich nach Lövensö begleiten«, sagte er. »Du kannst sicher etwas Gesellschaft gebrauchen.«

Zwei Tage später standen sie an der Reling eines rostigen Trawlers und betrachteten die Seezeichen am Horizont. Für einen geringen Betrag war ein Fischer bereit gewesen, sie auf Lövensö abzusetzen und später wieder abzuholen.

»In vier Stunden bin ich zurück«, sagte er, als sie am Ziel waren. »Dann sollten Sie wieder hier sein, ich will nicht warten und auch nicht nach Ihnen suchen müssen.«

Dieses Mal standen keine Lastenmopeds am Kai bereit, aber sonst war mit Ausnahme des Wetters alles unverändert. Der Vormittag war frisch und hell wie immer im März, aber trotz des Windes war es nicht sonderlich kühl. Die Tür des Haupthauses war abgeschlossen, aber der Schlüssel hing wie erwartet in Samuels Versteck an einem Haken unter dem Dach der Veranda.

Es war merkwürdig, ein Haus zu betreten, das beim letzten Besuch so voller Leben gewesen war. Die Leere verstärkte die Erinnerungen, die ihnen überall entgegenhallten.

Charlie konnte sie am Frühstückstisch vor sich sehen. Gottfrid bemühte sich, nicht auf sein frisch gebügeltes Hemd zu kleckern, Lars Lood löffelte Dickmilch, Agnes lachte ausgelassen, wie es ihre Art war, über einen lustigen Kommentar, und Samuel schaute in die Runde.

Die Bilder der Sargtischler verflüchtigten sich jedoch wie Tau in der Sonne, als Charlie auf dem Esstisch an eine Vase gelehnt einen weißen Briefumschlag entdeckte. Sie spürte Omars Blick im Rücken, als sie ihn an sich nahm und in der Hand wog.

»Während du liest, mache ich uns einen Kaffee«, sagte er, damit sie ihre Ruhe hatte.

»Nein, ich will, dass du dabei bist. Lass uns zum Himlastupet gehen.«

Omar fand, dass sie dafür ordentliche Schuhe oder Stiefel brauchten, weil es dort nach den Wintermonaten vermutlich glatt und nass war.

Dann marschierten sie schweigend los.

Omar war schon recht bald aufgefallen, dass sich Charlie und Samuel gut verstanden. Ihre Freundschaft erinnerte an manche Mittelfeldspieler, die immer wie durch Telepathie wussten, wo sich ihr Partner befand und was er gerade vorhatte. Solche Spielerpaare waren unersetzlich. Aber Charlie und Samuel hatten einander nicht immer im Blick gehabt. Immerhin hatte sie ihm ja so einiges verheimlicht, und er vielleicht auch ihr? Die Antwort steckt bestimmt in diesem Umschlag, dachte er, während sie sich den glatten Pfad zum Himlastupet hochkämpften. In sicherem Abstand vom Abgrund blieben sie stehen. Der Wind spielte mit Charlies Locken, als sie den Umschlag aufriss und einen handgeschriebenen Brief herausnahm.

Liebe Charlie,
wenn du das hier liest, ist alles so verlaufen, wie ich es
mir gewünscht habe. Du befindest dich auf Lövensö,

und falls ich dich (wider Erwarten) aus meinem kleinen Fenster im Himmel sehen kann, dann mit Frieden in meiner Seele. Nur damit du das weißt.

Mein erster Eindruck von dir war gemischt. Sympathie und Erstaunen, aber auch eine Prise Misstrauen.

Von allen Anmeldungen zum Workshop fand ich deine am interessantesten. Genial formuliert, lebendige Sprache, aber die Begründung ließ mich stutzen. Du hast geschrieben, dass du nach mehreren Jahren im Ausland die Erinnerung an die »schwedischen Gepflogenheiten und sozialen Codes« auffrischen wolltest.

Vielleicht hätte ich dir diese Erklärung abgenommen, wenn es sich um einen Benimm-Workshop gehandelt hätte, aber Sargtischlerei? Der würde doch eher auslöschen, was man je über soziale Codes und Normen gelernt hat. Schließlich konnte man davon ausgehen, dass sich eher gesellschaftliche Außenseiter zu einem solchen Kurs anmelden würden.

Da ich es in meiner Zeit als Kunsthändler oft mit Schwindlern, die es auf mein Geld abgesehen hatten, zu tun hatte, werde ich (leider) sehr schnell misstrauisch. Also nahm ich mir vor, ganz besonders auf der Hut zu sein, falls wir auf Geld zu sprechen kommen sollten.

Mein Erstaunen war groß, als du dich als eine der charmantesten und aufgeschlossensten Personen entpuppt hast, die mir je begegnet sind. Eine vierzig Jahre jüngere Seelenverwandte (noch dazu mit einem grünen Daumen!), die mich mit den richtigen Worten ermutigte, das Tagebuch meiner Frau zu lesen.

Als sich der Workshop seinem Ende näherte, war die Wachsamkeit, die ich mir gelobt hatte, beinahe vergessen. Trotzdem leuchtete beim Thema Testament ein Warnlämpchen auf, als du von deiner Arbeit als Erbmaklerin erzähltest. Als du dann auch noch »rein zufällig« die passende Broschüre zücken konntest, die genau zu meinen Vorstellungen passte, konnte ich mein Misstrauen nicht mehr unterdrücken.

Zugegebenermaßen schmerzte die Einsicht, dass die Person, die ich so sehr mochte, vielleicht nicht die war, für die ich sie gehalten hatte (als hätte es davon nicht schon genug in meinen Leben gegeben!). Ich beschloss also, der Sache auf den Grund zu gehen. Die Zeit des Verdrängens war vorbei! Ich begann »mitzuspielen«. Das war nicht ganz ehrlich, aber ich glaube, dass du, wenn überhaupt jemand, Verständnis dafür aufbringst. Deswegen unterschrieb ich (und kopierte natürlich auch) das Testament auf Lövensö. Ich wollte alle Informationen überprüfen können. Wie du sicher verstehst, habe ich dieses Testament direkt nach dem Ende des Workshops für ungültig erklären lassen.

Charlies Miene war vollkommen stoisch. Omar warf ihr einen besorgten Blick zu. Beschwichtigend hob sie die Hand und las dann weiter.

Wie du weißt, habe ich im Lauf der Jahre unzählige Geschäftsreisen nach London unternommen. Was nicht nur mein Vermögen bereicherte, sondern auch mein Netzwerk. In meinem Beruf ist es von größter

Wichtigkeit, keinen Fälschern auf den Leim zu gehen,
und daher habe ich Freunde sowohl bei der Polizei als
auch in der Unterwelt.

Meine Informanten brauchten ungefähr einen Monat,
um deinen Auftraggeber aufzuspüren und sich ein Bild
von dem versuchten Betrug zu machen.

Ziemlich genial, das muss ich schon sagen, jedenfalls
solange es funktioniert. Lebende werden nicht geschä-
digt, und es gibt keine Hinterbliebenen, die prozessie-
ren könnten.

Als sich also herausstellte, dass es deine Aufgabe war,
mich zu manipulieren, hat mich das ganz schön mit-
genommen. Wie konnte ich nur so leichtgläubig sein?
Schließlich war es nicht das erste Mal. Gleichzeitig
wirkte unsere Freundschaft echt. Unsere Begegnungen
und Telefongespräche haben mir so viel Freude bereitet,
dass ich beschloss, weiterhin so zu tun, als ob ich dir
vertrauen würde, vielleicht würdest du ja eines Tages
zusammenbrechen und mir alles erzählen. Dann hätte
ich dir wieder vertrauen können.

Ich wollte dich nicht mit meinen Erkenntnissen
konfrontieren, da ich nie erfahren hätte, ob deine
eventuelle Reue aufrichtig oder nur gespielt war.

Und auf diese Weise verging die Zeit. Bis mich Mitte
Februar neue Informationen erreichten. Einer meiner
Informanten hatte aufgeschnappt, dass man dich er-
presst hätte, mich anzuschwindeln. Dein Auftraggeber
hatte etwas gegen dich in der Hand. Offenbar hattest
du sehr viel Geld »verloren«.

Alles geriet so in ein neues Licht. Erpressung. Vielleicht

ist unsere Freundschaft doch echt, dachte ich. Ich bat
meine Informanten, diese neue Erkenntnis eingehender
zu analysieren, und erhielt neue Fakten, die nicht nur
für mich frappierend sind, sondern in allerhöchstem
Grade auch für dich. Es zeigte sich, dass der Diebstahl,
dessen Opfer du geworden warst, von deinem Auftrag-
geber arrangiert worden war, um dich in eine unbe-
zahlte Arbeitskraft zu verwandeln.

Charlie keuchte und umklammerte den Brief so fest,
dass ihre Hand zitterte.

Laut meinen Informationen verwendet dein Auftrag-
geber diese Methode des Öfteren, um Leute zu ver-
sklaven. Eine raffinierte Art, Loyalität und kostenlose
Dienstleistungen zu erzwingen. Meine Enttäuschung
verwandelte sich in Mitleid.
Ich weiß nicht, wie du mit dieser Information umge-
hen wirst, aber sie könnte es dir vielleicht ermöglichen,
dich aus den Klauen deines Auftraggebers zu befreien.
Nicht einmal die Mafia lässt es sich gerne nachsagen,
dass sie ihre eigenen Leute betrügt. Åke Ljung ist über
alles im Bilde, setz dich mit ihm in Verbindung, falls
du Genaueres erfahren möchtest.

Charlie ließ den Brief sinken. Sie musste diese Information erst einmal verarbeiten. Natürlich war sie
misstrauisch gewesen, aber es hatte keine Beweise
gegeben, die ihren Verdacht bestätigt hätten. Und
der Zorn ihres Auftraggebers hatte so echt gewirkt.

Aber er hätte es nie so weit gebracht, wenn er nicht wirklich geschickt gewesen wäre. Und zwar so geschickt, dass sie auch noch mit *Dankbarkeit* die »letzte Chance« ergriffen hatte. Sie las weiter.

Eigentlich hätte ich dir diese Informationen einfach aushändigen können. Das wäre das Einfachste gewesen, kam mir aber nicht korrekt vor. Meiner Meinung nach muss man sich Freundschaft verdienen, und da es sich um eine Freundschaftsgabe handelt, bereitete ich einen kleinen Test vor. Dieser Test ist zwar nicht hundertprozentig sicher, und vielleicht lässt er mich auch geizig erscheinen, aber ich konnte den Gedanken einfach nicht ertragen, jemandem etwas zu schenken, der mich betrogen hat. Selbst wenn Erpressung dahintersteckte. Außerdem wollte ich dir das Gefühl geben, das Geschenk wirklich verdient zu haben.

Also, zur Sache. Da sich dein Auftraggeber nicht nur mit Betrügereien, sondern auch mit Fälschungen beschäftigt, gehe ich davon aus, dass er nach meinem Tod mein Testament anfechten wird. Vermutlich, indem er Teile des von uns auf Lövensö verfassten Testaments fälscht. Für Leute, die sich auskennen, ist das eine Kleinigkeit. An Stelle deines Auftraggebers würde ich eine Geschichte erfinden, dass das neue Testament während eines meiner späteren Londonbesuche aufgesetzt worden sei. Dann hätte er dich nach Schweden geschickt, um es dort vorzuweisen. In deiner Hand hätte dieses gefälschte Testament glaubwürdig gewirkt, da

wir so gute Freunde sind. Ich vermute, dass das recht
umgehend nach meinem Tod passiert wäre. Deswegen
habe ich mein Begräbnis als Stichtag gesetzt.
Das war also mein kleiner Test. Und da du diesen Brief
liest, hast du ihn offenbar bestanden, Charlie. Vielleicht
mit Leichtigkeit, vielleicht mit zwiespältigen Gefühlen.
Wie auch immer, du sollst wissen, dass ich die ganze
Zeit überzeugt war, dass du ihn bestehen würdest.

Charlie zuckte zusammen, als sie Omars Hand auf
der Schulter spürte.

»Entschuldige, aber ist alles okay?«, fragte er. »Du
siehst aus, als könntest du jeden Augenblick umfallen. Setz dich lieber hier hin.«

Er führte sie zu einem nahe gelegenen Felsblock,
auf den sich Charlie sinken ließ, ohne den Blick von
dem Brief zu heben.

»Mir geht's gut, ich muss nur schnell den Brief zu
Ende lesen. Es fehlt nicht mehr viel.«

Omar ließ sie mit den letzten Zeilen allein.

Vielleicht habe ich ja jetzt falsche Erwartungen
geweckt, Charlie. In diesem Fall bitte ich dich, sie
herunterzuschrauben. Das Geschenk ist sehr persön-
lich, und du verdankst es dem Umstand, dass du Ver-
ständnis für meine Angst aufgebracht und mir den
Mut verliehen hast, das Tagebuch zu lesen, aber nicht
nur dafür. Du hast die Einsamkeit, und zwar nicht nur
meine, sondern auch die der Menschheit, in Worte ge-
fasst. Plötzlich habe ich ein Gefühl von Gemeinschaft

verspürt. In unserem Innersten sind wir alle einsam. Wir können uns aber dafür entscheiden, dies gemeinsam zu sein. Das ist zwar keine bahnbrechende Erkenntnis, aber ohne dich hätte ich sie nie verinnerlicht. Mein Geschenk wird dich nicht auch nur annähernd für den allzu frühen Tod deiner Eltern oder das tragische Ableben deines Großvaters entschädigen. Auch wird es dein Gefühl des Außenseitertums in deiner Jugend oder die Isolation, die du immer noch empfindest, nicht aufwiegen. Ich wünschte, ich könnte dir so etwas geben, aber das steht nicht in meiner Macht. Dennoch hoffe ich, dass mein Geschenk dein Leben bereichern wird. Vielleicht kann es die Glut entflammen, die ich in deinen Augen entdeckte, als du deine Hände in den Beeten vor dem Haupthaus vergraben hast. Bei meinen Besuchen in London habe ich diese Glut nicht wiedergefunden.

Liebe Charlie, kümmer' dich liebevoll um Lövensö. Und sie wird sich liebevoll um dich kümmern. Vielleicht kannst du ja aus ihr etwas machen, was mir nicht gelungen ist. Solltest du beispielsweise wünschen, dass die Fähre im Sommer regelmäßiger verkehrt, dann genügt ein Anruf bei der Reederei. Ich habe seinerzeit auf einem einzigen Halt pro Woche bestanden, weil ich mir meine Abgeschiedenheit bewahren wollte. Typisch. Du hast einmal gesagt, ich gleiche Lövensö. Reich, aber isoliert. Vielleicht hast du recht, sehr wahrscheinlich sogar, und vielleicht bist du ja diejenige, die die Isolation von Lövensö durchbrechen kann, sodass die Insel nicht nur reich an Vegetation,

sondern auch an Besuchern und Geselligkeit wird.
Zu deiner Information: Der Rest meines Erbes geht
an den Staat, den allgemeinen Wohltätigkeitsfond,
aber eine beträchtliche Summe ist für den Unterhalt
von Lövensö reserviert. Wenn du die Kasse aufbessern
willst, kannst du gerne vermieten. Deutsche und Japa-
ner zahlen für eine Woche im Haupthaus jeden erdenk-
lichen Preis, besonders, weil es kein WLAN gibt. Das
finden sie exotisch und exklusiv.
Fühle dich nicht gezwungen, das Geschenk zu be-
halten, falls es dich belastet, Charlie. Ab jetzt gehört
Lövensö dir. Niemandem hätte ich sie lieber überlas-
sen. Also, hier hast du sie, von Herzen!

Noch eine Kleinigkeit: Wie du weißt, bin ich nicht re-
ligiös, trotzdem sehe ich mich (während du liest) auf
einem Sofa zwischen Agnes und Victor sitzen. Wir sto-
ßen mit Champagner an und sehen dir beim Lesen die-
ser letzten Zeilen zu. Vielleicht rufen wir ja gerade jetzt
aus vollem Hals: Viel Glück, Charlie! Obwohl wir wis-
sen, dass du uns nicht hören kannst. Denn das wün-
schen wir dir wirklich: Alles Glück der Welt, und möge
dieser Ort, meine Freundin, diese Insel, nicht nur selbst
gedeihen, sondern auch dich zum Blühen bringen.

Hoffentlich sehen wir uns wieder, Charlie, aber bitte
erst viel später.

Dein Freund im Jenseits
Samuel

Charlie erhob sich und fiel Omar um den Hals. Durch sein Hemd spürte er ihre Tränen.

»Er hat mir Lövensö geschenkt«, flüsterte sie. Ihre Augen waren groß und ein wenig verängstigt. »Ich habe sie nicht verdient, beinahe hätte ich dem Anwalt das gefälschte Testament übergeben, dann hätte ich sie nicht bekommen.«

Verzweifelt drückte sie sich an ihn.

»Aber du hast es nicht getan.«

Charlie hörte ihm nicht zu, sondern murmelte nur immer wieder, dass sie keine Insel verdient habe. Omar packte sie an den Schultern und schaute ihr tief in die feucht glänzenden Augen.

»Dann musst du eben zusehen, dass du dir das Geschenk verdienst. Schließlich bleibt dir dafür der Rest deines Lebens.« Dann fügte er leise hinzu. »Außerdem kannst du immer ein wenig Schambarkeit empfinden, wenn's nötig ist.«

»Wie bitte? Schambarkeit?«

»Dieses Wort habe ich erfunden, als ich Lisa verließ. Ich war so dankbar, weil ich mit Victor zusammen sein durfte, aber schämte mich dafür, dass ich Lisa verraten hatte.«

»Gemischte Gefühle also?«

»Ja, unglaublich menschlich, aber auch wahnsinnig anstrengend. Jetzt geht es Lisa jedoch wieder gut, und ich bin froh über die Zeit, die ich mit Victor verbringen durfte, aber anfänglich war da, wie gesagt, sehr viel Schambarkeit.«

Charlie senkte besänftigt den Blick, Omar schaute

über das Meer. Nebeneinander standen sie lange da und betrachteten den glitzernden Horizont.

»Wirst du im Sommer hier sein?«, fragte er.

Fragend sah sie ihn an.

»Darüber habe ich noch nicht nachgedacht, aber … wahrscheinlich schon«, antwortete sie nach kurzem Nachdenken.

Plötzlich wurde Charlie von einem Gefühl der Panik gepackt. In einer Großstadt, umgeben von Tausenden einsamer Seelen, einsam zu sein war eine Sache, aber hier auf Lövensö würde sie wirklich einsam sein. Würde sich ihre Isolation hier nicht besonders quälend offenbaren? Mit Leuten wie Agnes und Samuel zusammen Unkraut zu jäten war etwas ganz anderes, als nur vom Meer umgeben zu sein.

»Lisa will mit ihrem Typen durch Europa interrailen«, sagte Omar plötzlich. »Seine Idee. Lisa findet sie romantisch. Damit hat sie sicher recht.«

Charlie nickte geistesabwesend und fragte sich, worauf er hinauswollte.

»Die Zwillinge sind also den ganzen Juli bei mir. Außerdem habe ich versprochen, Wuschel zu hüten. Dürfen wir vielleicht auf die Insel kommen?«

Dass sie Lövensö bekommen hatte, war schon überwältigend genug. Dass sich jetzt Omar auch noch anbot, ihr Gesellschaft zu leisten, war fast zu viel des Guten.

»Hast du keine Angst, dass sich die Mädchen ohne Freundinnen und Internet langweilen?«, erkundigte sie sich besorgt.

Omar lachte und breitete die Arme aus.

»Hier gibt es doch alles: Badeplatz, Boule und Bücher ... und einen Hund. Was braucht der Mensch mehr? Sollten sie sich trotzdem langweilen, dann ist das nur gesund. Die Jugend leidet an Langeweile-mangel, und Langeweile ist ein Vitamin für die Seele.«

Diese Worte klangen wie Poesie in Charlies Ohren, und ihr Lächeln brach hervor wie die Sonne nach dem Regen.

»Omar, nichts wäre mir lieber.«

Dank

Ich will allen bei dem phänomenalen Piratförlaget danken und ganz besonders Anna Hirvi Sigurdsson und Sofia Brattselius Thunfors, die auf inspirierende Weise meinen Stil zu schärfen wussten.

Eric Thunfors danke ich für die schöne und überaus treffsichere Umschlaggestaltung.

Ich danke meinen lieben Freunden herzlich dafür, dass sie das Manuskript gelesen und mir wertvolle Hinweise gegeben haben.

»Acht Särge und ein Todesfall« ist kein realistischer Roman, aber vor einigen Jahren hat es tatsächlich einmal in Schweden so einen Workshop gegeben. Als ich davon hörte, wurde die Idee zu diesem Roman geboren. Deswegen will ich mich bei Claes Blixt bedanken, dem Mann, der damals die Initiative zu diesem Kurs ergriffen und diesen abgehalten hat.

Und dann natürlich ein besonderer Dank an meine Familie, die nicht nur ertragen hat, dass ich ständig mental nach Lövensö pendelte, sondern mich auch ermunterte und liebte, als mein Herz es am meisten benötigte.